Krimi

Eine Analyse der Gattung

Ulrich Suerbaum

Krimi

Eine Analyse der Gattung

Philipp Reclam jun. Stuttgart

CIP-Kurztitelaufnahme der Deutschen Bibliothek

Suerbaum, Ulrich:
Krimi: e. Analyse d. Gattung / Ulrich Suerbaum. –
Stuttgart: Reclam, 1984.
ISBN 3-15-010331-2

Gesamtherstellung: Reclam, Ditzingen
Umschlagentwurf: Hanns Lohrer, Stuttgart
Printed in Germany 1984
ISBN 3-15-010331-2

Inhalt

Vorwort

Dieses Buch befaßt sich mit der Frage, wie Krimis gemacht sind und wie sie funktionieren. Gefragt wird dabei sowohl nach den Strukturen des einzelnen Werks als auch nach denen der gesamten Gattung und ihrer Teilbereiche.
Krimis sind Variationen einer kleinen Reihe von Grundschemata, und um die Analyse dieser Grundschemata geht es vor allem – um ihre Konstruktion, ihre Eignung zur Variation, ihre Aussage- und Wirkungsmöglichkeiten und ihre Grenzen.
Krimis sind in besonderer Weise auf den Leser ausgerichtet; daher bilden auch die Fragen der Leseweisen und der Leserlenkung, des Aufbaus und der Lösung von Spannung einen der Schwerpunkte des Interesses.
Die Richtung der Untersuchung ist eher systematisch und analytisch als historisch, aber da die heute nebeneinander existierenden Formen des Krimis aus dem Nacheinander eines historischen Prozesses resultieren und da auch die frühesten Beispiele für die moderne Leserschaft noch gegenwärtig sind, wird auch die gattungsgeschichtliche Dimension einbezogen.
Um die Diskussion zu konkretisieren und möglichst nachvollziehbar und nachprüfbar zu machen, liegt der Nachdruck auf der Analyse von Beispieltexten, die entweder als Modelle für Autoren und Leserschaft von Bedeutung sind oder als repräsentativ für bestimmte Typen von Kriminalgeschichten gelten können.

Mein herzlicher Dank gilt allen, die mir bei dieser Arbeit geholfen haben. Besonders verpflichtet bin ich Herrn Dr. Peter Wenzel, Herrn Dr. Peter Hasenberg und Herrn Heinz-Wilhelm Fabry für ihre wissenschaftliche Mitarbeit und meinem Sohn Sebastian, dem gattungskundigen Leser, für Rat und Ermutigung.

Erstes Kapitel

Grundfragen

Schwierigkeiten des Leichten: Der Krimi als Problemfeld

Krimis sind leicht, einerlei ob sie in der Form des Romans, des Films oder des Fernsehspiels auftreten und ob sie zu den anspruchsvolleren oder zu den einfacheren Werken innerhalb der Gattung gehören.

Sie sind leicht zu verstehen. Zwar ist das Verständnis nicht voraussetzungslos und für jedermann von vornherein gegeben. Man muß vielmehr, um das Einzelwerk richtig aufnehmen zu können, eine gewisse Gattungskompetenz mitbringen: Man muß mindestens wissen, worum es beim Krimi geht und worauf man zu achten hat, und man sollte nach Möglichkeit auch mit dem System wiederkehrender sprachlicher oder optischer Signale vertraut sein, mit dem Krimis den Prozeß der Aufnahme beim Leser oder Zuschauer steuern. Diese Vorkenntnis hat man jedoch in aller Regel schon als Heranwachsender erworben, und zwar ohne bewußtes Lernen und spezielle Unterrichtung, und fortan kann man Krimis ohne weiteres verstehen; man ist zu einer adäquaten und im Sinne der Aussageintentionen des Werks vollständigen Rezeption befähigt.

Krimis sind leicht zu identifizieren. Wie immer eine umfassende und exakte Definition aussehen mag – die Frage wird bei der Krimirezeption niemals wirklich akut –, niemand hat in der Praxis ernsthafte Probleme mit der Abgrenzung des Krimis von Nicht-Krimis. Verlage bringen Krimis im allgemeinen in eigenen Reihen heraus; beim Fernsehen gehört der Krimi zu den klarumrissenen Programmsparten; jeder Leser oder Zuschauer glaubt, mit untrüglicher Intuition zu wissen, ob er einen Krimi vor sich hat oder nicht. *The Murder of Roger Ackroyd* ist ein Krimi; *Hamlet* ist keiner, auch wenn es um Mord und um die Verfolgung des Schuldigen geht. Jede *Tatort*-Folge ist ein Krimi, selbst wenn sich ausnahmsweise herausstellt, daß gar kein Verbrechen vorliegt; *Berlin Alexanderplatz* ist trotz krimineller Charaktere und Begebenheiten kein Krimi.

Nach allgemeiner Meinung sind Krimis schließlich auch leicht an Gewicht. Bei jeder Art von Wertung rangieren sie – von Ausnahmen und Grenzfällen abgesehen – an bescheidener Stelle auf der Skala. Fast jedermann mißt dem Krimi nur unterhaltenden Wert bei. Die Mehrzahl der Befragten sieht Leistung und Funktion der Gattung sogar ausschließlich in der Vermittlung von Spannung. Während sonst bei unterhaltenden Werken mindestens die Autoren selbst Rang und Potential ihrer Gattung betonen, gibt es in der Geschichte des Krimis von Poe über Conan Doyle bis zu Michael Innes eine lange Reihe von prominenten Vertretern, die sich über den Wert der Gattung und ihrer eigenen Produkte kritisch oder sogar abschätzig äußern.

Daß Krimis in mehrfacher Hinsicht leicht sind, ist ein Hauptgrund nicht nur für ihre immense weltweite Popularität und für die vielfältige Umsetzung der literarischen Form, der ursprünglichen und noch immer zentralen Ausprägung der Gattung, in andere Medien, sondern auch für das zunehmende Interesse für Kriminalliteratur an Schulen und Universitäten. Kriminalgeschichten werden als Unterrichtsstoff – sei es als Lektüre im Englischunterricht, sei es als Gegenstand literaturwissenschaftlicher Seminare – immer beliebter, weil sie sprachlich unproblematisch sind, weil sie an ein bereits vorhandenes Interesse anknüpfen können und vor allem, weil sie nach dem Niedergang der Klassikerlektüre und dem Wegfall jedes gemeinsamen Fundus an gelesenen Texten die einzige Gattung darstellen, in der jedermann soviel Erfahrung besitzt, daß er das zu betrachtende Einzelwerk vergleichend, einordnend und wertend vor dem Hintergrund einer Reihe von verwandten Werken sehen kann.

Aber auch die literaturwissenschaftliche Theorie, die sich bemerkenswert wenig Sorgen um die Vermittelbarkeit ihrer Überlegungen und Resultate macht, zeigt schon seit etwa zwanzig Jahren besonderes Interesse für den Krimi.

Dieses Interesse gilt zunächst dem Krimi (oder, enger gefaßt, der fiktionalen Kriminalgeschichte) als einer Gattung. In den Literaturwissenschaften hat in jüngerer Zeit die Kategorie der Gattung, das heißt einer Gruppe von Werken mit gemeinsamen Strukturmerkmalen und mit historischem und systematischem Zusammenhang als Reihe, eine zentrale Funktion als Leitkategorie erhalten, wie sie früher von Kategorien wie der Epoche oder dem Œuvre des einzelnen Autors ausgefüllt wurden. Der Krimi erscheint (in ähnlicher Weise wie Science Fiction) als eine der Analyse besonders zugängliche Gattung: materialreich, aber übersichtlich, mit ausgeprägten strukturellen Merkmalen, seit über einem Jahrhundert kontinuierlich existierend und daher in ihrer geschichtlichen Entfaltung verfolgbar, dabei aber doch so rezent, daß sich kompliziertere historische Ermittlungen erübrigen dürften.

Attraktiv als Untersuchungsobjekt ist der Krimi auch unter dem Aspekt seiner Regelhaftigkeit. Fast alle einflußreichen Richtungen der theoretisch orientierten Literaturanalyse, sowohl die literaturwissenschaftliche Linie, die auf den Ansätzen der Formalisten und des Strukturalismus fußt, als auch die von der Sprachwissenschaft ausgehende Semiotik und Textlinguistik, sind sich in der Vorstellung einig, daß literarische Werke entstehen, indem Grundelemente formaler und inhaltlicher Art mit Hilfe überindividueller (entweder gattungsspezifischer oder allgemein literarischer) regelhafter Verfahren zu einem Ganzen zusammengesetzt werden. Gesucht wird daher das System der Verfahrensregeln, aufgrund dessen Werke entstehen; gesucht wird die Grammatik, die literarische Texte generiert. Während früher die Lyrik als maßstabsetzendes Zentrum der Literatur galt und auch in der Theoriebildung die wichtigste Rolle spielte, hat man sich seit kurzem besonders den Erzählwerken zugewandt. Die Narrativik hat die Lyriktheorie als Zentraldisziplin der Literaturtheorie abgelöst.

Es liegt nahe, gerade beim Krimi nach einer Grammatik des Erzählens zu suchen. Keiner anderen Textgruppe ist die Regelhaftigkeit, die Entstehung des

Einzelwerks durch Anwendung bestimmter Verfahren, so deutlich ins Gesicht geschrieben.[1] Bei keiner anderen Art von Texten gibt es schon so lange eine interne Diskussion zwischen Autoren und Publikum über einzelne Gattungsregeln und über umfassende Regelkataloge. Wenn es gelänge, das Regelwerk von Kriminalgeschichten zu erfassen, hätte man nicht nur Einblick in die spezifischen Verfahrensweisen einer Gattung gewonnen, sondern – da Krimis relativ einfache Erzählkonstrukte sein dürften – auch in die allgemeinen Regeln des Erzählens.

Schließlich verspricht eine Analyse des Krimis auch Aufschlüsse im Zusammenhang mit einem anderen Anliegen der modernen Beschäftigung mit literarischen Texten, der Erfassung des Verhältnisses zwischen Text und Leser. Während sich die Literaturwissenschaft früher auf den Text selbst und auf die Bedingungen seiner Entstehung richtete, ist sie heute rezeptionsorientiert. Am Text interessiert besonders die Ausrichtung auf das Publikum, die Wirkungsdimension. Man möchte die Literaturgeschichte von einer Entstehungsgeschichte zu einer Rezeptionsgeschichte umschreiben.

Krimis laden nun von vornherein nicht zu werkimmanenter Betrachtung ein; sie sind unverkennbar zweckgerichtet, auf das Erzielen konkret benennbarer Wirkungen beim Leser, beispielsweise und vor allem Spannung, angelegt. Eine Gattungstheorie ohne zentrale Bedeutung der Leserperspektive ist hier gar nicht denkbar. Auch die Gattungsgeschichte bekommt fast von selbst eine rezeptionsgeschichtliche Ausrichtung, da die Entwicklung der Gattung weitgehend von der Aufnahme oder Ablehnung neuer Spielformen durch das Publikum abhängt und da auch die Neuproduktion immer rezeptionsgeschichtlichen Charakter hat, weil die Autoren tradierte Muster wiederholen und variieren.

Die vor etwa zwanzig Jahren noch allgemein verbreitete Erwartung, daß der Krimi nicht nur leichtverständlich, leicht identifizierbar und leichtgewichtig sei, sondern sich auch als leicht analysierbar und literaturwissenschaftlich erfaßbar erweisen würde, hat sich nicht erfüllt. Nachdem in den sechziger Jahren eine Reihe von vorläufigen und überschlägigen Gattungsanalysen und Gattungstheorien in der Form kürzerer Essays erschien, ist es in der Folge nicht zu einer konsensfähigen systematischen Erfassung der Gattung gekommen, sondern eher zu einem Zunehmen der grundsätzlichen Meinungsverschiedenheiten und zu einem Bewußtwerden der Schwierigkeiten, denen sich eine Beschreibung der gattungseigenen Strukturen und der Entwurf einer allgemeinen Theorie der Gattung gegenübersehen.

Die Schwierigkeiten beginnen bei der Definition, und zwar sowohl beim Benennen der kennzeichnenden Grundeigenschaften als auch bei der Abgrenzung zu benachbarten Phänomenen und bei der Entscheidung darüber, ob der Krimi als geschlossene oder ›gefesselte‹ Gattung zu betrachten sei oder aber offene Grenzen habe, so daß Überschneidungen und Grenzüberschreitungen möglich und in der Ordnung wären.[2]

Definitionsfragen waren unproblematisch, solange die Detektivgeschichte (als Roman oder Kurzgeschichte) noch die vorherrschende und fast ausschließlich anzutreffende Art des Krimis war, das heißt bis zur Mitte dieses Jahrhunderts. Die Detektivgeschichte läßt sich in einer recht genauen und merkmalreichen

Definition erfassen. Es geht um die Aufklärung eines für den Leser wie für die Personen in der Geschichte zunächst rätselhaften Verbrechens, in der Regel eines Mordes. Die Handlung hat drei Strukturteile, die eng aufeinander bezogen sind: Mord (genauer: Vorgeschichte und bekannte Umstände des Verbrechens), Ermittlung (die Suche nach den unbekannten Faktoren, besonders nach dem Täter), Aufklärung (mit Lösung aller Unbekannten). Die wesentlichen Personen sind der Detektiv als Zentralfigur (genauer: die Aufklärungsperson, die Detektiv, Polizist oder privater Bürger sein kann), das Opfer und eine Gruppe von Verdächtigen, unter denen im Schlußteil der Täter ausgemacht wird.

Die Detektivgeschichte dieser Struktur ist noch immer die vorherrschende Form des Krimis (wenn sie auch einige Spielformen entwickelt hat, in denen die Bedeutung des Ermittlers soweit herabgemindert worden ist, daß man ihn kaum noch als Zentralfigur bezeichnen kann). Daneben gibt es aber inzwischen genügend Krimis, bei denen es nicht um die Lösung des Täterrätsels geht – etwa weil der Schuldige dem Leser von vornherein bekannt ist und der Tathergang offen geschildert wird – und in denen manchmal gar kein Detektiv (oder kein erfolgreicher Detektiv) auftritt.

Auf Geschichten dieser Art trifft die obige Definition in keinem Punkte mehr zu. Sowohl die Handlungsstruktur als auch das Ensemble der Figuren sind ganz anders. Wer für Krimis dieser Art nach einer Begriffsbestimmung sucht, die gleichfalls von den Strukturen der Handlung und des Personeninventars ausgeht, der kommt in die Verlegenheit, zwischen den beiden Typen von Werken einen tiefen definitorischen Graben ziehen zu müssen, und zwar eigentlich wider besseres Wissen, denn die Erfahrung lehrt jeden Leser oder Fernsehzuschauer, daß zwischen Krimis mit oder ohne dominierende Detektivfigur und mit oder ohne Täterrätsel kein gravierender Unterschied sein kann. Krimi ist Krimi; es stört niemanden, wenn beide Arten innerhalb der gleichen Buchreihe oder Fernsehserie auftreten.

Inhaltsbezogene Definitionen des nicht-detektivischen Krimis haben im übrigen auch den Nachteil, daß sie in ihrem Netz alle möglichen Werke der älteren Literatur einfangen, die von Verbrechen, Mord, Schuld und Sühne handeln, und natürlich ist eine Krimi-Definition, unter die auch *König Ödipus* und *Schneewittchen* fallen, völlig unbrauchbar.

Es ist zu vermuten, daß die herkömmlichen Definitionen der Detektivgeschichte trotz ihrer Klarheit und Richtigkeit die für Krimis allgemein konstitutiven Elemente noch nicht erfaßt haben und daß die fundamentalen Gemeinsamkeiten, die wir Detektivgeschichten und nicht-detektivischen Krimis intuitiv zusprechen, weniger auf dem Gebiet von Handlung und Figuren als auf dem der Erzählstruktur liegen. Auf jeden Fall sollten wir uns hüten, terminologische Trennungen vorzunehmen, für die kein sachlicher Grund einsehbar ist. Wir gehen von der Annahme aus, daß es eine Gesamtgattung Krimi gibt, zu der alle modernen Werke gehören, die Vorgänge um Mord und Verbrechen auf spannend-unterhaltende Weise präsentieren. Unter dem Begriff ›Krimi‹ werden im folgenden in Übereinstimmung mit dem allgemeinen Sprachgebrauch alle Werke dieser Art verstanden, einerlei ob sie erzählend oder

dramatisiert (als Film, Fernsehspiel, Theaterstück) dargeboten werden und ob sie einen Ermittler als Zentralfigur haben oder nicht.
In der Frage nach der Existenz und Beschaffenheit von Gattungsregeln hat sich das als Sackgasse erwiesen, was ursprünglich wie ein gebahnter Weg aussah: das Vorhandensein einer in das frühe 20. Jahrhundert zurückreichenden fortlaufenden Debatte von Autoren, Kennern und Liebhabern über die Regeln, nach denen sich der als freies Spiel zwischen Autor und Leser aufgefaßte Detektivroman richten müsse. Es schien zunächst so, als brauche man hier nur weiterzumachen und Regelsammlungen wie den »Detective Story Decalogue« von Ronald A. Knox (1929) oder die bekannten »Twenty Rules for Writing Detective Stories« von S. S. Van Dine (1928) zu ergänzen und zu systematisieren, um des Gesetzwerks der Gattung habhaft zu werden.[3]
Nach langer Weiterdiskussion der Regelkataloge, vor allem in der deutschen und französischen Literaturkritik, hat sich inzwischen jedoch die Einsicht durchgesetzt, daß ein Großteil der Kataloge schon von ihren Verfassern nicht ernstgemeint war, daß kein wichtiger Romanautor sie anerkannt oder sich bewußt nach ihnen gerichtet hat und daß sie nicht dazu taugen, Konstruktionsweise und Funktionieren des ›klassischen‹ Detektivromans, geschweige denn seiner neueren Nachfolgeformen, hinreichend zu beschreiben.[4] Derzeit herrscht in der Frage des Vorhandenseins universeller gattungsimmanenter Regeln des Kriminalromans und der Erkennbarkeit und Formulierbarkeit solcher Regeln eine Resignation, die sicherlich vorschnell ist, denn eine Erörterung des Regelproblems ohne den irreführenden Anschluß an die alten Kataloge hat eben erst begonnen.[5]
Daß über die gattungsspezifische Rezeptionsweise und den Publikumsbezug von Krimis noch keine hinreichende Klarheit besteht, kann an sich kaum überraschen. Die gesamte Rezeptionsforschung, vor gut zehn Jahren als die Literaturwissenschaft der Zukunft propagiert, steht inzwischen in dem Ruf, eine Disziplin vollmundiger Programmerklärungen und geringer Leistung zu sein, und ist in Gefahr, schon wieder aus der Mode zu kommen. Diese gegenwärtige Trendwende, die der theoretischen Leistung der Rezeptionsforschung sicher nicht gerecht wird, ist vor allem eine Reaktion auf das Schnekkentempo, in dem sich die empirische Leserforschung entwickelt hat, und auf das Fehlen praktischer Modelle zur Untersuchung der Rezeptionsaspekte konkreter Gattungen oder Einzelwerke.
Aber auch wenn man diese allgemeine Situation in Rechnung stellt, ist es erstaunlich, wie wenig wir über die spezifischen Rezeptionsprozesse des Krimis wissen, der doch so offensichtlich der Rezeption wegen da ist. Über die Rezeption des Shakespearedramas durch das elisabethanische Publikum wissen wir besser Bescheid als über das, was beim Lesen eines Krimis vorgeht.
Schon der normale Krimileser, der doch der Gattung gegenüber sonst so sicher ist, weiß nicht, was mit ihm passiert. Die Situation ähnelt dem Zuschauen bei einem Zauberkunststück: Man weiß um die Tatsache der Manipulation und Illusionierung, aber man durchschaut den Trick nicht.
Auch in der literarkritischen Diskussion sind auf diesem Gebiet viele Fragen noch nicht hinreichend geklärt.[6] So steht etwa die Auffassung, der Krimileser

wende dem Text besondere Aufmerksamkeit zu und denke aktiv mit, neben der Meinung, der Krimileser sei besonders entspannt und verhalte sich rein rezeptiv. Sogar die mit Sicherheit falsche Auffassung, der Detektivroman böte dem Leser immer eine faire Chance, den Fall aufgrund der im Text gebotenen Indizien selbst zu lösen, wird noch immer gelegentlich vertreten. Schließlich haben auch die Aussagen über den Krimi als soziale Kommunikation – beispielsweise die These, daß der englische Detektivroman der zwanziger Jahre die Funktion gehabt habe, der materiell und geistig verunsicherten *upper middle class* eine heile oder heilbare Welt vorzugaukeln – den Bereich der Spekulation noch nicht hinter sich gelassen.

»Macbeth« als Krimi: Gattungsgesetze, gattungsspezifische Leseweise, Gattungsunterschiede

Die Dame, die in James Thurbers schöner Geschichte »The Macbeth Murder Mystery«[7] Shakespeares Tragödie zu einem Detektivroman machte, wußte sehr genau, daß das Buch eigentlich kein Krimi war. Sie hatte beim Kauf des Penguinbändchens in der Hotelhalle nicht auf die Umschlagfarbe geachtet – damals konnte man Klassik und Trivialliteratur noch nach der Farbe unterscheiden – und mußte nun enttäuscht feststellen, daß sie keinen spannenden ›Agatha Christie oder so was‹ als Bettlektüre hatte, sondern einen Shakespeare, ein Buch für Schüler und Studenten.
Weil sie nichts anderes hat, liest sie das Buch trotzdem, und zwar mit großem Erfolg. Es gelingt ihr, den Täter zu ermitteln (es ist natürlich nicht Macbeth, obwohl der sich anfangs sehr verdächtig macht), den wahren Hergang zu rekonstruieren und eine Reihe von Rätseln zu lösen, die die Shakespearekritik seit Generationen beschäftigt haben.
Das ist ein Jux, und es besteht kein Anlaß, Thurbers Geschichte aus den Annalen des amerikanischen Humors in die der Shakespearerezeption umzuordnen; »The Macbeth Murder Mystery« ist aber gerade in der fiktionalen Verwirklichung einer unmöglichen Leseweise sehr geeignet, uns als Paradigma bei der Erörterung einiger grundsätzlicher Fragen der Krimianalyse zu dienen, insbesondere der Frage nach der Rolle des Lesers beim Krimi und in anderen Gattungen und nach der Existenz und Funktionsweise von Gattungsregeln.
Während wir sonst bei der Erörterung von Leserrolle und Leserhaltung unseren Rezipienten meist hypothetisch konstruieren müssen, ist hier der Leser im Text leibhaftig da und erläutert jede seiner Operationen; und während wir sonst gelegentlich Schwierigkeiten haben, unsere theoretische Überzeugung von der aktiven Mitwirkung des Lesers im Prozeß der literarischen Kommunikation am konkreten Beispiel zu bewahrheiten, haben wir hier einen Lesevorgang, der wirklich und wahrhaftig das Werk konstituiert. Der Leser macht den Text ohne den Autor und gegen den Autor zu einer Detektivgeschichte. Es gilt der Grundsatz: Die Gattungszugehörigkeit und Gattungs-

haftigkeit eines Textes ist das Resultat einer bestimmten gattungsspezifischen Leseweise.

Diese Leseweise besteht vor allem darin, daß auf den Text feste Regeln, allgemeine Regeln der *mystery story*, angewandt werden. Anders als bei der modernen Literaturwissenschaft gibt es bei Thurbers *Macbeth*-Leserin keine Zweifel an der Existenz und an der Brauchbarkeit von Regeln, nach denen Krimis konstruiert sind und nach denen sie gelesen werden müssen. Bei ihr werden Gattungsregeln explizit formuliert und konsequent angewandt.

Es mag sich daher lohnen, einmal den Fragen nachzugehen, die durch Thurbers Heldin aufgeworfen werden; nämlich

- wie ihr Leseverfahren und ihr Regelsystem beschaffen sind und wie sie funktionieren;
- ob das, was hier an einer Tragödie exemplifiziert wird, auch in der ›echten‹ Kriminalliteratur gilt, und schließlich
- warum Shakespeares *Macbeth*, obwohl als Krimi lesbar, eigentlich kein Krimi ist oder nicht nur ein Krimi ist, und wo die essentiellen Unterschiede liegen, falls es sie überhaupt gibt.

Die wichtigste Prozedur des alternativen Lesens des *Macbeth* ist die Umwandlung des Textes in ein Fragespiel. Theoretiker des Detektivromans, besonders Richard Alewyn, haben immer wieder betont, daß die Frage in der Gattung eine besondere Rolle spielt.[8] Bei Thurber enthält der Text Dutzende von Fragesätzen; ihre Frequenz ist um ein Vielfaches höher als im Original. Außer den Fragesätzen gibt es noch eine Reihe von implizierten Fragen, von denen die Protagonistin beim Lesen des Textes ausgeht.

Die Hauptfrage ist jene Frage, die den klassischen Detektivroman konstituiert und ihm seinen Scherznamen gibt: »Whodunit«. Damit die Frage nach dem Täter sinnvoll gestellt werden kann, muß zunächst die Unterstellung, Macbeth sei es gewesen, aus der Welt geräumt werden, was unsere Leserin mit einer im Rahmen ihres Systems überzeugenden Begründung tut.

Neben der Hauptfrage gibt es eine lange Reihe weiterer Fragen ohne unmittelbaren Bezug zum Täterrätsel, z. B. »But what do you make of the Third Murderer?« (S. 61) oder »But what about the banquet scene?« (S. 62).

Die Infragestellung der im Text dargebotenen fiktiven Wirklichkeit ist total. Auch das im Original als Gewißheit Mitgeteilte – wie die Täterschaft des Macbeth und die Mittäterschaft seiner Frau – wird zur Frage. Insbesondere erscheinen alle Personen, auch die bei Shakespeare eindeutig guten, zunächst einmal als fragwürdig und potentiell verdächtig.

Zu dem ersten Axiom, »Ein *murder mystery* ist eine Geschichte, bei der der Leser lauter Fragen stellen muß«, gehört als komplementäre Regel ein zweites Axiom: »*Murder mysteries* sind Geschichten, in denen sich alle gestellten Fragen eindeutig beantworten lassen.«

In unserer Geschichte wird jede einzelne von den über dreißig direkt gestellten oder implizierten Fragen klar und unzweideutig beantwortet. Die Geschichte ist als ein Frage- und Antwortspiel angelegt, genau gesagt sogar als doppeltes Frage- und Antwortspiel. Zuerst gibt die Heldin, die Macduff als den wahren Täter ermittelt hat, Auskunft über die Fragen, die sie sich gestellt und beantwortet hat; zweifelnde Gegenfragen des Erzählers beantwortet sie, bis kein Widerspruch mehr erfolgt. Im Schlußteil der Geschichte trägt dann auch noch der Erzähler, der inzwischen den *Macbeth* ausgeborgt und mit neuen Augen gelesen hat, seine Antworten auf die Fragen des Textes vor – für ihn ist der Vater von Lady Macbeth der Täter – und pariert dann die ungläubigen Fragen der Dame mit ergänzenden Antworten, bis auch seine Lösung einwandfrei dasteht.

Ein Teil der Pointen der Geschichte besteht darin, daß einige seit Generationen diskutierte, unentscheidbare Fragen der *Macbeth*-Interpretation hier erneut gestellt werden und unter Rekurs auf geltende Regeln der Gattung eine ebenso klare wie absurde Antwort finden. Was soll beispielsweise der rätselhafte dritte Mörder, der zu den zwei von Macbeth für den Mord an Banquo gedungenen stößt? Antwort der Leserin: Es ist natürlich Macduff, und der ist auch der eigentliche Mörder Banquos, denn einmal wird der zweite Mord immer vom gleichen Täter begangen wie der erste und zum anderen darf die Tat nicht von zwei gewöhnlichen Verbrechern begangen werden – »the murderer always has to be somebody important« (S. 61 f.).

Frage: Warum sagt Lady Macbeth, sie würde König Duncan selbst erdolcht haben, »had he not resembled my father as he slept«?[9] Antwort, diesmal aus der Krimilesart des Erzählers: Er sah ihrem Vater ähnlich, weil er tatsächlich ihr Vater war. Der Vater von Lady Macbeth, der seine Tochter zur Königin machen wollte, ermordete den König; als er jemanden kommen hörte, schob er schnell die Leiche unter das Bett und legte sich selbst hinein.

Eine totale Infragestellung und Problematisierung der im Text präsentierten Wirklichkeit, eine totale Beantwortung jeder Frage, und das alles als Eigenaktivität des Lesers – wenn es nur diese Grundregeln gäbe, dann müßten daraus ein totales Kunstwerk und eine totale Kreativität des Lesers resultieren und den originalen *Macbeth* und dessen übliche Rezeptionsweisen weit hinter sich lassen.

Innerhalb des durch die Axiome gesetzten Rahmens gilt jedoch eine Gruppe von Regeln, die wir global als Limitierungsregeln bezeichnen können. Sie lenken und begrenzen das Frage- und Antwortspiel und begrenzen vor allem den Spielraum der Aktivitäten des Lesers.

Zwei der Regeln betreffen Aktivitäten des Autors, die den Leser in seiner Freiheit beeinflussen, Fragen zu stellen und zu beantworten. Die Verzögerungsregel besagt, daß der Leser die Antwort auf wichtige Fragen, vor allem auf die Täterfrage, nicht unverzüglich finden können darf. Das Vergnügen der Suche muß ausgedehnt sein. »It would spoil everything if you could figure out rightaway who did it« (S. 61). Damit verbunden ist die Überraschungsregel. »They have to keep surprising you« (S. 61). Der Prozeß des Findens von Antworten muß mindestens zu einem Großteil außerhalb der Voraussicht und Erwartung des Lesers liegen.

Die Krimileserin unterstellt, daß diese Regeln vom Autor unverbrüchlich eingehalten werden, so unverbrüchlich, daß man aus dem Verzögerungs- und Überraschungsgebot eine Reihe von Leitregeln für den Leser ableiten kann. Der Leser muß im Prinzip alles in Frage stellen, alle Personen verdächtigen,

aber er kann sich in der Praxis doch durch eine Folge von Relevanz- und Irrelevanzregeln leiten lassen.
Auch die Krimileserin kommt zunächst auf den Gedanken, Macbeth und seine Frau könnten die Mörder sein. Aber deren Täterschaft würde ja gegen Verzögerungs- und Überraschungsregel verstoßen. Daher wendet sie auf Macbeth und Lady Macbeth die abgeleitete Regel von der Unschuld der unmittelbar und stark Verdächtigen an: »You suspect them the most, of course, but those are the ones that are never guilty – or shouldn't be, anyway« (S. 60). (In dem Zusatz am Schluß wird auf eines der Probleme des normalen Krimilesers angespielt, die mangelnde Verläßlichkeit der abgeleiteten sekundären Regeln.)
Ihr nächster Hauptverdächtiger ist Banquo, und als der dann das zweite Mordopfer wird, registriert sie das mit Befriedigung als eine Anwendung des Überraschungsgesetzes. Sie zitiert die entsprechende besondere Regel: »The person you suspect of the first murder should always be the second victim« (S. 61).
Die Grundregel, daß allzu Naheliegendes als Lösung ausscheidet, hilft ihr auch zu erkennen, daß sie die Königssöhne, die ja im Stück ihrer Flucht wegen Verdacht auf sich ziehen, aus ihren Erwägungen ausschließen kann: »Much too suspicious. When they flee, they're never guilty. You can count on that« (S. 61).
In unserem Falle scheiden für die Leseweise des Dramas als Krimi trotz der ursprünglich über das Original hinausgehenden Problematisierung der Personen so viele Figuren für eine ernsthafte Betrachtung als Mörder aus, daß der Erzähler bei seiner Version den Vater der Lady Macbeth durch Tricks zu einer regelrechten Täterfigur hochstilisieren muß.[10] Es sieht so aus, als engten die Regeln, wonach eine Antwort erst mit Verzögerung möglich ist, der Täter zu den wichtigen Personen gehören muß und ein Teil dieser Personen zudem durch Irrelevanzregeln aus dem Kreis der Verdächtigen ausscheidet, einander den Spielraum ein.
Das Phänomen der Limitierung, wonach bei der Suche nach Antworten die prinzipielle Offenheit (jeder kann es gewesen sein, keiner gehört von vornherein zu den Guten) durch eine Reihe von Regeln wieder eingeschränkt wird, finden wir nicht nur bei den Personen.
Ganz ähnlich verhält es sich mit den Fragen. Nur scheinbar sind die Fragen so vielfältig, wie sie zahlreich sind. In Wirklichkeit sind in einer strengen Hierarchie der Probleme nur solche Fragen zugelassen, die mit der Zentralfrage nach dem Täter zusammenhängen. Es wird beispielsweise nicht allgemein nach der Bedeutung des Dritten Mörders gefragt, sondern nur nach der Funktion der Figur im Rahmen jener Fragen, die innerhalb der Gattung relevant und zulässig sind.
Limitiert ist schließlich auch die Umwandlung des sprachlich Dargestellten in Material für Fragen, in Befragungsobjekte. Es sieht nur so aus, als müßte der Leser den ganzen Text problematisieren, in Frage stellen. In Wirklichkeit erstreckt sich die suchende Aufmerksamkeit der Leserin nicht gleichmäßig auf den ganzen Text; sie sucht nur nach markierten Stellen. Sie befaßt sich mit

einer Reihe von Passagen, die für sie als fragwürdig und antwortbedürftig gekennzeichnet sind, die für sie das Signal ›Achtung, Spur!‹ tragen. Der Rest des Textes besteht bei ihrem Leseverfahren aus bedeutungslosem Füllmaterial.

Da im Falle des Shakespearedramas eine Markierung der Fragestellen durch den Autor nicht deutlich genug erfolgt ist, wendet Thurbers Leserin von sich aus ein gattungsspezifisches Auffindungsverfahren an. Ihre Aufmerksamkeit gilt den Stellen, an denen eine Person ein normabweichendes Verhalten an den Tag legt, und das heißt in ihrem restringierten System: ein Verhalten, das mit dem eines Unschuldigen nicht ohne Schwierigkeiten in Einklang zu bringen ist. Bei der Beurteilung des fraglichen Verhaltens helfen wieder Gattungsregeln. Resultat kann sowohl Belastung als auch Entlastung sein.

Solche Fragestellen liegen beispielsweise vor, wenn Macbeth bei der Erscheinung von Banquos Geist und Lady Macbeth in der Schlafwandelszene Äußerungen machen, die auf ihre Schuld deuten. Bei der Klärung der Fragen – beide stellen sich schuldig, um den Verdacht vom Partner abzulenken – stützt sich die Leserin auf die Regel, daß Eheleute im Krimi immer so handeln, wenn sie den anderen für den Täter halten: »Macbeth was shielding [Lady Macbeth] [. . .] The husband always does that when the wife is suspected. [. . .] She was acting guilty to shield Macbeth« (S. 62).

Ein Fragefall ist auch von vornherein die Entdeckung des Mordes. Man muß z. B. darauf achten, wer als erster die Leiche findet. Es ist Macduff, der sich für Thurbers Heldin durch sein sprachliches Verhalten praktisch selbst als Mörder entlarvt. Er sagt nicht »O Gott, da oben liegt eine Leiche!«, sondern gibt Sprüche von sich, die offenkundig einstudiert sind: »›Confusion has broke open the Lord's anointed temple‹ and ›Sacrilegious murder has made his masterpiece‹ and on and on like that« (S. 61).[11]

Die Gattung, in die *Macbeth* bei Thurber hineingelesen wird, präsentiert sich also als eine Textart, die vor allem durch ihren Bezug zum Leser charakterisiert wird. Sie ist für eine bestimmte Leseweise geschrieben und unterliegt bestimmten Regeln, die der Rezipient kennt und anwendet. Kern des Regelwerks ist ein System von Fragen, die durch vorgegebene Frageraster oder durch Markierung im Text deutlich eingegrenzt sind, und Antworten, die im Rahmen der limitierten Fragen – und nur in diesem – vollständig und eindeutig sind. Der Leser wird zu einer ungewöhnlich aktiven Mitwirkung im literarischen Kommunikationsprozeß animiert, aber auch seine Problematisierung und Antwortsuche unterliegt in starkem Maße eingrenzenden Bedingungen.

Die Leseweise, die einem solchen Text gemäß ist, ist zwar bei dem Shakespearedrama anwendbar, aber sie ist so inadäquat, daß das Unverhältnis zu komischen Effekten führt. Es ist klar, daß sich das auch dann nicht wesentlich ändern würde, wenn Thurber seine Figuren ihre Rezeptionsmethode in größerer Breite und mit mehr Ernsthaftigkeit vorführen ließe. Der allergrößte Teil dessen, was Shakespeares *Macbeth* ausmacht, wird bei dieser Leseweise nicht erfaßt. Es ist im System irrelevant. Seine einzig denkbare Funktion ist die von Versteckmaterial für die relevanten Informationen.

Der erfaßte Rest wird umgewandelt, denaturiert. Die Art der Transformation tritt am deutlichsten bei den Charakteren zutage, deren Entwicklung – sei es als prozeßhafte Entfaltung der anfangs im Drama noch unbeschriebenen Person, sei es als echte Änderung unter dem Einfluß neuer Erfahrungen – bei jeder ›normalen‹ Betrachtungsweise eine wesentliche Rolle spielt. Auch in der Sicht von Thurbers Krimileserin gibt es Entwicklungsprozesse hinsichtlich der Charaktere, sogar sehr starke und wendungsreiche, aber diese Veränderungen finden nur beim Rezipienten und unter den Aspekten des Fragespiels statt. Figuren gewinnen und verlieren an Statur und Interesse, je nachdem wie verdächtig oder unverdächtig sie gerade sind. Macbeth beispielsweise ist eine Wandelfigur in diesem Sinne: unschuldig, sehr verdächtig, nach Überlegung entlastet, wieder verdächtig durch eigenes Zutun, wieder entlastet, endgültig unverdächtig. Von diesen Prozessen abgesehen, gelten alle Figuren als statisch und unveränderlich.

Es ist offensichtlich, daß ein Hauptgrund für die Absurdität dieser Krimi-Lesart von *Macbeth* darin besteht, daß erst die Dame und dann der Erzähler sich als Detektive in die Geschichte katapultieren, die Täterfrage stellen, die nicht existiert, und den falschen Täter ermitteln. Es wird die falsche Krimi-Kategorie angewandt: eine *crime story* mit bekanntem Täter wird für eine *detective story* gehalten.

Somit könnte *Macbeth* doch ein Krimi sein, wenn auch einer von anderer Art als in der Geschichte unterstellt. Aber nach allem, was wir bislang gesehen haben, liegt doch die Vermutung nahe, daß nicht nur diese vordergründig-grotesken Fehler die Lesart inadäquat machen, sondern daß eine tieferliegende Diskrepanz zwischen der Machart und Wirkungsweise des Shakespearestückes auf der einen Seite und andererseits der Axiomatik und Leseweise des modernen Krimis überhaupt – *crime story*, *detective story* oder was auch immer – existiert.

Um dieser Vermutung nachzugehen, tun wir wohl gut daran, *Macbeth* nicht nur mit einem hypothetischen *Macbeth*-Krimi, sondern auch mit echter moderner Kriminalliteratur zu vergleichen.

»Hercule Poirot's Christmas«: Elementare Regeln des echten Krimis

Modell für Thurbers *Macbeth*-Krimi sind die Detektivromane des sogenannten Golden Age, besonders die von Agatha Christie. Sie ist die Lieblingsautorin seiner Heldin, die ihren Fall in der Manier von Hercule Poirot löst. Fragen wir also, ob Konstruktionsweise und Regelsystem des Christie-Romans mit dem auf *Macbeth* applizierten Modell übereinstimmen. Ich nehme als spezielles Vergleichsobjekt *Hercule Poirot's Christmas*, einen in der ganzen Machart typischen Christie von 1938, den manche Kenner der Tendenz zur psychologischen Vertiefung wegen für einen ihrer besten und modernsten Romane halten.[12] In unserem Zusammenhang ist der Roman auch wegen seiner Bezüge und Analogien zu *Macbeth* aufschlußreich. Über dem Roman steht ein Motto aus *Macbeth*: »Yet who would have thought the old man to have had so much blood in him?« Dieser Satz der Lady Macbeth aus der Schlafwandelszene (V,1,39 f.) wird im Roman leitmotivisch verwandt und spielt eine wesentliche Rolle für die Lösung.

Handlung und Personenkonstellation ähneln denen des *Macbeth*, freilich mit signifikanten Unterschieden. Ein alter und schwerreicher Patriarch, Simeon Lee, der seine Angehörigen beherrscht und wie Untergebene behandelt, versammelt zum Fest seine Sippschaft auf seinem Herrensitz Gorston Hall: drei Söhne mit ihren Frauen, eine (vorgebliche) Enkelin, einen (unerkannten) unehelichen Sohn. Der alte Mann wird erstochen. Einer aus der Familie muß der Täter sein. Poirot, der günstigerweise beim Polizeichef der Grafschaft Weihnachten feiert, nimmt sich des Falles an, unterstützt den kompetenten, aber phantasielosen örtlichen Polizeisuperintendenten und löst, nachdem ein zweiter Mord gerade noch vereitelt werden kann, den Fall durch Intuition, logische Schlußfolgerungen und Shakespearekenntnis.

Macbeth wird von fast allen Kritikern als »statement of evil« (L. C. Knights[13]), als Auseinandersetzung mit dem Problem des Bösen in der menschlichen Natur und in der Gesellschaft angesehen. Auch Agatha Christie macht in diesem Roman stärker als sonst das Böse zum Thema: Was ist das Böse, wo hat es seinen Sitz, welche Folgen zieht ein böses Tun unkontrollierbar nach sich?[14] Bei einem Vergleich dieses echten Krimis (wie übrigens auch anderer Werke der Autorin) mit dem Pseudo-Krimi, der aus *Macbeth* gemacht wurde, sehen wir leicht, daß Thurbers Persiflage des zeitgenössischen Detektivromans genau trifft. Wir finden unsere Axiome, Regeln und Konventionen sämtlich wieder. Der Text ist offenkundig auf jene Leseweise zugeschnitten, die die Dame im Hotel dem Drama angedeihen läßt. Es ist, wie mir scheint, sogar so, daß sich der Kriminalroman bei der Betrachtung aus der hier angewandten Perspektive seiner Leseweisen und seiner leserbezogenen Konstruktion präziser und zutreffender beschreiben läßt als bei der Anwendung eines unserer üblichen Ansätze etwa von den Strukturteilen der Handlung oder von der Person des Detektivs und von seinen Aktivitäten her.

Was von *Macbeth* nur im Scherz behauptet wurde, das trifft hier tatsächlich zu: Der Text ist ein System von Fragen und Antworten. Die Fragen, um ein Vielfaches zahlreicher als im *Macbeth*-Krimi, sind alle für den Leser deutlich als zu lösende Probleme gekennzeichnet, meist durch Formulierung als Fragesatz, sonst durch deutliche Betonung der Ungewöhnlichkeit und Fragebedürftigkeit eines Phänomens oder einer Handlung. Die Fragen werden also nicht wie bei der Thurber-Geschichte vom gattungskundigen Leser selbständig gestellt, sondern sie tragen vom Autor gesetzte deutliche Markierungen. Zu jeder in das Bewußtsein des Lesers gebrachten Frage gehört irgendwo eine Antwort, die eindeutig und vollständig ist (und die explizit im Text steht). Da Frage und Antwort oft weit auseinanderliegen, wird die Frage in der Regel zwischendurch in Erinnerung gerufen, wiederholend oder variierend. Frage, Wiederaufnahmen und Antwort bilden eine Sequenz, die oft aus vielen Gliedern besteht.

So wird zum Beispiel die Frage, warum einer Schwiegertochter des Toten beim Anblick der Leiche und der blutbespritzten Umgebung spontan die Worte der

Lady Macbeth auf die Lippen kommen, an sieben verschiedenen Stellen vorgetragen, mutmaßend reflektiert, abgewandelt und zugespitzt: Warum soviel Blut? Zuviel Blut? Blutvergießen als Teil eines rituellen Mordes, eines Schlachtopfers?[15] Andere Fragemarkierungen werden noch häufiger, wenn auch knapper, zwischendurch wiederholt.

Die Hauptfrage ist natürlich die nach dem Täter, und viele Einzelfragen sind Teilfragen dieses zentralen Rätsels. Aber das systematische Fragespiel beginnt schon auf der ersten Seite, und das Netz der Fragen ist im ersten Drittel des Romans, als der Mord noch gar nicht geschehen ist, fast so dicht wie hinterher.

In den ersten beiden Kapiteln zum Beispiel wird der Leser in das Bewußtsein eines jungen Mannes namens Stephen und eines Mädchens namens Pilar geführt. Er muß nicht nur (wie zu Anfang vieler Romane) als ein *medias in res* Versetzter rätseln, wen er da vor sich hat, sondern er erlebt auch, wie die Personen sich selber auf ihr zukünftiges Handeln bezogene, für Außenstehende geheimnisvolle Fragen stellen. Stephen fragt sich, ob sein Entschluß, zur Bewältigung einer vergangenen Angelegenheit aus Südafrika nach England zu kommen, vernünftig war, und beschließt, sein Vorhaben durchzuführen: »He would do what he had come to England to do« (S. 9).

Ähnlich überlegt das Mädchen, eine Spanierin: »Would it be all right? Would she be able to accomplish what she had set out to do? [. . .] Oh, yes, she would succeed – she must succeed« (S. 11). Schließlich wird die eine der beiden Personen für die andere eine Frage und ein Problem. Stephen findet das Mädchen interessant und rätselhaft und nimmt sich vor herauszufinden, wer sie ist und was sie in England und in Gorston Hall will. Das Mädchen erwidert sein Interesse. Jede der Einzelfragen wird vollständig beantwortet, die erste ein paar Seiten weiter, die letzte im Rahmen der Generallösung am Schluß.[16] Beide Personen sind nicht in den Mord verwickelt; die Antworten geben also keine Teilantwort auf die zentrale Täterfrage.

In ähnlicher Weise wird in der Folge die Vorstellung der übrigen Personen zum Anlaß für die Formulierung von Fragen, die jeweils zur Anfangsmarkierung einer Sequenz aus Wiederaufnahmen, Erörterungen, Teilantworten und endgültiger Antwort werden.

Die Generallösung am Schluß, in der der Täter bekanntgegeben wird, enthält auch die stärkste Massierung von Antworten auf Einzelfragen, ob sie nun unmittelbar mit dem Mordrätsel in Verbindung stehen oder nicht. Viele Fragen sind aber schon vorher gelöst. Das Täterrätsel mit seinen Teilfragen – zum Beispiel auf welche Art und aus welchen Motiven der Täter gemordet hat – ist weder der einzige Fragenkomplex, noch steht es in jeder Phase des Leseprozesses überhaupt akut zur Erörterung.

Dennoch kommt der Täterfrage über ihr Eigengewicht hinaus eine beträchtliche Bedeutung als Klammer für alle auftretenden Fragen zu. Viele Fragen und Antworten haben zwar nichts mit dem Mordrätsel zu tun, aber Fragen werden nur gestellt und verfolgt, wenn sie mit dem Mord zu tun haben könnten. Das gilt auch für Fragen, die vor dem Mord gestellt werden. Nur weil die persönlichen Geheimnisse und Probleme von Personen sie im Zusammenhang mit einem Mord prinzipiell verdächtig machen oder zu Lüge oder Verheimlichung bewegen, können sie zur Frage werden. Umgekehrt scheiden Personen und ihre Probleme sofort als potentielle Frage- und Erörterungsobjekte aus, wenn klar wird, daß ihre Probleme keinen Zusammenhang mit der Hauptfrage haben können. Das zeigt sich am deutlichsten am Schluß des Textes. Im Laufe des Romans war detailliert gezeigt worden, daß die meisten Personen sich in einer existentiellen Krise befanden. Nach der Beantwortung der Täterfrage verlieren diese Probleme jedes fragende Interesse, und die Figuren werden in ein paar beschwichtigenden Zeilen mit dem Tenor ›Es wird schon wieder werden‹ in die Zukunft entlassen.[17]

Strukturell liegt also die Bedeutung des Täterrätsels hauptsächlich darin, daß es das Frage- und Antwortspiel eingrenzt und als Maßstab für die Funktionalität der Einzelfragen dient.

Der Leser erfährt einen geradezu idealtypischen Prozeß literarischer Spannung. Es treten Probleme in seinen Horizont. Sein Interesse wird dadurch verstärkt, daß diese Probleme als klare, konkrete Fragen ausgeprägt werden. Er ist auf die Lösung um so gespannter, als er von seiner Gattungskenntnis her und von den Signalen und Vorausdeutungen im Text völlig sicher sein darf, daß die Antworterwartung nicht enttäuscht werden wird.

Spannung verlangt nach Lösung. Der Leser wird durch die Beschaffenheit des Textes – durch klare Fragen, Lieferung von Informationen, die als relevant für Antworten markiert sind, durch das Lösbarkeitsaxiom – aufgefordert, sich so zu verhalten wie Thurbers Leserin und den Fall, der sich ja als dechiffrierbarer Teil eines semiotischen Systems gibt, zu entschlüsseln, aktiv nach Antworten auf die gestellten Fragen zu suchen. Wenn er das tut, helfen ihm auch hier alle möglichen Limitierungsregeln: Der Täter zum Beispiel entspricht der *important person*-Regel (er gehört zur Familie und ist eine der am häufigsten im Text auftretenden Personen); wer zu verdächtig ist, ist für die Tätersuche irrelevant; einer der ersten Verdächtigen wird – beinahe – zum zweiten Opfer usw.

Aber natürlich gelten in diesem Text die Verzögerungs- und Überraschungsregeln – anders als bei *Macbeth* – in vollem Ernst. Es ist bei Teilfragen wie auch bei der Hauptfrage praktisch unmöglich, die Antwort eher zu finden als an der vom Autor vorgesehenen Stelle. Wie man durch Eigenbeobachtung feststellen und durch formalisierte Leseprotokolle bei Gruppen von Einzellesern leicht erhärten kann, ist infolge der Tarnungsmaßnahmen des Autors bei Detektivgeschichten dieses Typs die Trefferquote des mitdenkenden Lesers geringer als ein blindes Täterraten, etwa durch Auswürfeln des Mörders unter den acht bis zehn in Frage kommenden Personen.

Agatha Christie verfährt, um das Ziel dieses Versteckspiels zu erreichen, gewöhnlich so, daß sie alle Limitierungsregeln einhält bis auf eine, die sie durchbricht. Hier – wie in einer Reihe von anderen Romanen – kommt der Täter aus dem Kreis der Funktionspersonen – Detektiv, der Erzähler (der als Vertrauter des Detektivs fungiert), Polizisten, Ärzte –, die regelmäßig vom Verdacht ausgenommen sind.

Der Mörder ist Sugden, jener solide und phantasielose lokale Polizeibeamte, der mit Poirot zusammen den Fall untersucht, ein illegitimer Sohn des Ermordeten.

Die Lösung ist objektiv, d. h. nicht im Rahmen der Gattung gesehen, viel absurder als die Täterschaft Macduffs oder des Vaters von Lady Macbeth in dem anderen Fall. Der Täter handelt aus Rache für seine Unehelichkeit, und zwar nach einem kursbuchartigen Mordplan, den schon das kleinste unerwartete Ereignis zunichte machen würde.[18]

Im Roman ist die Lösung aber völlig plausibel, weil jeder ihrer Bestandteile sich auf eine Reihe von Stellen stützt, an denen dieser Lösungsbaustein in anderem Kontext erwähnt wurde. Angesichts der Lösung kann der Leser nicht umhin, sich zu erinnern, wie oft vom Ermordeten als altem Sünder und Vater unehelicher Kinder die Rede ist,[19] wie oft Rachsucht als erbliche Familieneigenschaft erwähnt wurde[20] und wie oft der Polizist mit einem anderen Familienmitglied verwechselt wurde.[21] Jeder einzelne Teilsatz der Lösung ruht also auf einer lösungsstützenden Sequenz, deren Zusammengehörigkeit erst rückblickend erkennbar ist.

Der gattungskundige Leser weiß natürlich um die unverbrüchliche Gültigkeit der Verzögerungs- und Überraschungsregel. Dieses Wissen gibt ihm die Wahl zwischen verschiedenen Leserrollen und Leseweisen. Er kann jene Rolle übernehmen, in der Thurbers Amerikanerin sich so hervortut und die auch ihm durch den Text und durch zahlreiche Proklamationen von Autoren und Advokaten der Gattung nahegelegt wird: die Rolle des aktiven, mitmachenden, allen Fragen nachgehenden Lesers, der nicht nur – wie jeder Leser – mit Hilfe seines linguistischen Regelapparates die sprachliche Botschaft des Textes entschlüsselt, sondern der aufgrund seiner kriminalliterarischen Regelkenntnisse den Fall decodiert.

Wenn er die Rolle übernimmt, weiß er, daß sie eine – was die Antizipation der Antworten angeht – folgenlose Aktivität bedeutet und daß das hohe Aufmerksamkeitsniveau bestenfalls das Aha-Erlebnis bei der Mitteilung der Antworten vertieft. Diese propagierte Leseweise unterliegt einer Irrelevanzregel. Sie schadet nichts, aber sie ist für das immanente Textziel der Lösung überflüssig.

Dadurch hat der Leser die Möglichkeit, wahlweise auch eine andere, ebenso gattungsgemäße und dem Text adäquate Rezeptionsweise anzuwenden: Er kann einfach die Appelle zum Mitmachen und zum Auswerten der Informationen ignorieren und das Frage- und Antwortspiel müßig an sich vorbeiziehen lassen. Der Text erfordert ja keine fragende und antwortende Aktivität. Er ist im Unterschied zu vielen anderen Textarten fertig problematisiert und fertig aufgelöst, seine signifikanten Muster und Strukturen sind auch bei flüchtigstem Lesen nicht zu übersehen. Die dargestellte Welt wird unter den limitierten Aspekten des Frage- und Antwortspiels durchmessen. Das Eindringen nicht vorgesehener, möglicherweise beunruhigender oder nicht eindeutig beantwortbarer Fragestellungen ist fast unmöglich. Diese Leseweise von Krimis – nach Erfahrung und Erhebungen übrigens die vorherrschende – ist besonders bequem und der Spannung zum Trotz, die ja keine echte Ungewißheit enthält, entspannend. – Es gibt also hier nicht d e n intendierten Leser, sondern eine Skala von adäquaten, systemgetreuen Leseweisen.

Unser Ansatz gibt uns auch die Möglichkeit zu erklären, warum der Detektivroman, in dem eine Ermittlerfigur und das ›Wer war's‹-Rätsel konstitutiv sind, und der Kriminalroman im engeren Sinne von *crime novel* (eine Geschichte ohne Dominanz des Detektivs und der Täterfrage),[22] dem Leser trotz aller Unterschiede der Handlungs- und Figurenstruktur als sehr ähnlich und als Repräsentanten der gleichen Gattung vorkommen. Dem ist so, können wir aus unserer Perspektive sagen, weil die verschiedenen Arten von Krimis auf dem gleichen System von Grundregeln (oder doch ähnlichen Systemen) beruhen. Sicher bestehen zwischen *detective novels* und *crime novels*, aber auch zwischen den Detektivromanen verschiedener Epochen, Schulen und einzelner Autoren erhebliche Unterschiede des Regelsystems, das ihre Konstruktion und Rezeption regiert, und vor allem der Regelhaftigkeit, das heißt des Ausmaßes, in dem die einzelnen Elemente des Textes durch ein Regelsystem erfaßt werden und in seinem Rahmen funktionale Bedeutung erhalten. Aber die Unterschiede sind graduell und dürften die Gemeinsamkeit der Axiomatik, vor allem die Anlage als regelhaftes und limitiertes Frage- und Antwortspiel, nicht berühren. Detektivfigur und Täterrätsel haben für den Krimi, wie er bei Christie repräsentiert ist, eine wichtige, prägende Bedeutung. Aber der Detektiv ist, wie wir sahen, im Prinzip ersetzbar und verzichtbar, da nicht essentiell.[23] Die Hauptfrage »Wer war der Täter?« kann ohne Aufgabe des Systems durch andere Hauptfragen abgelöst werden, etwa »Wird der mir von vornherein bekannte Täter überführt werden?« oder »Wird das vor meinen Augen geplante Verbrechen gelingen?«

Warum »Macbeth« kein Krimi ist

Nunmehr läßt sich unsere Ausgangsfrage, warum *Macbeth* kein Krimi ist und warum die Lesart von Thurbers Dame grundfalsch ist, auf eine befriedigendere Weise beantworten als mit dem Hinweis auf das Fehlen eines Detektivs und die Irrelevanz der Täterfrage. Obwohl *Macbeth* – abgesehen von der dramatischen Darbietungsweise – sämtliche Kriterien der klassischen Definition einer modernen *crime novel* von Julian Symons erfüllt – von der Handlungsstruktur über das Interesse an Psychologie und Charakteren bis zur Erörterung gesellschaftlicher und moralischer Werte[24] –, ist es definitiv kein Krimi, weil die Grundregeln, das Bausystem und die textadäquaten Leseweisen der modernen Kriminalliteratur nicht gelten. Es gibt kein System von Fragen und Antworten. Es gibt kaum markierte Einzelfragen, keine textimmanente Problematisierung und keine einheitsstiftende Generalfrage. Es gibt (von den Handlungsungewißheiten, die gelöst werden, abgesehen) kaum Antworten und Lösungen, schon gar keine eindeutigen. Wenn es Limitierungs-, Relevanz- oder Verzögerungsregeln gibt, dann müssen sie völlig anders beschaffen sein. Und wenn man schließlich, wie es allgemein üblich ist, dem modernen Leser *Macbeth* als besonders spannend anpreist, dann müßte man eigentlich hinzufügen, daß dem Stück die Spannung im Sinne von *suspense* im Krimi – temporäres, genau

umreißbares Nichtwissen, verbunden mit Gewißheit der kommenden Aufklärung – weitgehend fehlt.
Das Ausmaß des Unterschieds zeigt sich am deutlichsten am Kontrast der Behandlung gleicher Motive und Themen.
Die Frage nach der Signifikanz des *Macbeth*-Mottos »Yet who would have thought the old man to have had so much blood in him?« wird bei Christie mit der gattungsgemäßen Eindeutigkeit beantwortet: Soviel Blut, wie man am Tatort vorfand, konnte der alte Mann gar nicht in sich haben. Deshalb kommt mehreren Betrachtern das Wort der Lady Macbeth in den Sinn, und dadurch kommt Poirot auf die Erklärung: Der Täter hat, um eine falsche Tatzeit vorzutäuschen, eine Flasche mit Tierblut rings um die Leiche gegossen und ein gerinnungshemmendes Mittel zugesetzt.[25]
Bei Shakespeare ist das »Wer hätte gedacht ...« keine echte Frage; es gibt keine Antwort. Die Signifikanz der Stelle ist generell klar: In den Zwangsvorstellungen der Lady bricht sich der natürliche und emotionale menschliche Abscheu vor Blut, Greuel, Untat Bahn, nachdem sie früher frevelhaft den Mord als eine rational planbare, beherrschbare, begrenzbare Angelegenheit betrachtet hat.[26] Im einzelnen ist der Sinn aber nicht eindeutig. Die Stelle steht ferner in erkennbaren oder ahnbaren Zusammenhängen mit den 39 anderen Stellen, an denen Wort und Thema »blood« vorkommen, aber diese Stellen bilden keine Sequenz, sind nicht Teil eines geschlossenen Subsystems wie im Krimi.[27]
Das Thema *evil* vollends, der Fragenkomplex, was das Böse ist und wie es in die Welt und den Menschen kommt, wird bei Shakespeare in so vielfältiger, zusammenhangsarmer und widersprüchlicher Form zur Sprache gebracht, daß unsere eingeführte Formel von *Macbeth* als *statement of evil* nur als recht hilflose Redensart bezeichnet werden kann. Es gibt ja weder eine formulierte noch eine implizierte generelle Aussage über das Böse.
Bei Christie ist auch das anders. Das Problem des Bösen wird, damit es zur Sprache gebracht werden kann, den Limitierungsregeln der Gattung unterworfen. Es hat nur in zwei Personen seinen Platz, im Ermordeten, dem ›alten Teufel‹ Simeon Lee[28], und in seinem Sohn, dem Mörder. Durch Mord und Verhaftung wird es eliminiert, der Rest der Menschheit ausdrücklich vom Verdacht des Bösen freigesprochen. Auch die Frage, wie das Böse in die Welt kommt und welchen Lauf es dort nimmt, findet eine ebenso eindeutige wie limitierte Antwort: Das Böse liegt in manchen Familien im Blut, im Erbgut.[29] Es wird in einzelnen schwarzen Schafen solcher Familien virulent, wie beim alten Simeon, der dann im wörtlichen Sinne fortzeugend Böses schafft in seinem unehelichen Sohn, bis sich schließlich, wie es heißt, sein eigenes (böses) Blut gegen ihn erhebt.[30]

Die zugrundeliegenden Systeme sind offensichtlich so verschieden, daß die Schwerpunkte ihres Leistungsvermögens an sehr verschiedenen Stellen liegen. Damit könnte unsere Ausgangsfrage beantwortet sein – oder auch nicht, denn insgeheim und eigentlich war doch wohl gefragt, warum Shakespeares Drama mehr ist, besser ist als ein Krimi, und das ist durchaus offen. Mit der Einsicht der Nichtanwendbarkeit der Krimi-Axiomatik und des Krimi-Systems haben wir nämlich nicht nur die Lesart von Thurbers Heldin falsifiziert, sondern einen Großteil unserer seriösen literaturwissenschaftlichen Leseweisen des *Macbeth* in Frage gestellt.

Auf ihre Art liest auch die moderne Shakespearekritik – wir alle – *Macbeth* modern, als eine Art Krimi. Sie läßt dem Text Interpretationsweisen angedeihen, die eher dem System Krimi angemessen wären, und belegt die Einmaligkeit und Perfektion des Shakespearedramas durch den Hinweis auf Vorzüge, die jeder gute Krimi in weit höherem Maße aufweist.

Wir fassen das Shakespearedrama vorwiegend als geschlossenes und einheitliches Aussagesystem auf, in dem jede Einzelheit funktional eingesetzt ist und zu einem *total response* auf seiten des Rezipienten beiträgt, obwohl in keinem Shakespearedrama die Einzelheiten auch nur annähernd so vollständig in einen Gesamtplan integriert sind wie in einem Christie-Roman. Wenn *Macbeth*, wie es eine Lieblingsmetapher der neueren Kritik besagt, ein Teppich aus vielen einzelnen *patterns* – verbalen, personalen, thematischen Mustern – ist, dann enthält dieses Gesamt-*pattern* wesentlich mehr lose Fäden als der typische Krimi. Selbst das zum Nachweis von hoher Literatur immer verwandte Kriterium der größeren Komplexität ist fraglich: Wenn man Komplexität nicht als unkoordinierte Vieldeutigkeit und Vielteiligkeit, sondern als komplexe Strukturiertheit auffaßt, dann ist *Macbeth* nur innerhalb der kleineren Einheiten wie Szene oder Dialog komplexer als *Hercule Poirot's Christmas*, auf der Ebene des Ganzen ist der Krimi an Vielfalt der Verknüpfungen und Relationen eindeutig überlegen. Schließlich wirken alle Bemühungen um Konsens und Eindeutigkeit in der Shakespearedeutung müßig angesichts der monumentalen Eindeutigkeit des Krimis: Es gibt zu Agatha Christie keine Interpretations- und Erklärungsliteratur, weil es bei keinem ihrer Romane Verständnisprobleme oder mehrere Deutungsmöglichkeiten gibt.

Was also tun, wenn man die größere Gewichtigkeit des Shakespearetextes auf diesem Wege nicht glaubhaft machen kann und wenn man nicht bereit ist, sich auf die von der Christie-Kritik gelegentlich angebotene Paritätsformel zurückzuziehen, William Shakespeare und Agatha Christie seien die meistgelesenen und wirkungsreichsten Autoren englischer Zunge.[31]

Es erscheint kaum sinnvoll, seine Zuflucht in entgegengesetzter Richtung zu suchen und (wie es öfter getan wird) zu postulieren, daß Shakespeares Werke ihre Besonderheit darin hätten, daß sie auf unsystematische, regelfreie Weise offen, ambivalent, vieldeutig seien. Der Blick auf den Kriminalroman zeigt, wieviel an Systemhaftigkeit Texte erfordern, die differenzierte Leserresponse erreichen wollen. Eine Auffassung der Shakespearedramen als system- und regelfrei wird durch die Fakten ihrer Wirkungsgeschichte ebenso ausgeschlossen wie durch die naive Erfahrung jedes modernen Lesers, daß das Verständnis verschiedener Shakespearedramen oder -szenen gleichartige Operationen erfordert und daß die zu erwerbende Systemkompetenz sicher nicht weniger umfangreich ist als die zur Lektüre von Krimis notwendige Vertrautheit mit der Gattung.

Aus unserer Sichtweise eines Vergleichs von *Macbeth* und Krimi läßt sich mit einiger Sicherheit nur sagen, wo man die regelhaften Strukturen und die besonderen Vorzüge der Shakespearedramen nicht suchen sollte, nämlich auf der oberen Ebene, bei den Makrostrukturen des Werkganzen, bei der Einheitlichkeit und Geschlossenheit, bei der Bezogenheit der Teile auf die Gesamtfunktion. Die vielen Interpretationen, die bei allen Shakespearestükken unter dem Motto »The Unity of Shakespeare's ...« oder »The Theme of ...« eine straffe, zentralistische Gesamtkomposition nachweisen wollen, sind im Grunde anachronistische Modernisierungen und führen in jene Richtung, die wir als den Thurberschen Holzweg bezeichnen können.

Es ist zu vermuten, daß die spezifische Regularität und Systemhaftigkeit von Shakespearedramen eher auf der unteren Ebene, bei den kleineren Texteinheiten zu finden ist. Der Stand der Forschung und Kritik zeigt ja, daß sich über Shakespeares Stücke als Teile von Gattungssystemen wie Tragödie und Komödie außer einigen inhaltlichen Bestimmungen wenig Relevantes sagen läßt, über die Konstitution der kleineren Subsysteme dagegen sehr viel. Shakespeares Dramaturgie ist vor allem eine Dramaturgie der Szene und ihrer Einzelteile.[32] Die Gemeinsamkeiten bei der Verwendung von Metaphern oder bei der Dialogführung rücken die einzelnen Werkgruppen enger zusammen als Gemeinsamkeiten der Baupläne im großen.

Wir fassen Gattungen meist als Systeme mit gemeinsamen makrostrukturellen Eigenschaften (Gegenstand, Handlung, Darbietungsweise) auf und wenden gattungshistorische und gattungsanalytische Untersuchungsmethoden vorzugsweise auf Werke an, die wir nicht für erstrangig halten. Wenn wir – was bislang kaum geschehen ist – Shakespeares Dramen im Ernst unter dem Aspekt ihrer Gattungshaftigkeit und Regelhaftigkeit untersuchen wollten, müßten wir mutmaßlich unsere Vorstellung von der Konstitution einer Gattung erweitern und auch solche Systeme ins Auge fassen, deren Regelwerk – nach dem Muster der Sprache – sich vor allem auf die Mikrostrukturen erstreckt. Ein solches System hat (wieder wie das der Sprache) eine Reihe von Eigenschaften, die *Macbeth* wirklich von einem Krimi unterscheiden: Regeln, die fast immer Lizenzen, Ausnahmen, Durchbrechungsmöglichkeiten einschließen und die ein hohes Maß an Redundanz, notwendiger und nicht-notwendiger, und eine extreme Varianz der möglichen Leseweisen zulassen.

Man kann, wie Thurbers Geschichte zeigt, *Macbeth* auch als Krimi à la Christie lesen; umgekehrt dagegen geht es nicht.

Zweites Kapitel

Prototypen

Die Frage, was der Krimi ist und auf welchen Einstellungen und Interessen von Autoren und Publikum er beruht, ist auch eine historische Frage. Die Mehrzahl der Gattungen, die es in der Literatur und in verwandten Medien heute gibt, existieren schon seit Jahrhunderten, und zwar vor allem deshalb, weil auch die Aufgaben ästhetischer, unterhaltender und erkenntnisvermittelnder Art, die von den Gattungen wahrgenommen werden, schon so lange existieren.

Neben der noch jüngeren Science Fiction gehört der Krimi zu den jüngsten unter den Gattungen. Gattungsanfänge sind immer strittig. Es ist aber nicht strittig, daß die ersten Geschichten, die man definitiv als Kriminalgeschichten im modernen Sinne bezeichnen kann, erst um 1840 erschienen und daß das für die volle Existenz einer Gattung konstitutive Gattungsbewußtsein – das Bewußtsein bei Autoren und Publikum, daß Werke als Gruppe oder Reihe zusammengehören und daß sie einem gemeinsamen Regel- und Konventionssystem unterliegen – in keinem jener Länder, in denen die zunächst nach Nationalliteraturen getrennte Entwicklung vor sich ging, vor den letzten Jahrzehnten des 19. Jahrhunderts ausgebildet war.

Es fragt sich also, warum es so etwas wie den Krimi nicht vorher gab und warum es dann im 19. Jahrhundert zur Begründung und zum rapiden Wachstum der Gattung kam.

Verbrechensliteratur vor dem Krimi

Sünde, Verbrechen, Mord gehören natürlich seit ältester Zeit zu den Hauptthemen der Literatur. Was es bis in das 19. Jahrhundert hinein nicht oder selten gibt, sind Geschichten, in denen Verbrechen zum Anlaß von spannenden Fragen oder Rätseln werden, deren Lösung die Aufgabe von Menschen ist.

Warum die Zentralprobleme der Kriminalgeschichte in älterer Zeit nicht zur Frage werden, kann ein englisches Beispiel aus dem späten Mittelalter demonstrieren. In Geoffrey Chaucers *Canterbury Tales* verkürzen sich Pilger die Zeit durch Geschichtenerzählen. Einer der Reisegenossen, ein geistlicher Herr, trägt eine Fabel vor, in der es um ein Thema geht, das die Leserschaft damals immer wieder faszinierte, den Kampf zwischen Mann und Frau um die Vorherrschaft im Zusammenleben. Der edle Hahn Chauntecleer streitet sich mit seiner Lieblingshenne Pertelote darüber, ob Träume nur Schäume sind, wie sie behauptet, oder ob sie, wie er meint, prophetische Bedeutung haben können. Um seine Argumente zu untermauern, erzählt er ihr die Geschichte von einem Mord und seiner Aufklärung: Zwei Männer, die miteinander auf Pilgerfahrt sind, kommen unterwegs in eine überfüllte Stadt, in der sie nur getrennt notdürftig Quartier finden können. In der Nacht träumt dem einen dreimal, der Freund sei erschlagen, seine Leiche vor dem Stadttor versteckt worden. Tatsächlich findet er am Morgen den ermordeten Gefährten an der vom Traum gewiesenen Stelle. Er ruft nach Sühne und Gerechtigkeit und alarmiert anklagend die Behörden, aber was dann in der Geschichte als Höhepunkt folgt, ist kein Bericht über eine Ermittlungsaktion, sondern eine allgemeine Reflexion des Erzählers darüber, warum Mord nie verborgen bleibt: »O gnädiger Gott, der du so gerecht und treu bist, wie du doch stets den Mord ans Licht bringst! Mord will heraus, das erleben wir Tag für Tag. Mord ist so ekelhaft und ungeheuerlich für Gott, der so gerecht und vernünftig ist, daß er ihn nie unentdeckt bleiben läßt, mag es auch ein Jahr dauern oder zwei oder drei. Mord will heraus.«[1]

»Mordre wol out« – Mord will und wird immer herauskommen, weil Gott der Aufklärer und der Rächer ist, seine Ordnung durch Entdeckung der Schandtat wiederherstellt. Die eigentliche Aufgabe der Aufklärung und der Strafzumessung ist damit dem Menschen entzogen. Er ist bei der Aufdeckung und Sühnung allenfalls Helfer und Vollstrecker. So auch in der Geschichte, die der Hahn erzählt: Bald nach dem Leichenfund durch überirdische Intervention verhaften die Stadtoberen den Fuhrmann, auf dessen Mistkarren der Tote versteckt war, und den Wirt, in dessen Herberge der Mord geschehen war; die beiden werden so lange peinlich befragt, bis sie ihre Missetat gestehen und am Halse gehenkt werden.

Diese Einstellung gegenüber der Aufdeckung des Mordes setzt sich in die Neuzeit fort. So erklärt sich beispielsweise, warum in Shakespeares *Macbeth* die Frage, wer denn König Duncan ermordet hat – während der Zuschauer den Tathergang kennt, sind die Mithandelnden im Stück ja ahnungslos –, auf ein solches Desinteresse stößt, daß es nicht nur Thurbers Krimifreundin, sondern auch die modernen Interpreten wundert. Es gibt Gerüchte und Hörensagen: Die Kammerherren waren es, heißt es zunächst; dann werden die geflohenen Königssöhne verdächtigt. Die Täterfrage wird aber nie ernsthaft verfolgt; sie erzeugt keinerlei Spannung in der Bühnengesellschaft. Der Dramatiker läßt sogar offen, ob Macbeth (der nach weiteren, zum Teil offen begangenen Bluttaten allgemein für einen Verbrecher und Tyrannen gehalten wird) jemals dieser Tat überführt wird und ob die Umstände des Königsmordes (etwa die Beteiligung von Lady Macbeth) je aufgeklärt werden.

Wenn auch der auf Fragen und Aufklärungsaktionen zentrierte Typ von Kriminalliteratur noch nicht existiert, so gibt es doch in den Jahrhunderten vor der Entstehung des modernen Krimis viel mehr Literatur über Mordfälle, Verbrechen, Kriminelle und Kriminalität, als es einem bei einem Rückblick auf die Literaturgeschichte zunächst in den Sinn kommt. Kriminalthemen erscheinen auf allen Ebenen der literarischen Hierarchie, von den anspruchsvollsten bis zu den schlichtesten Gattungen; sie sind in allen sozialen Schichten situiert.[2]

Die Tragödie hat, soweit sie von Verbrechen handelt, vorwiegend Gewalttaten von Herrschenden mit Auswirkungen auf eine ganze Nation zum Gegenstand. Gattungen wie Bürgerliches Trauerspiel oder *domestic tragedy* verlagern die Bluttat und ihre Motivation in den Bereich der mittleren Schichten. Auch ältere Romane, die sich mit Kriminalthemen befassen, sind meist auf der mittleren Gesellschaftsebene angesiedelt.

Die größte Breite und Vielfalt erreichen jedoch die Texte über das Verbrechen am unteren Rand der sozialen Skala, über Kriminelle und ihre Umwelt. Diese Werke können erzählend, dramatisch oder poetisch sein; ihr Umfang reicht von der dickleibigen Verbrecherbiographie bis zum populären Einblattdruck, der die Karriere des Gewalttäters zur Ballade verkürzt und – mit dem Geständnis des Verurteilten auf der Rückseite – als Souvenir für die Zuschauer der öffentlichen Hinrichtung gedacht ist. Auf diesem bunten Gebiet der *literature of roguery* sind am ehesten schon im 17. und 18. Jahrhundert Analogien zum späteren Krimi zu finden, und zwar weniger im Inhalt – denn der Krimi wendet sich gerade in seinen frühen Phasen entschieden vom Kriminellenmilieu ab – als vielmehr in der Wirkungsintention der Autoren und in der Rezeptionsweise der Leserschaft.

Die ältere Kriminellenliteratur ist in ihrer Einstellung zum Publikum ambivalent. Auf der einen Seite erfüllen die Autoren ein echtes Informationsbedürfnis und leisten Aufklärung, indem sie den Leser in einen Bereich der eigenen Gesellschaft einführen, der ihm so fremd ist wie ferne Völkerschaften. Dem ehrsamen Publikum wird gezeigt, nicht zuletzt auch als Mahnung zur Vorsicht und Abwehr, wie Kriminelle leben und operieren. Dabei ist zu beobachten, daß im Laufe des 18. und frühen 19. Jahrhunderts das ängstliche Interesse der Bürger an Informationen über die *criminal classes* wächst, obwohl die objektive Gefährdung durch schwere Kriminalität abnimmt – man kann in den meisten Ländern Europas zu Anfang des 19. Jahrhunderts in den Metropolen und auf den Landstraßen seines Lebens wesentlich sicherer sein als 200 Jahre zuvor.

Der Großteil der Kriminellenliteratur ist zugleich unverkennbar auf Unterhaltung des Publikums angelegt. Unterhaltsame Elemente sind die Exotik des kriminellen Milieus, die Tricks und Techniken der Diebe und Betrüger, die Romantik des freien Lebens außerhalb der Gesetze und bürgerlichen Konventionen. Während der kleine Gauner schon seit jeher in der Literatur als ulkige Figur und als eine Art Künstler figuriert, kann im 18. Jahrhundert besonders in England auch der Gewaltverbrecher in der Literatur zum Unterhalter und Helden werden. Captain Macheath und die Mitglieder seiner Bande in Gays *Beggar's Opera* (1728) – dem Urbild von Brechts *Dreigroschenoper* – sind keine Betrüger und Trickster mehr, sondern Galgenstricke. »Murder is as fashionable a Crime as a Man can be guilty of«, stellt Mr Peachum, der Verbrechensunternehmer, fest.[3] Im Laufe des 18. und frühen 19. Jahrhunderts wird der Mord als Objekt der Unterhaltung, des Spiels und der Ironie literaturfähig, freilich nicht ohne die Klage von mancher Seite, daß die Literatur dem Verbrechen durch Verharmlosung und Verklärung eine gefährliche Attraktivität verleihe.[4]

Auch in ihrer Wirklichkeitsnähe und in der Art der angestrebten Plausibilität, im Grad des ›Realismus‹ also, ist die ältere Literatur über Kriminalität ambivalent. Auf der einen Seite gibt es eine Entwicklung, welche die geschilderten Personen und Fälle der Erfahrungswelt des Lesers immer näher bringt; im 18. Jahrhundert ist in England beispielsweise kaum noch von Verbrechen in anderen Ländern und Zeiten die Rede. Es entwickelt sich auch – besonders bei den englischen Prosaautoren des 18. Jahrhunderts – die Kunst, eine Begebenheit wie Ladendiebstahl, Straßenraub oder Mord dem Leser so exakt und anschaulich vor die Augen zu stellen, wie es die moderne Berichterstattung nur selten schafft. Daneben gibt es aber immer wieder auch Tendenzen, die Realität des Verbrechens in der Darstellung zu romantisieren, zu verfremden, in eine Spielwelt zu überführen. Diese Tendenz ist oft bei den auf Fakten beruhenden Texten ausgeprägter als bei den fiktionalen. So haben beispielsweise die berühmten Straßenräuber des frühen 18. Jahrhunderts eine Doppelexistenz als wenig anziehende historische Personen und als legendäre Kultfiguren in der zeitgenössischen Literatur, während die berühmtesten Beispiele für ›realistische‹ Tatschilderungen allesamt aus erfundenen Geschichten wie Daniel Defoes *Moll Flanders* stammen.

Es ist klar, daß eine Gattung wie der Krimi erst entstehen konnte, nachdem die alte Vorstellung von der Aufdeckung des Verbrechens als einer Sache Gottes durch die Vorstellung von der vollen Zuständigkeit und Verantwortung des Menschen bei Aufklärung und Sühne ersetzt war. Dieser Jahrhunderte dauernde Prozeß der Umorientierung, der sich im Rahmen der allgemeinen Säkularisierung des Denkens vollzieht, kommt im wesentlichen im Laufe des 18. Jahrhunderts zum Abschluß. Die Resultate in der Realität zeigen sich beispielsweise in der Neuordnung des Prozeßwesens, das mit der Abschaffung der Folter die letzten Züge eines Gottesgerichts verliert, und in der – zunächst noch zögernden – Entwicklung von Fahndungs- und Ermittlungsinstanzen, deren Tätigkeit dem Strafprozeß vorgeschaltet ist.

Es ist einleuchtend, daß der Krimi nicht schon durch den Abbau alter Vorstellungen entsteht, sondern auch aufgrund positiver Impulse. Welches die wichtigsten Impulse gewesen sind, ist eine Frage, deren Diskussion zu einigen der spannendsten Beiträge zur Literatur über die Gattung geführt hat.[5] Die Theorien über die Geburt der modernen Kriminalliteratur aus dem Geiste dieser oder jener geistes- oder sozialgeschichtlichen Erscheinung sind freilich nicht nur faszinierend, sondern auch spekulativ und methodisch kaum fundiert. Gattungsgeschichte ist keine Morphologie. Die Entstehung von Gattungen ist nicht notwendiges Resultat irgendwelcher Vorbedingungen. Sie verdanken vielmehr ihren Ursprung und die Richtung, die sie nehmen, nicht zuletzt der Individualität, den besonderen Intentionen und der spezifischen historischen Einbindung der Autoren, die der Gattung ihre ersten Modelle liefern. Die einflußreichsten Modelle in der Gattungsgeschichte des Krimis sind die Detektivgeschichten von Edgar Allan Poe. Die Frage nach den historischen Bedingungsfaktoren des Krimis soll daher im Rückblick aus der Perspektive seines Werks diskutiert werden.

Edgar Allan Poe

Genau zu erfassen, worum es bei Poe (1809–49) geht, ist nicht nur eine Forderung der Pietät und der historischen Gerechtigkeit. Die Impulse, die Urheber von Entwicklungen zu geben haben, sind in der Regel nach 150 Jahren längst in nachfolgenden, moderneren Manifestationen aufgehoben und nicht mehr direkt wirksam. Aber Poe ist ein Autor mit verschobener Rezeption, der seiner Wirkung nach (nicht etwa dem historischen Ort seines Werks nach) eher in das ausgehende 19. und in das 20. Jahrhundert gehört als in seine eigene Zeit. Vieles von dem, was er geschrieben hat, ist nicht nur als Lektüre präsent, sondern auch als Modell, als Anstoß oder als Bezugspunkt für Theoriediskussionen.

Das gilt nicht nur für seine Auswirkung auf den modernen Krimi. Seine Geschichten des Unheimlichen, des Schauers und des Verfalls, die das Zentrum seines Werks ausmachen, haben ihren vollen Einfluß auf die Leserschaft und die Kunst erst in diesem Jahrhundert entfaltet. In der Science-Fiction-Literatur, die in Poe einen ihrer Wegbereiter sieht, hat die konsequente Weiterentwicklung der bei ihm zu findenden Ansätze erst in der Mitte unseres Jahrhunderts begonnen. Poes Philosophie der poetischen Komposition, welche die Ausrichtung des Werks auf einen *single effect*, eine einzige und einheitliche Wirkung beim Leser, in den Mittelpunkt stellt, ist noch heute ein Kernpunkt in der Theorie der *short story*.[6]

Verbrechen, Mord und Tod gehören zu den Themen, von denen Poe besessen ist. Seine sogenannten Detektivgeschichten – Erzählungen, in denen die Aufklärung des Verbrechens zum Thema wird – machen aber nur einen kleinen Teil seines Gesamtwerks aus. Der Einfluß auf die Entwicklung der Gattung geht von drei Geschichten aus: »The Murders in the Rue Morgue« (1841) ist die erste und wichtigste; in »The Mystery of Marie Rogêt« (1842) wird ein realer, damals noch unaufgeklärter Mordfall in der Fiktion gelöst; in »The Purloined Letter« (1845), der knappsten und erzählerisch besten Geschichte, geht es um einen Diebstahl. »Thou Art the Man« (1844), eine Geschichte, in der ein Mörder durch einen makabren Trick überführt wird, hat nur wenige Bewunderer gefunden. »The Gold-Bug« (1843), die bekannte Geschichte von der Entzifferung einer Geheimschrift und der Entdeckung eines Piratenschatzes, ist den Detektivgeschichten verwandt, obwohl es nicht um einen Kriminalfall geht.[7]

»The Murders in the Rue Morgue«: Geschichte vom Analytiker-Künstler

Wenn man mit Lesegewohnheiten, die durch neuere Krimis geprägt sind, und mit der üblichen Vorstellung, Poe sei nicht nur der Begründer der Detektivgeschichte, sondern habe auch deren Inventar an Strukturen schon weitgehend ausgebildet, an die Lektüre von »The Murders in the Rue Morgue« kommt, muß man sich wundern, wie wenig die Geschichte den Erwartungen entspricht. Statt geradewegs über einen Fall und seine Lösung zu berichten, konfrontiert der Autor den Leser zunächst mit einem theoretischen Essay über eine selten anzutreffende menschliche Begabung, die »analytical power« oder »analytical ability« genannt wird. Dann wird dem Leser mitgeteilt, daß der anschließende Erzählbericht als eine Art Kommentar zu den vorangegangenen theoretischen Aussagen aufzufassen sei. Was dann folgt, ist noch nicht die Mordgeschichte, sondern ein Bericht über einen Menschen, der jene rare Fähigkeit besaß und geradezu verkörperte, Monsieur C. Auguste Dupin. Der Erzähler, ein Freund Dupins, beschreibt Charakter und Lebensweise, erzählt einen ersten Beispielfall für Dupins analytische Begabung, die Rekonstruktion des assoziativen Gedankengangs einer anderen Person. Dann erst kommt die Rede auf den Doppelmord in der Rue Morgue, und zwar zunächst in der Form einer Fortsetzung des Berichts über die erlebnisarme Lebensroutine der beiden Freunde: Seitenlang wird wiedergegeben, was sie über den Fall in der Zeitung lasen. Erst etwa in der Mitte der Geschichte trifft der moderne Leser auf vertraute Strukturen: Dupin zeigt Interesse, eine Ermittlungshandlung setzt ein.

Anlage und Aussage der Geschichte lassen keinen Zweifel daran, daß im Brennpunkt der Autorintention nicht das Erzählen einer Detektivgeschichte steht, sondern die Demonstration einer exzeptionellen Begabung an den Verhaltensweisen und Aktivitäten ihres Trägers Dupin. Poes Held ist kein Detektiv; er wird nie so genannt, und er ist es auch der Sache nach nicht, denn der Begriff Detektiv meint damals wie heute jemanden, der sich um die Aufklärung von Straftatbeständen bemüht. Dupin ist ein »analyst«, der sich neben Rätseln, Geheimnissen und scheinbar unauflösbaren Zusammenhängen anderer Art gelegentlich auch mit einem Kriminalfall befaßt.

Poe hat die Figur nach dem Muster des romantischen Künstlers (meist eines Dichters) gestaltet, wie sie in der Literatur der Zeit immer wieder anzutreffen ist.[8] Die Künstlerexistenz drückt sich am augenfälligsten in der Abkehr von der Gesellschaft und ihren Normen aus. Dupin, verarmter Sproß einer Familie von höchstem Rang, hat es aufgegeben, sich um »sein Fortkommen in der Welt zu kümmern« (S. 70).[9] Mit seinem Freund, dem Erzähler, kultiviert er die Gesellschaftsferne und das Leben für sich selbst:

> »Our seclusion was perfect. We admitted no visitors. Indeed, the locality of our retirement had been carefully kept a secret from my own former associates; and it had been many years since Dupin had ceased to know or be known in Paris. We existed within ourselves alone.« (S. 71 f.)

Die Umkehrung der Normalität findet ihren Ausdruck auch darin, daß die Freunde den Tag und die geliebte Nacht vertauschen, den Tag im verdunkelten Zimmer verbringen und nachts ausgehen. Diese Art der Existenz muß von der Welt, wie wiederholt geradezu prahlend hervorgehoben wird, als verrückt, bizarr, abnorm angesehen werden. Der Erzähler räumt sogar ein, das Verhalten des bewunderten Freundes sei »the result of an excited, or perhaps of a diseased, intelligence« (S. 73).

Obwohl die beiden nur die Freundschaft als Bindung anerkennen und die Kommunikation mit der Gesellschaft meiden, spielen die Menschen für sie doch eine wichtige Rolle. Das eigene Vergnügen, dem die beiden leben, besteht vor allem darin, bei nächtlichen Streifzügen durch das belebte Paris Menschen zu beobachten und daraus Lust zu beziehen: »that infinity of mental excitement which quiet observation can afford« (S. 72). Die Menschenbeobachtung aus der Distanz ist das Feld, auf dem sich Dupins »analytic powers« und seine Dichternatur erweisen.

Ein Dichter, so die allgemeine Auffassung der englischen Romantik, ist nichts anderes als ein Mensch mit gesteigerten psychischen Fähigkeiten und besonderer Sensibilität, »a man«, wie es Wordsworth verkündet, »endued with more lively sensibility, more enthusiasm and tenderness, who has a greater knowledge of human nature, and a more comprehensive soul, than are supposed to be common among mankind«.[10] Höchster Ausdruck der gesteigerten Sensibilität und Ausweis des Dichtertums ist die schöpferische Einbildungskraft, *imagination*, die auch Dupin so reich besitzt (»I felt my soul enkindled within me by the wild fervor and the vivid freshness of his imagination«, S. 71). Diese Fähigkeit macht es dem Dichter möglich, sich in andere Menschen hineinzuversetzen und deren Gedanken und Gefühle – also das, was sich der Wahrnehmung entzieht – in der Phantasie zu erschaffen. Damit ›sieht‹ der Dichter, was anderen verborgen ist. Der Erzähler über Dupin:

> »He boasted to me, with a low chuckling laugh, that most men, in respect to himself, wore windows in their bosoms, and was wont to follow up such assertions by direct and very startling proofs of his intimate knowledge of my own.« (S. 73.)

Normalerweise führt diese Befähigung zum kreativen Akt. Der dichterische Mensch setzt sein Vermögen zu Empathie und Imagination ein, indem er dichtet, Menschen erschafft. Poes entscheidende Neuerung besteht darin, daß er das Konzept der Sondernatur des imaginativen und sensiblen Künstlers mit dem Konzept des rationalen Analytikers verbindet und damit den idealen Enträtseler zur höchsten Ausprägung des Menschentums macht.[11]

Dupin, so scheint es dem Erzähler bisweilen, hat eine doppelte Seele, »the creative and the resolvent« (S. 73). In seinem Tun herrscht die letztere vor; seine Stärke ist die analytische Kraft als »faculty of re-solution« und als »that moral activity which *disentangles*« (S. 65). Die Analyse ist wie die kreative Fähigkeit ein ordnungsstiftendes, letztlich schöpferisches Vermögen, weil der Analytiker zwar nichts Neues schafft, aber etwas, was durcheinandergeraten ist und dem normalen Verstand nicht zusammenzugehören scheint, wieder zusammensehen kann. Er stiftet Ordnung durch die Erklärung von vorgefundenen Disparatheiten, beseitigt Mysterien, macht das scheinbar Unerklärliche zum Rätsel, das heißt zu einer Aufgabe, für die es eine Lösung gibt.

Im einleitenden Essayteil versucht Poe in mehreren Ansätzen das Gemeinte zu verdeutlichen, indem er die analytische Kraft als geistige Fähigkeit höchsten Ranges vom bloßen rationalen Kalkül, wie es sich beispielhaft in der mathematischen Analysis darbietet, als einer geistigen Fähigkeit nachgeordneten Ranges unterscheidet. Beim Kalkül (*calculation*), in welcher Form es auch auftritt, geht es um die richtige Anwendung von Regeln oder Axiomen oder um die

Konstruktion von einwandfreien Schlußketten oder Handlungssequenzen. Dazu gehören nur Konzentration und *ingenuity*, normale intellektuelle Anstelligkeit und Beweglichkeit. Die Begabung zur Analyse schließt die Fähigkeit zum Kalkül ein, ist aber mehr. Der Analytiker hat *acumen*, die Gabe, das Wesentliche, den springenden Punkt, präzis zu erfassen. Nur er kann kraft seiner Imagination die Stelle erkennen, an der ein prozessualer Verlauf – Beweisgang, Indizienkette oder Serie von Handlungsschritten – überhaupt erst ansetzen kann.

Charakteristischerweise nimmt Poe die Modelle zur Demonstration seiner Konzepte aus dem Bereich des Spiels.[12] Schach, nach Poes Meinung überschätzt in seinem geistigen Anspruch, ist ein Spiel, das nur Konzentration und mechanisches Kalkül erfordert, komplex und reich an möglichen Spielzügen, aber nicht tief, nicht der analytischen Kraft bedürftig. Anders ist es schon mit dem Damespiel, gerade weil es einfacher ist. Wenn zum Beispiel im Endspiel jeder Spieler nur noch ein paar Steine hat, sind Konzentration und Vermeiden von Fehlern nicht mehr entscheidend. Gewinnen kann nur, wem ein ausgefallener Zug einfällt und wer sich am besten in den Gegner versetzen kann.

Bestes Beispiel für den Einsatz der analytischen Kraft aber ist ein relativ einfaches Kartenspiel, Whist. Nicht Regelkenntnis oder Gedächtnis machen den Rang des perfekten Whistspielers aus, sondern die Beobachtung, und zwar nicht so sehr die Zahl der Beobachtungen und die Richtigkeit der daraus gezogenen Schlüsse, sondern die Qualität der Beobachtung: »The necessary knowledge is that of *what* to observe« (S. 68). Der Kartenspieler beobachtet vor allem die Mitspieler, registriert jede Bewegung und Regung, liest daraus ab, was in ihrem Kopf vorgeht:

> »A casual or inadvertent word; the accidental dropping or turning of a card, with the accompanying anxiety or carelessness in regard to its concealment; the counting of the tricks, with the order of their arrangement; embarrassment, hesitation, eagerness or trepidation – all afford, to his apparently intuitive perception, indications of the true state of affairs. The first two or three rounds having been played, he is in full possession of the contents of each hand, and thenceforward puts down his cards with as absolute a precision of purpose as if the rest of the party had turned outward the faces of their own.« (S. 69.)

Die Parallelität zwischen der Fähigkeit des vollkommenen Kartenspielers, der Menschenbeobachtung Dupins und der idealtypischen Begabung des romantischen Dichters, Bewußtsein und Gefühl des Menschen imaginativ zu erspüren, liegt auf der Hand.

Es fällt auf, daß Poe bei all den Weihen, mit denen er seine Idealfigur verschwenderisch versieht, nie den Anspruch vorträgt, der alles durchdringende und entwirrende Analytiker habe irgendeine gesellschaftliche oder ethische Funktion als Wiederhersteller von Ordnungen oder Bringer von Erkenntnissen. Der Analytiker ist reiner Spieler und Hedonist, er wendet seine Gabe zuallererst zum eigenen Vergnügen an:

»The mental features discoursed of as the analytical [...] are always to their possessor, when inordinately possessed, a source of the liveliest enjoyment. [...] He derives pleasure from even the most trivial occupations bringing his talent into play.« (S. 65.)

Sofern der Analytiker sich überhaupt bereit findet, seine Gabe vor anderen zu demonstrieren – Dupin tut das ungern –, besteht die Wirkung aus Staunen und Bewunderung. Diese starken Effekte beim normalen Publikum beruhen aber auf Unverständnis: die Analysen kommen dem normalen Verstande wie etwas Übernatürliches vor; was auf Methode beruht, wird für Intuition gehalten.

Erzählstruktur, Spannung, Leserlenkung

Bei der eigentlichen Geschichte über die Morde in der Rue Morgue ergibt eine Bestandsaufnahme der Elemente und Teilstrukturen, daß fast alle Bauteile der modernen Detektivgeschichte schon vorhanden sind:

- Mordfall. In der Rue Morgue sind zwei Frauen, Mutter und Tochter, in ihrer Wohnung auf bestialische Weise umgebracht worden. Detaillierte, vor allem aus der Wiedergabe von Vernehmungsprotokollen bestehende Zeitungsberichte informieren Dupin und den Erzähler (und damit auch den Leser) über alle bisher ermittelten Fakten.
- Fragenstruktur. Die vorliegenden Informationen präsentieren eine Reihe von Fragen, die explizit dargelegt und als zu lösende Rätsel gekennzeichnet werden. Es sind:
  a) *Locked room*-Rätsel. Fenster und Tür wurden von innen verschlossen vorgefunden. Wie konnte der Täter die Wohnung betreten und verlassen?
  b) Stimmenrätsel. Mehrere Zeugen haben um die Tatzeit die Stimmen zweier streitender Personen gehört. Eine Stimme sprach unzweifelhaft französisch. Die andere Stimme, hoch und schrill, wird von jedem Zeugen einer anderen, fremden Sprache zugerechnet.
  c) Motivrätsel. Es gibt keine Spur eines Motivs. Einen hohen, vor kurzem von der Bank abgehobenen Geldbetrag hat der Täter nicht mitgenommen.
  d) Rätselhafte Grausamkeit. Für die entsetzliche Bestialität der Tat läßt sich kein Grund erkennen.
- Ermittlung. Dupin bekommt Interesse an dem Fall, untersucht den Tatort.
- Lösung. Dupin löst den Fall, wobei alle vorher gestellten Fragen eindeutig beantwortet werden.
- Personen. Das Figurenensemble umfaßt die vom modernen Krimi vertrauten Funktionsfiguren Opfer, Täter, Verdächtiger, Polizei, privater Ermittler, Helfer des Ermittlers, zugleich Chronist.
- Tatort. Der Raum der Fiktion ist eng limitiert. Er umfaßt (außer dem Wohnzimmer Dupins) praktisch nur eine Wohnung und deren Umfeld. Dieser begrenzte Raum wird auf das genaueste beschrieben.

Im einzelnen ist also alles schon vorhanden. Wenn man freilich den Blick auf das Ganze richtet, dann wird deutlich, daß die Gesamtstruktur dieser Geschichte, auch wenn man von den vorhergehenden Teilen absieht, von der eines modernen Detektivromans à la Christie in mehrerer Hinsicht wesentlich verschieden ist.

Die Handlungsteile Mord, Ermittlung und Lösung sind vorhanden, aber im Grunde besteht die Geschichte nur aus zwei Großabschnitten, der Darlegung des Mordfalls als Problem und der Lösung, die den größten Raum einnimmt. Dupins Ermittlungen am Tatort, über die man kaum Konkretes erfährt, bilden nur ein kurzes Verbindungsstück.

Auch die Romangesellschaft ist anders zusammengesetzt. Die Opfer stehen allein, sie sind nicht Teil eines Personenfeldes, dessen Mitglieder als Verdächtige fungieren können. Der einzige Verdächtige, der von der Polizei mehr aus Verlegenheit verhaftete Bankangestellte, der den abgehobenen Geldbetrag überbracht hatte, ist nie ernsthaft verdächtig. Der Täter ist ein Orang-Utan, der seinem Besitzer, einem Matrosen, entlaufen ist – also nicht nur keine der vorher in der Geschichte erwähnten Figuren, sondern überhaupt keine Person. (Der Fall ist damit eigentlich gar kein Mord.)

Die strukturellen Unterschiede zwischen dieser Geschichte, von der so viel für die spätere Entwicklung abhängen sollte, und dem ›klassischen‹ Schema der Detektivgeschichte wird noch deutlicher, wenn man zwei für jede Art von Krimi zentrale Aspekte betrachtet, den fiktiven Prozeß der Lösung der thematisierten Fragen durch den Ermittler und die narrative Vermittlung der Lösung an den Leser.

Die Lösung des Falles durch Dupin ist Zug um Zug eine Verwirklichung des theoretischen Konzepts der schöpferischen Analyse.[13] Den Anstoß gibt ein Gefühl der Überlegenheit gegenüber der Polizei, die den Fall nicht lösen kann, weil sie nur auf der Ebene der *ingenuity* operiert, fleißig und geschäftig, aber mit den Augen so nahe am Untersuchungsobjekt, daß das Ganze aus dem Auge verloren wird. Den Ausschlag für die Übernahme des Falles gibt dann das Motiv des eigenen Vergnügens: »An inquiry will afford us amusement« (S. 88).

Dupin beobachtet besser als die Polizei; seine Tatortbesichtigung bringt eine ganze Reihe übersehener Indizien ans Licht. Sein Plus liegt aber nicht in der besseren Beobachtungsgabe, sondern in der Erkenntnis des richtigen Ausgangspunktes, der besseren Suchstrategie. So stellt Dupin beispielsweise fest, daß eines der vermeintlich festverschlossenen Fenster sich doch öffnen läßt, weil ein als Sicherungsstift eingeschlagener Nagel – von außen nicht sichtbar – in zwei Teile gebrochen ist. Diese Feststellung kann er machen, weil er zunächst die Erkenntnis hat, daß der Täter auf der Fensterseite eingedrungen und entkommen sein m u ß, und dann in einer Serie von Deduktionen und Experimenten auf den Nagel als entscheidendes Indiz kommt.

Dupins hochmütige Gewißheit, einen Fall im Handumdrehen lösen zu können, an dem alle anderen scheitern, gründet einmal auf einem felsenfesten Glauben an die Kraft der Vernunft und die Erklärbarkeit der Welt durch *ratiocination*, Vernunftarbeit. Es gibt in der Welt nichts wirklich Unmögliches: »It is only left for us to prove that these apparent ›impossibilities‹ are, in reality, not such« (S. 97).

Aber an Vernunft und Verstandesarbeit glaubt die Polizei auch. Seine Überlegenheit liegt darin, daß für ihn als außergewöhnlichen Menschen das Außergewöhnliche kein Problem ist; anderer Menschen Sackgasse ist sein Zugang:

> »It appears to me that this mystery is considered insoluble, for the very reason which should cause it to be regarded as easy of solution – I mean, for the *outré* character of its features.
> [...]
> In fact, the facility with which I shall arrive, or have arrived, at the solution of this mystery, is in the direct ratio of its apparent insolubility in the eyes of the police.« (S. 90 f.)

Er verfährt daher so, daß er bei jedem Teilproblem zunächst nach dem sucht, was »peculiar«, »very unusual«, »very extraordinary« oder »almost preternatural« ist, um dort die Kette seiner Überlegungen anzusetzen.

Zwischen der Struktur des Falles und der Person des Ermittlers – seiner Denkweise, seinem Charakter und seiner Lebensart – besteht eine enge Affinität, die sich unter anderem darin ausdrückt, daß der Erzähler seinem Freund Dupin und dem Fall die gleichen Attribute beilegt: »peculiar«, »seemingly mad«, »bizarre«. Selbst die amoralische Natur des Täters ist ihm nicht fremd, und die zum Finden der Wahrheit nötige Distanz hat er als Spieler und als Inhaber einer Position außerhalb der Gesellschaft von vornherein.

Durch die Anlage der Geschichte als Probestück des Analytikers erhält auch die Lösung eine andere Gestalt als die im späteren Detektivroman vorzufindende. In erster Linie wird nicht der wahre Ablauf des Falles, sondern der Lösungsweg des Ermittlers rekonstruiert. Dupin trägt dem Erzähler über mehr als zwanzig Seiten hinweg einen Bericht über seine Gedankenarbeit vor, der nach Fragen und Antworten geordnet ist. Als er fertig ist, steht nur noch die Bestätigung der Hypothesen aus. Sie erfolgt durch den Matrosen (den Dupin mittels einer Zeitungsannonce ausfindig gemacht hat). Erst im Lauf dieser kurzen Verifizierung der Lösung kommt es zu jener Rekonstruktion des gesamten Tathergangs, die im Detektivroman die eigentliche Lösung darstellt.

Die dem Leser zugewiesene Position entspricht Poes Theorie über die Wirkung des Analytikers auf die Außenwelt: Faszination, staunende Bewunderung und Unverständnis. Der Fall im ganzen und alle Teilprobleme sind für den Leser nicht lösbar. Der Gedanke, man könnte mitraten und sich an einer eigenen Rekonstruktion versuchen, kommt gar nicht erst auf. Ein beträchtlicher Teil der erforderlichen Informationen – die Beschaffenheit des scheinbar geschlossenen Fensters beispielsweise – wird erst im Zusammenhang mit der Lösung mitgeteilt.

Die Lenkung des Lesers erfolgt durch den Ich-Erzähler. Er suggeriert dem Leser durch wiederholte Schilderungen seines eigenen *amazement* die adäquate Haltung gegenüber Dupin; er vermittelt die Ereignisse aus seiner beschränkten Perspektive. Dupin treibt mit ihm (und damit mit dem Leser) ein

Spiel nach Willkür. Er enthält dem Freund aus bloßer Laune seine Beobachtungen am Tatort vor. Noch während des Aufklärungsgesprächs bricht er mehrfach den Bericht über die Lösung eines Teilproblems kurz vor dem Ergebnis ab. Er stellt Fragen, die der Erzähler nur falsch beantworten kann. Der Erzähler kann von dem bereits geklärten Teil des Lösungsweges nur soweit vorausschauen, daß er eine prickelnde Ahnung der kommenden Lösung hat:

> »At these words a vague and half-formed conception of the meaning of Dupin flitted over my mind. I seemed to be upon the verge of comprehension, without power to comprehend; as men, at times, find themselves upon the brink of remembrance, without being able, in the end, to remember.« (S. 102.)

Dabei versucht er, wie die Formulierung zeigt, nicht die Lösung zu antizipieren, sondern das, was Dupin sagen will.
Auch die Spannung ist ganz auf die Hauptfigur ausgerichtet. Die Täterfrage wird nicht thematisiert und generiert keine besondere Spannung. Statt »Wer war's?« und »Was ist passiert?« lauten die dem Leser suggerierten Fragen »Wird Dupin es schaffen?« und »Wie wird er es machen?«, wobei die zweite Frage die interessantere ist.
Der Unterschied zwischen der Spannungsstruktur dieser Geschichte und der des späteren Detektivromans besteht nicht nur darin, daß die Spannung an einer anderen Figur festgemacht ist. Dadurch daß hier der Ermittler, die freieste und beweglichste Figur im Kriminalrätsel, die Spannung nach Belieben aufbaut und abbaut, wird sie in einem hohen Maße regulierbar und manipulierbar. Ferner kann, da nicht eine einzige Frage der beherrschende Generator von Spannung ist, das gesamte Potential an Spannung, das dem Fall innewohnt, besonders leicht unterteilt werden.
Charakteristisch für »The Murders in the Rue Morgue« ist das Nebeneinander einzelner, fast episodenhafter Spannungsbögen, insgesamt acht oder neun. Jede dieser Spannungsparzellen beginnt damit, daß Dupin die zu erörternde Teilaufgabe formuliert (z. B. »Let us now transport ourselves, in fancy, to this chamber. What shall we first seek here? The means of egress employed by the murderers«, S. 95). Dann werden die Prämissen der Lösung diskutiert (»The doers of the deed were material«, S. 96), und die Methode wird angekündigt (»Let us examine, each by each, the possible means of egress«, S. 96). Dupin geht dann den Weg, auf dem er zur Lösung gekommen ist, Schritt für Schritt nach, wobei es für die Spannung des Lesers unerheblich ist, ob der einzelne Schritt rein theoretisch-deduktiv ist oder sich auf Beobachtungen stützt und ob die stützenden Indizien schon vorher bekannt waren oder erst jetzt produziert werden. Schließlich wird die Lösung der Teilfrage gemeldet, die Antwort formelhaft zusammengefaßt (»The riddle, so far, was now unriddled. The assassin had escaped through the window which looked upon the bed«, S. 100).
Neben den einzelnen Spannungsbögen gibt es natürlich auch eine auf die Lösung des Gesamträtsels gerichtete Spannung, deren Zielpunkt die Ermitt-

lung des Täters ist. Auch hier ist die Spannungsstruktur anders als beim späteren Detektivroman. Die Lösung wird nicht an einem bestimmten Punkt überraschend mitgeteilt, sondern sie ergibt sich in einem kumulativen Prozeß. Der Erzähler erkennt nacheinander, daß die Tat nicht von einem normalen Menschen begangen worden ist, daß sich ein nicht-menschliches Wesen im Tatzimmer aufgehalten hat, daß die Würgemale am Hals einer der Leichen von einem Tier stammen müssen. Dann schiebt ihm Dupin ein Buch unter die Nase, aus dem er – wieder in einer Reihe von Schritten – verifizieren kann, daß alle Indizien auf eine bestimmte Art des ostindischen Orang-Utan passen. Mit der Beantwortung der Täterfrage fällt die Spannung noch nicht jäh ab. Zum einen sind noch Teilfragen offen – das Stimmenrätsel ist erst zur Hälfte geklärt –, zum anderen steht die Erhärtung der Gesamthypothese noch aus.

Die Spannung erwächst also hauptsächlich aus der Verfolgung von Gedankengängen, und zwar von Gedankengängen, die der Ermittler selbst schon vorher vollzogen hat und die jetzt – der Erreichung des Zieles gewiß – als Rekonstruktion und Erzählung dargeboten werden. Die Darbietungsweise entspricht dem Konzept, das in der Geschichte illustriert werden soll: es geht um »resolution«. Die Geschichte ist ein Denkspiel, das dem Leser als ständigem Zuschauer vorgeführt und erklärt wird.

»The Purloined Letter«: Poes Modell in Perfektion

»›The Purloined Letter‹ [. . .] is, perhaps, the best of my tales of ratiocination«, schrieb Poe.[14] Wenn die Erzählung in der Entwicklung der Detektivgeschichte nicht die immense Nachwirkung der »Rue Morgue« gehabt hat, dann wohl deshalb, weil »The Purloined Letter« am stärksten durch spezifische Züge des Poeschen Modells geprägt ist – Züge, die nur zum Teil in die Hauptlinie der Gattungsgeschichte eingehen. Die Erzählung ist die konsequenteste und am weitesten entwickelte Verwirklichung des Konzepts der Lösung eines für gewöhnliche Intelligenzen nicht lösbaren Falles durch das Genie des Analytiker-Künstlers.

Die Begrenzung des Problems, der Beteiligten und des Raumes ist extrem: Gesucht wird ein gestohlener Brief. Er gehört einer hochgestellten Dame, Mitglied des Königshauses, und kann seines kompromittierenden Inhalts wegen als politisches Druckmittel verwandt werden. Täter und Tathergang sind bekannt: der intrigante Minister D– – hat den Brief vor den Augen seiner Besitzerin gegen einen anderen vertauscht und mitgenommen. Man weiß auch, daß der Dieb den Brief in seinem Palais aufbewahrt. Die Frage beschränkt sich auf das Versteck innerhalb des Hauses.

Figurenkonstellation und Erzählverlauf sind symmetrisch. Dupin, der Repräsentant der *analytic ability*, hat als Konkurrenten Monsieur G– –, den Pariser Polizeipräfekten, den Vertreter der gewöhnlichen Fähigkeiten *ingenuity*, *cunning* und *perseverance*. Die Geschichte hat zwei Teile. Im ersten berichtet der Polizeipräfekt über seine vergeblichen Suchaktionen und bittet Dupin um Rat. Der zweite, einige Wochen später spielende Teil beginnt überraschend damit, daß Dupin dem Polizeipräsidenten den gesuchten Brief aushändigt, und zwar im Austausch gegen einen Scheck über eine gewaltige Belohnungssumme. Als der Präfekt davongestürzt ist, erstattet Dupin dem Freund und Erzähler seinen Lösungsbericht, der nach dem Muster der früheren Geschichte aufgebaut ist: allgemeine Diskussion von Axiomen und Lösungsstrategien, Verkündung des einzig möglichen Ansatzpunktes in diesem speziellen Falle, theoretische Deduktion des Verstecks, tatsächliches Auffinden des Briefes, Lösung des Falles auf der Ebene des Handelns durch Rückentwendung des Briefes.

In einem Punkte wird das in »The Murders in the Rue Morgue« entwickelte Modell nicht nur reiner und ökonomischer verwirklicht, sondern auch um etwas Neues erweitert. In der ersten Erzählung war der Held eine einsame und solistische Figur; er hatte keinen gleichrangigen Partner. Hier hat er einen Gegenspieler auf gleicher intellektueller Höhe. Der Minister, »both mathematician and poet« (S. 225), ist selber ein Künstler-Analytiker, ein geistiger Zwilling Dupins. Auch seine Geistesgröße besteht in der höchsten Fähigkeit des Spielers, »identification of the reasoner's intellect with that of his opponent« (S. 219, vgl. S. 220). Durch die Synthese von Phantasie und Denkfähigkeit sieht er die Durchsuchungsmethoden des Präfekten voraus und begegnet ihnen auf die einzig mögliche Weise: Er nimmt seine Zuflucht zur Vereinfachung statt zu einer sinnlosen Komplizierung der eigenen Methode. Er verbirgt den Brief, indem er ihn gar nicht versteckt. Weil Dupin diese Methode deduziert hat, ehe er sich auf die Suche macht, kann er den Brief im Arbeitszimmer des Ministers mit leichter Mühe während eines Höflichkeitsbesuches entdecken:

> »At length my eyes, in going the circuit of the room, fell upon a trumpery filigree card-rack of pasteboard, that hung dangling by a dirty blue ribbon from a little brass knob just beneath the middle of the mantel-piece. In this rack, which had three or four compartments, were five or six visiting cards and a solitary letter. This last was much soiled and crumpled. It was torn nearly in two, across the middle – as if a design, in the first instance, to tear it entirely up as worthless, had been altered, or stayed, in the second. It had a large black seal, bearing the D-- cipher *very* conspicuously, and was addressed, in a diminutive female hand, to D– –, the Minister, himself. It was thrust carelessly, and even, as it seemed, contemptuously, into one of the upper divisions of the rack.
>
> No sooner had I glanced at this letter, than I concluded it to be that of which I was in search.« (S. 229 f.)

Anders als in »The Murders of the Rue Morgue« ist es in dieser Geschichte für den Autor leicht, dem Leser plausibel zu machen, daß nur ein Mensch von Dupins Begabung den Fall lösen kann. Die Denkweise des Ministers liegt für die Durchschnittsmentalität des Polizeipräfekten außerhalb der Reichweite. Dupin dagegen muß als verwandter Geist beim Sich-Hinein-Denken in die Situation des Ministers mit Notwendigkeit auf den Weg kommen, den der Gegenspieler beschritten hat. Die Schlußpointe unterstreicht zugleich die Affinität zwischen Täter und Ermittler und den symmetrischen Bau der

Erzählung: Wie der Minister als erste Handlung der Geschichte zwei Briefe vertauscht hatte und wie Dupin an der Gelenkstelle in der Mitte Brief gegen Scheck getauscht hatte, so endet das Ganze wieder mit einem Brieftausch. Dupin ersetzt den richtigen Brief durch einen falschen, in dem er seinem Gegenspieler durch ein nur für diesen verständliches poetisches Zitaträtsel zu erkennen gibt, wer ihn besiegt hat.

Weniger und mehr: Poe und der moderne Krimi

Es gibt im modernen Krimi nichts, was nicht letztlich aus Poes Geschichten abgeleitet oder doch wenigstens als Keim und Möglichkeit in ihnen angelegt ist. Man neigt daher dazu, Poes Kriminalgeschichten und den heutigen Entwicklungsstand der Gattung zu nahe zusammenzurücken und in Poe den ersten modernen Krimiautor und den Schöpfer des Gattungsmodells zu sehen. Umgekehrt betrachtet sich der moderne Krimi gern als Fortsetzung und Weiterentwicklung all dessen, was Poes *Tales of Ratiocination* als Potential enthalten. Beide Annahmen treffen aber nicht zu.

Bei der Analyse wurde deutlich, daß wichtige Teilstrukturen bei Poe trotz mancher Ähnlichkeit doch anders sind als im neueren Krimi. Insgesamt läßt sich mit einiger Gewißheit sagen, daß sich Poes Grundschema ohne wesentliche Änderungen nicht als Basis einer solchen populären Variationsgattung eignet, wie sie der Krimi heute darstellt. Das liegt vor allem an dem Kommunikationsmodell – dem Schema des Verhältnisses der fiktiven Personen zueinander und zum Leser –, das Poe für seine drei Dupin-Geschichten (die nie als Anfang einer längeren Reihe gedacht waren) entwarf.

In Poes Schema ist die Hauptfigur eine isolierte, um sich selbst kreisende Person, fast ohne Kontakte zur Umwelt in der Fiktion und ohne direkten Bezug zum Leser. Ohne Aufgabe der Grundkonzeption ist es nicht möglich, um Dupin herum eine ganze Romangesellschaft aufzubauen. Ähnlich verhält es sich mit der Handlung. Die Geschichten sind nicht nur *de facto* handlungsarm, sondern eine Gestalt wie er ist prinzipiell ungeeignet, viel Handlung zu generieren. Dupin ist damit so isoliert und singulär, daß er sich nicht als Modell eines von Autor zu Autor variierbaren Serienhelden vorstellen läßt. – Gemessen an diesen durch die Konzeption bedingten Grenzen spielen im übrigen die von Bewunderern neuerer Kriminalgeschichten kritisierten Schwächen der Figur,[15] die fehlende Anreicherung mit konkreten Details, der Mangel an Lebendigkeit, kaum eine Rolle – diesen Mängeln ließe sich ja durch einfaches Auffüllen und Ausmalen der psychologisch-menschlichen Dimension abhelfen.

Der Leser moderner Unterhaltungsgattungen ist es gewohnt, daß ihm die Welt der Fiktion und ihre Figuren nahegebracht werden und daß der Text der Lektüre keine Widerstände entgegensetzt. Bei Poe wird ihm einiges zugemutet. Er wird gegenüber Dupin in die Rolle eines entfernten Bewunderers abgedrängt. Sein Zugang zu der Figur führt über den anonymen Freund und Jünger, eine Figur ohne Eigengewicht, ohne Sympathiepotential und ohne besondere Eignung als Vermittler. Dem Leser wird nicht einmal zum Schein die Möglichkeit des Mitmachens und Mitratens eröffnet. Die Spannung, in die er versetzt wird, ist vorwiegend intellektueller Art, und das Gedankengebäude, das den Geschichten zugrundeliegt, ist nur zu einem Teil in Geschehen und Figuren umgesetzt, zu einem anderen Teil wird es als theoretischer Essay vorgetragen. Es ist also doch noch ein recht weiter Weg zum modernen Krimi als einer Gruppe von fast unendlich variierbaren Modellen, von Erzählmechanismen, die fast automatisch funktionieren, die jeder mittelmäßige Schriftsteller in Betrieb setzen und deren sich der Leser ohne Mühe noch vor dem Einschlafen bedienen kann.

Wenn Poe also noch kein moderner Krimiautor ist, so gehen seine Dupin-Geschichten doch beileibe nicht darin auf, Vorstufen zu sein. Sie enthalten auch Ansätze, die von den späteren Autoren nicht oder nur nach langen Umwegen weiterentwickelt werden. Vor allem die Figur des Helden ist in mehrerer Hinsicht größer und reicher an Möglichkeiten als viele spätere Krimidetektive:

- Der Detektiv ist durch und durch Spieler. Er löst seine Aufgaben zweckfrei, zu eigener Ergötzung. Sein Vorbild, der perfekte Whistspieler, ist jemand, der nach Regeln spielt wie sein Gegner, aber zugleich versucht, diese Regeln zu transzendieren, und der das Gegeneinander-Spielen als die interessanteste Form der Beziehung zwischen Menschen auffaßt. Auch der moderne Krimi ist ein Spiel. Ein Bereich der Wirklichkeit, der Mord, wird in der Form eines literarischen Spiels dargeboten. Die Hauptfigur in diesem Spiel, der Detektiv, ist aber kein Spieler, sondern ein Ernstnehmer, jemand, der aus seriösen Motiven wie Gerechtigkeitssinn oder Pflichteifer seine Funktion ausübt. Poes Besetzung der Zentralfigur erscheint – auch wenn sie nicht die einzig mögliche ist – adäquater.
- Der moderne Detektiv ist meist partnerlos; er hat vielleicht Gehilfen, aber niemanden seinesgleichen. Poes Konzeption erlaubt die Entwicklung einer Gegenspielerfigur, die aus dem Spiel einen Wettkampf macht, während der agonale Aspekt des modernen Detektivromans meist nur im Kampf gegen einen zunächst unsichtbaren Gegner besteht, der in dem Moment, in dem er als Gegner und Täter erkennbar wird, bereits der Unterlegene ist.
- Die Zentralfigur des modernen Krimis ist im allgemeinen ein Repräsentant der Ordnung und des Rechts. Er steht im Lager derer, die ihn beauftragen, und gehört nicht in den Bereich, den er erforscht. Poes Ermittler hat eine andere, freiere Position außerhalb der bürgerlichen Ordnung, an deren Wiederherstellung er kaum interessiert ist, während er zum Bereich der Ordnungsstörer eine engere Affinität hat. Erst die Vertreter der ›hartgesottenen Schule‹ greifen diese ergiebige Möglichkeit der moralischen, intellektuellen und sozialen Situierung des Detektivs wieder auf.
- Die von Poe geschaffene Gestalt steht schließlich und vor allem auf der Höhe der Zeit und der Entwicklung der zeitgenössischen Literatur. Wenn wir die Frage, in welchen Platz in der Ideengeschichte Poes Detektionsgeschichten gehören, jetzt rückblickend beantworten, so können wir sehen, daß sie – ihrer Bezeichnung *Tales of Ratiocination* zum Trotz – nicht einfach

Nachklänge des aufklärerischen Glaubens an die alles durchdringende Macht der Ratio sind. Dupin ist, wie sich besonders deutlich bei der Analyse von »The Murders in the Rue Morgue« zeigte, eine Ausprägung der romantischen Konzeption des Künstlers (oder des Dichters) als des höchsten Repräsentanten der Menschheit. Poe greift dabei mit seinem Beitrag in eine spezielle Debatte ein, die in den englischsprachigen Ländern von etwa 1800 bis 1850 geführt wurde und bei der es um die Frage ging, ob wirklich nach wie vor dem Künstler, der aufgrund seiner schöpferischen Imagination Neues erfindet, der Vorrang gebühre oder ob nicht doch der Wissenschaftler, der durch systematische und rationale Analyse die Gesetze der Dinge auffindet, der wahre Geistesheros sei.[16] Die meisten Literartheoretiker hatten den Vorrang der Kunst damit begründet, daß der Künstler auch eine Art von Wissenschaftler sei. Die Dichtung, so argumentiert beispielsweise Wordsworth, leistet das gleiche wie eine Wissenschaft vom Menschen; der Dichter stellt den Menschen reiner dar, als er in Wirklichkeit existiert, und demonstriert an seinen Kunstfiguren die Grundgesetze menschlichen Fühlens und Denkens.[17] Poe, der den Naturwissenschaften weniger fremd gegenübersteht als Wordsworth, argumentiert in seinen Geschichten von der Kunst des Vernunftgebrauchs anders: der Naturwissenschaftler, der Mann der rationalen Analyse, ist im idealen Falle selbst ein Künstler, ein Mann der Imagination.

Somit gehören die Dupin-Geschichten in die Tradition der Künstlergeschichte, eines der fruchtbarsten Stränge der literarischen Entwicklung. Dupin ist nicht nur ein Vorläufer von Sherlock Holmes, sondern auch von Gestalten wie Adrian Leverkühn, dem Kalkül und Phantasie verbindenden Tonsetzer Thomas Manns. Der moderne Kriminalroman steht im ganzen außerhalb dieser Traditionslinie. Von den in Poes Modell angelegten Möglichkeiten wird bis weit in das 20. Jahrhundert hinein nur ein Teil verarbeitet und weiterentwickelt.[18]

Zwischen Poe und Conan Doyle

Gattungen evolutionieren; sie entfalten das in ihnen angelegte Potential in einem historischen Prozeß. Gattungsentwicklungen verlaufen jedoch nicht nach dem Muster einer biologischen Evolution: kontinuierlich, zielstrebig, aus eigener Dynamik. Das von Poe geschaffene Modell der Kriminalgeschichte wird eine Reihe von Jahrzehnten lang zwar nachgeahmt, aber nur wenig fortentwickelt, bis dann Conan Doyle im letzten Teil des Jahrhunderts im Rückgriff auf Poe die Detektivgeschichte als Gattung etabliert und populär macht.[19]

Aber obwohl die Gattungsentwicklung zwischen Poe und Conan Doyle keine wesentlichen Fortschritte macht, ist das, was in den angelsächsischen Ländern auf dem Gebiet der Gesamtgattung Roman während dieser Zeit geschieht, doch für die weitere Geschichte der Kriminalliteratur von großer Bedeutung.

Der Roman befestigt seine Position als mächtigster Zweig der Literatur überhaupt. Die Vorurteile gegen die mangelnde Ernsthaftigkeit der fiktionalen Prosa sind weitgehend abgebaut. Das Lesepublikum ist zum ersten Male ein Massenpublikum, so daß die Auflagen wachsen und die Preise sinken können, in England auf weniger als ein Drittel der Buchpreise des ausgehenden 18. Jahrhunderts. Wem die gesunkenen Preise – etwa 6 Schillinge für den dreibändigen Standardroman – noch immer zu hoch sind, der kann auf andere Weise an seine Lektüre kommen: über Billigserien, über kommerzielle Leihbüchereien und vor allem über Zeitschriften, die entweder eine Mischung aus Geschichten und Aufsätzen druckten oder sich ganz auf Fortsetzungsromane konzentrierten.

Zusammen mit der Produktion und dem Publikum weiteten sich auch die Funktionen aus, die der fiktionalen Literatur übertragen oder zugestanden wurden. Aus unserer Sicht sind uns am Roman von Dickens und Thackeray bis Meredith und Hardy und von Hawthorne bis Henry James vor allem die seriösen Funktionen geläufig, die psychologischen, philosophischen und ästhetischen Anliegen der Autoren. Die Erzählliteratur des 19. Jahrhunderts, differenziert wie nie zuvor, ist aber zugleich auch ein Hauptmedium der politischen Propaganda, der Reformdiskussion, der Zeitsatire. Sie ist auch schon für den Großteil der Leserschaft die Hauptquelle der Information über alle Lebensbereiche, die außerhalb der eigenen Erfahrung liegen, wobei bis zum Ende des Jahrhunderts das vorwiegend aus den *middle classes* stammende Romanpublikum sich weniger für ferne, exotische Welten interessiert als für die benachbarten, aber fremden und nicht einsehbaren Bereiche der eigenen Gesellschaft, die oberen Zehntausend und *the other half*, die unteren Schichten. In diesem Bereich wieder hatten die *criminal classes* als Thema bei weitem den Vorzug gegenüber den *working classes*. Beide Schichten sind von aktuellem Interesse, aber das Kriminellenmilieu gilt als zugleich farbiger und bedrohlicher. Schließlich sind es die ob ihrer Engstirnigkeit vielgeschmähten Viktorianer, die als erstes bürgerliches Publikum Erzählliteratur auch als reine Unterhaltungsliteratur tolerieren und tragen – Romane und Erzählungen, die eingestandenermaßen nichts als Zerstreuung und Kurzweil bezwecken und auf jedes Mäntelchen der Erbaulichkeit oder Nützlichkeit verzichten. Gerade das ist als Vorbedingung für eine breitere Detektivliteratur von Bedeutung.

Es ist nicht schwierig, in der Fülle der Erzählwerke des 19. Jahrhunderts einzelne Werke und Autoren auszumachen, die sich als Vorläufer des modernen Detektivromans einordnen lassen. Im ganzen gesehen ist es jedoch eher verwunderlich, wie selten das Grundmuster ›Ermittler überführt Täter nach systematischer Detektion‹ zu finden ist, obwohl die Motivbereiche ›Verbrechen‹ und ›Rätsel, Geheimnis‹ zu den beliebtesten gehören, die es für die Erzähler dieser Epoche gibt.

Charles Dickens (1812–70) liefert ein gutes Beispiel für eine Situation, in der die Strukturen und Themen, die später für den Krimi bestimmend werden, noch rar sind, aber sich schon als benachbart oder bevorstehend erkennen lassen. Dickens, der für seine episodenreichen Fortsetzungsromane einen großen Bedarf an Handlungselementen hat, verwendet nur zweimal das

Muster der Verbrechensaufklärung durch einen Ermittler. In *Bleak House* kommt ein Polizeidetektiv als handelnde Figur vor. In *The Mystery of Edwin Drood*, Dickens' letztem Roman, spielt ein Mordgeheimnis eine zentrale Rolle – wobei das Detektivische und Kriminalromanhafte an der Geschichte weniger in ihr selbst angelegt ist, als es aus der Unfertigkeit des Romans resultiert, bei dem man darüber rätseln muß, wie der Autor sich die Weiterführung und die Auflösung vorgestellt haben mag.

Das Thema *mystery* ist dagegen in jedem Roman in irgendeiner Form präsent. Es wird Einblick in unbekannte Bereiche der Gesellschaft gewährt, und zwar nach Möglichkeit in solche mit geheimnisvollen Ritualen und Bräuchen wie Gewerkschaften, Banden, Diebesschulen, Anwaltskanzleien. Personen sind von Geheimnissen umgeben, Handlungsstränge drehen sich um Rätsel: Wer sind die Eltern von Oliver Twist? Wer hat das Geld aus Mr. Bounderbys Kasse gestohlen (*Hard Times*)? Wer ist der mysteriöse Wohltäter, der Pips Ausbildung zum Gentleman finanziert (*Great Expectations*)? Mitunter kommen schon umfangreichere Komplexe von Rätselfragen vor. So geht es in *Oliver Twist* nicht nur um das Herkunftsrätsel, sondern unter anderem auch um die Fragen, wer der unbekannte Schurke ist, der Oliver immer wieder auf den Weg des Verbrechens bringen will (Antwort: Es ist Monks, Olivers Stiefbruder, der das väterliche Vermögen nur erbt, wenn Oliver seine Unbescholtenheit verliert), oder warum das Bild einer jungen Frau im Hause des guten Mr. Brownlow eine so sprechende Ähnlichkeit mit Oliver aufweist (Antwort: Es ist ein Jugendbild seiner Mutter, der verschollenen Tochter eines Freundes von Mr. Brownlow).

Nach Art des späteren Detektivromans löst Dickens alle Rätsel auf, und zwar vorzugsweise schon in der Form eines Lösungskapitels gegen Schluß des Werks (»Chapter 51, Affording an Explanation of more Mysteries than one [...]« heißt die Ankündigung in *Oliver Twist*). Dickens verzichtet aber im allgemeinen nicht nur auf eine Ermittlerfigur, sondern auch auf intensivere Anstrengungen von irgendeiner Seite zur Lösung seiner Rätselfragen. Sie werden gestellt, treten dann in den Hintergrund, werden schließlich in Erinnerung gerufen und gelöst. Es ist nicht ihre Funktion, den Leser dauernd in Spannung zu halten; sie sind nicht die beherrschenden Strukturen, denen sich die anderen Komponenten unterordnen müssen. Sie dienen vielmehr dazu, eine locker gereihte, aus vielen Teilen und Strängen bestehende Handlung zusammenzuhalten und Figuren, die sonst nichts miteinander zu tun haben, durch die Bezogenheit auf ein Rätsel (als Beteiligter, Zeuge oder Mitwisser) in eine gewisse Verbindung zu bringen.

Unter den Romanschriftstellern des 19. Jahrhunderts war William Wilkie Collins (1824–89) derjenige, der den Detektivroman am stärksten vorwegnahm. Anders als Dickens, dessen Freund und Bewunderer er war, ließ Collins seine melodramatischen Geschichten meist in den besseren Kreisen spielen. Er erkannte als einer der ersten, welche Möglichkeiten der Publikumsunterhaltung darin liegen, in die *gentry*-Gesellschaft, die normalerweise durch eine wenig aufregende Muße gekennzeichnet ist, ein Verbrechen mit geheimnisvollem Urheber zu verlegen, überhaupt einer noblen Familie ein Geheimnis zuzuschreiben. Nach einigen weniger gelungenen Versuchen konkretisiert sich diese Thematik in zwei langen, nach Art der Zeit behäbig erzählenden Romanen, die zu den größten Bucherfolgen des 19. Jahrhunderts gehörten und die noch heute populär sind: *The Woman in White* (1860) und *The Moonstone* (1868).

In *The Woman in White*, einer Geschichte von erbschleicherischen Machenschaften in einer Adelsfamilie und vom Konflikt zwischen Liebe und Standesinteressen, ist der Ermittler kein professioneller Detektiv, sondern ein junger Zeichenlehrer, der durch die Umstände gezwungen wird, sich zu einem beharrlichen Rätsellöser zu entwickeln. Anders als die Rätsel in den Romanen von Dickens sorgt das Geheimnis der Frau in Weiß für fast beständig durchgehaltene Spannung.

The Moonstone steht dem Typus des modernen Detektivromans noch näher. Verbrechensaufklärung – es geht zunächst um den Diebstahl eines kostbaren Diamanten, der aus der Statue einer indischen Mondgöttin stammt, später auch um Mord – ist nicht das einzige, aber doch das dominierende Thema. Der Ermittler ist diesmal kein Amateur, sondern ein Polizeidetektiv, Sergeant Cuff, der fähigste Mann von Scotland Yard. Cuff verkörpert einen Typus, der später zu einer Standardfigur wird, den präsenten Detektiv, der nicht so sehr nachdenkt wie Aktivität entfaltet: Er verhört, er prüft, er sammelt Indizien. Seine Charakterisierung – auch das wird in der Folge zu einer Standardtechnik – basiert kaum auf seinen detektivischen Eigenschaften, sondern auf einer Reihe von markanten, fast absonderlichen Äußerlichkeiten und Angewohnheiten: Sein Gesicht ist »scharf wie eine Axt«, seine Haut »gelb, trocken und verwittert wie ein Herbstblatt«; er hat einen stechenden Blick und lange, klauenartige Finger. Die ihm zugeschriebene Liebhaberei steht im Gegensatz zu seinem Beruf: Er züchtet Rosen.

Sergeant Cuff hatte ein Vorbild in der Realität, Inspektor Jonathan Whicher von Scotland Yard, der von der englischen Presse zum *Prince of Detectives* hochgelobt wurde. Whicher war in Wirklichkeit nicht der Starermittler, den die Zeitungen aus ihm machen wollten, und Sergeant Cuff hat bei näherem Hinsehen wenig Ähnlichkeit mit dem wirklichen Detektiv. Ausschlaggebend ist, daß sich schon hier die Detektivfiktion als Abbild der Wirklichkeit ausgibt und als Schlüsselliteratur auftritt, als eine Literatur, die unter dem Mantel der Fiktion Einblicke in Bereiche gibt, die sich vor dem Interesse der Öffentlichkeit verschließen und ihre Interna geheimhalten.

Arthur Conan Doyle

Die moderne Detektivgeschichte stammt in direkter Linie von den Sherlock-Holmes-Geschichten Arthur Conan Doyles (1859–1930) ab. Alle jüngeren Entwicklungen haben hier ihren Anfang. Für den heutigen Leser und Autor sind Conan Doyles Werke in einem ungleich höheren Maße gegenwärtig und wirksam als Poes Geschichten, hinter denen die größere innovatorische Leistung steht.

Sherlock Holmes und Dr. Watson

Es sind nicht Conan Doyles Fälle und Lösungen, die Schule gemacht und die Gattung geprägt haben, sondern seine Gestalten, Sherlock Holmes vor allem, aber auch dessen Freund und Chronist Dr. Watson. Unter den 60 Geschichten – 4 längeren und 56 Kurzgeschichten – sind einige – »The Hound of the Baskervilles« etwa – bekannter als andere, aber kaum ein Leser hat die Vorstellung einer Hierarchie von ausgezeichneten bis weniger guten Geschichten, und die im Englischen übliche Bezeichnung *The Sherlock Holmes Canon* besagt ja auch, daß alle Texte im gleichen Maße kanonisch sind. Die Geschichten sind in erster Linie Vehikel für das Auftreten des großen Detektivs und seines Freundes; die Fälle, über die Watson berichtet, sind Anlässe, um die charakteristischen Züge von Sherlock Holmes ins Spiel zu bringen.

Sherlock Holmes ist eine Kultfigur, um die sich eine immense Literatur rankt. Die Behauptung der Sherlockianer, daß über Sherlock Holmes mehr geschrieben worden sei als über irgendeine andere erfundene Figur, stimmt zwar nicht ganz, aber Holmes ist immerhin die einzige Fiktion, die zum Gegenstand eines aufwendigen, über Jahrzehnte aufrechterhaltenen Forschungsspiels geworden ist, des *Higher Criticism of the Baker Street Canon*.[20] Die Holmesologie, deren Vertreter von gelegentlich Beteiligten wie T. S. Eliot bis zu vielschreibenden, fast monomanischen Holmes-Experten reichen, ist biographisch-historisch ausgerichtet. Es gibt Studien über Sherlock Holmes' Lebensdaten und Essensgewohnheiten, über seine Bibliothek und seine Garderobe; über Dr. Watsons Ehen und über seine Verwundung in afghanischen Kämpfen; über die genaue Lage des legendären Appartements 221B Baker Street und über die mutmaßliche Höhe der Miete, über die Beschaffenheit aller im Kanon erwähnten Londoner Straßen und Gebäude zum Zeitpunkt der Geschichten.[21] Die Sherlockianer sind sich bewußt – meist jedenfalls –, daß das ganze ein Spaß ist (ein Spaß im übrigen, der nach 80 Jahren und einigen hundert Beiträgen nicht mehr allzu frisch ist).[22] Die auf der Zuschreibung historischer Realität an eine Fiktion beruhende Pseudowissenschaft hat den Reiz eines nach beinahe ›echten‹ Regeln betriebenen Wissenschaftsspiels, das nicht nur zweckfrei, sondern auch vom Zwang zur Richtigkeit und Stichhaltigkeit der Resultate befreit ist, bei dem Spekulation und aberwitzige Hypothesen erlaubt sind und bei dem man mit Methoden der historischen Forschung ein Gebilde der Phantasie schaffen kann, »a nostalgic country of the mind: where it is always 1895«.[23]

Der Haken bei der Sache liegt darin, daß sich neben der unernsten Behandlung des Gegenstandes keine ernsthafte hat entwickeln können. Eine Betrachtung der fiktiven Gestalt in ihren Eigenschaften als Kunstfigur gibt es kaum. Der einzige gründlich diskutierte Aspekt der Fiktion Sherlock Holmes ist die Frage nach dem Vorbild in der Wirklichkeit: War es Wendel Scherer, ein zeitgenössischer Privatdetektiv, war es der Mediziner Dr. Joseph Bell von der Universität Edinburgh, der vom Autor als Modell benannt wurde, war es der Autor selbst, »the Sherlock-hearted Doyle«, der sich – an seiner eigenen Biederkeit und Durchschnittlichkeit leidend – in seinem Helden verwirklichte?[24]

Die Beherrschung des Autors durch die von ihm geschaffene Figur ist der paradoxeste Aspekt der Baker-Street-Saga. Das Leben Conan Doyles ist – so wie er selbst und seine Biographen es dargestellt haben – in allen wichtigen Phasen eine Sherlock-Holmes-Geschichte wider Willen: Der wenig erfolgreiche Arzt Dr. Doyle, der in seiner Praxis Geschichten schreibt, mit denen er ebenfalls wenig erfolgreich ist, bis er Holmes und Watson schafft. Der Kriminalschriftsteller, der mit seinen Sherlock-Holmes-Geschichten den Durchbruch zu Ruhm und Geld erreicht, nicht mit der ersten Holmes-Geschichte, »A Study in Scarlet«, die erst nach vergeblichem Rundlauf durch die Lektorate verschiedener Verlage von Ward, Lock & Co. für ein Pauschalhonorar von £ 25 angekauft und 1887 in einem Almanach abgedruckt wurde, wohl aber mit der dritten und den folgenden, die im angesehenen *Strand Magazine* erschienen; der ambitionierte Autor, der sein Ansehen lieber auf seine historischen Romane gründen möchte, der Sherlock Holmes für ein literarisches Produkt minderen Ranges hält, der ihn satt hat wie die Gänseleberpastete, an der er sich einmal übergessen hat, und der es tatsächlich wagt, seinen Helden in einer 1893 veröffentlichten Geschichte in den Reichenbachfall stürzen zu lassen, der aber dann doch dem Verlangen des Publikums nicht auf die Dauer widerstehen kann und acht Jahre später Holmes wiederbelebt und noch 25 Jahre lang Geschichten um ihn publiziert; Sir Arthur Conan Doyle schließlich, eine internationale Berühmtheit, aber trotz aller Versuche, sich als seriöser Autor, als Sportsmann, als Mann der Tat und als Politiker zu profilieren, für alle Welt immer nur als *creator of Sherlock Holmes* durch sein Geschöpf identifiziert.[25]

Daß Conan Doyle ausgerechnet mit seiner Hauptgestalt und deren Partner eine so gewaltige Wirkung erzielte, mutet auf den ersten Blick wie ein historischer Irrtum, ein geradezu zynischer Witz der Literaturgeschichte an. Während nämlich die Handlungen in Doyles Geschichten meist tatsächlich Erfindungen des Autors sind, gilt das von den Hauptfiguren nicht. Sherlock Holmes und Dr. Watson sind, auch wenn die meisten Sherlockianer das bestreiten, Fortführungen – in vieler Hinsicht sogar genaue Kopien – von Poes Detektiv Dupin und dessen anonymem Freund und Chronisten.

Conan Doyle selbst hat aus dem Anschluß an Poe keinen Hehl gemacht. »Poe's masterful detective, M. Dupin, had from boyhood been one of my heroes«, heißt es in seiner Autobiographie, und dieses Vorbild habe er weiterentwickeln wollen – »But could I bring an addition of my own?«[26] Er ist sicher, durch den Rückgriff auf das reale Modell Dr. Bell dieses Neue und Eigene hinzufügen zu können, und macht sich ans Werk. Auch im Text der Geschichten wird auf Poe als Vorläufer verwiesen. »You remind me of Edgar Allan Poe's Dupin«, sagt Watson zu Holmes, der das Kompliment allerdings nur unter Hinweis auf seine eigene Überlegenheit akzeptieren will.[27]

Die Anlehnung an Poe kommt in der Anlage der Hauptfigur und der umgebenden Figurenkonstellation unübersehbar zum Ausdruck. Wie Dupin ist Sherlock Holmes ein Privatmann, ein Außenseiter, fast ein Sonderling, ein Verächter der bürgerlichen Konventionen; er hat, wie Watson meint, »a bohemian soul«, nimmt Drogen, spielt Violine. Auch er betreibt die Detektion in erster Linie aus Freude am Einsatz seiner überragenden Geistesgaben: »I crave for mental exaltation. [. . .] The work itself, the pleasure of finding a field for my peculiar powers, is my highest reward« (S. 90). Auch bei ihm heißt die zentrale Fähigkeit des Rätsellösers »analytical power«, und wenn Holmes über die Prinzipien der Detektion doziert, macht er oft wörtliche Anleihen bei seinem Vorgänger.[28]

Ebenfalls wie Dupin hat der gesellschaftsscheue Holmes einen Freund, mit dem er die Wohnung teilt, der ihn begleitet und bewundert, an dessen beschränktem Intellekt sich seine Überlegenheit zeigt, den er im Dunkeln tappen läßt, bis er ihm alles erklärt, der seine Abenteuer niederschreibt und der als Mittelsmann zwischen dem großen Detektiv und der Leserschaft fungiert.

Analog ist ferner das Verhältnis zur Polizei. Für Holmes sind die Vertreter der staatlichen Aufklärungsinstitution, besonders die Inspektoren Lestrade und Gregson von Scotland Yard, dumme Tröpfe, die gerade genug Verstand haben, ihn zu konsultieren, wenn sie mit ihrem Latein am Ende sind.

Schließlich hat Conan Doyle auch eine Reihe von Details übernommen, etwa die Angewohnheit des Detektivs, in stundenlanges Nachdenken zu verfallen, während dessen ihn niemand ansprechen darf, oder vor Beginn eines größeren Unternehmens ein Probestück seiner Kunst abzulegen.

Trotz der engen Anlehnung an Poe und der scheinbar pauschalen Übernahme des Vorgefundenen ergibt sich bei Doyle durch Änderungen und vor allem durch zusätzliche Charakterisierungselemente eine stark gewandelte Konzeption des Detektivs, der Zweiergruppe Detektiv/Chronist, der sie leitenden Ideen und ihrer Position in der Gesellschaft. Auf dieser veränderten Anlage des zentralen Personenpaares beruht die im Vergleich zu Poe gesteigerte Breitenwirksamkeit der Geschichten und der nachhaltige Einfluß auf alle späteren Detektiverzählungen. Der Autor legt seine Konzeption der Figuren schon in der ersten Sherlock-Holmes-Geschichte, »A Study in Scarlet«, breit und sorgfältig dar und wiederholt sie in geraffter Form in den späteren Geschichten. Die immer erneut vorgestellten Personen werden in vielen Punkten im Laufe der Zeit geändert – zur Freude der Sherlockianer, für die es manchen Widerspruch in Watsons Berichten zu diskutieren gibt, wenn beispielsweise Holmes einmal notorischer Frühaufsteher und einmal notorischer Langschläfer, Watson in unklarer Abfolge verheiratet und unbeweibt ist –, in den Grundzügen aber bleiben sie mit sich identisch.

In welche Richtung Doyles Änderungen seiner Vorbilder gehen, läßt sich am deutlichsten an der Figur des Chronisten und Partners erkennen. Bei Poe bekennt sich der Erzähler ohne Vorbehalte zu dem außergesellschaftlichen Bereich, dem Dupin angehört. Er ist zwar normaler als sein genialer Freund, ist dem Leser näher, gehört aber eindeutig in die Welt der Nacht, des schwärmerischen Nichtstuns, der bohemischen Isolation. Watson dagegen strotzt vor Normalität und weist sich von Anfang an durch korrekte Visitenkarte als Mitglied der Gesellschaft – und zwar ihrer maßgeblichen Schicht – aus. »A Study in Scarlet« ist laut Überschrift »a Reprint from the Reminiscences of John H. Watson, M.D., Late of the Army Medical Department«. Damit wird Watson von zwei Seiten als Herr von Stand, als Gentleman im vollen Sinne des Wortes, ausgewiesen. Als Doktor der Medizin ist er *professional man*, Angehöriger eines der freien und standesgemäßen Berufe; als vormaliges Mitglied des Sanitätskorps der Armee gehört er dem Offizierskorps an. Freilich ist er in beiden Professionen eher am Rand als in der Mitte angesiedelt, denn der Sanitätsoffizier – Watson war bis zu seinem Ausscheiden wegen Verwundung Wundarzt bei einem Infanterieregiment in den Kolonien – steht weder bei Offizieren noch bei Ärzten im allerhöchsten Ansehen. Zum Gentleman gehört finanzielle Unabhängigkeit; auch dieses Erfordernis kann Watson nachweisen, wenn auch die 11 Schillinge und Sixpence pro Tag, über die er als Bezieher einer knappen Pension verfügt, ihn zum Sparen nötigen und zum Anlaß werden, sich mit einem anderen Herrn eine kleine möblierte Wohnung zu teilen.

Die gesellschaftliche Rolle, die Watson zugeschrieben wird, hat einen doppelten Aspekt; sie spiegelt eine Ambivalenz in den Vorstellungen der Epoche vor dem Ersten Weltkrieg von der gesellschaftlichen Norm. Einerseits hat er noch Züge des alten Idealbildes des *man of leisure*, der sich, von der Notwendigkeit des Brotverdienstes unbelastet, ganz auf das spielerische Kultiviertsein beschränken kann. Auf der anderen Seite entspricht er schon der neueren Vorstellung, daß es nicht genügt, für sich selbst dazusein, sondern daß man eine Profession von sozialer Nützlichkeit haben sollte, auch wenn man auf Geldverdienen nicht angewiesen ist. Auch wenn Watson sich selbstironisch zu den »loungers and idlers of the Empire« zählt, so ist er doch ein ehrenhafter Nichtstuer: er hat schließlich einen nützlichen Beruf und kann nicht dafür, wenn er ihn nicht mehr ausübt. – In den späteren Geschichten verstärkt der Autor den professionellen Aspekt: Dr. Watson eröffnet eine Praxis (die ihm zum Glück viel Freizeit läßt), und er tritt im Laufe der Handlung bei Notfällen als überaus kompetenter Arzt auf.

Intellektuell ist Sherlock Holmes seinem Gefährten ebensoweit überlegen wie Dupin dem seinen. Aber während Poes Erzähler, der nicht einmal einen Namen hat, bloß Sprachrohr und Bewunderer ist, ein farbloser junger Mann ohne eine einzige Eigenschaft, die nicht ein schwacher Abglanz des genialen Freundes wäre, hat Watson erheblich mehr Profil und Gewicht. Das liegt einmal daran, daß Conan Doyle dem Leser viel mehr an konkreten Details über Leben, Meinungen und Umgang seiner Hauptfiguren mitteilt als Poe. Dupin und sein Freund sind immer exaltiert; sie kennen kein normales Leben. Fast jede Sherlock-Holmes-Geschichte enthält dagegen eine Schilderung der alltäglichen, entspannten Normalsituation in 221 B Baker Street. Watson ist nicht nur konkreter, er hat auch Statur als Person. Zwar ist er – im Einklang mit seinen Funktionen als Kontrastfolie des Helden und als Berichter, der stets selbst vom Ausgang überrascht ist – in allen Fragen detektivischer Ermittlungen und Schlußfolgerungen völlig unbegabt; hier wird er sogar so begriffsstutzig gehalten, daß der Leser ihm im Ahnen des Richtigen meist einen Schritt voraus sein kann. Im übrigen aber ist Watson ein gestandener Mann, bieder und vernünftig, jemand, den niemand für dumm verkauft. Er bewundert Holmes, aber er steht ihm auch kritisch gegenüber. Seine vernünftige Normalität macht ihn zu einem Berichterstatter, der das Geschehene nicht nur weitergibt, sondern auch beurteilt und einordnet und der letztlich Holmes und sein oft merkwürdiges und abwegiges Verhalten durch seine Zustimmung sanktioniert. Nicht nur für den Leser, sondern auch für die fiktive Gesellschaft in den Geschichten ist Watson ein Garant der Normalität und der Einhaltung elementarer gesellschaftlich-moralischer Regeln: Sherlock Holmes zieht bei Interviews mit Klienten, besonders mit verängstigten Damen, mit Vorliebe Dr. Watson hinzu, der Ruhe, Vertrauen und Verläßlichkeit ausstrahlt.

Bei der Gestaltung seines großen Detektivs hat Doyle sämtliche Eigenschaften, mit denen Poe seinen Helden ausgestattet hatte, beibehalten, vom Genie für die Analyse über die enorme Denkgeschwindigkeit, die komplizierte logische Ableitungen wie spontane Intuitionen erscheinen läßt, bis zu den künstlerischen und poetischen Neigungen; er behält auch die von Poe verwandten Begriffe für das geistige Inventar der Figur bei und ersetzt eine eigene theoretische Fundierung der detektivischen Geistesgaben durch Poe-Zitate oder durch vereinfachende Paraphrasen. Innerhalb des übernommenen Rahmens sind die Änderungen aber nicht weniger eingreifend als bei der Begleiterfigur: Doyle weist seinem Detektiv ein anderes Metier, einen anderen professionellen Status und eine andere Position gegenüber der Gesellschaft und ihren Werten zu.

Dupin ist Künstler; sein analytisches Vermögen ist die Kehrseite der schöpferischen Imagination; als Dichter-Detektiv ist er ein Extremfall der alten humanistisch-künstlerischen Bildung. Holmes ist vor allem Wissenschaftler; er ist ein Repräsentant der neuen, naturwissenschaftlich ausgerichteten, sich zur Spezialisierung bekennenden Bildungsvorstellung.

Der Bekannte, der Watson auf Holmes als möglichen Wohnungspartner hinweist, kennt ihn aus Kliniklabors und aus medizinischen Hörsälen und Übungsräumen. »A medical student, I suppose?« fragt Watson; die Antwort:

> »No – I have no idea what he intends to go in for. I believe he is well up in anatomy, and he is a first-class chemist; but, as far as I know, he has never taken out any systematic medical classes. His studies are very desultory and eccentric, but he has amassed a lot of out-of-the-way knowledge which would astonish his professors.« (S. 16.)

Die rätselhafte und exzentrisch wirkende Tätigkeit entpuppt sich dann als das Studium einer neuen Wissenschaft, die »the Science of Deduction and Analysis« (S. 23) heißt und die Holmes auf eigene Faust entwickelt hat und als einziger betreibt.

Der Deduktionswissenschaftler Holmes ist hochspezialisiert, nicht nur im Sinne überdurchschnittlichen Wissens auf bestimmten Gebieten, sondern auch im Sinne überdurchschnittlicher Vernachlässigung anderer, die zur klassischen Bildung gehören. »His ignorance was as remarkable as his knowledge«, sagt Watson und stellt über Holmes' Bildung und Wissen einen Katalog auf, der in den für die Deduktion relevanten Fächern wie Chemie, Anatomie, Teilgebieten der Botanik (Gifte) und der Geologie (Bodenkunde) immense Kenntnisse bescheinigt, aber auch erstaunliche Fehlanzeigen aufweist:

»1. Knowledge of Literature. – Nil.
2. Knowledge of Philosophy. – Nil.
3. Knowledge of Astronomy. – Nil.
4. Knowledge of Politics. – Feeble.« (S. 21.)

Im Zuge der Konzentration auf die Erfordernisse seiner Spezialdisziplin verzichtet Holmes auch auf jene Gefühlskultur, die seit dem 18. Jahrhundert in England zum Bildungsideal gehört. Er gilt als kalt und gefühlsarm; man traut ihm zu, einem Freund eine Prise eines neuen Pflanzengifts zu geben, »not out of malevolence, you understand, but simply out of a spirit of inquiry in order to have an accurate idea of the effects« (S. 17). Er selbst verkündet: »Detection is, or ought to be, an exact science and should be treated in the same cold and unemotional manner« (S. 90).

Die von Holmes entwickelte Wissenschaft gehört zu den *applied sciences*. Immer wieder verwahrt Holmes sich mit Leidenschaft gegen den Verdacht, er betreibe keine angewandte, sondern eine theoretische Wissenschaft. Schon beim ersten Zusammentreffen mit Watson preist er seine jüngste Entdeckung, ein Verfahren zum sicheren Nachweis von Blutspuren, als »the most practical medico-legal discovery for years« an (S. 18), und als Watson eine seiner detektionswissenschaftlichen Publikationen für allzu theoretisch und spekulativ erklärt, versichert er: »The theories which I have expressed there, and which appear to you to be so chimerical, are really extremely practical – so practical that I depend upon them for my bread and cheese« (S. 23 f.).

Holmes macht nämlich – darin liegt der zweite wesentliche Unterschied zu seinem Vorläufer Dupin – aus der Detektion einen Beruf:

> »Well, I have a trade of my own. I suppose I am the only one in the world. I'm a consulting detective, if you can understand what that is. Here in London we have lots of government detectives and lots of private ones. When these fellows are at fault, they come to me, and I manage to put them on the right scent. They lay all the evidence before me, and I am generally able, by the help of my knowledge of the history of crime, to set them straight.« (S. 24.)

Der Beruf, der außer Holmes keinen Vertreter hat, ist in seiner Art und seinem Ethos an existierende Berufe angelehnt. Holmes ist *consulting detective* wie andere *consulting surgeon*, *consulting engineer* oder *consulting trichologist* sind. Er gehört zu den *consultants*, die – als Spezialisten, bei denen sich der Spezialist Rat holt – die Oberschicht der freien Berufe bilden. Wie Watson betrachtet sich Holmes als *professional man*, als Berufstätiger, der sich nicht nur frei fühlt, sondern der sein *calling* auch als Ausüben einer Neigung ansieht, so daß er sich mitunter, etwa im Umgang mit der Polizei, auch als Amateur bezeichnen kann. Auch mit seinem Finanzgebaren steht er ganz in der Tradition der freien akademischen Berufe. Er hat keine Kunden, sondern Klienten, die ihn um Hilfe ersuchen und denen er hilft, ohne vorher über das Entgelt zu verhandeln. Wie ein Arzt liquidiert er für seine Bemühungen Beträge, die im Prinzip nur als Erstattung von Unkosten gelten und deren Höhe sich nach der Zahlungsfähigkeit des Klienten richtet.

Trotz der Zuweisung einer anerkannten Position in der Hierarchie der Tätigkeiten bleibt bei Holmes genug, was aus dem Normalen herausfällt und bei Watson und anderen Mitmenschen auf Verwunderung oder Befremden stößt. Aber im Vergleich zu Dupin, der schon von seinem Wesen her aus dem Kreis der normalen Menschen ausgegliedert ist und der sich selbst auch gar nicht der Gesellschaft zugehörig fühlt, sind die Züge des Sich-Absonderns bei Holmes doch eher oberflächlich und ändern nichts an seiner grundsätzlichen Integration. Seine Normabweichungen sind so geartet, daß sie zu einer traditionellen und fest etablierten gesellschaftlichen Rolle passen, der des *English eccentric*.

Der vornehme Exzentriker, der mit seinem Spleen geduldet wird, solange er nicht gegen elementare Spielregeln der Gesellschaft verstößt, hat in England eine lange Tradition und entwickelt sich im 19. Jahrhundert geradezu zu einer nationalen Renommierfigur. Das Entgegenkommen gegenüber der Exzentrik gründet einerseits auf einer nationalen Tradition der Toleranz, der Wahrung des Freiheitsraums für das Individuum, des Verständnisses für das Spiel. Als Exzentriker gelten aber nicht nur Spinner und Spieler; zu ihnen werden auch die Neuerer und potentiellen Veränderer gerechnet. Die Kategorie des Exzentrikers bietet der Gesellschaft die Möglichkeit, einer ernsthaften Auseinandersetzung mit dem Andersdenkenden auszuweichen, indem man ihn durch die Einordnung in diese Gruppe toleriert und gewähren läßt, aber auch domestiziert und ungefährlich macht.

Holmes, dessen Eigenheiten immer wieder auf den Generalnenner *eccentric* gebracht werden, ist ein idealer, im höchsten Maße tolerierbarer Exzentriker. Trotz seiner Marotten ist er – wie ein Gewährsmann zu Dr. Watson sagt – »a decent fellow enough« (S. 16). Er setzt sich oft genug über Konventionen und Gesetze hinweg, aber er verletzt nie elementare gesellschaftliche Regeln. Sein Verhalten gegenüber Damen beispielsweise – für die Viktorianer der Prüfstein einwandfreien Verhaltens – ist überaus korrekt und rücksichtsvoll. Er verfährt mit Kriminellen nach Gutdünken – er bringt sie zur Strecke wie der passionierte Jäger und Sportsmann das Wild –, und er geht mit sich selbst mitunter ruchlos um, aber er läßt Leben, Eigentum und Privatsphäre ehrlicher Bürger unbehelligt.

Wenn man wertend betrachtet, was Doyle aus dem Vorbild bei Poe gemacht hat, kann man zu sehr unterschiedlichen Urteilen kommen. Kenner der Literatur stellen gewöhnlich Poes Gestalten weit über die Conan Doyles und sehen in Sherlock Holmes nur ein verwässertes Abbild von M. Dupin. Liebhaber der Detektivgeschichte stellen in der Regel Sherlock Holmes weit über Dupin: »Doyle was the first writer to give vitality and personality to a detective, [...] Dupin is still-born, a mere talking-machine [...].«[29] Abgesehen von der Frage der größeren Originalität, über die es keinen ernsthaften Disput geben kann, lassen sich je nach der Perspektive gute Gründe für den Vorrang der einen oder der anderen Figur anführen. Die beiden Gestalten sind trotz mancher struktureller Gemeinsamkeiten auf verschiedene Art und für verschiedene Aussage- und Wirkungsabsichten konstruiert.

Beide Gestalten sind komplex und aspektreich, aber bei keiner liegt die Komplexität auf psychologischem Gebiet, wie bei den meisten Hauptcharakteren in der modernen Erzählliteratur. Die beiden Detektive haben praktisch keine psychologische Dimension.

Dupin ist in erster Linie eine Denkfigur, eine Gestalt, die dafür geschaffen ist, Träger und Repräsentant eines bestimmten Gedankenkomplexes zu sein. Für andere Zwecke, beispielsweise für Interaktionen mit anderen Figuren außer dem Freund, ist die Gestalt nur begrenzt brauchbar.

Holmes und Watson sind in erster Linie gesellschaftliche Wesen. Die Charakterzeichnung besteht, wie wir gesehen haben, in einer präzisen und detailreichen Definition gesellschaftlicher Standorte und Haltungen. Holmes und Watson agieren fast ausschließlich in einem gesellschaftlichen Kontext. Ihre Beziehungen zu anderen Personen werden durch gesellschaftliche oder professionelle Konventionen geregelt und auf Distanz gehalten. Der schweigsame Dupin hat einen Freund und einen Feind und sonst kaum Beziehungen; der gesprächige Holmes hat Hunderte von Kontakten, aber – von ein paar Moriarty-Geschichten abgesehen – keinen Feind und keinen eigentlichen Freund. Watson ist kein Intimus und kein Freund im vollen Sinne, sondern ein guter Bekannter. Die beiden Herren, die einander nie beim Vornamen nennen, halten auf Abstand voneinander. Holmes öffnet sich Watson gegenüber nie ganz, er bleibt in der Rolle der scherzenden, kollegialen, manchmal patronisierenden Jovialität; Watson versucht nie (wie Poes Chronist), in das tiefere Wesen des Detektivs einzudringen. Da Watson unser einziger Gewährsmann ist, sehen wir als Leser Holmes nur aus einer gesellschaftlichen Perspektive, die Introspektion und Intimität ausschließt.

Poes Detektiv ist seiner Anlage nach eher dazu geeignet, den Leser zu fordern, zu befremden, zum Nach-Denken von komplizierten Argumentationen zu nötigen. Das elitäre Menschenideal, das Dupin vertritt, lädt den Leser nicht zur Identifikation ein. Dupin und die Welt der Nacht in einem schemenhaften Paris sind dem Leser fern. Die eigene Welt, die Welt der normalen Menschen und ihrer Denkweisen, erscheint aus der Perspektive des Übermenschen Dupin zu einer Welt von Dummköpfen verfremdet.

Bei Holmes ist die Distanz zwischen dem Helden und dem Leser als normalem Menschen nur äußerlich und graduell. Er ist geeigneter als Identifikationsfigur. Niemand wird aufgefordert, sich in eine ganz andere Mentalität oder überhaupt tief in das Innere einer anderen Person zu versetzen. Holmes vertritt Ideale, denen man nachstreben kann, und Positionen, die nicht extrem und dem einzelnen Leser vielleicht fern sind, sondern die eine Reihe von Kompromissen darstellen: zwischen Theoretiker und Praktiker, zwischen Wissenschaftler und Laien, zwischen dem unbezahlten Amateur und *man of leisure* und dem bezahlten Professionellen.

Umkonstruierte Geschichte: »A Scandal in Bohemia«

Zu einem anders konstruierten Detektiv gehören anders konstruierte Geschichten. Der Strukturwandel der Detektivgeschichte läßt sich besonders deutlich an »A Scandal in Bohemia« zeigen, einer frühen Sherlock-Holmes-Geschichte, in der Conan Doyle Poes »The Purloined Letter« zugrunde legt und seinen Vorstellungen gemäß umformt.

Handlungskern und Figurenkonstellation werden beibehalten: Der Detektiv wird beauftragt, einen versteckten Gegenstand – es ist in diesem Falle eine Photographie – zu finden, durch den eine hochgestellte Persönlichkeit kompromittiert werden könnte. Obwohl die Wohnung des Versteckers schon mehrfach ohne Erfolg durchsucht worden ist, gelingt es dem Detektiv, das Versteck ausfindig zu machen. Der auf die Wiederbeschaffung des Gegenstandes erpichte Auftraggeber ist eine vom Detektiv verachtete Person, der Besitzer und Verstecker dagegen ein respektierter, nahezu ebenbürtiger Gegenspieler.

Der Klient, den der Detektiv verachtet, ist ein Ausländer, der mit schwerem deutschem Akzent spricht, geschmacklos und mit »barbarischer Opulenz« gekleidet ist, der sich als Graf von Kramm vorstellt, den Holmes aber mit geringer Mühe als »Wilhelm Gottsreich Sigismond von Ormstein, Grand Duke of Cassel-Felstein, and hereditary King of Bohemia« (S. 165) enttarnt. Anläßlich seiner bevorstehenden standesgemäßen Heirat mit einer Tochter des Königs von Skandinavien möchte der König ein Bild zurückhaben, das ihn zusammen mit seiner ehemaligen Geliebten zeigt, der strahlenden Schönheit und internationalen Abenteurerin Irene Adler, vormals Primadonna an der Warschauer Oper, jetzt in London wohnhaft.

Interessant an dieser Figur ist einerseits die Tatsache, daß Doyle Stereotypen der billigen Ausländerkomik – die Operettenmajestät aus Zentraleuropa und den unsympathischen, großspurigen Deutschen – ohne Bedenken und ohne jeden Versuch der Veredlung verwendet, und andererseits die Wandlung der Kriterien für die Verachtung. Dupin verachtet den Polizeipräfekten als Vertreter der kleinlichen, ungenialen *ingenuity*, also aus intellektuellen Gründen. Holmes verachtet seinen Klienten (dem er beim Abschied sogar den Händedruck verweigert), weil er sich nicht benehmen kann, weil er nicht weiß, wie man sich kleidet, wie man mit einem Gentleman spricht und – vor allem – wie man sich gegenüber Damen verhält. Kriterium ist also die Nichtbeherrschung eines gesellschaftlich-moralischen Kodex.

Irene Adler wird mit großer Fanfare als Gegenspielerin des Detektivs und als *die* Frau in seinem Leben eingeführt:

> »To Sherlock Holmes she is always *the* woman. I have seldom heard him mention her under any other name. In his eyes she eclipses and predomina-

> tes the whole of her sex. It was not that he felt any emotion akin to love for Irene Adler. All emotions, and that one particularly, were abhorrent to his cold, precise but admirably balanced mind. He was, I take it, the most perfect reasoning and observing machine that the world has seen, but as a lover he would have placed himself in a false position. He never spoke of the softer passions, save with a gibe and a sneer. They were admirable things for the observer – excellent for drawing the veil from men's motives and actions. But for the trained reasoner to admit such intrusions into his own delicate and finely adjusted temperament was to introduce a distracting factor which might throw a doubt upon all his mental results. Grit in a sensitive instrument, or a crack in one of his own high-power lenses, would not be more disturbing than a strong emotion in a nature such as his. And yet there was but one woman to him, and that woman was the late Irene Adler, of dubious and questionable memory.« (S. 161.)

Holmes, von dem auch in der eigentlich die Gegnerin preisenden Passage fast ausschließlich die Rede ist, erscheint hier in einer Rolle, in der er auch sonst eines der viktorianischen Ideale repräsentiert: der Hagestolz, der Frauen respektiert, der aber Gefühle und Bindungen ablehnt, weil er seine Unabhängigkeit und seinen Ort in der Männergesellschaft – Junggesellenwohnung, Club und Labor – nicht aufgeben will.

Aus der Auseinandersetzung zwischen zwei genialen Analytikern ist der Konflikt zwischen der Frau und dem Mann geworden, ein *battle of the sexes*. Dieses Thema ist konventioneller und in der Unterhaltungsliteratur üblicher, aber es bietet natürlich auch die Möglichkeit zu einer ernsthaften Behandlung. Die Geschichte enthält beispielsweise, so wie Doyle sie erzählt, das damals aktuelle Problem der Einstellung zu einer Frau mit Vergangenheit: die ebenbürtige Partnerin des Helden ist ja eine ›gefallene‹ Frau. Das Thema wird angedeutet, aber gleich wieder verharmlost und ins Unverbindliche abgebogen: die Beziehung ist distanziert, platonisch; ein Photo mit Widmung ist die einzige erotische Geste.

Auch im Hegemoniekampf der Geschlechter wird eine klare Entscheidung vermieden. Keiner verliert; Holmes ist der erste Sieger, denn er findet das Versteck und kann die drohende Kompromittierung seines Klienten dauerhaft abwenden; Irene Adler ist aber immerhin zweite Siegerin, denn sie überlistet ihn ihrerseits, darf das umstrittene Photo behalten und mit einem neuen Mann in eine bürgerliche Existenz fliehen.

Doyles Vorlage ist eine echte »Tale of Ratiocination«, eine Denkgeschichte. Der weitaus größte Teil von Poes Erzählung besteht aus der Wiedergabe langer Gedankengänge, die von der theoretischen Prämisse bis zur Schlußfolgerung vor dem Leser ausgebreitet werden. An Handlung im physischen Sinne kommen bei der ganzen Ermittlung nur zwei kurze Besuche bei seinem Gegenspieler, dem Minister D– –, vor.

Je populärer und unterhaltender eine Geschichte sein soll, um so mehr muß der Autor darauf bedacht sein, geistige Prozesse in Handlung umzusetzen. Doyle verkürzt und vereinfacht die Deduktionen und erweitert die nichtgeistigen Aktivitäten des Detektivs. Sherlock Holmes ist rastlos tätig. Er verkleidet sich als Pferdebursche, horcht stundenlang die Dienstboten in der Nähe von Irene Adlers Wohnung aus, hetzt in der Droschke hinter Mr. Morton, dem englischen Freund der Adler, her und fungiert dann, noch immer verkleidet, als Trauzeuge bei der hastigen Heirat der beiden. Doyle ersetzt auch die intellektuelle Pointe Poes – gar nicht Verstecken ist das beste Versteck – durch eine spektakuläre Handlungsszene als erzählerischen Höhepunkt. Der Trick, mit dem Poes Detektiv den Brief an sich bringt – ein Schuß auf der Straße und der resultierende Auflauf lassen den Minister für einen Moment ans Fenster treten –, wird zu einem großen Coup umgestaltet. Nach umständlichen und mysteriösen Vorbereitungen läßt Holmes durch bezahlte Statisten bei der Heimkehr von Mrs. Adler eine große Schlägerei veranstalten. Er selbst wird, als Geistlicher verkleidet, scheinbar verletzt, als er der Dame zu Hilfe eilen will. Die Gegnerin muß ihn in ihr Haus bringen lassen, um erste Hilfe zu leisten. Watson muß dann eine Rauchbombe ins Zimmer werfen und Feueralarm auslösen. Als die erschreckte Mrs. Adler instinktiv die Photographie retten will, weiß Holmes, wo sich das Versteck – ein nach Poes Begriffen triviales Geheimfach in der Wand – befindet.

Die Deduktion als geistiger Prozeß wird vereinfacht und vervielfacht. Zwar beherrscht nur Sherlock Holmes die detektivische Wissenschaft, aber wenn er nach erfolgreichem Abschluß mit dem sprichwörtlichen »Elementary, my dear Watson« zur Erklärung ansetzt, dann trifft das durchaus zu. Die Gegebenheiten der *plots* bringen es mit sich, daß Holmes verschieden konzipierte und verschieden gelagerte Fälle lösen muß. In der Regel aber besteht die Deduktion aus der Beobachtung von physischen Details, die nur eine Erklärung zulassen: ein Fußabdruck im Erdreich beispielsweise, der nach Tiefe und Form von einer Stelze stammen muß. Im Falle von »A Scandal in Bohemia« beruht die Lösungsstrategie des Detektivs auf der einfachen Erfahrungsweisheit, daß sich alle Frauen bei Feueralarm in einer bestimmten Weise verhalten:

> »When a woman thinks that her house is on fire, her instinct is at once to rush to the thing which she values most. It is a perfectly overpowering impulse. [...] A married woman grabs at her baby; an unmarried one reaches for her jewel-box. Now it was clear to me that our lady of to-day had nothing in the house more precious to her than what we are in quest of.« (S. 173.)

Die elementare Grundstruktur des detektivischen Tuns hat eine Reihe von erzähltechnischen Vorzügen. Anders als der nachdenkende Analytiker kann der Detektiv, der auswertet, was er mit eigenen Augen sieht, immer handelnd dargestellt werden: Sherlock Holmes muß Tatorte besichtigen, Wege nachgehen, mit Vergrößerungsglas und Meßband hantieren. Da die Lösung der Rätsel auf ungewöhnlich genauer Beobachtung beruht, läßt sich die nötige Geheimhaltung der Zwischenergebnisse leicht bewerkstelligen: Watson sieht eben nicht, was Holmes sieht. Da mangelnde Beobachtungsgabe nicht so ehrenrührig ist wie mangelndes Denkvermögen, braucht der Detektiv seinem Gefährten, der ja als Erzähler der Vertreter des Lesers im Text ist, nicht

beständig Minderwertigkeit zu unterstellen. Die Lösungen können ganz kurz sein – meist genügen, wie in unserem Fall, ein paar Zeilen zu ihrer Erklärung –, und man kann ihre überraschende Wirkung dadurch steigern, daß man die der Detektion zugrunde liegende Beobachtung erst im Verlauf der Auflösung mitteilt. Auch der durch die Lösung verblüffte Leser wird schließlich die Operationen des Detektivs als nachvollziehbar und einsehbar verstehen, da der Detektiv im Grunde nichts anderes macht als ein *Boy Scout* beim Beobachtungsspiel oder ein Jäger beim Fährtenlesen. Während bei Poe dem Leser immer aufs neue suggeriert wird, kein normaler Mensch könne den Fall lösen, sagt sich der Leser bei Doyle: »Das hätte ich auch sehen können.«
Die Kehrseite besteht darin, daß man mit dem simplen detektivischen Verfahren des Sherlock Holmes nur schwer längere Erzählsequenzen bestreiten kann, weil die Lösungswege meist zu kurz sind. Doyle setzt sich mit diesem für ihn schwierigsten Konstruktionsproblem auf verschiedene Weisen auseinander. Seine bevorzugte Lösung besteht darin, Holmes mehrere Detektionen vornehmen zu lassen, meist in der Weise, daß der Entschlüsselung des eigentlichen Falles ein Probestück (nach dem Vorbild von »The Murders in the Rue Morgue«) oder auch mehrere Proben vorausgeschickt werden. In »A Scandal in Bohemia« zeigt Holmes sein Können zunächst an Dr. Watson: Er konstatiert eine Gewichtszunahme von 7 ½ Pfund seit der Verheiratung (schlichte Beobachtung, wie bei dem *Guess Your Weight*-Mann auf dem Jahrmarkt) und die Wiederaufnahme der ärztlichen Praxis (Indizien: Geruch nach Jodoform, Silbernitrat am Finger, Beule im Zylinder, wo Watson sein Stethoskop aufbewahrt). Als zweites ermittelt er dann (u. a. mit Hilfe des Wasserzeichens einer böhmischen Papierfabrik) die Identität seines Klienten, ehe er sich schließlich dem Fall Irene Adler zuwendet.

Spannung und Leserlenkung: »The Adventure of the Speckled Band«

Conan Doyle ist nicht nur der Schöpfer von Sherlock Holmes und Watson, sondern auch der modernen Detektivgeschichte als einer spezifischen Lektüre: eines spannenden und entspannenden Leseprozesses, der nach bestimmten Mustern verläuft. Eine Analyse einer bekannten und typischen Sherlock-Holmes-Geschichte, »The Adventure of the Speckled Band«, soll zeigen, wie Doyles Erzählungen konstruiert sind und wie ihre Steuerung der Rezeption durch den Leser funktioniert.[30]
Die Geschichte ist deutlich und kleinteilig gegliedert. Neben den drei gattungstypischen Teilen Exposition (»statement of the case«), Ermittlung und Lösung gibt es weitere Unterteilungen in Etappen oder Szenen. Dabei ist, wie fast immer bei Doyle, die Schilderung der Ausgangssituation zu Haus in 221 B Baker Street vor der Darbietung des Falles relativ breit und detailreich. Dem mit anderen Holmes-Geschichten vertrauten Leser wird in Erinnerung gerufen und dem Neuling klargemacht, wer Holmes und Watson sind, wie sie zueinander stehen, wie Methoden und Praxis des Detektivs aussehen. Die gesellschaftliche Perspektive, unter der die Exposition steht, wird besonders bei der

Einführung der dritten Person, der Klientin, deutlich. Miss Stoner, eine junge Dame aus der ländlichen *gentry*, verängstigt, aber tapfer um Fassung bemüht, ist auf Empfehlung von Bekannten gekommen. Die Herren verhalten sich der Dame gegenüber korrekt und ritterlich. Ihr werden Schutz und Hilfe gewährt. Holmes akzeptiert ihr Angebot eines Honorars, das ja die Beziehung zwischen Klient und Konsultant distanzierend festlegt, stellt aber klar, daß er nicht des Geldes wegen arbeite und es ihr freistelle, ihm bei Gelegenheit seine Auslagen zu erstatten.

Mit dieser Szene ist nicht nur der Bericht über einen Fall vorbereitet, sondern auch eine soziale Welt etabliert worden. Der Leser weiß von den drei Personen, wo sie in der Gesellschaft stehen und wie sie sich zu deren Normen und Konventionen verhalten. Der Leser, der diese Gesellschaft und ihre Werte akzeptiert – und das ist eine unabdingbare Voraussetzung für die Lektüre aller englischsprachigen Literatur des 19. und frühen 20. Jahrhunderts –, kann nicht umhin, für die dargestellten Personen Sympathie zu empfinden. Beim Leser wird ferner vor der detektivischen Spannung oder Neugier die gesellschaftliche wachgerufen: Eine Dame ist in Schwierigkeiten; wird es den Herren gelingen, ihr zu helfen?

Die Präsentation des Falles erfolgt als Bericht im Bericht. Watson gibt wörtlich und unkommentiert wieder, was Miss Stoner gesagt hat. Die gesellschaftliche Perspektive der Einführung wird zunächst fortgesetzt. Miss Stoner erzählt als Hintergrund des Falles Familiengeschichte, die – wie im Roman des 19. Jahrhunderts, bei Jane Austen beispielsweise – Vermögensgeschichte ist: Wer hat was geerbt? Als aktueller Stand ergibt sich, daß Miss Stoner, finanziell unabhängig, bei ihrem Stiefvater wohnt, Dr. Grimesby Roylott, einem schwarzen Schaf aus bester Familie, gewalttätig, vorbestraft, verarmt und von den Einkünften aus dem Vermögen der beiden Stieftöchter abhängig.

Das Problem, wegen dessen sie Holmes konsultiert, ist der Tod ihrer Schwester, die vor zwei Jahren eines Nachts plötzlich und unter rätselhaften Umständen starb. Vier der Todesumstände werden durch Hervorhebung und Wiederholung als zu lösende Rätsel markiert:

(1) *Speckled band.* Die einzigen Worte, die die Sterbende nach ihrem Schreckensschrei der Schwester noch sagen konnte, lauteten »Oh, my God! Helen! It was the band! The speckled band!« (S. 262), also »das gefleckte, gesprenkelte Band« oder vielleicht »die gesprenkelte Bande«.

(2) *Locked room.* Die Schwester schlief, als das unbekannte Schreckliche eintrat, in einem Raum mit verriegelter Tür und verrammeltem Fenster, offenbar völlig unzugänglich.

(3) *Whistle.* In der Todesnacht und schon vorher war ein undefinierbares Pfeifen, »a low, clear whistle«, zu hören (S. 261).

(4) *Metallic sound.* Kurz nach dem Schrei der Schwester hörte Helen Stoner »a clanging sound, as if a mass of metal had fallen« (S. 262).

Die Rätsel werden einzeln vorgestellt; es ist jedoch von vornherein klar, daß sie Teile eines Puzzles sind und nur gelöst werden können, wenn alle Einzelfakten in einen sinnvollen Gesamtzusammenhang eingeordnet sind.

Der Leser ist bis jetzt ohne Erkenntnisrückstand auf der Höhe der Erzählung. Er wird sogar in die Lage versetzt, der Berichtenden ein Stück voraus zu sein. Ihre Hypothese, daß die Schwester vor Schreck und Schock gestorben sei, ist offensichtlich unzureichend. Der Stiefvater ist bösartiger und verdächtiger, als sie es in ihrer Loyalität wahrhaben will. (Falls der Leser das nicht schon aus dem Bericht der Klientin herausliest, erfährt er es unmittelbar anschließend aus Holmes' klärenden Fragen.)

Conan Doyle erkennt von Anfang an die Strukturprobleme des mittleren Hauptteils der Detektivgeschichte, die darin bestehen, daß zum einen eine analytische, auf die Aufklärung zurückliegender Ereignisse gerichtete Ermittlung zu wenig gegenwärtige Handlung generiert und daß zum anderen der Leser, der jetzt mit Notwendigkeit in einen Erkenntnisrückstand gegenüber dem Detektiv geraten muß, das Interesse am Verfolgen der undurchsichtigen Aktivitäten und Informationen verliert. Nachdem er in seinen ersten Sherlock-Holmes-Geschichten »A Study in Scarlet« und »The Sign of Four« ohne rechten Erfolg damit experimentiert hatte, in den Mittelteil lange, romantische, in fernen Ländern spielende Erzählberichte aus der Vorgeschichte des Kriminalfalles einzulagern, verwendet er hier zwei erzählerische Verfahren, die sich bewähren und von späteren Autoren vielfach abgewandelt werden.

Das erste Verfahren ist die Präsentation einer Teillösung: Dem Leser wird die Antwort auf einen Teil der markierten Fragen mitgeteilt oder suggeriert. In unserem Falle wird die Frage nach dem Täter praktisch geklärt. In zwei Handlungsschritten wird der Verdacht gegen Roylott soweit erhärtet, daß nur noch die Bestätigung fehlt. Ein persönlicher Besuch des wütenden Landjunkers zeigt ihn als brutalen Menschen, dem alles zuzutrauen ist. Eine Nachforschung im *Public Record Office*, wo alle rechtskräftig gewordenen Testamente lagern, erbringt die Bestätigung, daß Roylott ein gewichtiges finanzielles Motiv hatte und hat, seinen Stieftöchtern nach dem Leben zu trachten, wenn sie sich durch Heirat von ihm lösen wollen.

Der zweite Kunstgriff besteht darin, die rückwärts gerichtete Aufklärung des alten Verbrechens mit dem Kampf gegen ein bevorstehendes zweites Verbrechen zu koppeln, so daß jeder analytische Schritt auch Teil einer vorwärtsdrängenden Handlung ist. Miss Stoner konsultiert Holmes gerade jetzt, weil seit ihrer kürzlichen Verlobung das gleiche unheilverkündende nächtliche Pfeifen zu hören ist wie seinerzeit vor dem Tode der Schwester, die ebenfalls kurz vor der Hochzeit stand. Roylott plant in der Tat eine Wiederholung des ersten Mordes, und Sherlock Holmes kämpft um das Leben seiner Klientin, wenn er die Vergangenheit aufklärt.

Im Zentrum des Ermittlungsteils steht auch in dieser Geschichte die Tatortbesichtigung. Holmes untersucht auf dem Gut Roylotts in Surrey im Beisein der Klientin und Dr. Watsons (und damit auch des Lesers) vor allem zwei Räume, das Zimmer, in dem Julia Stoner starb und in dem jetzt Helen Stoner schläft, und das Zimmer Roylotts nebenan. Die Inspektion ergibt neben Bestätigungen von Informationen aus Miss Stoners Bericht eine Reihe weiterer Merkwürdigkeiten und rätselhafter Umstände, die sämtlich durch Holmes als interessant und erklärungsbedürftig hervorgehoben werden.

(2a) *Ventilator.* Das Schlafzimmer der Damen ist in der Tat ein *locked room*, enthält aber einen Lüftungsschlitz, der seltsamerweise nicht nach draußen, sondern zum Zimmer Roylotts führt.
(2b) *Dummy bell-rope.* Seltsam ist auch, daß unter dem Lüftungsschlitz ein Glockenzug hängt, der zu keiner Glocke führt und eine Attrappe zu sein scheint.

Im Zimmer Roylotts finden sich Gegenstände, deren Funktion rätselhaft ist:

(5) *Safe.* Ein verschlossener eiserner Safe.
(6) *Dog lash.* Eine Hundepeitsche, an der vorn eine Schlaufe ist.
(7) *Saucer.* Eine Untertasse mit Milch – obwohl keine Katze im Hause ist.

Während der Detektiv andeutet, daß er nunmehr die Lösung weiß und nur noch auf Bestätigung wartet, verliert an diesem Punkt auch der letzte Leser die Zuversicht, selbst aus den Indizien das Puzzlebild richtig zusammensetzen zu können. Sein Interesse wird aber dadurch wachgehalten, daß die gegenwärtige Handlung sich bedrohlich zuspitzt – Roylott wird in der kommenden Nacht zuschlagen – und Holmes auch die bevorstehende Aufklärung des Falles ankündigt.
Im Schlußteil hat die Darbietung der spannenden Gegenwartshandlung Vorrang vor der systematischen Beantwortung der Rätselfragen. Aus der Perspektive Watsons erlebt der Leser, wie Detektiv und Helfer sich nachts ins Roylottsche Haus schleichen, im stockdunklen Mordzimmer warten, bis Holmes wütend auf den Glockenzug einschlägt: »›You see it, Watson?‹ he yelled. ›You see it?‹ But I saw nothing.« (S. 271.)
Erst als beide auf einen Schreckensschrei hin ins Nachbarzimmer hinüberlaufen, wird es dann im wörtlichen und im übertragenen Sinne Licht. Die Passage ist ein gutes Beispiel für Doyles Darstellung von Erkenntnisprozessen als sichtbarer Handlung:

> »It was a singular sight which met our eyes. On the table stood a dark-lantern with the shutter half open, throwing a brilliant beam of light upon the iron safe, the door of which was ajar. Beside this table, on the wooden chair, sat Dr. Grimesby Roylott, clad in a long gray dressing-gown, his bare ankles protruding beneath, and his feet thrust into red heelless Turkish slippers. Across his lap lay the short stock with the long lash which we had noticed during the day. His chin was cocked upward and his eyes were fixed in a dreadful, rigid stare at the corner of the ceiling. Round his brow he had a peculiar yellow band, with brownish speckles, which seemed to be bound tightly round his head. As we entered he made neither sound nor motion.
> ›The band! the speckled band!‹ whispered Holmes.
> I took a step forward. In an instant his strange head-gear began to move, and there reared itself from among his hair the squat diamond-shaped head and puffed neck of a loathsome serpent.« (S. 272.)

Rätsellösung als Sprachspiel

Die Lösung, die sich aus der dramatischen Szene und aus einem ergänzenden Bericht ergibt, beantwortet alle einzelnen Rätselfragen und vereint die Teile des Puzzles zu einem einzigen Sinnzusammenhang: Das gesprenkelte Band (1) ist die giftige Sumpfotter, deren Biß Julia Stoner tötete und die jetzt auch – durch die Schläge Holmes' vertrieben und erregt – ihrem Besitzer und Dompteur Roylott den verdienten Tod gebracht hat. Das Damenschlafzimmer war für die Schlange kein *locked room* (2). Von Roylott gehoben, kroch sie durch den Lüftungsschlitz (2a) und den Glockenzug (2b) hinab auf das Bett. Um sein lebendes Mordwerkzeug wieder vom Tatort wegzuholen, hatte Roylott die Schlange abgerichtet, auf ein Pfeifsignal (3) hin zurückzukriechen. Das metallische Geräusch (4) entstand, wenn Roylott die Tür des Safes (5) schloß, den er als Schlangenkäfig benutzte. Den Peitschenstiel mit der Schlaufe (6) benutzte er zum Heben und Dirigieren des Tiers, das sich nach getaner Arbeit an der Milch in der Untertasse (7) gütlich tun durfte.
Die Reaktionen des Lesers auf die Lösung variieren im einzelnen, je nachdem wie aufmerksam oder kursorisch er die Geschichte verfolgt hat. Unweigerlich aber stellen sich zwei Response ein, deren gleichzeitiges Auftreten paradox erscheint: Die Lösung ist einerseits überraschend. Wie aufmerksam man auch gelesen haben mag: es ist unmöglich, die Lösung auch nur in den Umrissen vorwegzunehmen. Auf der anderen Seite wirkt die Lösung, sobald man sie erfährt, einsichtig, zufriedenstellend, sogar naheliegend. Der Leser hat eine Serie von Aha-Erlebnissen. Seine Fragen scheinen ihm beantwortet.
Ähnlich paradox verhält es sich mit dem Eindruck der Plausibilität. Die Mehrzahl der Leser akzeptiert beim ersten Lesen den ermittelten Tathergang ohne das Gefühl der Ungereimtheit oder Unwahrscheinlichkeit, obwohl er absurd ist, wenn man ihn im Lichte der Realität betrachtet. Dr. Roylotts Schlangennummer ist nicht nur eine aberwitzig umständliche Mordmethode, sondern auch ein zoologisch unmöglicher Dressurakt. Schlangen können keine Pfeife hören und trinken keine Milch.[31]
Sowohl die Glaubwürdigkeit als auch das Beieinander von Überraschung und Bestätigung sind Phänomene der sprachlichen Kommunikation. Ihre Begründung liegt nicht in den fingierten Fakten der Geschichte, sondern in ihrer Konstruktion als Text.
Jeder Bestandteil der Lösung stützt sich auf eine vorbereitende Sequenz, wie wir sie als Konstruktionsprinzip bereits aus der Modellanalyse eines modernen Detektivromans kennen. Die Sequenzen bestehen hier aber nicht, wie oft im späteren Roman, aus wiederholten Erwähnungen lösungsrelevanter Fakten oder Objekte, die sich dann im Gedächtnis festsetzen und den betreffenden Bestandteil der Lösung auf unbestimmte Weise als erwartungskonform erscheinen lassen. Doyle wendet vielmehr ein präzise und differenziert wirkendes Repertoire von sprachlichen Mitteln zur Steuerung des Lesers an.
Eine der wichtigsten Aufgaben der Lösung ist es, die schon im Titel als zentral angekündigte Frage »Was heißt *the speckled band*?« überzeugend zu beantworten. Die Antwort »Julia Stoner meinte damit eine Schlange« ist von der Sache

her alles andere als einleuchtend, da die Ähnlichkeit mit einem Band der Sterbenden kaum als das hervorstechendste Merkmal des Tieres erschienen sein kann. Die Plausibilität ergibt sich aus der Formulierung der Lösung, genau gesagt aus der Semantisierung des Wortes *band* durch Watson und Holmes. In der Lösungsszene werden die Begriffe *snake*, *adder*, *serpent* nicht gleich eingeführt, sondern erst im Laufe einer Reihe von Umschreibungen und Beschreibungen, durch die die Begriffe *Band* und *Schlange* identifiziert werden. In einem dramatischen und pathetischen Kontext, in dem auch bildliche Ausdrücke angebracht wirken, beschreibt Watson die Schlange, die sich um Roylotts Kopf gewunden hat, als »peculiar yellow band, with brownish speckles« und als »strange head-gear«, Holmes wiederholt dann die Formulierung der Toten »The band! the speckled band!« (S. 272), und erst dann folgen neutralere und normalere Bezeichnungen.

Wie es seiner Bedeutung entspricht, kommt das Motiv *speckled band* zwischen Exposition und Lösung mehrfach vor. Kennzeichnend für die Erwähnungen im Mittelteil ist die Einordnung des Begriffs in einen irreführenden sprachlichen Kontext. Der Begriff *band* ist doppeldeutig, kann sowohl *Band* als auch *Bande*, *Trupp*, *Gruppe* bedeuten. Das Adjektiv *speckled* beseitigt aber diese Ambiguität weitgehend; der Ausdruck kann sich schlechterdings nur auf ein gemustertes (Stoff-)Band beziehen. Der Text erweckt aber den Eindruck, als sei die andere Lösung doch die näherliegende und wahrscheinlichere. Auf dem Gelände Roylotts treibt sich eine Gruppe von Zigeunern herum, die immer als »band of gypsies« bezeichnet wird. Sowohl Helen Stoner als auch Sherlock Holmes bringen diese Zigeunerbande, in der bis zur Lösung immer eine vage Bedrohung von außen gesehen wird, mit dem Ausdruck der Sterbenden in Verbindung. Die andere Bedeutung von *band* wird zurückgedrängt.

Die Sumpfotter ist »the deadliest snake in India« (S. 272); der Mörder, der früher in Indien tätig war, hat sie – laut Holmes – sich von dorther schicken lassen. Damit wird die Schlange in eine Sequenz eingereiht, die in Miss Stoners Bericht ihren Anfang nimmt, als es heißt: »He has a passion also for Indian animals, which are sent over to him by a correspondent« (S. 260). Holmes will nicht zuletzt aufgrund dieser Information auf die Lösung gekommen sein, und das leuchtet im Lösungskontext ein. Aber während des Ermittlungsteils ist der Gedanke an eine indische Schlange für den Leser keineswegs naheliegend, denn die Kategorie *Roylott's Indian animals* ist nicht für Überlegungen und Spekulationen offen; sie ist durch zwei indische Großtiere – einen Menschenaffen und einen Geparden – besetzt, die Roylott auf dem Gelände frei herumlaufen läßt.

Am Beispiel des Motivs *Indian animals* zeigt sich, daß die Manöver zur Verhinderung der vorzeitigen Lösung durch den Leser oft zugleich die Funktion haben, die Plausibilität der richtigen Lösung zu unterbauen. Der Gepard und der Affe, die in der Geschichte mehrfach auftauchen, die Dorfbewohner ängstigen und auch Holmes und Watson in der letzten Nacht einen fürchterlichen Schrecken einjagen, tragen zur nervkitzelnden Atmosphäre bei, verstärken das Horrorelement und sind Vorstufen der Schlange, deren Ekelhaftigkeit mit ähnlichen Begriffen beschrieben wird wie vorher die des Affen. Die Tiere halten außerdem die Kategorie *Indian animals* im Bewußtsein, in die sich dann später die Schlange unschwer einordnen läßt.

Ein ähnlicher Doppeleffekt in konzentrierter Form wird erzielt, wenn Watson über den Lüftungsschlitz zwischen den Zimmern sagt: »It was so small that a rat could hardly pass through« (S. 270). Damit wird einmal betont, daß der Raum trotz der Öffnung praktisch unzugänglich ist. Auf der anderen Seite wird der Leser darauf hingewiesen, daß ein Tier eben doch hindurch könnte – wobei das naheliegende Wort *creep* vermieden und ein Tier als Beispiel gewählt wird, das die Konnotation des Widerlichen hat, aber sonst in nichts an eine Schlange erinnert.

Man bezeichnet die Maßnahmen der Detektivautoren zur Verschleierung der richtigen Lösung meist als falsche Spuren oder als *red herrings* (ein Jagdausdruck: der Heringsgeruch läßt Spürhunde die Witterung verlieren), und diese Bezeichnungen sind auch mindestens teilweise zutreffend. Wie unsere Beispiele zeigen, besteht der eigentliche Trick aber nicht im Legen falscher Spuren oder im Verdecken der richtigen. Es werden vielmehr richtige Spuren – semantische Einheiten, die später Bestandteile der Lösung sein werden – in einen irreführenden sprachlichen Zusammenhang – in einen falschen Kontext also – eingeordnet, so daß sie (wie Poes entwendeter Brief) zugleich sichtbar und versteckt sind.

Die Detektivgeschichte ist vor allem ein Sprachspiel. Der Leser wird das Opfer einer Illusion, der sich auch der normale Sprachbenutzer hingibt. Er glaubt, über die Inhalte der sprachlichen Mitteilung frei verfügen zu können, indem er beispielsweise Informationen sammelt und selbständig zu einer Lösung zusammenfügt. In Wirklichkeit gibt es aber bei der sprachlichen Kommunikation keine neutralen, in ihrer Bedeutung noch unfesten, für den Leser oder Hörer zu späterer Sinngebung aufhebbaren Elemente. Alles was durch Sprache übermittelt wird, hat einen Kontext, der es verortet und syntaktisch oder assoziativ anschließt. Der Vorsprung des Autors vor dem Leser im Ratespiel besteht nicht nur darin, daß er sich das Rätsel ausdenkt, um dessen Lösung es geht, sondern vor allem auch darin, daß er Herr über die Sprache ist, mit deren Hilfe Rätsel und Lösung vermittelt werden.

Bei Conan Doyles Modell der Detektivgeschichte besteht die Kunst weniger in der Erfindung einer von sich aus überzeugenden Geschichte eines Rätsels und seiner Auflösung als vielmehr in der mehrfachen Kontextualisierung von mehrdeutigen Elementen, die sich zuerst überzeugend in ein falsches und dann überzeugend in ein richtiges Muster einordnen lassen. Conan Doyle, dessen Können als Autor man leicht unterschätzt, ist ein Meister in dieser Kunst. Der ganze Text ist ein Netz von sprachlichen Maßnahmen, die zugleich der Tarnung und der Lösungsvorbereitung dienen. Keine Spur, wie geringfügig sie auch sein mag, wird bei der Technik der mehrfachen Kontextualisierung ausgelassen.

Das improvisierte Gerät zum Heben und Tragen der Schlange wird anläßlich der Besichtigung von Roylotts Zimmer recht genau beschrieben, und zwar als »a small dog lash [...] curled upon itself and tied so as to make a loop of whipcord« (S. 268). Obwohl das Objekt von Holmes ausdrücklich als interes-

sant, außergewöhnlich und aufschlußreich bezeichnet wird, sorgt die Bezeichnung *dog lash* für die Assoziation mit dem falschen Tier und für die Blockierung einer in die richtige Richtung gehenden Vermutung. Die semantische Komponente *Peitsche* bringt den Gegenstand in Verbindung mit der Jagdpeitsche, mit der Roylott bei seinem Besuch in London Holmes bedroht hat, also mit einem Instrument der Gewalt. Als das Objekt im Lösungsteil wieder auftaucht, ist es mit der ersten Beschreibung noch erkennbar identisch, aber die irreleitenden Beschreibungselemente sind entfallen, und die Hinweise auf die wahre Zweckbestimmung sind verstärkt. Watson sieht keine Hundepeitsche mehr, sondern einen kurzen Griff mit einer langen Schnur dran, und Holmes reduziert das Objekt vollends auf den Bestandteil, auf den es ankommt, die Trageschlaufe, »the loop of whipcord« – wobei seine Bezeichnung wörtlich aus der ursprünglichen Beschreibung entnommen ist.
Roylotts Schlangenbehältnis wird bei der ersten Erwähnung offen als metallisch beschrieben, »a large iron safe« (S. 268), so daß es naheliegend scheint, eine Gedankenverbindung zu dem rätselhaften »metallic sound« herzustellen. Bei der Einführung dieses Teilrätsels hatte Miss Stoner aber formuliert: »I seemed to hear [. . .] a clanging sound, as if a mass of metal had fallen« (S. 262), und vom Geräusch fallenden Metalls ist nur im Zusammenhang mit den Eisenstäben die Rede, die man zur Sicherung der Fensterläden in ihre Halterung fallen läßt, und nur diese Möglichkeit taucht als erörterte Hypothese im Text auf, so daß es dem Leser auch hier durch sprachliche Maßnahmen verwehrt bleibt, das Indiz in den richtigen Kontext einzuordnen. Ähnlich verfährt Doyle auch mit dem Lösungsteil Safe=Käfig. Die Frage, ob im Safe statt der vermuteten Papiere nicht doch ein Tier stecken könnte, wird von Holmes diskutiert, aber flugs in eine falsche Begriffsreihe gestellt: Milch – Käfig – Katze? – Raubkatze? – Gepard?
Die zahlreichen Einzelaktionen des Autors zur Unterbringung von Lösungsteilen in irreführenden Kontexten werden durch zwei übergreifende Strategien zusammengehalten. Einmal wird immer wieder suggeriert, daß alle konkreten Hinweise nach außen zeigen, zu den Zigeunern, den wilden Tieren, einem unbekannten Eindringling. Auch die Suggestion des Unheimlichen, Bedrohlichen und Spukhaften geht ausschließlich von der Beschreibung der Phänomene um das Haus herum aus, während die Schilderung des Inneren nüchtern und sachlich ist. In einem spannungsschaffenden Kontrast zu dieser scheinbaren Bedrohung von außen steht die Tatsache, daß der Leser von Anfang an in dem Hausherrn den Urheber alles Bösen erkennt. Obwohl die *Whodunit*-Frage kaum eine Rolle spielt, ist gerade die Täterfigur Gegenstand einer Irreführungsstrategie. Dem Leser wird suggeriert, daß der mutmaßliche Schurke ein typischer Gewalttäter ist. In einer Serie von Szenen und Berichten wird gezeigt, wie brutal, jähzornig und bärenstark Roylott ist. So wie im Schlußteil plötzlich das Unheimliche und Schreckliche doch nicht von außen, sondern von innen kommt, so erlebt der Leser hinsichtlich des Täters eine Überraschung: Es ist die verdächtige Person, aber die Tat ist kein Ausbruch von Gewalt, sondern ein Ausfluß von Planung und Hinterlist, ausgeführt durch die Schlange als Symbol der Heimtücke. – Im Rückblick wird dann auch diese Überraschung

als vorbereitet und begründet erkannt, denn neben den vielen Erwähnungen von Roylotts Brutalität hat es auch einige pointierte Hinweise auf seine Verschlagenheit gegeben.

Moderne Kritiker bemängeln gelegentlich an Doyle, er ließe es dem Leser gegenüber an Fairness fehlen, weil er ihm zur Lösung notwendige Informationen vorenthielte. Es trifft zu – auch für diese Geschichte –, daß der Leser nicht im Besitz aller lösungsrelevanten Fakten ist, aber da diese bei manchen späteren Detektivautoren übliche Art von Fairness dem Leser nichts nützt, weil er den Fall doch nicht lösen kann, ist dieses Informationsdefizit belanglos. Conan Doyles Spiel mit dem Leser impliziert eine andere, für die gesamte Gattung fundamentale Fairness-Regel, an die er sich durchweg hält: Jeder Lösungsbestandteil muß sprachlich angemessen vorbereitet sein. Die Vorbereitung ist angemessen, wenn sich nach der Überraschung jeder Leser, auch der kursorische, der Vorbereitung rückblickend bewußt werden kann.

Wenn auch Doyle als Schöpfer des Sherlock Holmes am klarsten im Bewußtsein der Folgezeit geblieben ist, so ist doch seine Ausformung der Detektivgeschichte als sprachliches Erzählspiel, als Unterhaltungsspiel mit dem Leser, eine nicht minder einflußreiche Leistung, bei der Doyle im übrigen auch mehr Neues einbringt als bei den Zentralfiguren. Das detektivische Erzählspiel hat bei ihm einige Aspekte, die im Rückblick als einigermaßen krude erscheinen, die Absurdität mancher Fälle und ihrer Lösung beispielsweise. Aber seine Geschichten sind auf der sprachlich-erzähltechnischen Ebene doch schon sehr komplexe und in der Manipulation des Lesers wirksame Gebilde. Wenn seine Art, das Erzählspiel aufzuziehen – keineswegs die einzig mögliche Art – lange Zeit hindurch eine Art Monopolstellung als Modell erlangte, so ist das schließlich nicht Doyles Schuld, sondern die seiner Nachfolger. Aber wie seine Figuren so entstehen auch seine Erzählabläufe nicht nur durch Ausbau und Ergänzung des von Poe Übernommenen, sondern auch durch Weglassen und Reduktion.

Es wäre unbillig, an Geschichten, die zur populären Unterhaltungsliteratur gehören wollen, zu bemängeln, daß sie sich nicht ständig mit Grundfragen der privaten oder gesellschaftlichen Existenz auseinandersetzen, aber es gibt auch unter den literarischen Spielen vordergründigere, in denen es um nichts Ernsthaftes geht, und weniger vordergründige, in denen die in einer Epoche diskutierten Probleme durchgespielt werden. In dieser Hinsicht ist das Modell Poes gewichtiger als das jüngere, das es vorerst ersetzt und verdrängt. Auch Poe ist in seinen Geschichten auf Lesbarkeit, Unterhaltsamkeit und Effekt aus, aber hinter seinen detektivischen Rätselfragen stehen andere. Bei Doyle ist die Hintergründigkeit fast verschwunden. Detektion ist bei ihm eine einfache und unproblematische Fertigkeit, kein Abbild des kreativen Vermögens schlechthin. Bei Poe geht es um das Verhältnis von naturwissenschaftlich-rationalem Kalkül und dichterischer Intuition, um die Rechtfertigung der Imagination in einer von *science* geprägten Welt. Conan Doyle plädiert für etwas, woran seine Zeitgenossen ohnehin schon glauben, etwa für das Recht von *applied science*, die sich durch Erfolge legitimiert, dem Laien manchmal etwas merkwürdig und unverständlich vorzukommen. Ziel des Erzählens ist in beiden Fällen die

Erklärung eines Geheimnisses. Poes Detektiv, selbst ein Mensch mit letztlich geheimnisvollen Fähigkeiten, sucht die Lösung des Geheimnisses im Innersten des anderen Menschen, dessen Brust für ihn wie ein Fenster ist. Sherlock Holmes möchte mit Watson über das Häusermeer von London fliegen, »gently remove the roofs, and peep in at the queer things which are going on« (»A Case of Identity«, S. 191). Der Blick hinter die Fassade tritt an die Stelle des Blicks in das Wesen.

Nachfolger und Varianten von Sherlock Holmes

Sherlock Holmes schafft den Durchbruch beim Publikum nicht nur für sich selbst, sondern auch für eine Heerschar von Kollegen und Rivalen. Die Zeit von 1890 bis etwa 1920 ist die große Zeit der Detektiverzählung in der Form der *short story*. Hauptabnehmer sind die belletristischen und unterhaltenden Zeitschriften in London und New York. Meist werden die Geschichten nach der Erstpublikation in einer Zeitschrift noch einmal in Sammelbänden auf den Buchmarkt gebracht. Die Popularitätswelle erreicht zunächst mit Übersetzungen, dann auch mit eigenen Beiträgen die Länder auf dem Kontinent.

Diese Phase ergibt für die Gattungsentwicklung wenig Neues. Es ist die Zeit, in der sich zeigt, wie vorzüglich die bis dahin entstandenen Grundmuster zur Variation geeignet sind, nicht nur – wie Doyle zuerst gezeigt hatte – zur Abwandlung des Schemas bei gleichbleibendem Detektiv, sondern auch bei gesuchter Andersartigkeit des Detektivs und des Milieus. Ein Großteil der Geschichten kann sich mit denen Conan Doyles kaum messen. Wenn dennoch Anthologien mit Geschichten über *The Rivals of Sherlock Holmes* – so der Titel der schönen Auswahl von Sir Hugh Greene[32] – in jüngster Zeit wieder populär geworden sind, dann liegt das einmal am nostalgischen Reiz der Belle Epoque, in der sie spielen, zum anderen an ihrem Abwechslungsreichtum. Die Variationsbreite der Inhalte wie auch das Spektrum der beteiligten Autoren ist wesentlich größer als in der nächsten Epoche, der Zeit des klassischen Detektivromans. Die Reihe der Autoren weist neben einigen Experten, die hauptsächlich auf diesem Gebiet tätig geworden sind (wie Richard Austin Freeman), sowohl Vielschreiber der unterhaltenden Genres (wie William Le Queux oder Baroness Orczy) als auch arrivierte Vertreter der literarischen Kultur (wie Arnold Bennett und G. K. Chesterton) auf. Da Doyles Geschichten vor allem von der Figur des großen Detektivs leben, wenden auch die Nachfolger ihre Bemühungen vor allem auf die Konstruktion von Detektivfiguren, die bei gleicher Unverwechselbarkeit und Auffälligkeit anders als Sherlock Holmes sein sollen. Bei manchen dieser Detektive wird eine Eigenschaft oder Fähigkeit von Sherlock Holmes so in den Vordergrund gerückt, daß sie die ganze Figur bestimmt, wie bei dem Juristen und gerichtsmedizinischen Sachverständigen Dr. John Thorndyke (von R. A. Freeman) oder der ›Denkmaschine‹ Prof. Dr. phil. Dr. iur. Dr. med. S. F. X. Van Dusen (von Jacques Futrelle). Andere erreichen die erwünschte Exzentrik durch unerwartete, aber doch für die Detektion geeignete Eigenarten; so ist Max Carrados (von Ernest Bramah) ein

Blinder mit geschärfter Beobachtungsgabe oder November Joe (von H. Hesketh Prichard) ein kanadischer Waldläufer. Bei anderen Detektiven liegt die Besonderheit darin, daß sie Ausländer sind oder – in Vorwegnahme sehr viel späterer Entwicklungen – selber außerhalb des Gesetzes stehen.

Bei den Milieus zeigt sich – wie es schon bei der Verbrechensliteratur früherer Epochen zu beobachten war – eine deutliche Vorliebe für die obersten und untersten Ränge, entweder für die Rettung von herzoglichen Tiaras oder die Überführung diebischer Millionäre in der Park Lane oder auf Luxusdampfern oder aber für grausliche Morde und Räubereien in der Dockgegend. Diese Vorliebe für die von der Publikumsmitte gesehen zugleich fernliegenden und neugierweckenden Bereiche teilen die Detektivgeschichten im übrigen mit der gesamten zeitgenössischen Presse in England, die ebenfalls ihre Leser mit Gesellschaftsberichten einerseits und mit Gerichts- und Polizeireportagen andererseits zu fesseln versucht. Ein Zusammengehen von Fiktion und realer Aktualität zeigt sich schließlich auch darin, daß der Konflikt mit Deutschland in vielen Detektivgeschichten schon Jahre vor dem Ausbruch des Ersten Weltkriegs vorweggenommen wird: Die Detektive müssen sich immer häufiger mit Geheimdienstaufgaben herumplagen und die finsteren Pläne von feindlichen Agenten mit deutschen Namen vereiteln.

Der einzige ernsthafte Rivale des Sherlock Holmes unter den frühen Detektiven, der einzige auch, der seit der Entstehung durchgehend ein breiteres Leserpublikum behalten hat, ist Gilbert Keith Chestertons (1874–1936) Father Brown. Die Geschichten, deren erster und wichtigster Sammelband, *The Innocence of Father Brown*, 1911 erschien, kreisen um eine Figur, die als Anti-Dupin und Anti-Holmes konzipiert ist.[33] Hochwürden Brown, unscheinbar, pummelig, einfältig wirkend, katholischer Pfarrer in einer kleinen Gemeinde in Essex (später in einem wenig vornehmen Londoner Vorort), ist ein Mann des Glaubens, kein auf die Allmacht der Ratio vertrauender Analytiker. Als Detektiv ist er ein krasser Amateur, aber seine Unfehlbarkeit als Rätsellöser hängt doch mit seiner Profession zusammen. Als Christ weiß er um das Böse in der menschlichen Natur – »I am a man [. . .] and therefore have all devils in me« antwortet er einem überführten Täter (S. 130), der die Lösung für Teufelswerk hält – und als Beichtvater kennt er alle Tricks der Kriminellen.

Es gelingt Chesterton dank der Andersartigkeit seines Detektivs, neue Themen und bislang kaum erörterte Aspekte des Verbrechens in die Kriminalerzählung einzubringen: Religiosität, theologische Streitfragen, ethische Probleme, Verbrechen als Sünde und nicht nur als Skandal und Konventionsverletzung.

Es gelingt Chesterton auch, die literarisch-stilistische Ausführung der Geschichten auf ein Niveau zu heben, das weder Doyle noch einer der anderen Nachfolger je erreicht hat. Die *Father Brown Stories* sind mit ihren pointierten, an Oscar Wilde erinnernden Dialogen und mit ihren registerreichen und für einen modernen Geschmack fast zu üppigen Beschreibungen typisch für Chesterton und typisch für die hohe Literatur nach der Jahrhundertwende.

Chestertons literarisches Markenzeichen sind Maximen und Reflexionen in der Form des Paradoxons. So ist auch sein Detektiv ein Meister paradoxen Witzes, wobei die Pointe oft in einer Umkehrung Poescher Maximen besteht, etwa wenn es heißt, nicht der Detektiv sei der schöpferische Künstler, sondern der Verbrecher; der Detektiv sei nur der Kritiker dieser Kunst.

Trotz der ganz anderen Ausgestaltung sind aber das erzählerische Grundgerüst und die Wirkungsweise der Geschichten gegenüber dem Modell Doyles fast unverändert. Father Brown löst seine Fälle auf die gleiche einfache Art wie Sherlock Holmes. Aus genau beobachteten, vom Leser nicht auswertbaren Details wird eine Lösung hergeleitet, die frappiert, aber – jedenfalls im Moment der Mitteilung – als Ausfluß des gesunden Menschenverstandes erscheint. – Wie konnte der Schädel des sittenlosen Colonel Norman Bohun total zerschmettert sein, obwohl nur ein kleiner Hammer als Mordwaffe zu finden ist? War es ein geheimnisvoller Hammer Gottes als Werkzeug einer überirdischen Vergeltung? Nein, findet Hochwürden heraus, es war doch der kleine Hammer, von menschlicher Hand oben aus dem Kirchturm geworfen (»The Hammer of God«). Welche übernatürliche Macht hat den armen Mr. Smythe in seiner Wohnung getötet und verschwinden lassen, obwohl mehrere Zeugen bekunden, daß niemand das Haus betreten oder verlassen hat? Gar keine übernatürliche Macht, sondern ein Mörder, der sich als Postbote verkleidet und die Leiche in seinem Postsack entfernt hat. Wenn man Leute fragt, ob jemand ein Haus betreten habe, werden sie nur an ungewöhnliche Besucher denken und den Briefträger nicht mitrechnen. Es ist eine Frage der Sprache: »All language is used like that; you never get a question answered literally, even when you get it answered truly« (»The Invisible Man«, S. 76).

Auch Chestertons Geschichten sind Sprachspiele. Die entscheidenden Bestandteile der Lösung werden in einen irreführenden Kontext eingeordnet, und dieser falsche Kontext ist in der Regel eine religiöse, erfahrungstranszendente Erklärung. Das Religiöse als Thema dient – ebenso wie der Großteil der virtuosen Beschreibungen – in der Rätselgeschichte lediglich als Ablenkung und Versteck. Father Brown löst seine Fälle nicht als Theologe oder Gläubiger, sondern als Vertreter jener Doktrin der praktischen Vernunft, der auch der areligiöse Sherlock Holmes anhängt.

Die Father-Brown-Geschichten unterstreichen die Variationsfähigkeit des von Doyle entwickelten Modells, indem sie zeigen, daß innerhalb seines Rahmens so unterschiedliche Figuren wie Holmes und Brown als Helden fungieren und so verschieden schreibende und denkende Autoren wie Doyle und Chesterton sich ausdrücken können. Es werden aber auch Grenzen sichtbar. Das narrative Grundgerüst erweist sich als relativ starr und nur bedingt variationsfähig. Besonders beim Lesen späterer Geschichten beider Autoren wird augenfällig, daß jeder sich selbst wiederholt und daß der ganze Typus bis zur Erschöpfung der Möglichkeiten durchvariiert ist.

Ein limitierender Aspekt ist auch die geringe Eignung des Modells für Aussageintentionen, die über die Reize des Detektivspiels hinausgehen. Chesterton, ein Anglo-Katholik, der zum römisch-katholischen Glauben konvertierte, ein unermüdlicher Propagandist seiner religiösen Überzeugung, machte nicht zum Spaß und des Effekts halber einen katholischen Geistlichen zum Helden einer Detektivserie. Da Father Brown aber kein im eigentlichen Sinne religiöser

Detektiv ist, kann er zwar mit seinem nüchternen und humanen *common sense* Sympathiewerbung für seine Kirche leisten und verbreitete englische Vorurteile gegen den Irrationalismus und Wunderglauben der Papisten abtragen, aber er ist kaum als Träger theologischer oder religionspolitischer Konzepte brauchbar.

G. K. Chesterton erreichte, wonach Conan Doyle vergebens strebte, eine Position als einer der Großen der englischen literarischen Szene; er konnte es sich leisten, die *Father Brown Stories* recht geringschätzig als eines seiner Nebenwerke hinzustellen.[34] In gewisser Weise wurde aber auch er ein Opfer seiner Detektivfigur. Durch den Publikumserfolg und die finanzielle Einträglichkeit sieht er sich gedrängt, der Figur immer neue Geschichten anzudichten – unter ironischer Anspielung auf Sherlock Holmes' Tod und Auferstehung nennt er eine der Geschichten »The Resurrection of Father Brown« –, bis 1929 der fünfte und letzte Band erscheint. Heute schließlich ist der große Literat Chesterton, der über hundert Nicht-Krimis schrieb, nur noch ein Name ohne Resonanz, und seine einzige Chance, das Etikett des ›Meisters, der nie ein Meisterwerk schrieb‹ loszuwerden, besteht darin, daß die Father-Brown-Geschichten als Meisterwerk anerkannt und einige verwandte Erzählwerke für voll genommen werden.

Drittes Kapitel

Schema und Variation

Der klassische Detektivroman

In den Jahren nach dem Ersten Weltkrieg löst der Detektivroman die Kurzgeschichte als Standardform der Kriminalliteratur ab. Es hat schon in den Jahrzehnten vorher zahlreiche Detektivromane gegeben, und es gibt auch weiterhin den Typus der *detective short story*, aber von etwa 1920 an dominiert das Format des kurzen, in der Regel zwischen 170 und 190 Druckseiten umfassenden Romans. Der Roman ist die Leitform jener bis etwa 1940 andauernden Phase in der Gattungsgeschichte, die heute im Rückblick gern als Goldenes Zeitalter des Krimis bezeichnet wird.

Die Gründe für den Übergang zur Langform dürften nur zum geringen Teil in der Gattung selbst liegen. Zwar zeigen sich in der Geschichte aller Arten von Kurzprosa fast immer Ausweitungstendenzen, aber Conan Doyle und seine Nachfolger hatten selten Probleme damit gehabt, die Ausarbeitung ihrer Materialien im Rahmen der üblichen, 25 Seiten nicht überschreitenden Zeitschriftengeschichte zu halten. Ausschlaggebend sind Änderungen des literarischen Marktes und der Lesegewohnheiten. Verbreitung und Bedeutung der Zeitschriften, deren Profil durch fiktionale Texte bestimmt wird, nehmen ab. Andererseits verschwindet auch der Typus des riesenlangen Romans, der – wenn er nicht in Fortsetzungen gelesen wird – sehr viel freie Zeit voraussetzt. Der Detektivroman mäßiger Länge, den man in wenigen Stunden in einem Zuge lesen kann, der aber auch so klar unterteilt ist, daß er sich abschnittweise lesen läßt, paßt in das Gesamtfeld der literarischen Texte und entspricht den Anforderungen einer vorwiegend berufstätigen Leserschaft an ihre Mußelektüre.

Der moderne Detektivroman ist kein Nachfahre des viktorianischen Geheimnisromans à la Collins. Er entwickelt sich vielmehr durch Längung und Ausbau der Kurzgeschichte, steht also in der Traditionslinie, die von Poe über Conan Doyle führt. Unter dem Aspekt der Gattungsanalyse interessiert daher vor allem die Frage, was beim typischen Detektivroman des *Golden Age* strukturell anders ist als bei einer typischen Sherlock-Holmes-Geschichte.

Modell Christie

Heute gilt Agatha Christie (1890–1976), *Queen of Crime*, unbestritten als dominierende Figur des Goldenen Zeitalters des Detektivromans. In der Epoche selbst herrschte keineswegs Einigkeit über ihren besonderen Rang.

Noch bis in die Zeit nach dem Zweiten Weltkrieg hielten gerade die Kenner und Kritiker sie für eine eher anspruchslose Vertreterin ihres Metiers und hoben andere Detektivautoren – zuerst vor allem Dorothy Sayers, dann Margery Allingham, schließlich Michael Innes – als besser, origineller, niveauvoller und zukunftsweisender auf den Schild. Ihre Position errang sie erst später, als sie nicht nur über mehr als 50 Jahre hinweg immer neue Krimis schrieb, sondern sich auch mit den alten Romanen bei neuen Lesergenerationen durchsetzte, während einst favorisierte Autoren an Präsenz verloren.[1]
Auch jetzt noch tut sich die Kritik schwer, ihre unangefochtene Stellung als Großmeisterin des klassischen Detektivromans zu begründen, da ihr die meisten Qualitäten abgehen, die man sonst an einem besonders guten Krimiautor zu loben pflegt. Ihre Charaktere sind flach und meist schablonenhaft; auch ihre Verehrer erklären sie für eine schlechte, klischeereich schreibende Stilistin; die Welt, die sie schildert, hatte schon vor 50 Jahren kaum Bezüge zur zeitgenössischen Realität; ihre auktorialen Kommentare sind die altmodischen Ansichten und Vorurteile einer Dame, die stolz darauf ist, noch unter Königin Victoria geboren zu sein.[2] Selbst ihr wichtigster Detektiv, Hercule Poirot – eine Figur, die der Autorin selbst nach einer Weile auf die Nerven ging – ist weder besonders originell noch sonderlich einnehmend.
Die Romane Agatha Christies taugen nur als Detektivromane, und als Detektivromane haben sie hauptsächlich konstruktive Qualitäten, die nicht an der Oberfläche erscheinen oder doch nicht ins Auge fallen. Gerade deshalb können sie uns – nachdem wir einen von ihnen schon als Modell für die Grundstruktur des Krimi schlechthin betrachtet haben – auch als Leitbeispiele für die spezielle Struktur des klassischen Detektivromans und für seine Variationsmöglichkeiten dienen.

»The Mysterious Affair at Styles«: Der Aufbau der Krimigesellschaft

In der ausgedehnten literartheoretischen Debatte über den Unterschied zwischen *short story* und Roman wird man letztlich immer wieder auf das einfache Kriterium der Länge verwiesen, das heißt auf einen Unterschied, der im Prinzip nur graduell ist. Bei einzelnen Kompositionselementen können sich Längung oder Kürzung aber auch so stark auswirken, daß der Unterschied der Quantität zu einem Unterschied der Qualität wird. So ist es auch beim Detektivroman.
The Mysterious Affair at Styles (1920), Agatha Christies erster Roman, ein Prototyp für viele andere, ist in der Grundanlage die Übersetzung einer Sherlock-Holmes-Geschichte ins Große.[3] Man findet die gleichen, klar markierten Strukturteile – Exposition mit Darlegung des Falles, Ermittlung, Lösung – in einer um das Zehnfache vergrößerten Länge. Innerhalb des gleichgebliebenen Schemas haben sich einige Dinge strukturell verändert, wie sich besonders deutlich im Expositionsteil erkennen läßt.
In Doyles Geschichten ist das Figurenensemble klein, es umfaßt oft außer Holmes und Watson nur den Klienten und den Täter. Bei Christie tritt eine

ganze Romangesellschaft auf: Etwa zehn Personen spielen eine tragende Rolle. Der Roman beginnt nicht mit einem *statement of the case* – das Mordopfer ist noch lebendig –, sondern mit einer ausgedehnten Vorstellung der Einzelfiguren und ihres Zusammenhangs als Gesellschaft. Es ist eine Gesellschaft jener Art, wie man sie in Hunderten von Krimis des klassischen Typs antrifft: eine Großfamilie der ländlichen *gentry*, in der mehrere Teilfamilien und Generationen zusammenleben und die außerdem noch eine Reihe von Gästen und Schutzbefohlenen in sich aufgenommen hat; eine Mußegesellschaft; eine in jeder Hinsicht geschlossene Gesellschaft: alle gehören zur gleichen Schicht, alle leben auf dem gleichen Gut, in diesem Falle auf Styles Court, dem Landsitz der Familie Cavendish-Inglethorp in Essex.

Die Romangesellschaft ist dreifach strukturiert. Jeder einzelne hat einen bestimmten Platz und Status in der Familie; jeder hat eine gesellschaftlich-moralische Position, wird beispielsweise voll akzeptiert und geachtet oder beargwöhnt und als unmöglich angesehen; jede Figur ist schließlich – vorläufig noch nicht erkennbar – für eine bestimmte Funktion im Rätselspiel vorgesehen, Opfer oder Täter, Verdächtiger, Informationsträger, Wahrheitssucher oder Spurenverwischer.

Der Leser ist im ersten Teil des Romans, in dem an Handlung außer Konversation, Mahlzeiten und einem gelegentlichen Ausflug oder einer Wohltätigkeitsveranstaltung nichts passiert, vollauf damit beschäftigt, die Personen kennenzulernen, zu unterscheiden und einzustufen. Sein Führer dabei ist der Erzähler Captain Hastings, »wounded hero«, ein entfernter Freund der Familie, der – gerade aus dem Lazarett entlassen – zu einem Genesungsurlaub nach Styles kommt, das ihm wie eine abgeschiedene Insel des Friedens erscheint. Stärker noch als Dr. Watson, dessen getreue Kopie er ist, repräsentiert Hastings die Gesellschaft, über die er berichtet: Er ist voll in sie integriert, spricht ihre Sprache, teilt ihre Wertvorstellungen und Sichtweisen, beurteilt die Personen so, wie es die anderen auch tun.

Hastings teilt dem Leser nicht nur fertige Einstufungen mit, sondern er schildert auch die Verhaltensweisen und Indizien, auf denen die Urteile beruhen. Eine der positiv eingestuften Figuren wird beispielsweise so eingeführt:

> »A lady in a stout tweed skirt, who was bending over a flower bed, straightened herself at our approach.
> ›Hullo, Evie, here's our wounded hero! Mr. Hastings – Miss Howard.‹
> Miss Howard shook hands with a hearty, almost painful, grip. I had an impression of very blue eyes in a sunburnt face. She was a pleasant-looking woman of about forty, with a deep voice, almost manly in its stentorian tones, and had a large sensible square body, with feet to match – these last encased in good thick boots. Her conversation, I soon found, was couched in the telegraphic style.
> ›Weeds grow like house afire. Can't keep even with 'em. Shall press you in. Better be careful!‹«[4]

Der Text enthält eine Abfolge von Begriffen und Einzelheiten, die ›richtig‹ signalisieren: Dame, angenehmes Aussehen, fester Händedruck, vernünftige Kleidung. Die Einzelheiten fügen sich außerdem zum Bild eines bestimmten Typus mit festgesetzter positiver Reputation zusammen: die Frau, die nicht schön und begehrenswert ist, aber ein guter Kamerad; recht deftig und offen, aber zu allem zu gebrauchen, fast so gut wie ein Mann. Der Leser bildet sich sein Urteil selbst, aber da er nicht die Person vor sich hat, sondern eine Serie von positiven Wertbegriffen – *lady*, *tweed*, *hearty*, *sensible* und so weiter –, liegt das Urteil fest; es ist mit dem sprachlichen und kulturellen Verständnis des Textes unmittelbar gegeben.

Ähnlich ist es im Falle einer negativen Einstufung. Wenn jemand wie Alfred Inglethorp bei jedem Wetter Lackschuhe trägt, einen schlaffen Händedruck hat, salbungsvoll spricht und seiner Frau gegenüber servil und demonstrativ zärtlich ist, dann kann man sich nur dem vernichtenden Urteil Hastings', Evies und der meisten anderen anschließen.

Während der Exposition ist der Leser also weniger mit dem bevorstehenden Verbrechen als mit der Entschlüsselung sozialer Bedeutungen beschäftigt. Er hat am Ende dieses Teils die Figuren der Romangesellschaft in mehr oder weniger deutlicher Form nach Familien- und Gesellschaftsstatus und nach Abstufungen der Sympathie inventarisiert, wobei die meisten Figuren eine ›offene Stelle‹ haben, einen durch die bisherige Einordnung nicht erklärten Aspekt. Eine Liste der Personen und der Erkenntnisse und Eindrücke, die auch der flüchtigste Leser von ihnen haben muß:

Mrs. Emily Inglethorp, die Herrin des Hauses, von deren Person und Geld alle abhängen, eindrucksvoll, großzügig, aber auch herrisch und geltungssüchtig, weder besonders sympathisch noch verhaßt;

Alfred Inglethorp, der unsympathische zweite Ehemann der Hausherrin, früher ihr Sekretär, sicher ein gesellschaftlicher Eindringling, aber vielleicht doch nicht so skrupellos, wie die Romangesellschaft meint;

John Cavendish, der ältere Stiefsohn der Hausherrin, ein Rechtsanwalt ohne Praxis, der es vorzieht, den Landedelmann zu spielen, nett und tadelsfrei, aber doch mit einer Neigung, sich gehenzulassen;

Mary Cavendish, Johns Frau, schön, zart, beherrscht, der Hastings aber »a wild untamed spirit in an exquisitely civilized body« (S. 9) zuspricht;

Lawrence Cavendish, der jüngere Stiefsohn, als Arzt ausgebildet, aber nur als erfolgloser Dichter tätig, manchmal charmant, meist schwierig, unter irgendeiner emotionalen Belastung leidend;

Evie Howard, die allseits beliebte, eine mittellose Standesgenossin mit undefiniertem Status als Dauergast, der sich nützlich macht;

Cynthia Murdoch, auch eine von Mrs. Inglethorp unterstützte Person, jung, hübsch, fröhlich, aber offenbar unter ihrer Abhängigkeit leidend;

Dr. Bauerstein, kein Hausgenosse, aber häufiger Gast, ein renommierter Toxikologe deutscher (und damit irgendwie suspekter) Herkunft.

Die Gesellschaft, die Styles Court bevölkert, verkörpert eine Welt, die jeder englischsprachige Leser kennt, und zwar nicht nur aus dem Krimi.[5] Die *gentry* mit ihren Herrensitzen ist jahrhundertelang (mit dem Hochadel, der *nobility*, zusammen) die englische Führungsschicht gewesen, eine Schicht, in welche die Erfolgreichen jeder Epoche aufgenommen zu werden trachteten und deren Einstellungen und Lebensform von breiteren Schichten bewundert und imitiert wurden. Seit dem 18. Jahrhundert rekrutieren sich aus diesem Milieu auch mit Vorliebe die Romangesellschaften, in Henry Fieldings *Tom Jones* ebenso wie in Jane Austens *Pride and Prejudice* und *Sense and Sensibility*. Seit dem 19. Jahrhundert wird diese Welt im Roman zunehmend idealisiert, während es in der Realität mit ihr bergab geht. Als Agatha Christie zu schreiben beginnt, ist die große Zeit der *gentry* längst vorbei; der *National Trust* hat schon mit seinen Rettungsaktionen zur Erhaltung der Herrensitze begonnen. Die Welt der *Stately Homes* existiert hauptsächlich als geistige Landschaft – ein modernes Arkadien, Heimat einer hochzivilisierten Gesellschaft, gastfrei und müßig, das Land nicht durch Tätigkeit, sondern durch Tonangeben führend. Es ist der gleiche Mythos, der heute noch in der musealen Erholungslandschaft der zur Besichtigung freigegebenen englischen Schlösser und Herrensitze fortlebt.

In den Detektivroman bringt diese gesellschaftliche Welt stets ein beträchtliches Interesse um ihrer selbst willen ein, aber ein Krimi kann allein davon nicht leben, zumal wenn die Schilderung so schlicht und klischeehaft ist wie bei Christie. Der klassische Detektivroman lebt, was seine Romangesellschaft angeht, von der Spannung zwischen dem gesellschaftlichen Status und der tatsächlichen menschlich-moralischen Substanz der Figuren und zwischen den sichtbaren sozialen Beziehungen der Menschen und ihren wahren Verhältnissen zueinander. Er verdankt sein großes Spannungs- und Unterhaltungspotential der Tatsache, daß er nicht nur ein Täterrätsel (Wer ist es gewesen?) und ein Indizienspiel ist (Wie wurde es gemacht?), sondern auch ein Enthüllungsspiel (Was steckt hinter der Fassade?). Sein Motto heißt: *Appearances are deceptive*. Die Leute sind nicht, was sie scheinen. Die ganze Gesellschaft ist anders, als sie vorgibt.

Für ein solches kombiniertes Spiel ist eine Gesellschaft wie die von Styles Court vorzüglich geeignet, und es hat gute Gründe, wenn dieses Figurenensemble zum Stamm des Detektivromans wird und wenn immer wieder vor den trauten Kaminen englischer Herrensitze gemordet wird. Die für den Krimi typische Limitierung des Ortes und der Personen ergibt sich fast von selbst. Man ist immer unter sich, und man lebt – wie Puppen in der Puppe – in mehreren Hüllen der räumlichen Isolierung: Das Dorf Styles St. Mary, »another world« (S. 7), Styles Court, das verschlossene Zimmer, in das sich jeder zurückziehen kann und deren eines zum Tatort wird.

Fast alle Kontakte sind relativ oberflächlich. Man kennt sich im gesellschaftlichen Sinne, aber man kennt sich nicht eigentlich und will es auch nicht. Hastings sagt über John Cavendish, seinen Gastgeber und seinen nächsten Freund in Styles Court: »[...] I had never known him particularly well« (S. 5). Die gesellschaftliche Einstufung und die persönliche Einschätzung von Personen beruht auf vordergründigen Kriterien. Wer aufgrund des Aussehens und gesellschaftlichen Verhaltens Evie für einen guten und Alfred für einen schlechten Menschen hält, hat ein naives Vertrauen darauf, daß man aus der

Einhaltung oder Nichteinhaltung von Konventionen die moralische Statur eines Menschen ablesen kann. Die Möglichkeit der Täuschung ist unter diesen Bedingungen immer gegeben, und sie kommt im Grunde für niemanden überraschend. Man vertraut den anderen, mag ihnen nichts Böses zutrauen, weiß aber natürlich, daß man nur die Oberfläche des anderen kennt. Wenn Böses geschieht, kann es jeder gewesen sein. Als Mrs. Inglethorp umgebracht wird, sind alle verdächtig; alle werden sogar im Verlauf der Ermittlungen einmal zum Hauptverdächtigen, einschließlich der schönen und sympathischen Mary. Es kann auch deshalb jeder gewesen sein, weil fast jeder ein gewichtiges Mordmotiv haben kann, ohne ein abnormer Mensch zu sein. Es gehört zu den Grundannahmen des Romans, daß jedermann die Zugehörigkeit zur Gesellschaft als höchstes Gut betrachtet und alles daransetzt, sie nicht zu verlieren. Zur Mitgliedschaft in der Gesellschaft gehören Geld – ererbtes Vermögen in der Regel – und guter Ruf. Jeder, der von der Verarmung oder vom Verlust der Reputation bedroht ist, ist daher ein potentieller Mörder.

Die Konstellation ist auch vom Standpunkt der Leserlenkung fast ideal. Die Person, die in der Lösung als Mörder entlarvt wird, braucht nicht vorher schlechtgemacht und nachträglich mit psychischen Defekten ausgestattet zu werden. Falls der Leser die Figur vorher sympathisch gefunden hat, spielt das keine große Rolle, da Sympathien wegen der gesellschaftlichen Perspektive nur oberflächlich sein können. Der Mord wird nicht bagatellisiert und nicht entschuldigt, aber er wird doch relativiert und in seiner moralischen Schrecklichkeit so gemildert, daß er sich als Spielobjekt eignet. Der Mord zur Erhaltung oder Verbesserung des gesellschaftlichen Status ist zwar kein Kavaliersdelikt, aber doch auch kein Verbrechen, bei dem spaßverderbende Abgründe an Gemeinheit, Sucht oder Trieb zum Vorschein kommen.

Daß der Mord jedem Mitglied der Romangesellschaft zugeschrieben werden kann, zeigt die Lösung in *Styles*. Die Ermordung der Mrs. Inglethorp war ein gemeinsames Unternehmen der sympathischen Evie Howard und des unsympathischen Alfred Inglethorp. Das überrascht den Leser aus einer Reihe von Gründen, unter anderem weil man nur einen Täter erwartet und weil Alfred – wie Macbeth bei Thurber – so verdächtig ist, daß man ihn für unschuldig hält. Die Lösung erscheint aber akzeptabel und plausibel, weil beide gute Gründe haben, nach dem Geld der Ermordeten zu streben, weil man die derbe und polternde Evie letztlich doch nicht ins Herz geschlossen hat und weil man einsieht, daß ihre Deftigkeit, Männlichkeit und Tatkraft Eigenschaften sind, die auch zu einer Mörderin passen.

Bei einem Rätselspiel von der Ausdehnung eines Romans genügt es in den meisten Fällen nicht, wenn nur die Mörder tatsächlich etwas zu verbergen haben und die anderen nur theoretisch die Täter sein könnten. Weitere Personen müssen vom Mord unabhängige Geheimnisse haben, die dazu führen, daß sie sich durch falsche Aussagen und ungewöhnliches Verhalten verdächtig machen und die Ermittlung erschweren. Auch für solche Sekundärgeheimnisse ist eine Gesellschaft dieser Art besonders geeignet. Es ist eine Gesellschaft von Geheimhaltern, in der die in jedem sozialen Bereich wichtigen Verhaltensweisen des Distanzhaltens, des Sich-Abschirmens und der Verwehrung des Eindringens in die eigene Intimität in extremer Weise anzutreffen sind. Jeder verdeckt seine Emotionen und persönlichen Probleme. Mary macht sich verdächtig, weil sie verbissen und verstohlen einem Ehebruch ihres Mannes auf die Spur zu kommen versucht; Lawrence benimmt sich merkwürdig, weil er verhindern will, daß seine Zuneigung zu Cynthia offenbar wird. Schließlich ist es auch eine Gesellschaft, die des Detektivs bedarf. Ihre Ordnung, an der ihr soviel liegt, ist vordergründig und instabil. Werden ihre Konventionen grob verletzt, reagieren ihre Mitglieder mit Angst und Verstörung. »A vague suspicion of every one and everything filled my mind«, gesteht Hastings, als er das Unheil kommen sieht (S. 17). Selbsthilfe ist nicht möglich; das Gebot der Solidarität erschwert Ermittlungsaktionen gegen Gleichgestellte; die gesellschaftliche, auf die Oberfläche beschränkte Sehweise verhindert das Eindringen. Der Detektiv muß her, und zwar nicht der Polizeidetektiv, der die Gesellschaft nicht durchschaut und ihre Empfindlichkeiten nicht respektiert, sondern der Privatdetektiv, der sie versteht, obwohl er Außenstehender ist.

Komplexes Rätselspiel

Der Detektivroman erreicht den höchsten Grad an struktureller Komplexität nicht nach langer Entwicklung, sondern gleich in seiner ersten Phase. Die frühen Christie-Romane gehören zu den kompliziertesten Konstruktionen, die es auf dem gesamten Feld des Krimis gibt. Das gilt nicht für die Grundstruktur; die ist genauso einfach wie in den Kurzgeschichten von Conan Doyle: Ein Mord als Teil einer Tiefenhandlung, von der im narrativen Oberflächenverlauf wesentliche Komponenten – Täter und Tatmodus – zunächst nicht erkennbar sind; eine Ermittlung, in der die Lösung nicht sichtbar wird, aber sämtliche Bestandteile der Lösung mehrfach falsch kontextualisiert erscheinen; eine zusammenhängende Lösung, die alle Tiefenhandlungen – vom Mord bis zur heimlichen Liebe – aufdeckt und die vorher im Text markierten Frageobjekte bis zum letzten Wachsflecken erklärt.
Die Komplizierung ergibt sich dadurch, daß Agatha Christie das Enträtselungsspiel mit ungeheurer Geschäftigkeit auf allen drei Ebenen betreibt, als Täterrätsel, Hergangsrätsel und Enthüllungsspiel. Das Hergangsrätsel, die Klärung der Mordmechanik, des Ereignisablaufs und der Handlungsfunktionen, von aufgefundenen Indizien wie Fäden oder Papierstückchen steht im Vordergrund. Dabei wird Conan Doyles Tendenz, das Gesamträtsel meist in Teilrätsel aufzulösen (Welche Bewandnis hat es mit dem Klingelzug, mit der Hundepeitsche, mit dem Pfeifton?), trotz der größeren Dimensionen des Textes übernommen und sogar noch verstärkt. Mrs. Inglethorp wird – wie die ältere Miss Stoner in »The Speckled Band« – in einem verschlossenen Zimmer vergiftet aufgefunden, aber während bei Doyle der Tatort aus zwei spartanisch eingerichteten Zimmern mit je einer Tür, einem Fenster und zwei oder drei bemerkenswerten Indizien besteht, wird der Leser bei Christie mit einem zwölf Zimmer umfassenden Lageplan des Stockwerks und mit einem durch Skizze

und Beschreibung präsentierten Tatzimmer mit drei Türen, zwei Fenstern, neun Möbelstücken und insgesamt etwa einem Dutzend erklärungsbedürftiger Indizien konfrontiert. Die Frage nach dem Tathergang ist so angelegt, daß zu ihrer Klärung der gesamte Ablauf von zwei Tagen minutiös rekonstruiert werden muß.

Man kann eine Detektivgeschichte mit dem Schwerpunkt auf der Enträtselung des Hergangs so erzählen, daß der Täter schon vorher praktisch feststeht oder erst nach Klärung des Tatverlaufs ermittelt wird. Nicht so bei Christie. Schon als nur wenig über den Tatverlauf bekannt ist, beginnen Spekulationen über den Täter. Es sind nicht nur alle verdächtig, sondern jede der sieben in Frage kommenden Personen wird mindestens einmal von irgend jemandem in einer hypothetischen Rekonstruktion der Tat als Mörder eingesetzt. Auch das gesellschaftliche Enthüllungsspiel wird mit ähnlicher Totalität betrieben: Alle Figuren haben persönliche Geheimnisse, die sie im Laufe der Geschichte preisgeben müssen.

Mehrebigkeit und Vielteiligkeit machen den Gesamttext zu einem Rätselgeflecht von unglaublicher Dichte. Allein für den straffen Vortrag der Lösung benötigt Poirot über 20 Seiten. Wenn man im Lösungstext jede Antwort auf eine vorher separat behandelte Frage als kleinste Einheit zählt – als Lösungssatz oder Puzzleteil –, so besteht allein die Aufklärung des Mordrätsels aus etwa 50 solchen Einheiten; bei der Erklärung der nicht-kriminellen Geheimnisse ergibt sich noch einmal eine Zahl von etwa 40 Einheiten. Da fast alle Antworten nicht nur auf eine einmalige Frage Bezug nehmen, sondern auf eine Sequenz von Wiederaufnahmen, besteht praktisch der ganze Text des langen Ermittlungsteils aus lösungsrelevanten Stellen. In jedem Satz werden Dinge oder Sachverhalte besprochen, die in der Lösung eine Rolle spielen. Es gibt kein Füllmaterial, kein funktionsloses Beiwerk. So hat beispielsweise jedes der Details, mit denen das Zeitkolorit des Weltkriegs eingezeichnet wird, auch konkreten Bezug zur Lösung: das Sammeln von Altpapier, Cynthias freiwilliger Dienst im Hospital, Marys Einsatz beim Kühemelken in der hübschen Uniform der *Land Army*.

Auch eine Stelle, die scheinbar nur Poirots Anspannung an einem kritischen Punkt der Nachforschungen – ein Brief ist spurlos verschwunden – und seinen Ordnungstick illustriert, enthält einen Lösungsbaustein:

> »We stared at one another blankly. Poirot had walked over to the mantelpiece. He was outwardly calm, but I noticed his hands, which from long force of habit were mechanically straightening the spill vases on the mantelpiece, were shaking violently.
> ›See here, it was like this,‹ he said at last.« (S. 70.)

Der Leser hat, obwohl er ständig mit der Nase auf ›echte‹ Spuren und Lösungselemente gestoßen wird, nicht die geringste Chance, die Gesamtlösung zu ahnen oder Teillösungen vorwegzunehmen, weil Agatha Christie die Kunst der falschen Kontextualisierung noch raffinierter und unablässiger betreibt als Conan Doyle. Er kann nicht darauf kommen, daß die eben zitierte Stelle eine Variante von Poes »Purloined Letter« ist. Hastings und Poirot suchen nach einem Brief; wenn der Detektiv in diesem Zusammenhang nervös Gefäße – *spill vases* – auf dem Kaminsims zurechtstellt, kann das nur als Teil der Sequenz ›Poirot und seine Manie für Symmetrie‹ gesehen werden. Der Kontext verhindert die Assoziation, daß ein Fidibus – *spill* – normalerweise ein gefalteter Papierstreifen ist: Alfred hat den verräterischen Brief in Streifen gerissen und in den Fidibusbecher gesteckt.

Wie es im Prinzip schon Conan Doyle tut, nutzt Agatha Christie bei der irreführenden Kontextualisierung jede in ihrem Material angelegte Doppeldeutigkeit aus, sowohl sprachliche Ambivalenz (wenn beispielsweise Mrs. Inglethorp vor ihrem Tode von einem »scandal between husband and wife« gesprochen hat und man nicht weiß, ob sie damit ihre eigene Ehe oder die von John und Mary meint) als auch Ambivalenz von Gegenständen (ein am Tatort aufgefundener grüner Faden zum Beispiel kann zu einem grünen Kleid gehören, aber auch – wie sich herausstellt – zu dem weißen Kleid mit grüner Armbinde, Marys Uniform bei der *Land Army*) und schließlich Ambivalenz von Teilhandlungen (wenn etwa im Kamin der Toten ein Testament verbrannt worden ist, kann sie selber nach einem Sinneswandel das Dokument vernichtet haben oder es kann ein benachteiligter Erbe gewesen sein).

Auch die Technik der Bereitstellung von alternativen Bereichen zur Einordnung mehrerer Spuren – nach Art des Phänomens ›Zigeuner‹ in »The Speckled Band« – wird von Christie übernommen und ausgebaut. Während Doyles Alternativkontexte aber meist reine Sammelbecken von falsch eingeordneten Spuren sind, tote Briefkästen sozusagen, können bei Christie die einzelnen Puzzleteilchen zwischen mehreren Mustern hin- und hergeschoben werden, die alle Funktionsteile der Gesamthandlung sind – Mordhandlung, John-und-Mary-Handlung, Lawrence-Handlung beispielsweise –, so daß es gar keine blinden Spuren, sondern nur lösungsrelevante Indizien gibt. Da die Lösung sehr vielteilig ist, hat Christie auch die Möglichkeit, durch falsche Schwerpunktbildung innerhalb des Bereichs des Richtigen irrezuführen. Es werden mit großem Aufwand Tatbestände geklärt – Alibis für eine fälschlich angenommene Tatzeit etwa –, die sich später als unwichtig erweisen.

Agatha Christie betreibt die Kunst, den Leser an der Nase herumzuführen, mit einer Leidenschaft, die sie über das notwendige Ziel, die Vereitelung der vorzeitigen Lösung, weit hinausgehen läßt. Auf die wichtige Frage beispielsweise, wie der Mörder seinem Opfer das todbringende Strychnin gegeben hat, lautet die richtige Antwort: Niemand hat Mrs. Inglethorp Gift verabreicht, es war schon da. Das Herzmittel, das sie abends einnahm, enthielt Strychnin in ungefährlicher Dosis. Die Mörder haben gewußt, daß man durch Zusatz von Brom das gesamte Strychnin in der Flasche ausfällen kann, so daß es sich als Salz am Boden der Flasche sammelt und mit der letzten Dosis in tödlicher Portion eingenommen wird. Mrs. Inglethorp stirbt also an ihrer eigenen Medizin, während ihre Mörder – deren Tathandlung schon zwei Wochen vorher vollzogen wurde – ein wasserdichtes Alibi haben.

Diese Lösung kann natürlich kein Leser erraten, aber das hindert die Autorin nicht an umfangreichen Tarnmanövern. In der Reihe der zu klärenden Fragen spielen neben der Medizin zwei weitere Getränke eine Rolle, die für die

Verabreichung des Gifts benutzt worden sein können: die Tasse Kaffee, mit der sich Mrs. Inglethorp auf ihr Zimmer zurückgezogen hat, und der Kakao, den sie sich dort gewärmt hat. Während umständlich nach jeder im Haus benutzten Tasse geforscht und jeder Kaffee- und Kakaorest untersucht wird, liegt die Medizin im Aufmerksamkeitsschatten. Als die Kaffee-, Kakao- und Tassenfragen schließlich geklärt sind, werfen sie zwar kein Licht auf das Mordrätsel, wohl aber auf andere Geheimnisse und Aktionen, die dazu geführt haben, daß Getränke mit Schlafmitteln versetzt und Tassen versteckt oder zertreten wurden.

Damit der Leser sich hinterher nicht beklagen kann, von der Medizin als möglichem Todestrank sei nie die Rede gewesen, wird auch der größte Teil der richtigen Lösung schon im Mittelteil an prominenter Stelle vorgetragen. Lawrence Cavendish stellt in der öffentlichen Leichenschau zur Debatte, ob nicht seine Mutter an der Wirkung des kumulierten Strychnins in ihrer Medizin gestorben sein könnte. Seine Hypothese findet aber bei den Mithandelnden wie beim Leser wenig Beachtung, weil sie von einem Fachmann abgewiesen wird (während die Kaffeetheorie gerade eben durch Expertenaussagen an Gewicht gewonnen hat), weil sie nicht ganz vollständig und ganz richtig ist und weil man schon wiederholt bemerkt hat, daß Lawrence die Wahrheitsfindung durch abstruse Mutmaßungen zu erschweren versucht.

Diese ganze bewundernswerte Kunst, mit der die Einzelheiten des Mittelteils konstruiert sind, ist eine Kunst der Vorbereitung. Sie zahlt sich im Rezeptionsprozeß erst im folgenden Teil aus, wenn der Leser anläßlich der Auflösung gewahr wird, wie herrlich die Autorin ihn in unmittelbarer Nähe des richtigen Weges in die Irre geführt hat. Im Ermittlungsteil – über 100 Seiten lang – steckt der Leser ohne die Möglichkeit eigener Orientierung in einem Dickicht von offenen Detailfragen und vorläufig funktionslosen Informationen und Ermittlungsergebnissen. Das Ausmaß der Tiefenhandlung, um deren Existenz er weiß, ohne sie entschlüsseln zu können, wächst sogar noch, weil zu den alten Geheimnissen der Mordhandlung jetzt die undurchschaubaren Aktivitäten des Detektivs und die verdachtablenkenden Operationen der Täter hinzukommen.

Das bei jeder Detektivgeschichte auftretende Strukturproblem des Ermittlungsteils tritt bei Christie in einer besonders deutlichen Form auf. Außer hektischer Aktivität beim Vorzeigen und Verstecken von Lösungshinweisen passiert wenig an vorwärtsschreitender Handlung, was dem Leser die Zeit des Wartens auf die Lösung kurzweilig erscheinen lassen könnte. Während die anderen Hauptkomponenten des Christie-Modells von den frühen Romanen an praktisch unverändert bleiben (und auch von nachfolgenden Autoren, die dieses Modell verwenden, eher variiert als weiterentwickelt werden), sucht die Autorin immer weiter nach zufriedenstellenden Wegen zur Überwindung der Statik und des lediglich vorbereitenden Charakters des mittleren und längsten Hauptteils.

Die Detektivfigur und ihre Funktionen

In diesem Roman – wie in manchen anderen – ist der Mittelteil so angelegt, daß seine Hauptattraktion für den Leser die ständige Präsenz des Detektivs ist. Anders als in den Sherlock-Holmes-Geschichten, wo der Detektiv einen seiner wichtigsten Auftritte gleich zu Anfang hat, tritt der Detektiv hier (wie meist bei Christie) erst nach dem Mord und somit als letzte der wichtigen Figuren in Erscheinung, so daß die mit der Person zu erzielenden Effekte noch nicht verbraucht sind.

Erstes Merkmal von Hercule Poirot ist seine extreme Auffälligkeit. Er wirkt wie eine Figur, bei der die exzentrischen Merkmale von Poes M. Dupin ganz in das Äußere verlegt und bis zur Absonderlichkeit gesteigert sind. Poirot, »an extraordinary-looking little man« (S. 21), hat einen Kopf, der »exakt eiförmig« ist und den er immer schief hält, sowie einen gezwirbelten schwarzen Schnurrbart; er kleidet sich so geckenhaft elegant, wie es kein englischer Herr tun würde, und strotzt überhaupt von unenglisch wirkenden Manierismen wie seinem Fanatismus für Ordentlichkeit, Symmetrie und formale Korrektheit – »I believe a speck of dust would have caused him more pain than a bullet wound« (S. 21). Er ist eitel und wichtigtuerisch, neigt zu Selbstlob und Übertreibung. Auch seine Redeweise ist auffällig: Er gestikuliert, macht komische Töne, verbricht – bei sonst perfektem Englisch – gelegentlich Gallizismen in der Syntax und spickt seine Sätze mit französischen Brocken wie *mon ami* und *voyons*.

In der Schale der Äußerlichkeiten und Manierismen steckt durchaus auch eine Konzeption der geistigen Charakteristik. Sie steht sogar in ungewöhnlichem Maße mit dem Äußerlichen im Einklang: Poirot ist auch als Detektiv ein Ordnungsfanatiker. Verbrechen sind für ihn Fälle einer Unordnung, die zu beseitigen es ihn drängt. Dabei geht es ihm weniger um die moralische und gesellschaftliche Ordnung als um die Ordnung der Logik. Ein Mord hinterläßt ein Chaos von Fakten und Spuren ohne einen klaren Zusammenhang als eine kausal und zeitlich-konsekutiv zusammengehörige Abfolge von Einzelheiten. Der Detektiv bringt mit Hilfe seines emotionslosen analytischen Verstandes die disparaten Teile wieder in die einzig richtige Reihe, fügt sie zu einer Kette – das ist Poirots Lieblingsmetapher – oder zu einem Puzzlebild zusammen:

> »Poirot smiled kindly on me. ›The mind is confused? [...] You are agitated; you are excited – it is but natural. Presently, when we are calmer, we will arrange the facts, neatly, each in his proper place. We will examine – and reject. Those of importance we will put on one side; those of no importance, pouf!‹ – he screwed up his cherub-like face, and puffed comically enough – ›blow them away!‹
> [...]
> ›One fact leads to another – so we continue. Does the next fit in with that? *A merveille!* Good! We can proceed. This next little fact – no! Ah, that is curious! There is something missing – a link in the chain that is not there. We

examine. We search. And that little curious fact, that possibly paltry little detail that will not tally, we put it here!‹ He made an extravagant gesture with his hand. ›It is significant! It is tremendous!‹« (S. 34 f.)

Diese Konzeption des Detektivs als eines Wiederherstellers der verlorenen zeitlichen und kausalen Ordnung der Dinge entspricht genau der Struktur des Textes, in dem eine verborgene und durchbrochene Ordnung am Schluß in eine sichtbare und alles umfassende Ordnung überführt wird.
Auch die gesellschaftliche Position der Detektivfigur ist durchdacht. Poirot steht der Gesellschaft, in der er tätig wird, mit Verständnis und Sympathie gegenüber, denn sie hat ihm, dem belgischen Flüchtling, Asyl gewährt. Er versteht sie, aber er hat auch den für seine Funktion nötigen Abstand zu ihr, ist nicht in ihren Vorurteilen befangen. Sein übernationaler Humanismus läßt ihn den Menschen unter der gesellschaftlichen Oberfläche sehen, tiefere Ordnungen erkennen, wo seine Gastgeber nur mit den vordergründigen Einordnungen ihrer Schicht operieren können. In einem tieferen Sinne gehört er trotz seiner Fremdartigkeit eben doch zur Gesellschaft, was sich unter anderem an seinem unfehlbaren Takt und an seiner Anerkennung als Gentleman und Autoritätsperson durch alle Dienstboten zeigt. Die Arbeit in der Gesellschaft wird ihm im übrigen dadurch erleichtert, daß er – obwohl von Haus aus professioneller Polizist, ehemaliger Beamter der belgischen Sûreté – jetzt als Gast nur Amateurstatus hat.
So schön und passend die Konzeption der geistigen Qualitäten des Detektivs auch ist, im Roman spielt sie eine geringe Rolle. Der Detektiv tritt ja bis zur Lösung dem Leser nicht in seiner eigentlichen Rolle als Entschlüsseler des Mordrätsels entgegen. Was er denkt, hält er geheim. Nur sein Äußeres und sein Gehabe sind für den Leser sichtbar, und diese Seite der Charakterzeichnung kann, wenn man sie mit den Charakterisierungsmethoden vieler moderner Erzähler vergleicht, allzu leicht als primitiv, trivial und subliterarisch verurteilt werden. Sie ist mit ihrer Nähe zur Karikatur sicher einfach genug, aber sie hat doch eine große literarische Tradition, und sie ist recht zweckmäßig. Charles Dickens' hochgerühmte Charakterisierungskunst beruht auf der gleichen Technik: Alle Eigenschaften werden überzeichnet; jede Figur ist durch ein oder zwei hervorstechende äußere Merkmale und durch mindestens eine Besonderheit der Redeweise gekennzeichnet. Diese Technik bewirkt, daß der Leser, der ja die Figur nicht sieht, sondern aufgrund sprachlicher Signale konstruiert, bei jedem Vorkommen den Eindruck der augenfälligen und unverwechselbaren Präsenz der Figur hat.
Dickens charakterisiert ganze Romangesellschaften auf diese Weise, Agatha Christie nur eine Figur unter lauter anderen, die sich, von Standes wegen und um nicht verdächtig zu werden, möglichst unauffällig geben. Poirot sticht dadurch hervor wie ein bunter Hund, und das entspricht der Aufgabe, die er im Mittelteil des Detektivromans zu leisten hat. Seine Funktion läßt sich allgemein als die der auffälligen Präsenz beschreiben. Einem ereignisarmen, mit Dutzenden von Fragen, Indizien und Mutmaßungen angefüllten Teil, in dem ein Haufen von Figuren einigermaßen ziellos herumläuft, gibt er Farbe,

Zusammenhalt und einen personalen Mittelpunkt. Er ist immer da, zieht die Aufmerksamkeit auf sich, führt seine Tricks vor, gibt kryptische Sprüche von sich, glossiert die Aktivitäten anderer – er ist Conférencier und Alleinunterhalter in einem.

Innerhalb dieser allgemeinen Funktion nimmt Poirot einige konkrete Aufgaben bei der Steuerung des Rezeptionsprozesses wahr, vor allem die eines Führers durch das Labyrinth der Spuren und lösungsvorbereitenden Sequenzen. Auch ohne Detektiv ließen sich beliebig viele Lösungsbestandteile irreführend kontextualisiert im Mittelteil unterbringen, aber die Führerfigur erleichtert das Vorzeigen und das Verstecken ungemein. Er verkündet beispielsweise, daß er soeben sechs interessante Beobachtungen gemacht hat und führt sie vor, versieht sie mit deutlichen Merkzeichen: »›Five, *this!*‹ with a dramatic gesture, he pointed to a large splash of candle grease on the floor by the writing-table.« Dann erläutert er in seiner schrulligen Weise das Problem des Wachsfleckens so, daß Hastings und der Leser es weder lösen noch vergessen können (S. 41 f.). Da Poirot die einzige kriminalistische Autorität im Roman ist, kann die Autorin durch ein paar Sätze von ihm eine alte Verdachtsrichtung blockieren und eine neue eröffnen. Zu Poirots Bärenführerfunktion gehört auch die Verheißung der Lösung. Lange vor dem Schlußteil kündigt er an, daß er den Fall jetzt gelöst hat (S. 138). Je näher die Lösung kommt und je mehr die Geduld des Lesers strapaziert wird, um so häufiger werden die Hinweise, daß Poirot nur noch nach dem »last link in the chain«[6] sucht, nach dessen Finden er alles in Ordnung bringen wird.

Eine andere konkrete Funktion ist das Spiel mit Hastings, das zugleich ein Spiel mit dem Leser ist. Poirot ist eine amüsante Figur, und dem Leser wird durch Hastings immer wieder suggeriert, wie komisch und possierlich der kleine Mann mit dem großen Mund und dem riesigen Ego ist. Diese Situation, in der sich Hastings manchmal sogar als Detektiv überlegen dünkt, schlägt unversehens um in Situationen, in denen Poirot seinen Freund Hastings nasführt, ihn bei kleinen Detektionsaufgaben versagen oder vergeblich um Aufklärung betteln läßt. Der Leser darf sich Hastings überlegen fühlen, kann aber, da sein Informationsstand – der Tradition der Watson-Perspektive entsprechend – mit dem des Mittelsmannes identisch ist, auch nicht weiterkommen. Er ist mitangesprochen, wenn Poirot dem Erzähler signalisiert, er wisse jetzt alle Fakten und möge gefälligst nachdenken.

> »I am not keeping back facts. Every fact that I know is in your possession. You can draw your own deductions from them. This time it is a question of ideas.« (S. 120.)

Ab und an gibt der Detektiv auch nützliche Auskünfte oder richtige Antworten, aber im ganzen wird doch das Spiel mit Hastings und dem Leser so weit getrieben, daß es Irritation auslöst. Auch wenn die Autorin das offenbar nicht beabsichtigt hat, so ist dieser Effekt doch keineswegs schädlich für die Rezeption; er sorgt immerhin für ein Minimum an Erschwerung der Wahrnehmung, was dem allzu glatt lesbaren Krimi nur gut tun kann.

Obwohl Agatha Christie in ihrem Erstlingsroman die Technik der auffälligen Präsenz des Detektivs so extensiv anwendet wie niemals später, reichen Poirots vielfältige Aktionen nicht aus, um den Handlungsbedarf der Romanmitte zu decken. Er macht Wirbel, aber er generiert keine größeren Handlungsepisoden. Alle umfangreichen Handlungen gehen von anderen aus, in diesem Falle von Justiz und Polizei. Abgesehen von der offiziellen Leichenschau (*inquest*), die den in Detektivgeschichten üblichen Charakter einer Zusammenfassung aller bis dahin aufgetauchten Fakten und Probleme hat, haben alle Episoden das gleiche Grundmuster: eine falsche Lösung des Täterrätsels wird durchgespielt, und zwar nicht nur als Verdacht, sondern als eine systematische Rekonstruktion des Tathergangs als scheinbar geschlossene Indizienkette mit Konsequenzen wie Haftbefehl oder Anklage für den vermeintlichen Täter. Zuerst wird Alfred, der richtige Täter, um ein Haar aus den falschen Gründen vor Gericht gestellt (was zum Freispruch führen müßte). Dann verdichtet sich der Verdacht gegen Dr. Bauerstein, der auch verhaftet und überführt wird – als deutscher Spion, nicht als Mörder. Schließlich wird John Cavendish der Prozeß gemacht, gegen den die Mörder falsches Belastungsmaterial gesammelt haben.

Poirot wirkt im Mittelteil also nicht in erster Linie als Detektiv und als Handlungsmotor, sondern als ein Instrument zur Lenkung und Unterhaltung des Lesers. Die Figur ist für diesen Verwendungszweck gut geeignet, und die Lösung ist für den Autor die einfachste, aber es bleibt festzuhalten, daß der Detektiv – jedenfalls in diesem Romantypus – im größten Strukturteil des Werks im Grunde entbehrlich ist, da seine Aufgaben im Kommunikationsprozeß auch auf andere Weise wahrgenommen werden könnten.

Benötigt wird Poirot dann wieder im Schlußteil, wo er die von ihm ermittelte Lösung »with the air of a popular lecturer« (S. 168) verkündet. Der Poirot, der hier spricht, ist ein anderer als der Poirot des Mittelteils; die Mätzchen, die Selbstgefälligkeit und die Spielereien mit Dümmeren sind verschwunden. Der Stil ist vorwiegend sachlich-neutral, und die Informationsdichte ist hoch; die ganze Machart des Textes ist anders als die der vorhergehenden Teile. Die Lösung hat im übrigen die gattungstypischen Merkmale: Sie gibt vollständige Antworten auf alle im Anfangs- und Mittelteil markierten Fragen – wie es war, wer es war, wie der Detektiv darauf kam, was hinter den anderen, nichtkriminellen Geheimnissen steckt. Der Erklärungsprozeß ist nicht, wie bei Conan Doyle, in Handlung umgesetzt, aber der Vortragscharakter der Lösung bedeutet auch hier keine systematische oder chronologische Darlegung. Der Verlauf ist dramatisch. Poirot täuscht den Leser ein letztes Mal. Er ordnet die Teilerklärungen so an, daß zunächst Mary, die sympathischste Figur der Romangesellschaft, die Täterin zu sein scheint, bis dann überraschend die richtige Version zutage tritt. Ein relativ undramatisches Nachlesekapitel vervollständigt die Einzelerklärungen. Nicht nur die Beantwortung der Fragen, sondern auch die Wiederherstellung der Ordnung ist total. Die Welt auf Styles Court ist auf den letzten Seiten des Romans heiler als zu Anfang.

Variationsverfahren

Die Detektivromane Christies sind Variationen, und zwar nicht nur im lockeren Sinne einer elementaren Ähnlichkeit miteinander, sondern auch in jenem strengeren Sinne, in dem der Begriff als Bezeichnung für ganz bestimmte Arten von Wiederholungsreihen angewandt wird, vor allem in der Musik, wo der Begriff als *terminus technicus* zu Haus ist.[7] Bei einer Variation wird eine Grundstruktur – beispielsweise ein melodisches Thema – in veränderter Form wiederholt, und zwar so, daß zugleich die Grundform wiedererkennbar bleibt und die Veränderung als Veränderung deutlich wird. Das Phänomen der Variation betrifft gleichermaßen den Produzenten und den Rezipienten. Der Produzent ist darauf festgelegt, seine Fähigkeit zur Innovation nur durch Originalität innerhalb eines bleibenden Rahmens zu demonstrieren. Der Rezipient stellt sich auf die besondere Wirkungsweise von Variationen ein. Er kennt die Grundform und erwartet die Wiederkehr, wobei er weiß, daß die Freude des Wiedererkennens nicht automatisch eintritt, sondern bei der abgewandelten Wiederholung einiger Anstrengung bedarf. Er erwartet auf der anderen Seite die Veränderung, also die Abweichung vom schon Bekannten und das Vergnügen der Überraschung.

Es kann wohl keinen Zweifel geben, daß Detektivromane des klassischen Typus von der Konstruktion wie von der Wirkungsweise her in den Kunstbezirk der Variation gehören. Die Frage ist, auf welchen Ebenen der Struktur die Variationen des Christie-Romans liegen. Ein Blick auf die Musik zeigt, daß bei Variationen die Veränderung der Grundstruktur auf sehr verschiedenen Ebenen liegen kann, in der Nähe der Oberfläche etwa, wenn nur die Melodiestimme durch Umspielen der Töne und Vergrößerung oder Verkleinerung der Notenwerte abgewandelt wird, oder in tieferen Schichten, wenn außer dem harmonischen Gerüst oder dem Baßfundament alles umgestaltet wird. Der strukturelle Sitz der Veränderung ist für die Rezeption und für die Bewertung wichtig. Während Variationen der ersten, oberflächennahen Art als besonders eingängige, aber auch leichtgewichtige Musik gelten – selbst wenn sie, wie z. B. Händels Grobschmied-Variationen, perfekt in ihrer Art sind –, rechnet man Variationen mit fundamentaleren Veränderungen, wie etwa Beethovens Diabelli-Variationen oder Bachs Goldberg-Variationen, zu den anspruchsvollsten und größten Werken der Musikliteratur.

Die erste Eigenart der Christie-Romane als Variationen liegt darin, daß sie dem Leser auch dann hinreichend verändert erscheinen, wenn die tieferen Strukturen fast identisch sind. Beim Vergleich von *The Mysterious Affair at Styles* und *Hercule Poirot's Christmas* aus der Perspektive des Lesers beispielsweise hat man zwar das Gefühl, zwei Romane ähnlicher Art vor sich zu haben, aber man hat nicht den Eindruck störender Wiederholungen oder einer zu oberflächlichen Variation. Auch in der kritischen Literatur zu Christie gehören die beiden Romane nicht zu den Paaren, auf deren Parallelität man hinweist. Die beiden Werke sind aber auf der tieferen Ebene der Komposition der Handlung und der Romangesellschaft so ähnlich, daß man sie mit einer gemeinsamen Inhaltsangabe erfassen kann: Auf einem Landsitz ist eine aus etwa zehn Personen bestehende Familiengesellschaft versammelt, als das reiche und autokratische Oberhaupt der Sippe ermordet wird – in einem verschlossenen Raum und offenbar von jemandem aus dem Hause. Poirot wird eingeschaltet und ermittelt, daß alle zur Hausgesellschaft gehörenden Personen existentielle Probleme haben und als Täter in Frage kommen. Nachdem lange Zeit die Rekonstruktionen des Tathergangs in eine ganz falsche Richtung gelaufen sind und fast alle Anwesenden der Reihe nach unter Mordverdacht gestanden haben, ruft Poirot die Romangesellschaft zur Verkündung der Lösung zusammen. Sein Bericht, der den Leser zunächst noch einmal auf eine falsche Fährte setzt, klärt schließlich die Täterschaft auf überraschende Weise.

Der Eindruck der Verschiedenheit rührt vor allem daher, daß alle Einzelheiten, die dem Leser an der Oberfläche des erzählerischen Diskurses begegnen, abgewandelt sind. Dabei spielen auch Trivialitäten eine große Rolle. Alle Namen sind anders. Die wenigen Details, die über das Anwesen mitgeteilt werden, sind bei Gossington Hall (mit seinen Miniaturgärten) anders als bei Styles Court (mit seinen frischgepflanzten Blumenrabatten). Die Herrenhäuser haben den gleichen Zuschnitt, aber eine unterschiedliche Raumaufteilung. Auch wenn Agatha Christie bei den Personen auf einen Fundus fester Typen zurückgreift, werden die Figuren im einzelnen variiert, um so sorgfältiger, je wichtiger ihre Rolle im Roman ist.[8] Der Typus ›ungeliebter Familienpatriarch‹ erscheint in Simeon Lee als herrischer, bösartiger Mann, bei Emily Inglethorp als gemilderte weibliche Variante. Der Künstler-Sohn ist in *Styles* ein Dichter, in *Christmas* ein Maler, und die beiden Figuren sind mit Frauen unterschiedlichen Typs liiert. Der Typus ›keckes, aber unbemitteltes junges Ding‹, im ersten Roman ein englisches Mädchen, ist im zweiten eine Spanierin.

Zu den Kompositionselementen, die mit besonderer Sorgfalt variiert werden, gehören die Täter. Auch hier liegt die Umgestaltung eher an der Oberfläche als in der Tiefe. Der Täter existiert ja nur ein paar Seiten lang in der Lösung als Mörder, sonst ist er eine Person unter vielen anderen, und da jedem in der Romangesellschaft ein Mord zuzutrauen ist, braucht er als Charakter nicht anders und tiefer zu sein als die anderen. Variiert wird vor allem der romangesellschaftliche Ort des Täters. Trotz der Begrenzung und Übersichtlichkeit des Figurenensembles kommt der Täter jedesmal aus einer anderen Ecke. Da der Überraschungseffekt an dieser Stelle der Gesamtvariation sichergestellt werden muß, greift Christie in beiden Fällen zu einer Technik, die für ihr ganzes Romanwerk typisch ist: Sie durchbricht den aus der Gattungskenntnis resultierenden Erwartungsrahmen des Lesers, setzt Regularitäten für diesen Fall außer Kraft. Der Mörder ist normalerweise eine Einzelperson – in *Styles* gibt es ein Mörderpaar; der Mörder gehört normalerweise zur Hausgesellschaft – das trifft für Evie Howard zur vermeintlichen Tatzeit nicht zu; Detektive und Polizisten sind normalerweise unverdächtig – aber in *Christmas* mordet der Polizeisuperintendent.

Der mit Romanen dieses Typs vertraute Leser weiß, daß die Limitierungsregeln, die den Kreis seiner Erwartungen und Mutmaßungen abstecken, alle eingehalten werden – bis auf eine. Er internalisiert also auch die Durchbrechung der Regularität als Regel. Damit wird die dem Interesse abträgliche Möglichkeit, daß der Leser mit zunehmender System- und Regelkenntnis die Lösung antizipiert, vermindert und eine heilsame Verunsicherung erzielt.

Die wichtigste strukturelle Abweichung des späteren Romans von dem 15 Jahre früher geschriebenen ist der Fortfall der Figur des Chronisten und Mittelsmannes. Agatha Christie läßt in ihren Romanen Captain Hastings – von einem Fall abgesehen – nach 1937 nicht mehr auftreten, weil sie diese Hilfsfigur nicht mehr benötigt.[9] In der Romangesellschaft ist Poirot längst eingebürgert. Erzähltechnisch kann die Detektivgeschichte inzwischen auf das (für die Frühzeit des Romans charakteristische) Mittel verzichten, durch einen Ich-Erzähler mit beschränkter Einsicht die Perspektive zu begrenzen und den Eindruck der Authentizität zu steigern. Die Autorin benutzt jetzt eine moderne Erzähltechnik, wie sie auf dem Gesamtgebiet des Romans schon seit geraumer Zeit eingeführt ist. Ein unbestimmter, als Person nicht greifbarer Erzähler berichtet in der Er-Form, normalerweise aus einer Position des Überblicks über das gegenwärtige Geschehen, mitunter aber auch aus der Perspektive einer einzelnen Person. Bei diesen Übergängen in den sogenannten personalen, auf Gesichtskreis und Wissen einer Figur beschränkten Erzählerstandpunkt kann es auch zu zeitweiligen Einblicken in das Bewußtsein des Mörders oder des Detektivs kommen (»Er dachte ...«), aber natürlich nur in Momenten, in denen ein solcher Einblick nicht die Lösung verrät.

Obwohl die meisten Veränderungen bei Christies Variationen strukturell an der Oberfläche liegen, wäre es falsch, im wertenden Sinne von oberflächlichen Variationen zu sprechen. Bei Detektivromanen dieser Art ist ja der Blick auf Oberflächen, der erst am Schluß zu einem Blick hinter die Fassaden wird, das eigentliche Feld der Erzählung. Die Präsentation einer veränderten Oberfläche ist die Präsentation einer anderen Geschichte. Auf dieser Ebene wird die völlige Veränderung mit größter Sorgfalt durchgeführt. Im Gegensatz zu der ständigen Wiederholung tragender Strukturteile wiederholen sich Details wie Dialoge, Personenbeschreibungen oder irreführende Kontextualisierungen von Indizien sehr selten.

Agatha Christie hat viel geschrieben. Allein auf dem Gebiet des Krimis und des Agententhrillers (besonders in den Jahren um den Zweiten Weltkrieg) sind es knapp 70 Romane (davon über 30 mit Poirot als Detektiv), etwa 150 Kurzgeschichten und eine Reihe von Dramen.[10] Dieses Riesenwerk ist keine geschlossene und gleichmäßige Folge von Variationen. Die Geschichten sind von ungleicher konstruktiver Dichte;[11] einmal wird eine erfolgreiche Variante mit geringen Änderungen wiederholt, ein andermal wird mit strukturellen Neuerungen experimentiert; neben der variierenden Veränderung nehmen Faktoren wie Wandlungen des Lesergeschmacks, Entwicklungen im Gesamtfeld der Kriminalliteratur und schließlich auch Änderungen in der realen gesellschaftlichen Welt auf die Werkreihe Einfluß. Aber wenn man all dies gebührend in Rechnung stellt, so bleibt es doch erstaunlich, in welchem Maße der Abwechslungsreichtum eines so umfangreichen Textkorpus auf der Variationsfähigkeit eines einzigen Modells beruht.

Dabei nutzt Agatha Christie die Variationsmöglichkeiten ihrer Grundform keineswegs alle aus. Sie kommt mit der Abwandlung von Teilbereichen aus und behandelt andere Komponenten, die an sich durchaus variabel sind, als Konstanten. So hält sie beispielsweise mit wenigen Ausnahmen an der relativ großen Romangesellschaft mit vielen potentiellen Tätern fest. Wenn sie einmal nur vier Verdächtige offeriert, wird das in einem Vorwort begründet.[12] Sie bleibt auch dabei, daß der Mörder kein Krimineller im gemeinen Sinne ist und daß sich die Fälle fast ausnahmslos in den besseren Kreisen und nicht in der Stadt abspielen.

Abgewandeltes Milieu

Hauptareal der Variation ist bei Christie das Milieu, und zwar in erster Linie der Aufenthaltsort der Romangesellschaft als Tatort und in zweiter Linie die dort versammelte Gesellschaft. Stammsitz und Stammpersonal des Christie-Krimis, das ländliche Herrenhaus und die geschlossene Gesellschaft mit der Besitzerfamilie als Kern, werden vielfach variiert. Gewöhnlich liegt das Haus nicht isoliert, sondern am Rand eines Dorfs mit idyllischem Namen – King's Abbott, Kingston Bishop oder das berühmte St. Mary Mead –, aus dem ein Teil der Romangesellschaft rekrutiert wird. Neben dem alten herrschaftlichen Manor kommen auch andere Wohnsitze der dörflichen Oberschicht als Tathaus infrage, das Pfarrhaus etwa (*The Murder at the Vicarage*, 1930) oder die kleine weiße Villa im viktorianischen Stil (*Sleeping Murder*, 1976). Alternativen zum Domizil auf dem Dorf sind der Alterssitz an der Küste (z. B. Overcliffe in *Elephants Can Remember*, 1972) oder das Häuschen, das man nur für einige Monate mietet (z. B. Little Furze in *The Moving Finger*, 1943).
Der Niedergang der Herrenhäuser und ihrer Besitzer spiegelt sich mit einiger Verzögerung auch in den Tatorten. Die Anwesen werden bescheidener. Sie sind (wie Rutherford Hall in *4.50 from Paddington*, 1957) heruntergekommen und von städtischen Neubauten eingekreist. Sie werden nicht mehr ständig von einer kompletten Romangesellschaft bewohnt, sondern die kritische Personenmenge wird nur noch bei besonderen Anlässen erreicht, zu Weihnachten, bei einer Wohltätigkeitsveranstaltung (*The Mirror Cracked from Side to Side*, 1962) oder nur für ein paar Stunden bei einem Kinderfest (*Halloween Party*, 1969). Die Mußegesellschaft wird berufstätig. Schon in *Christmas* haben die jüngeren Herren Berufe, wenn auch standesgemäße und unanstrengende wie Abgeordneter und Künstler, und als die Autorin das Muster ›Patriarch wird auf Familiensitz ermordet‹ 1953 in *A Pocket Full of Rye* ein weiteres Mal wiederholt, liegt der Landsitz, Yewtree Lodge, schon im Bankiersgürtel um London, und auch der alte Herr fährt täglich in die City, um Geld zu verdienen. In späten Christies ist das Tatort-Landhaus in eine Pension umgewandelt (so in ihrem Bühnenerfolg *The Mousetrap*, 1954) oder zum Abbruch bestimmt (*Endless Night*, 1967).
Wenn man das Mordspiel permanent in jenen gesellschaftlichen Kreisen betreiben will, in denen Agatha Christie es in Styles ansiedelte, ist man nicht

allein auf Tatorte auf dem Lande angewiesen. Die Romane können überall dort spielen, wo sich Angehörige dieser Kreise zu einer Gruppe zusammenfinden. Agatha Christie läßt die in einer Stadt spielenden Anlässe – Empfänge, Premieren, Vernissagen, Konzerte – weitgehend aus und variiert vor allem zwei Versionen des Phänomens ›Gesellschaft unterwegs‹, die Hotelgesellschaft und die Reisegesellschaft. Beide Variationsbereiche haben die gleichen Vorzüge. Die gesellschaftliche Exklusivität kann gewahrt bleiben, zugleich ist die Romangesellschaft aber offen für Eindringlinge und Sonderfälle aller Art. Die Gesellschaft ist im kriminalistischen Sinne geschlossen, und die Räumlichkeiten – Zimmer, Halle, Kabine, Abteil – eignen sich als Tatort und *locked room.* Für das Gros der Leser bilden das vornehme Hotel und die große Reise – wie das Leben auf dem Herrenhaus – Gegenstände von besonderer Attraktion, weit genug von der eigenen Realität entfernt, um interessant zu sein, aber ohne Schwierigkeiten vorstellbar und an die eigene Erfahrung anschließbar. (Nicht umsonst gehören diese Bereiche zu den beliebtesten Lokalitäten der fiktionalen Unterhaltungsliteratur, aber auch von nicht-fiktionalen Texten in Werbung und Journalistik.)

Christies Hoteltatorte reichen vom altmodischen Grand Hotel im Seebad mit Eintänzern, Millionären und Leuten vom Film (*The Body in the Library*, 1942) über das luxuriöse Urlaubshotel auf der Ferieninsel (*Evil Under the Sun*, 1941) bis zum Familienhotel mit Dauergästen (*At Bertram's Hotel*, 1965). Die Reisegesellschaften sind meist im Ausland unterwegs und bringen internationales Flair in die Romanwelt ein.[13] Die Verkehrsmittel werden durchvariiert: Fernzüge (*The Mystery of the Blue Train*, 1928; *Murder on the Orient Express*, 1934), Lokalzüge (*4.50 from Paddington*, 1957), Flugzeug (*Death in the Clouds*, 1935), Flußdampfer (*Death on the Nile*, 1937), großes Schiff auf Kreuzfahrt (*A Caribbean Mystery*, 1964) und sogar ein schlichter Reisebus (*Nemesis*, 1971). Eine besondere Variationsgruppe bilden die Romane mit Schauplätzen im Nahen Osten, den Agatha Christie von Ausgrabungsexpeditionen mit ihrem Mann, dem Archäologen Max Mallowan, gut kannte (u. a. – außer *Death on the Nile* – *Murder in Mesopotamia*, 1936, und *Appointment with Death*, 1938).

Die soziale Mobilität ist in Christies Romanen weniger stark ausgebildet als die Reiselust. Zwar sind die fiktiven Gesellschaften, die sie für die einzelnen Romane zusammenstellt, weder uniform noch in sich homogen. Auch in der Realität ist die Gute Gesellschaft im England des frühen 20. Jahrhunderts ein Gebilde mit unfesten Grenzen und ohne verläßliche Kriterien der Zugehörigkeit, und im Roman kann die Beimischung atypischer Figuren noch höher sein. Aber trotz einiger Versuche, das soziale Milieu in die höhere Schicht der Aristokratie und der Hochfinanz (z. B. in *Lord Edgware Dies*, 1933) oder in die tiefere der einfachen Leute zu verlegen (z. B. in *Mrs. McGinty's Dead*, 1952), kehrt Agatha Christie doch immer wieder zu jenen Kreisen zurück, die sie mag und mit denen sie sich auskennt.

Detektivwechsel

Die einzige bedeutsame Variation innerhalb der Romangesellschaften ist das Auswechseln der Detektivfigur. Agatha Christie setzt in ihren Geschichten mehr Detektive ein als irgendein anderer Kriminalschriftsteller. Sie hat außer Poirot an Serienfiguren noch Miss Marple, die Kriminalschriftstellerin Mrs. Oliver, ein munteres (und bisweilen albernes) junges Paar, Tommy und Tuppence Beresford, zwei Detektive für kürzere Fälle, Mr. Parker Pyne, »Personal Consultant«, und Harley Quin, ferner einen Polizisten, Superintendent Battle, und einen Geheimdienstler, Colonel Race, der bei Bedarf auch Mordfälle aufklärt; außerdem gibt es noch einzelne Fälle, die von Mitgliedern der jeweiligen Romangesellschaft, Einmaldetektiven also, gelöst werden.
Unter dem Aspekt der Variationsmöglichkeiten des Detektivromans ist besonders Miss Marple interessant, weil sie als Gegenstück zu Poirot angelegt ist und Agatha Christies Antwort auf die Frage darstellt, wie weit sich ein Detektiv von dem eingeführten Typus entfernen darf, ohne die Funktionsfähigkeit als Zentralfigur der Enträtselungsgeschichte zu verlieren.
Miss Jane Marple, die weißhaarige Dame, die in St. Mary Mead ihr Häuschen und ihren Garten versorgt, sanft, hilfsbereit, aufmerksam zuhörend, wirkt nach außen, als könnte sie kein Wässerchen trüben. Jedermanns Freund und überall ein gern gesehener Gast, ist sie so sehr in die Gesellschaft integriert, daß sie fast darin verschwindet und niemandem auffällt. Sie ist so altmodisch, daß man sie schon als rare Antiquität einstuft, »a perfect Period Piece. Victorian to the core«.[14]
Eine begabte Detektivin ist Miss Marple nicht trotz, sondern gerade wegen ihrer Eigenarten als alte Jungfer. Der viktorianische Kern ist aus hartem Holz. Nach so vielen Jahren der Muße und der neugierigen oder helfenden Beschäftigung mit den Problemen anderer ist ihr – wie Father Brown, von dem sie manches hat – nichts Menschliches fremd. Sie glaubt niemandem aufs Wort, ist illusionslos, kennt das Böse. »People do terrible things« ist ihr Leitspruch. Die Ehegeschichten, Betrügereien und Gewaltausbrüche hinter der idyllischen Fassade von St. Mary Mead illustrieren diese Grundweisheit und liefern ihr als *village parallels* die Modelle zur Lösung krimineller Fälle, die spektakulärer und blutiger sind, aber im Grunde nicht anders geartet.
Die Betrachtungsweise des zu lösenden Falles ist damit genau umgekehrt wie bei Poe zu Anfang der Gattungsentwicklung. Dort konnte das Außerordentliche nur erklärt werden, wenn man es nicht als eine Abart des Normalen verstand. Jetzt wird das Außerordentliche, der Mord, als eine nur graduell verschiedene Form des üblichen und trivialen menschlichen Verhaltens betrachtet, wobei freilich das Verständnis Miss Marple, eine Person mit strengen moralischen Prinzipien, nicht in ihrer Überzeugung wanken läßt, daß Verbrechen aufgeklärt und gesühnt werden müssen. Die andere Betrachtungsweise zeitigt andere detektivische Methoden. Auch Miss Marple betrachtet den ungelösten Kriminalfall als ein gestörtes Muster, das zu einem Gesamtbild geordnet werden muß; aber während Poirots Lösungsweg die Herstellung einer lückenlosen Kette von Ursachen und Wirkungen mit Hilfe der detek-

tivischen Ratio ist, ordnet Miss Marple das Faktenchaos auf dem Wege der Analogie zu Grundmustern menschlichen Verhaltens, die sie der Erfahrung entnimmt.

Die ganz andere Anlage der Detektivfigur beeinflußt die Struktur der Handlung kaum. Vom Gerüst der Fälle und ihrer Lösung her könnte in fast jeder Miss-Marple-Geschichte auch Poirot als Detektiv agieren und umgekehrt. *A Pocket Full of Rye* beispielsweise ist nichts anderes als eine leicht variierte Wiederholung der Geschichte vom Patriarchenmord auf dem Landsitz mit Miss Marple in der Detektivrolle. Wenn in den Miss-Marple-Geschichten die Verhaltensweisen und die Motivation der Verdächtigen eine größere Rolle spielen als dingliche Spuren wie Fäden oder Reste von Luftballons, so entspricht das einer generellen Tendenz zur Psychologisierung des Krimis, die sich in den späten Poirot-Romanen auch zeigt.

Anders sind vor allem die Präsenz in der Romangesellschaft und die Art, den Leser zu leiten und auf ihn zu wirken. An die Stelle der auffälligen und fast dauernden Gegenwart Poirots tritt eine zurückgenommene und unaufdringliche Präsenz. Miss Marple tritt meist spät auf den Plan – in *A Pocket Full of Rye* beispielsweise um ein Drittel der Romanlänge später als Poirot in der analogen Geschichte – und figuriert auch dann nur in der Minderzahl der Szenen. Sie verhört nicht, sondern spricht mit Leuten, häufig mit solchen, die sich ihr ungebeten anvertrauen. Sie betritt manchmal den Tatort kaum und überläßt den Großteil der Ermittlungen anderen – Polizisten und Laien –, auf die sie dank ihrer universellen gesellschaftlichen Beziehungen Einfluß nehmen kann. Sie berät, leitet an, läßt geschehen und übernimmt immer dann eine prominente Rolle, wenn der Roman eine Figur braucht, die zusammenfaßt, Richtungen ändert und Erklärungen gibt, spätestens im Lösungsteil, in dem sie meist allein herrscht, auch wenn sie bescheidener auftritt als Poirot. Auch die Einwirkung auf den Leser ist gemindert; der Detektiv ist kein lauter Conférencier mehr, obwohl immer noch Leitfigur für den Rezipienten; das aufdringliche und provozierende Nasführen ist verschwunden; der Text spricht über weite Strecken für sich. Verglichen mit Poirot ist Miss Marple der modernere Detektiv. Die Zurücknahme des Detektivs – in der verminderten Absonderlichkeit seines Charakters und Auftretens, in der Reduzierung der Aktivitäten und der Einwirkung auf den Leser – ist eine der wichtigsten Entwicklungen innerhalb der Detektivliteratur. Diese Entwicklung wirkt sich auch in den späteren Poirot-Romanen aus, kann aber erst bei einer auf reduzierte Präsenz hin konstruierten Figur wie Miss Marple voll zur Geltung kommen.

Extremvariationen I: »Curtain« als Endspiel

Agatha Christie stellt in den meisten Romanen die Variationsfähigkeit ihrer Grundform nicht ernsthaft auf die Probe, da sie immer nur einzelne Komponenten stärker abwandelt. In zwei Werken jedoch unternimmt sie es, die Variation bis an den Rand des Möglichen zu treiben und die Grenze zu erkunden, jenseits derer ihr Romantyp seine Identität verliert und sich auflöst, in *Ten Little Niggers*, 1939, und *Curtain: Poirot's Last Case*, um 1940 entstanden, aber erst 1975 zur Publikation freigegeben.[15]

Curtain ist rundum als Endspiel konzipiert: als Geschichte vom extremsten Fall und vom Tod des Serienhelden, als Elegie auf eine sterbende Gesellschaft und als Abgesang des klassischen Detektivromans. Der Tatort ist der gleiche wie im ersten Poirot-Roman. Styles Court, heruntergekommen, aber sonst äußerlich unverändert, ist jetzt eine Pension für Dauergäste, die sparen müssen. Poirot ist wieder da, sehr alt geworden, krank, im Rollstuhl; er hat Hastings zu einer letzten Mörderjagd herbestellt. Die Figuren sind ein Querschnitt der alten Romangesellschaft, die jetzt resigniert und abgedankt hat und wieder zur Mußegesellschaft geworden ist, weil niemand ihrer Dienste bedarf. Ein pensionierter Oberst mit seiner Frau als Pensionsinhaber, ein hoher Kolonialbeamter im Ruhestand, ein Ex-Abenteurer, ein Privatier, der sich mit Vogelkunde beschäftigt, ein spätes Mädchen aus guter Familie – »broken down gentlepeople«[16] allesamt.

Wie überholt sie selbst sind, machen den Alten in ihrem Asyl die wenigen jungen und vitalen Personen klar, vor allem der Forscher Dr. Franklin und seine Assistentin, Hastings' Tochter, die jene Werte anzweifeln, über die früher Konsens bestand und auf denen die Legitimation des Detektivs (und des Detektivromans) beruhte: sie haben keinen Respekt vor dem Leben, treten für die Euthanasie ein, möchten 80 Prozent der Menschheit eliminiert sehen, wollen nach einem Mord gar nicht wissen, wer der Täter war.

Daß Poirot unter diesen Verhältnissen nach einem Mörder sucht – nach einem geheimnisvollen Mr X, der schon in zahlreiche Mordfälle verwickelt war und auch auf Styles Court offenbar Schlimmes plant –, kommt ihm selbst wie eine altmodische Marotte vor. Alles verläuft wider die Erwartung. Der große Unbekannte schlägt nicht zu, statt dessen werden andere, unbescholtene Personen um ein Haar zu Mördern: Oberst Luttrell schießt mit dem Jagdgewehr auf seine Frau, die ihn tyrannisiert; Hastings will jemanden vergiften, den er für den Verführer seiner Tochter hält. Die Todesfälle, die dann folgen, ergeben kein Muster: Die Frau des Forschers stirbt an Gift, der Vogelkundler wird in seinem abgeschlossenen Zimmer erschossen aufgefunden (Selbstmord, lautet der Spruch des *coroner*); Poirot stirbt an einem Herzanfall. Hastings bleibt mit einer Handvoll Spuren, die er nicht entschlüsseln kann, zurück.

Dann folgt aber doch noch die Lösung, Monate später, durch einen nachgelassenen Brief Poirots. Der überraschende Kernsatz: »Everyone is a potential murderer« (S. 169). Jeder Mensch hat irgendwann einmal den ernsthaften Wunsch, einen anderen Menschen zu töten – freilich nur den Wunsch und nicht den zum tatsächlichen Handeln erforderlichen Willen. Zwischen Wunsch und Tat liegt bei den meisten Menschen eine Schwelle oder Hemmung, »the normal decent resistance« (S. 170). Mr X war ein Teufel, der Menschen durch Einflüstern, Anreizen und tausend psychologische Tricks dazu brachte, diese Schwelle zu überschreiten. Er mordete selbst nicht, war nur ein tatauslösender Katalysator. Damit war Mr X zugleich auch ein perfekter Verbrecher, dem die Justiz nichts anhaben konnte, da er gegen kein Gesetz verstieß. Mr X – es war Norton, der unscheinbare Ornithologe – ist von Poirot hingerichtet worden, der keinen anderen Weg sah, ihn unschädlich zu machen. Da er noch an den unbedingten Schutz des Lebens glaubte und wußte, daß er ohnehin bald sterben mußte, erschoß er Norton. Wenn er dabei die Spuren verwischte und die Umwelt irreführte, so war das nicht eine List, um zu entkommen, denn er wollte sich der Gerechtigkeit nicht entziehen. Da er trotz der subjektiven Überzeugung von der moralischen Berechtigung seines Tuns nicht sicher war, ob er nicht seine Kompetenz bei weitem überschritten hätte, richtete er sich selbst, indem er seine Herzmedizin entfernte und auf den nächsten Anfall wartete.

Das Endspiel, bei dem die Aufdeckung des Mordrätsels nur noch unter besonderen, einmaligen Bedingungen möglich und sinnvoll ist, erweist sich bei genauerem Hinsehen als eine Variation, die völlig im Rahmen des Systems bleibt und eher dessen Flexibilität als die Nähe einer Grenze oder gar des Endes demonstriert. Der Detektivroman wird durch die Problematisierung seiner Kernphänomene, des Mordes, der Fahndung durch den Detektiv und der Sühne, weder in seiner Struktur noch in seiner Wirkungsweise verändert. Es bleiben nach wie vor am Ende des Romans keine ungelösten Fragen, seien sie faktisch oder psychologisch oder auch moralisch. Was geschieht, wird durch erschöpfende Erklärung gerechtfertigt. Wer tötet, wird bestraft. Nicht einmal die alte Ordnung der Gesellschaft wird in Frage gestellt, denn auch die Jungen, die ihre Werte abzulehnen schienen, entpuppen sich in der Lösung als Leute mit »definite standards«. Daß jeder in der Romangesellschaft ein Mörder sein könnte, hat bei Agatha Christie von Anfang an gegolten, ebenso wie die Annahme, daß diese hypothetische Möglichkeit am Ende nur auf ganz bestimmte Personen zutrifft, während die anderen definitiv schuldfrei sind. Selbst die wenigen extremen Abwandlungen sind durch das System und die vorangegangenen Variationen vorgeprägt. Daß der Detektiv den Mörder tötet, ist neu, aber das Tun des Detektivs hat immer etwas von Selbstjustiz und außergesetzlicher Verfolgung an sich – daran liegt eine der Attraktionen der Detektivgeschichte –, und nachdem in *The Murder of Roger Ackroyd* (1926) der Chronist und Detektivgehilfe sich als Täter herausgestellt hatte und in *Christmas* der untersuchende Polizist der Schuldige gewesen war, bildete der Detektiv als Täter die logisch nächstgelegene Variante. Schließlich ist auch Mr X, der Metamörder, der nicht selbst tötet, sondern andere beeinflußt, durch die Entwicklung der Romanserie vorbereitet. Agatha Christie hatte schon seit den dreißiger Jahren den Akzent von der physischen Aktivität des Mörders und vom Rätsel der Mordmechanik auf den psychologischen Hergang verlegt, und diese Entwicklung wird hier fortgesetzt, wenn Norton ausschließlich psychologische Manipulation als Mordwaffe benutzt und wenn zur Lösung ein langer Rückblick auf die Kindheitsgeschichte des Täters gehört. Es ist also keineswegs inkonsequent, wenn Agatha Christie mit dem fertigen Endspiel im Safe des Verlages noch über dreißig Jahre Detektivromane mit und ohne Poirot schreibt.

Extremvariationen II: »Ten Little Niggers«, ein Detektivroman ohne Detektiv

Ten Little Niggers ist in der Konstruktion extremer als *Curtain* und sagt daher mehr über die Grenzen der Variationsfähigkeit des Detektivromans aus. Das herrschaftliche Haus steht diesmal auf einer Insel vor der Küste von Devonshire, einem überdimensionalen *locked room.* Auf Nigger Island kommen zehn Personen zusammen, teils Gäste, teils Personal. Diese Gruppe von üblicher Größe und Mischung – Richter, Ex-General, Arzt, Abenteurer, Nichtstuer, alte Jungfer; Ex-Polizist, Sekretärin, Butlerpaar – unterscheidet sich von anderen dadurch, daß einer nach dem anderen umgebracht wird, bis schließlich, als die Insel nach einem Sturm wieder zugänglich wird, die ratlose Polizei zehn Leichen ohne Mörder vorfindet.

Anfang und Schlußteil haben einen konventionellen Aufbau. Die Figuren werden auf der Fahrt zur Insel dem Leser vorgestellt und miteinander bekanntgemacht. Alle Personen, in deren Bewußtsein man eingeweiht wird, beschäftigen sich selbst mit Fragen und geben dem Leser Fragen auf. Dem Leser wird im Laufe der Vorstellungsserie klar, daß diesen Fragen gemeinsame Muster zugrundeliegen: Jede Person rätselt an ihrer Einladung oder an ihrer Einstellung herum; die meisten Figuren haben Probleme mit einer früheren Handlung, die sie zu verdrängen suchen. Ungewöhnlich ist, daß am Ende der Einleitung nicht nur die Gesellschaft zusammengetreten ist, sondern auch die undeutlichen Muster geklärt und die Fragen beantwortet sind: Alle sind von einem Hausherrn eingeladen oder angestellt worden, der gar nicht existiert; allen wird in einem gemeinsamen Anklage-Zeremoniell über eine Schallplattenbotschaft vorgeworfen, für einen ungesühnten Mord verantwortlich zu sein.

Der Roman endet mit einem geschlossenen Lösungsvortrag, der alle offenen Fragen vom Täter und seinen Motiven bis zum Hergang jedes einzelnen Mordes klärt. Untypisch ist dabei, daß (wie in *Curtain*) die Lösung in der Form eines nachgelassenen Briefes mitgeteilt wird, dessen Autor der Täter ist.

Wenn man auf den Detektiv verzichtet, muß man vor allem den Mittelteil des Romans ändern, um die sonst von der Zentralfigur wahrgenommenen Funktionen des Einheitsstifters, des Unterhalters, des Leiters der Fahndung, der die Spuren vorzeigt und irreführend wegordnet, und des Vorbereiters der Lösung zu ersetzen. Am auffälligsten sind in *Ten Little Niggers* die konstruktiven Maßnahmen, die dazu dienen, der Geschichte ohne Detektiv und mit vielen Leichen einen Zusammenhalt und eine klare Linie zu geben. Der Strukturierung liegt die Negerlein-Idee zugrunde: Zusammenfassung der Figuren zu einer Zehnergruppe, die dann bis zum Nullstand vermindert wird.[17] Christie läßt drei Zehnersequenzen gleichzeitig ablaufen.

Jeder im Inselhaus findet den Text des Liedes von den zehn kleinen Negerlein gerahmt in seinem Zimmer. Jeder Todesfall paßt zur betreffenden Strophe. So beginnt das Lied mit den Zeilen:

> »Ten little nigger boys went out to dine;
> One choked his little self and then there were Nine.«[18]

Als das erste Opfer an einem vergifteten Drink nach dem Dinner stirbt, heißt es im Erzählbericht:

> »He picked up his drink and drank it off at a gulp.
> Too quickly, perhaps. He choked – choked badly. His face contorted, turned purple. He gasped for breath – then slid down off his chair, the glass falling from his hand.« (S. 49.)

Diese Negerlein-Sequenz wird durch eine zweite unterstrichen. Im Eßzimmer steht ein Tafelaufsatz mit zehn Negerlein als Porzellanfiguren. Bei jedem Mord verschwindet eine der Figuren auf rätselhafte Weise.

Die dritte Zehnerreihe ist ein Gerichtsritual. Die Geisterstimme aus dem Grammophon verliest eine formelle Mordanklage und fordert die zehn Angeklagten auf: »Prisoners at the bar, have you anything to say in your defence?« (S. 32.) Im Laufe des Mittelteils äußert sich jeder Angeklagte zu dem Mordvorwurf, gibt seine Schuld zu oder leugnet sie, wird hingerichtet.

Diese strukturierenden Maßnahmen, die die Ereignisse durch Sequenzbildung und Ritualisierung auf die Reihe bringen, sind nicht nur eine Ersatzlösung; der Mittelteil ist viel klarer und konsequenter vereinheitlicht, als das in einem normalen Detektivroman mit Hilfe der Zentralfigur geschehen kann.

Die detektivischen Aktivitäten gehen ebenfalls unvermindert vor sich. Es werden unablässig Spuren verfolgt, Vernehmungen durchgeführt, Suchaktionen veranstaltet, Zwischenbilanzen des Ermittlungsstandes aufgestellt, Lösungshypothesen vorgetragen. Diese vielfältigen Tätigkeiten werden auf die ganze Romangesellschaft verteilt; sie werden teils von Einzelfiguren, teils von Gruppen wechselnder Zusammensetzung ausgeführt. So werden gemeinsame Erörterungen und Bestandsaufnahmen meist von Richter Wargrave, der ersten Autoritätsperson, geleitet, während sich zur Durchsuchung der Insel nach einem Fremden drei von den jüngeren Herren zusammentun. Auch hier kann man feststellen, daß das Spiel in Abwesenheit des Detektivs besser floriert. Die Verschiedenheit der Sucher und Ermittler erzeugt Abwechslung (ähnlich den späteren Marple-Geschichten), die Figuren der Romangesellschaft stehen nicht wartend herum, wie sonst im Mittelteil, sie sind, da es ja um ihr Leben geht, eifriger bei der Sache, als es der Detektiv sein kann. Die lästige Diskrepanz zwischen dem Erkenntnisstand des Detektivs mit seiner Geheimniskrämerei und der restlichen Romangesellschaft sowie dem Leser entfällt. Der Leser kann das Gefühl haben, vorn zu sein, denn er weiß, da er alle zehn Figuren beobachtet, mehr als die handelnden Personen; daß einer, der Täter, alle anderen und damit auch ihn irreführt, kommt nicht zu Bewußtsein.

Eine Funktion des Detektivs läßt sich allerdings nur unter sichtbaren Schwierigkeiten ersetzen: die unmittelbare Vorbereitung der Lösung gegen Ende des Mittelteils, bei der die bisherigen Ergebnisse resümiert werden, die Möglichkeit der Beantwortung aller Fragen suggeriert und die bevorstehende Schlußszene angekündigt wird. Die Autorin schiebt vor der auflösenden Flaschenpost einen die Eleganz der Konstruktion störenden Erzählabschnitt ein, in dem die Polizei nach dem Tod des letzten Inselgastes die Spuren sichtet, der richtigen

Lösung nahekommt (und sie damit für den Leser vorbereitet), aber dann doch ratlos aufgibt.

Eine geradezu ideale Konstruktion ist die Spannungsstruktur. Hier ist es gelungen, das leidige Problem des normalen Detektivromans, zu wenig kurzfristige Spannungsbögen im Mittelteil zu haben und dem Leser zu lange eine statische Spannung auf die Generallösung in weiter Ferne zumuten zu müssen, aus der Welt zu schaffen. In jedem Teil des Romans gibt es spannungserzeugende Fragen, die schon nach wenigen Seiten beantwortet werden, und solche, die über mehrere Kapitel hinweg, aber nicht unbedingt bis zum Ende der Geschichte im Blick bleiben.

Am Ende der Einleitung stehen zwei klare Antworten auf die Fragenreihen nach den Problemen mit der Einladung und mit den dunklen Punkten in der Vergangenheit: Der Gastgeber ist ein Unbekannter. Alle stehen unter Mordanklage. Beide Antworten generieren neue Spannung. Die zehnfache Anklage bringt zehn Mordrätsel *en miniature* mit sich, jeweils mit den Hauptfragen »Hat er es getan?« und »Bekennt er sich zu seiner Tat?« Das erste dieser Einzelrätsel wird schon im nächsten Kapitel geklärt (mit dem Geständnis des Generals, S. 53–56), das letzte am Ende des Buches (mit dem Geständnis des Haupttäters – der den ihm vorgeworfenen früheren Mord nicht begangen hat). Die generelle Frage, wer der Unbekannte ist und was er bezweckt, wird als eine Serie von Einzelfragen akut, die nacheinander gestellt und beantwortet werden, wobei der Leser die Antwort immer schon kurz vor ihrer Entdeckung durch die Romanfiguren weiß: Mordabsicht, Ausführung, Verbindung mit dem Negerleinlied, Verbindung mit den Porzellanfiguren.

Die endgültige Erkenntnis, daß jemand sie der Reihe nach umbringen will (S. 75 f.), bedeutet für die Romanfiguren wie für den Leser eine Neuorientierung der Spannung. Einerseits stellt sich immer aufs Neue die schon nach kurzer Zeit beantwortete Frage »Who's next?«, die auch die Spannung darauf einschließt, wie der Täter die komisch-absurden Todesarten des Kinderreims bewahrheiten will und was mit dem nächsten Porzellanneger passiert. Auf der anderen Seite steht die Suche nach dem Täter, die eine Reihe von Zwischenergebnissen erbringt: es muß einer der Gäste sein. Keiner ist außer Verdacht; der Tod ist die einzige Möglichkeit, die Unschuld einer Person zu erkennen.

Nachdem mit Miss Brent, der alten Jungfer, die fünfte Person das Zeitliche gesegnet hat, ist trotz aller Variationskünste das Spannungspotential der Frage nach dem nächsten Opfer und den Umständen des Todes nahezu erschöpft. Der Leser weiß inzwischen auch von fast jedem, ob er schuldig war oder nicht. Nach Unterbrechung der monoton werdenden Serie durch einen falschen Alarm und durch die besonders theatralische sechste Leiche wird die Spannung schrittweise auf das Ende der Reihe umgelenkt.

Wird das Kinderlied bis zum letzten Vers »[...] and then there were None« Wahrheit – und wer war dann der Täter? Beantwortet sich die Täterfrage auf dem Wege der Elimination, also mit dem letzten Überlebenden als Mörder? Warum überleben zum Schluß zwei sympathische Personen? Will die Autorin aus ihnen, dem kaltblütigen Abenteurer und der Sportlehrerin mit dem Ferienjob als Sekretärin, doch noch ein Paar machen? Als die junge Frau dann als letzte und zehnte stirbt, durch Selbstmord und offenbar ohne die Universalmörderin zu sein, da dämmert dem Leser, daß er den entscheidenden Fingerzeig schon an einem früheren Punkte der Serie verpaßt haben muß; er mag sogar zweifeln, ob die für normale Krimis geltende Lösungsgarantie auch in diesem Falle gilt. Das Geständnis aus der Flaschenpost, wonach Richter Wargrave hinter allem gestanden hat, ist das befriedigende Ende aller Spannungsbögen. Wargrave, im Gerichtssaal als *hanging judge* bekannt, auf der Insel als Wortführer und Respektsperson hervorgetreten, paßt (trotz einer an Absurdität nicht zu überbietenden psychologischen Erklärung seiner Persönlichkeit) in die Rollen des überlegenen Planers, des mordenden Gerechtigkeitsfanatikers und des glaubwürdigen Verkünders der Lösung. Daß seine Ermordung nur vorgetäuscht war, leuchtet im Rückblick sofort ein, da dieser Fall durch seine Theatralik – er wurde mit Robe und Perücke in einer Art Richterstuhl sitzend aufgefunden – aus der Reihe fiel.

Extreme und Grundstrukturen

Agatha Christie zog aus dem Gelingen dieses Romans, dessen Idee sie ihrer Schwierigkeit wegen fasziniert hatte, eine besondere Befriedigung. »I wrote the book after a tremendous amount of planning, and I was pleased with what I had made of it«, schreibt sie.[19] Das Buch ist in der Tat ein Triumph der Konstruktionskunst und ein Musterbeispiel für die Grundstrukturen des Krimis mit Ausnahme der Detektivfigur. Es wird nicht nur demonstriert, daß in dem Werktypus, den wir als Detektivroman bezeichnen, der Detektiv entbehrlich ist, weil er letztlich nicht konstitutiv ist und weil seine Funktionen auch anders wahrgenommen werden können, sondern es treten auch in Abwesenheit der Zentralfigur die meisten konstruktiven Eigenarten der Gattung in einer reineren Form auf als sonst.

Die Spannungskonstruktion zielt auf ein ausgewogenes Wechselspiel von kurzfristigen, sich in variierter Form wiederholenden und langfristigen, die Einzelphase übergreifenden Spannungsbögen. Ausgewogen ist auch das Verhältnis von Regularität und Unregelmäßigkeit. Der Leser ist sich bewußt, daß er einen Krimi nach Art des Detektivromans liest und sich damit in einem bestimmten Regelsystem befindet – er weiß aber zugleich, daß die Durchbrechung von Regeln zu den Spielbedingungen gehört und daß in diesem Falle die Unregelmäßigkeit offenbar auf die Spitze getrieben werden soll.

Besonders klar zu erkennen ist auch die Bedeutung der verschiedenen Arten der Limitierung für die Besonderheit des Detektivromans. Die Begrenzung des Ortes, des Personenkreises, der Fragen, die zu stellen sind, und der Aspekte, die als relevant gelten, ist gegenüber dem normalen Christie-Roman mit seiner strengen Limitierung noch um eine Stufe verschärft. Es gibt keinen Winkel der Insel, der außerhalb des Mordrätsels Erwähnung findet, keine Person, die nicht vom zentralen Rätsel existentiell betroffen wäre, es gibt kein Detail, das ohne unmittelbaren Bezug zu dem im Titel genannten thematischen Bereich *Ten Little Niggers* wäre.

Ähnliches gilt für das Strukturmerkmal der Sequenzen. Alle Krimis werden

durch eine Tendenz zur Ausbildung von Sequenzen als (unterbrochene) Reihen aufeinander bezogener Textteile charakterisiert. Die Abfolge Mord – Fahndung – Aufklärung ist ebenso eine gattungstypische Sequenz wie die Folgen Frage – Fragenwiederholung – Antwort oder Spur ohne Kontext – Spur im falschen Kontext – Spur im richtigen Kontext. Es sind gerade die Sequenzen dieser Art, die – solange sie noch nicht abgeschlossen sind – den Blick des Lesers nach vorn lenken und dem Text seinen Perspektivismus, die Ausrichtung auf einen Fluchtpunkt in der Leserzukunft, geben. Bei diesem Roman ist alles so deutlich zu Zehnerreihen geordnet – zehn Verse, zehn Porzellanneger, zehn Anklagen, zehn Mörder, zehn Opfer –, daß die tragende Funktion der Sequenzen im Krimi ebenso klar wird wie ihre Bedeutung für die Variation: Weil man sich der Sequenz als einer Reihe von Wiederholungen bewußt ist, nimmt man auch kleine Veränderungen – das Verschwinden der Porzellanfigur v o r der Entdeckung der nächsten Leiche – als Variationen wahr.
Die Ritualisierung ist ein weiteres Strukturmerkmal, das jeden Detektivroman der klassischen Phase kennzeichnet, das aber ebenfalls selten so klar an den Tag tritt wie bei dieser Extremvariation. Der Detektivroman ist insgesamt schon in gewisser Weise ritualisiert: Eine Mordgesellschaft tritt zusammen, der Mord geschieht, der Detektiv ermittelt, der Fall wird gelöst. Innerhalb des Gesamtrituals spielen immer wieder einzelne Rituale eine Rolle, solche, die es nur im Roman gibt, wie die Tatortbesichtigung durch den Detektiv in Gegenwart seines Gehilfen oder die Lösungsverkündung vor versammelter Romangesellschaft und solche, die auch in der Realität vorkommen wie Verhöre, Leichenschau, Gerichtsverhandlung oder die feststehende Abfolge des Tagesablaufs vom Frühstück bis zum Dinner. Bemerkenswert an *Ten Little Niggers* ist nicht nur die Verstärkung des rituellen Elements, sondern auch die Art der Rituale. Richter Wargrave gibt dem Geschehen einerseits den Charakter juristischer Rituale – Anklage, Verteidigungsplädoyers, Exekution – andererseits den eines ritualisierten Kinderspiels mit dem Negerleinlied als tödlichem Abzählreim, wobei das Spielritual das dominierende ist.
Das Fazit, vor dem wir jetzt stehen, klingt paradox: der perfekte Detektivroman, das Werk, in dem alle Teilstrukturen in ihrer pursten Form auftreten, ist ein Detektivroman ohne Detektiv. Aber konstruktive Perfektion bedeutet in diesem Fall keine Eignung als Gattungsmodell. Diese Version ist nur als einmalige Bravourleistung möglich; sie ist nicht variationsfähig, unter anderem deshalb, weil eine Wiederholung für den Autor zu aufwendig und für den Leser in ihrer durchsichtigen Konstruiertheit auch wohl nicht attraktiv wäre. Der totale Funktionalismus des perfekten Mordspiels, bei dem jede Einzelheit spielinternen Zwecken dient, hat etwas Steriles und allzu Puristisches. Auch wenn man den Detektiv nicht unbedingt braucht, um eine Detektionsgeschichte zu erzählen, so ist er doch nützlich für den Autor, um den Rezeptionsvorgang ohne großen Aufwand zu steuern und Unebenheiten der Konstruktion zu verdecken, und bei diesem Typ von Roman fast unentbehrlich für den Leser als Moderator im eigentlichen Sinne, als jemand, der die Strenge der Konstruktion und den perfektionistischen Ablauf einer ganz auf Spannung und Überraschung angelegten Erzählmechanik mildern kann.

Markenzeichen: Vier Detektive

Das *Golden Age* ist eine Zeit, in der ein einziger Krimitypus, jene Detektivgeschichte, die wir bei Christie exemplarisch vorfinden, das Feld beherrschte. Die meisten anderen Typen, die es heute gibt, der ›hartgesottene‹ Krimi beispielsweise oder der Krimi ohne Täterrätsel, existierten bereits, spielten aber bis nach dem Zweiten Weltkrieg keine große Rolle.

Trotz der Monopolstellung eines bestimmten Typus wirkt das Krimifeld des Goldenen Zeitalters, besonders der dreißiger und vierziger Jahre, bunter und abwechslungsreicher als das heutige. Seit etwa 1930 gibt es *mysteries* für jeden Geschmack, und es gibt stets so viele neue Titel auf dem Markt, daß auch der gierigste Krimileser nur eine Auswahl bewältigen kann. Besonders in England lautet die gängige Konversationsfrage nicht mehr, ob man Detektivgeschichten liest oder nicht, sondern welche Richtungen oder Autoren man bevorzugt.

Wie es schon innerhalb des Romanwerks von Agatha Christie zu beobachten war, so wird auch auf dem Gesamtfeld die Vielfalt im wesentlichen durch Veränderungen nahe der Oberfläche erzeugt. Das Goldene Zeitalter ist hinsichtlich der Grundstrukturen außerordentlich konservativ. Die Grundlagen, an denen kaum jemand rüttelt, beschränken sich nicht auf die für die Identität der Gattung wesentliche Axiomatik, also etwa die Garantie der vollständigen und eindeutigen Antwort auf alle markierten Fragen oder den Überraschungscharakter der Lösung. Auch Komponenten, die an sich durchaus variabel sind, werden überwiegend beibehalten, beispielsweise die geschlossene Gesellschaft, in der jeder der Täter gewesen sein kann, die Absonderung des Tatortes oder die Szene der Lösungsverkündung durch den Detektiv. Es gibt immer wieder einmal interessante Konstruktionseinfälle, aber im ganzen ist die Experimentierfreude und die Bereitschaft zu kräftigen Erwartungsdurchbrechungen gering. Begabte und passionierte Konstruktivisten wie Agatha Christie sind rar. Auf die Frage, was die anderen Autoren getan haben, um die Kompositionstechnik der Detektivgeschichte, insbesondere die Anlage der Romangesellschaft, die Durchführung der Ermittlungshandlung und die Steuerung des Leserresponses weiterzuentwickeln, muß die Antwort lauten: So gut wie nichts.

Allen wichtigen Vertretern des klassischen Detektivromans ist das Bestreben gemeinsam, ihre eigene Werkserie zu einem Markenartikel zu machen. Das bedeutet dreierlei. Zunächst einmal achtet jeder Autor darauf, daß seine Texte die gleichen Grundeigenschaften haben wie die der anderen, so daß sie konkurrenzfähig sind und die Erwartungen an das Produkt Detektivgeschichte erfüllen. Zum anderen bemüht man sich, den Romanen so viel Individualität zu geben, nicht nur als Einzelwerk, sondern als Teil der eigenen Serie, daß der Leser mit dem Namen des Autors den Hinweis auf besondere, attraktive Eigenarten verbindet. Das dritte Teilziel ist die Anerkennung als Qualitätsprodukt. Im Gegensatz zu Agatha Christie geht es den meisten anderen Autoren dabei nicht in erster Linie um die Qualität als Konstrukt, als Detektivgeschichte, sondern um literarische Qualität. Dabei ist es nur wenigen Autoren darum zu tun, den Krimi in einen normalen, ›hohen‹ oder ›seriösen‹ Roman zu überführen und ihm den Charakter eines aus der übrigen Literatur ausgesonderten Unterhaltungsspiels für Leser zu nehmen. Angestrebt wird vielmehr, daß der Detektivroman hinsichtlich seiner Schreibweise – des Stils, der Treffsicherheit und Witzigkeit der Formulierungen, der Genauigkeit der Beschreibungen von Charakteren und Milieus, der Differenziertheit von Reflexionen – das gleiche Anspruchsniveau erreicht wie anerkannte Formen der Belletristik.

Das Markenzeichen des Autors von *mysteries* des klassischen Typs ist der Detektiv. Dorothy Sayers ist die Autorin mit Lord Peter Wimsey, Rex Stout ist der Schöpfer von Nero Wolfe. Nicht nur der Leser identifiziert das Romanwerk eines Autors mit der Detektivfigur, auch in den Rezensionen und in der Literarkritik findet die Beschreibung und Wertung eines Detektivromans in erster Linie als Charakterisierung und Beurteilung der Hauptfigur statt.[20] Der Detektiv verbindet die Reihe der Geschichten als (nahezu) konstantes Element; er schließt durch seine Zugehörigkeit zu einer literarischen Zunft den Roman an die Geschichten anderer Autoren an; er ist mit seinen Besonderheiten ein Ausweis der Originalität des Autors; er dient als Symbolträger; er eröffnet durch seine soziale Position den Zugang zu den Milieus der einzelnen Geschichten; er ist schließlich als der wichtigste Sprecher und Beobachter im Roman auch das wichtigste Medium der literarisch-stilistischen Ambitionen. Daß die Rolle des Detektivs in der Handlungsstruktur nicht festgelegt ist und zwischen dauernder Geschäftigkeit und olympischer Distanz mit gelegentlichem Eingreifen wechseln kann, erleichtert dem Autor die Individualisierung seines Werks durch Ausgestaltung der Detektivfigur und die Verbindung von Fällen sehr unterschiedlicher Art zu einer genügend einheitlich wirkenden Romanserie.

In welchem Maße das Gesamtfeld des Detektivromans, ähnlich dem Werk des einzelnen Autors, durch Variationssequenzen geprägt wird, läßt sich an den Reihen von Detektiven erkennen, die jeweils ein erfolgreiches Vorbild abwandeln. So führt von Chestertons Father Brown eine ununterbrochene Linie von Geistlichen als Detektiven bis zu Harry Kemelmans Rabbi Small und Ellis Peters' mittelalterlichem Klosterbruder Cadfael. Auch Miss Marple hat inzwischen eine Reihe von Kolleginnen des Typus *elderly maiden lady*. Aufschlußreicher noch als solche Ketten von Nachfolgern und Epigonen berühmter Vorbilder ist ein Blick auf die Detektivfiguren der vier neben Agatha Christie berühmtesten Vertreter des englischen Detektivromans, nämlich der anderen zu den Big Four gehörenden Autorinnen Dorothy Sayers (1893–1957), Margery Allingham (1904–66) und Ngaio Marsh (1899–1982) sowie des Hauptvertreters des ›akademischen‹ Krimis, Michael Innes (geb. 1906). Deren Detektive veranschaulichen nicht nur vier besonders erfolgreiche Ausschnitte aus einer breiten Palette von Möglichkeiten, sondern sie spiegeln auch die Entwicklungstendenzen des Detektivromans seit den zwanziger Jahren, einmal weil ihre Autoren zwischen 1923 und 1936 im Abstand von einigen Jahren auf dem Plan erschienen und mit ihren Detektivkreationen auf die von den Vorgängern geschaffene Konkurrenzsituation reagierten und zum anderen, weil alle vier Detektive über Jahrzehnte hinweg auftreten und dabei nicht nur altern, sondern auch in ihrer Einstellung und Arbeitsweise als Detektive verändert werden.

Lord Peter Wimsey

Lord Peter Wimsey sticht unter seinen Detektivkollegen hervor wie ein Paradiesvogel, aber gerade er steht am deutlichsten in der Tradition von Sherlock Holmes und Poirot als Repräsentanten eines gesellschaftlichen Außenseitertums, das die Konventionen durchbricht, aber die elementaren Normen der Gesellschaft erfüllt und verteidigt.
Dorothy Sayers gibt den späteren Auflagen ihres ersten Wimsey-Romans *Whose Body?* (1923) außer einem biographischen Abriß auch Lord Peters Eintrag im *Who's Who* mit:

> »WIMSEY, PETER DEATH BREDON, D. S. O.; *born* 1890, *2nd son* of Mortimer Gerald Bredon Wimsey, 15th Duke of Denver, and of Honoria Lucasta, *daughter* of Francis Delagardie of Bellingham Manor, Hants.
>
> *Educated*: Eton College and Balliol College, Oxford (1st class honours, Sch. of Mod. Hist. 1912); served with H. M. Forces 1914/18 (Major, Rifle Brigade). *Author of*: ›Notes on the Collecting of Incunabula‹, ›The Murderer's Vade-Mecum‹, etc. *Recreations*: Criminology; bibliophily; music; cricket.
>
> *Clubs*: Marlborough; Egotists'. *Residences*: 110A Piccadilly, W.; Bredon Hall, Duke's Denver, Norfolk.
>
> *Arms*: Sable, 3 mice courant, argent; crest, a domestic cat couched as to spring, proper; motto: As my Whimsy takes me.«[21]

Die Figur ist eine Konstruktion aus Gegensätzen. Lord Peter ist, wie seine Hobbies andeuten, ein Mann mit esoterischen Interessen, getreu seinem Namen und dem Familienmotto »Wie meine Laune mich treibt«; er ist aber zugleich völlig integriert, Mitglied erster Klubs, als jugendlicher Cricket-Star, Oxford-Absolvent mit höchster Note und hochdekorierter Weltkriegsoffizier sogar ein Musterknabe der Gesellschaft. Die Herleitung der Ambivalenz der Detektivfigur aus älteren gesellschaftlichen Rollen – literarischen und realen – ist bei Wimsey noch stärker ausgeprägt als bei Sherlock Holmes. Als zweiter Sohn des Herzogs von Denver ist Wimsey *younger son* und gehört damit jener Gruppe an, die in der englischen Literatur bis zum 19. Jahrhundert, besonders in der Komödie, einen Großteil der jugendlichen Helden gestellt hat: Personen aus der höchsten Schicht, die in dieser Schicht keine Aufgaben haben und sich daher meist in weniger erhabenen Milieus betätigen; *men of leisure*, die nichts dafür können, wenn sie keine vorgegebene Aufgabe haben; geborene *men about town*, Dilettanten, Hobbyisten, Spieler. Wenn die Figur – wie viele Strukturen in unterhaltenden Gattungen – generell in vergangene Jahrhunderte zurückverweist, so ist sie speziell mit ihrer Verbindung von Dandytum

und Ästhetizismus in der vorhergehenden Epoche, im Fin de Siècle, zuhause.
Für den Krimi liefert diese Konstruktionsweise der Hauptfigur zunächst einmal eine zweigleisige Motivation und Rechtfertigung der detektivischen Tätigkeit. Das Aufdecken von Mordrätseln ist für Lord Peter in erster Linie ein Steckenpferd wie das Sammeln von kostbaren Wiegendrucken oder das Spielen von Scarlatti-Sonaten. Aber wie Wissenschaften und Künste in England seit je von den Hobbies vornehmer Dilettanten gezehrt haben, so ist auch sein Privatvergnügen gesellschaftlich nützlich: Er rettet Unschuldige – den eigenen Bruder, die spätere Frau, aber auch kleine Leute – vor der Verurteilung.
In reichem oder auch überreichem Maße hat Wimsey, was vielen späteren Detektiven abgeht, die auffällige Präsenz im Text. Lord Peter Wimsey ist eine noch penetrantere Figur als Holmes oder Poirot, da seine konstruktionsbedingte Auffälligkeit durch die Zuschreibung aller möglichen Manierismen gesteigert wird, und zwar vornehmlich von solchen, die sich bei jedem Auftreten sprachlich niederschlagen. Er redet unablässig in einer flapsigen, witzigen oder auch nur witzelnden, bis zur Clownerie verspielten Art, spricht mit nachlässiger Aussprache, saloppen Ausdrücken und in stakkatoartigen Kurzsätzen, mischt Klassikerzitate und selbstverfaßte Limericks, singt im Bad die h-Moll-Messe und in der Öffentlichkeit Gassenhauer.
Diese Eigenheiten machen Wimsey unverkennbar, aber auch für einen kleineren Teil der Leser unausstehlich und für einen größeren zeitweise irritierend. Über keinen anderen unter den Großen Detektiven wird soviel geschimpft. Aber wie bei Poirot setzt es auch hier die Wirkung nicht herab, wenn der Leser sich am Detektiv reibt, ihm gewisse Widerstände entgegensetzt und ihm Snobismus oder mangelnde Ernsthaftigkeit unterstellt und erst spät erkennt, wie ernst es ihm im Grunde bei seinem Tun ist.
Ein von der Autorin weidlich ausgenutzter Vorzug des Aristokraten als Detektiv besteht darin, daß er in allen gesellschaftlichen Kreisen einsetzbar ist. Er hat überall Zugang, und er kann mit Leuten jeden Schlages umgehen, auch – wie es bei fiktionalen englischen Aristokraten die Regel ist – mit den Angehörigen der Unterschicht oder der *lower middle classes*, die in einem normalen Detektivroman vom Christie-Typus kaum unterzubringen wären. So kann die Autorin mit dem ranghöchsten Detektiv das breiteste Spektrum gesellschaftlicher Milieus haben. Ihre in London angesiedelten Romane spielen unter anderem in der Welt exklusiver Klubs (*The Unpleasantness at the Bellona Club*, 1928), im wenig eleganten Battersea (*Whose Body?*, 1923) oder in einer Werbeagentur in der City (*Murder Must Advertise*, 1933); in anderen Geschichten rekrutiert sich die Romangesellschaft aus den Angehörigen eines Oxforder College (*Gaudy Night*, 1935) oder aus den Bewohnern eines Dorfes auf dem flachen Land (*The Nine Tailors*, 1934).
Mit der Besetzung der Detektivrolle hängt auch eine Schwerpunktverlagerung bei jenem Teil des Leserinteresses zusammen, das nicht dem Mordrätsel gilt. Poirot hat weder ein Privatleben noch einen eigenen gesellschaftlichen Kontext, an dem der Leser Anteil nehmen könnte, während die übrige Romangesellschaft im Christie-Roman ein Gegenstand der Neugier und des gesellschaft-

lichen Interesses ist. Wimsey dagegen ist nicht nur als amtierender Detektiv, sondern auch als Lord Objekt des Interesses, und er hat eine eigene Gesellschaft um sich herum. Die Angehörigen des herzoglichen Hauses, sein älterer Bruder und seine Mutter vor allem, figurieren in den Romanen. Später tritt Harriet Vane hinzu, die Kriminalschriftstellerin, die Wimsey davor rettet, unschuldig wegen Mordes verurteilt zu werden, und die er nach langer Werbung heiratet. Bunter, einst Sergeant in seiner Einheit, jetzt sein Diener, führt ihm den Haushalt und bemuttert ihn; er weist mit seiner förmlichen Korrektheit (»I believe that's his lordship just coming in again – if your Grace would kindly hold the line a moment«) ständig auf die Vornehmheit Wimseys hin, was dieser selbst ja nicht kann und will; er assistiert außerdem seinem Herrn bei den Ermittlungen. Fast zum Haushalt gehört Charles Parker, Chief Inspector bei Scotland Yard, »a quiet, sensible, well-bred fellow«, Lord Peters Freund und späterer Schwager, mit dem er seine Fälle bespricht und der ihm Routinearbeit abnimmt. Dorothy Sayers kehrt damit zu dem Erfolgsrezept Conan Doyles zurück. Das Appartement 110A Piccadilly ist eine feudalere Version von 221B Baker Street. Lord Peter Wimsey ist, wie Sherlock Holmes, mit seiner Umgebung eine Attraktion und ein Zentrum des Interesses auch ohne den jeweiligen Fall, und es ist kein Zufall, daß sich um Lord Peter so viel an fiktiver Biographie und Familiengeschichte angesammelt hat wie um keinen anderen Detektiv seit Sherlock Holmes.[22]

Die relative Autonomie und Anziehungskraft der Gesellschaft um den Detektiv bedeutet, daß die übrige Romangesellschaft lockerer konstruiert sein kann und keine in sich interessante Gruppe zu sein braucht. Sayers verzichtet meist auf die Landhausgesellschaft und den Blick auf ihr Tun und Treiben. Die Autorin kann sogar, wie sie es in ihrem Erstling *Whose Body?* macht, auf eine Romangesellschaft, die zusammen ist oder zusammenkommt, verzichten und die einzelnen in das Mordspiel verwickelten Personen getrennt leben lassen.

Schließlich bietet die Konstruktion ihres Detektivs Dorothy L. Sayers eine große Chance, die sich in der Rückschau als Verführung herausstellt. Die selbständige, differenziert dargestellte, von Parallel-, Kontrast- und Bezugspersonen umgebene Person ist für die Funktionen eines Romandetektivs überdeterminiert; Wimsey ist komplexer und ausbaufähiger, als es für das von seiner Beschränkung auf bestimmte Aspekte lebende Spiel nötig und gut ist. Er selbst und die ihn umgebende Gruppe eignen sich auch als Romangesellschaft eines ›normalen‹ Romans in einer Zeit, in der man unter *straight novel* vor allem eine Geschichte mit psychologisch vertiefter Darstellung ihrer Probleme und Beziehungen versteht. Während alle anderen Hauptvertreter des Detektivromans ihre Hauptfigur im Laufe der Romanserie zurücknehmen, eine weniger prominente Rolle im Romanverlauf spielen lassen, baut Sayers ihre Geschichten immer mehr zu ›richtigen‹ Problemromanen um Lord Peter Wimsey und Harriet Vane aus. *Gaudy Night* (1935) ist eine Kombination aus Detektivgeschichte und ›normalem‹ Roman; *Busman's Honeymoon* (1937), der letzte Wimsey-Roman, ist laut Untertitel »A Love Story with Detective Interruptions«. Es soll hier kein vorschnelles Urteil darüber gefällt werden, ob solche Grenzüberschreitungen gut oder schlecht sind – von *Gaudy Night* wird gleich noch die Rede sein. Man kann aber feststellen, daß damit die Romanserie endet – logischerweise endet, denn ›normale‹ Romane können nicht viele Fortsetzungen lang vom gleichen Helden handeln, und tatsächlich endet, denn Dorothy Sayers hat nach *Busman's Honeymoon* weder einen weiteren Detektivroman geschrieben noch jene *straight novel*, die sie ihrem Verleger Gollancz immer wieder versprochen hatte.

Campion, Alleyn, Appleby

Die jüngeren Zeitgenossen von Lord Peter Wimsey werden unter Beibehaltung der Kultiviertheit und des engen Bezugs zu den besten Kreisen immer sympathischer und immer unaufdringlicher. Mr. Albert Campion, über den Margery Allingham seit 1930 Detektivgeschichten schreibt, ist mitsamt seinen Begleitfiguren eine Kopie Lord Peters und seines Zirkels, aber eine Kopie, die mit Bedacht in gedämpften Farben gehalten ist. Mr. Campion, begüterter Amateurdetektiv wie Wimsey, mit einem Domizil nur einige Schritte von 110A Piccadilly, stammt ebenfalls aus aristokratischer Familie (vielleicht, so wird gemunkelt, gar aus königlichem Hause), aber man sieht es nicht. Das Auffällige an ihm ist die Diskrepanz zwischen seiner Bedeutung und seinem Können und der Blaßheit und Unauffälligkeit seiner Erscheinung:

> »He sat leaning back in the shadows, the light from the stage catching his horn-rimmed spectacles and the unexpectedly strong line of his chin.
> He was not a handsome man. There was a certain vacuity in his expression which counteracted the pleasant angles of his face and lent his whole appearance an indefinable quality, so that those who knew him were apt to find him hard to recollect and impossible to describe.«[23]

Seine immer wieder erwähnte dicke Hornbrille ist zwar als äußeres Kennzeichen der Figur deutlich genug, aber als Variante von Wimseys Monokel – das dieser als Variante von Sherlock Holmes' Vergrößerungsglas benutzt – doch eher unauffällig. Zum Ausgleich der Blässe – und zur weiteren Milderung der Exklusivität – ist der Bedienstete und Gehilfe kein formvollendeter Bunter, sondern ein Ex-Krimineller von kräftiger, aber nie anstößiger Vulgarität. Lord Peters Ehe ist, gesellschaftlich betrachtet, eine Mesalliance; Mr. Campion heiratet standesgemäß. Lady Amanda Fitton ist nicht nur aus bester Familie, sie kann auch Flugzeuge entwerfen und einen Betrieb leiten und natürlich all das aufgeben, um dem Detektiv das Haus zu hüten. Der erste Verbündete bei Scotland Yard, Inspector Stanislaus Oates, ein Helfer ohne scharfes Eigenprofil, wird durch einen aktiveren Karrierepolizisten, Charles Luke, abgelöst, der dem Detektiv an Bedeutung kaum nachsteht. In manchen der späteren Allingham-Romane, wie in *The China Governess* (1963), dem wohl besten unter ihnen, wirkt Campion wie eine gütige und weise Vaterfigur, deren Beschäftigung im Roman hauptsächlich aus Gründen der Pietät erfolgt.

Roderick Alleyn, von 1935 bis zu ihrem Tode der Detektiv von Ngaio Marsh, und John Appleby, von 1936 bis heute Zentralfigur von Michael Innes, könnten ihren Grundeigenschaften nach Zwillinge sein. Beide sind Fortsetzungen der Genealogie Wimsey – Campion: Sie sind Herren von Familie und von erlesener Bildung, beide verfügen über jenes hohe Maß an Sensibilität, Takt und Zurückhaltung, das für den Umgang mit hochgestellten Romanfiguren und zur Befriedigung einer auf Niveau erpichten Leserschaft erforderlich ist. Beide heiraten, nach einer Reihe von Romanen als Junggesellen, eine Frau, die ihre Beziehung zur dargestellten Gesellschaftsschicht noch enger macht: Agatha Troy, Alleyns Frau, ist eine renommierte Malerin, Mitglied der Royal Academy; Judith Appleby ist Bildhauerin und stammt als geborene Raven aus einer der ältesten Familien der ostenglischen *gentry*.

Was Alleyn und Appleby von ihren Vorgängern unterscheidet, ist die Tatsache, daß beide professionelle Polizisten sind. Beide beginnen bei Scotland Yard als Inspektoren (also nicht auf der untersten Stufe der Leiter) und machen Karriere. Alleyn wird Chief Superintendent und ist 1980 (in *Photo Finish*) trotz seiner theoretischen 86 Jahre noch im Dienst; Sir John Appleby, wegen seiner Verdienste geadelt, erklomm als Commissioner den höchsten Polizeirang, löst aber schon seit mehr als zehn Jahren seine Fälle nur noch als Pensionär.[24]

Polizeiromane – Geschichten, in denen die Institution Polizei auch in der Fiktion ihr Monopol der Verbrechensaufklärung ausübt – können etwas ganz anderes sein als Detektivromane mit einem Privatmann und Amateur als Ermittler. In den Romanen mit Alleyn und Appleby ändert sich aber noch nichts Wesentliches.

Alleyn und Appleby sind Polizisten, die den gleichen Status haben und ihre Fälle in der gleichen Weise lösen wie der herkömmliche Amateurdetektiv. Sie sind *gentlemen policemen*. Ihr Verhältnis zur Romangesellschaft wird in erster Linie durch die Standesgleichheit geprägt. Sie agieren selbständig und sind, wie es scheint, keiner Dienstvorschrift oder Routine unterworfen. Es gehört zu den Konventionen ihres Einsatzes, daß sie – wie der vornehme Amateur – nur in Sonderfällen und mit spezieller Vollmacht tätig werden, und zwar meist aufgrund ihrer gesellschaftlichen oder persönlichen Beziehungen zum betroffenen Personenkreis.

Die Umstellung vom privaten, freien und dilettierenden zum professionellen und öffentlich bediensteten Ermittler ist bei den beiden Autoren – wie bei vielen anderen – nur in eingeschränktem Maße eine Annäherung an die Realität, in der die Polizei im Mordfall das Ermittlungsmonopol hat. Vielmehr bewirkt der für jede Fiktion geltende Zwang zu einer generellen Widerspruchsfreiheit zwischen Romanwelt und Wirklichkeit schon seit dem Anfang des Jahrhunderts, daß die Polizei und ihre Ermittlungstätigkeit schlechterdings nicht ignoriert werden dürfen. Nicht-Polizisten wie Poirot oder Lord Peter Wimsey bedürfen umfangreicher Hilfskonstruktionen und Erzähltricks der Autoren, um trotz der Aktivität der Polizei und sogar unter Benutzung der von den Offiziellen gesammelten Informationen selbständig operieren zu können. Der Detektiv muß mit Beziehungen und Freunden versehen werden; er kann jedes Einzelergebnis der polizeilichen Ermittlungen nur durch Indiskretionen erfahren, die im Widerspruch zu dem stehen, was der Leser über das Verhalten von öffentlichen Institutionen weiß. Der *gentleman detective*, der zugleich höherer Polizist ist, läßt sich als Figur leichter handhaben. Er verfügt über den Apparat, ohne von ihm beengt zu werden, braucht sich mit niemandem zu arrangieren und bedarf – falls sein Gewissen nicht aus speziellen Gründen thematisiert werden soll – keiner moralischen Legitimation. Letztlich dienen Zentralfiguren wie Alleyn und Appleby dazu, dem alten Mythos von dem Einzelmenschen, der auch mit der größten denkbaren Gefährdung eines familiären oder gesellschaftlichen Kreises fertig wird, bei oberflächlicher Anpassung an gewandelte Verhältnisse das Weiterleben zu ermöglichen.

Probleme der Weiterentwicklung

Bei einem Rückblick auf die Entwicklung der Detektive von Dupin und Holmes bis zu Alleyn und Appleby zeigt sich, daß die konstruktiven und ins Auge fallenden Unterschiede zwischen den einzelnen Figuren und ihrer romangesellschaftlichen Situierung immer geringer werden. Da auch die späteren Autoren darauf aus sein müssen, daß ihre Zentralfigur nicht wie eine blasse Kopie wirkt, liegt die Last der Innovation und der Personalisierung bei der Detailarbeit. Jeder pflegt den individuellen Stil, in dem sein Detektiv redet und denkt. Hier trifft sich das Bemühen, der Zentralfigur Distinktion zu geben, mit der allgemeinen Tendenz, das Niveau der Gattung zu heben, »to indulge in a little good writing«, wie es Dorothy Sayers mit ironischer Bescheidenheit nannte. In dem gleichen Maße, in dem die Detektive an Exzentrik und Farbigkeit abnehmen, nehmen sie an Kultiviertheit und Subtilität des Sprechens und Reflektierens zu, bis schließlich ein Meister der hochgezüchteten Konversationskunst wie Sir John Appleby einen schlichten Rätsellöser wie Poirot, der immer nur von seinem Fall redet, als Repräsentanten eines barbarischen Zeitalters erscheinen läßt.

Freilich kann eine Gattung, in der Dutzende von Autoren kontinuierlich produzieren und jedes Jahr mehrere Hundert neue Titel erscheinen, wie es beim englischsprachigen Detektivroman seit dem Zweiten Weltkrieg der Fall ist, nicht allein von der Kleinarbeit leben, und der überbietenden Verfeinerung sind ohnehin Grenzen gesetzt.

So ist denn auch bis heute intensiv nach Bereichen gesucht worden, in denen sich tiefergreifende Änderungen und Neuerungen vornehmen lassen, ohne daß der Boden der Gattungskonventionen verlassen wird. Die Bemühungen konzentrieren sich schon seit den dreißiger Jahren auf den Bereich des Milieus. Eine der Haupttendenzen in der Entwicklung des orthodoxen Detektivromans ist die Gewinnung neuer, noch nicht bis zur Erschöpfung variierter Personenkreise und Tatorte. Dabei ist in den meisten Fällen auch das Bestreben spürbar, Milieus zu finden, die über die Funktion als Mordkulisse hinaus interessant sind und deren thematisches Potential – topographische und soziale Ortsbeschreibung, Vorführung typischer Bewohner mit ihren Eigenarten und Problemen – stärker zu nutzen, als es die Autoren des frühen Detektivromans, beispielsweise Agatha Christie, mit ihren Hintergründen getan hatten.

Um dieses Ziel zu erreichen, sind an dem überkommenen Gerüst der Detektivgeschichte, das an sich kaum jemand ändern will, doch strukturelle Eingriffe erforderlich. Der Nachteil der Konstruktion des Detektivromans bei Christie ist die Perfektion als Detektivgeschichte. Jede Einzelheit ist im Rätselspiel funktional eingesetzt; alles ist Teil von Frage-Antwort-Sequenzen; es gibt keine Freiräume, in denen der Autor irgend etwas entfalten könnte. Der Perfektionismus gilt, wie wir sahen, auch für die Steuerung des Rezeptionsprozesses. Der Leser wird an kurzer Leine geführt; es wird unterstellt, daß er an nichts anderem als an der spannungserzeugenden Verfolgung des Rätselgeflechts interessiert ist. Der Perfektionismus drückt sich schließlich auch darin aus, daß die Schaffung irreführender Kontexte weiter getrieben wird, als es zur Wahrung des Tätergeheimnisses nötig ist, und daß das Frage-Antwort-Spiel auf allen denkbaren Ebenen betrieben wird: Es wird nach der Mechanik des Tathergangs, nach dem Täter, nach den Tatmotiven und nach dem Lösungsweg des Detektivs gefragt; es gibt neben dem Mordrätsel mehrere Sekundärgeheimnisse, die in der Regel nichts mit dem Mord zu tun haben.

Wer mit dem Detektivroman mehr oder etwas anderes machen will, muß die Struktur vereinfachen. Nur durch Weglassen kann für die Auswertung neuer Milieus Raum geschaffen werden. Die hektische Intensität und der Bierernst, mit dem das Rätselspiel bei Christie betrieben wird, müssen gemildert werden. Der Leser muß weniger stark unter den Druck der Spannung gesetzt werden. Der Detektivroman muß weniger perfekt und damit weniger pur sein. Er muß sich selbst zurücknehmen, so wie auch die Allgegenwart und die Exzentrik des Detektivs im Laufe der Entwicklung zurückgenommen werden.

Oxfordkrimis: Der gehobene Detektivroman

Was geschieht, wenn eine Gruppe von Krimiautoren sich mit einem speziellen Milieu befaßt, um dort nicht nur Detektivgeschichten anzusiedeln, sondern auch die thematischen Möglichkeiten des Milieus zu nutzen und höhere Anspruchsebenen zu erreichen, läßt sich an einigen ›Oxford-Romanen‹ zeigen. Die beiden alten englischen Universitätsstädte entwickeln sich in den dreißiger Jahren zu beliebten Krimischauplätzen, wobei Oxford mit einigem Abstand vor Cambridge führt.[25]

›Oxbridge‹ ist ideales Detektivgelände. Den vielen einzelnen Colleges, aus denen die Universitäten bestehen, läßt sich unschwer ein fiktives hinzufügen. Die klosterartigen Gebäudekomplexe sind nach außen abgeschlossen und innen je nach Bedarf labyrinthisch oder – mit der Gruppierung der Gebäude um die Innenhöfe – übersichtlich. Die Mitglieder, besonders die kleine Gruppe der im College wohnenden Dons, der Forscher und Hochschullehrer, sind eine geschlossene Gesellschaft von passender Größe, leicht nach Fächern und Eigenheiten zu differenzieren. Sie lassen sich ebenso wie die Landhausgesellschaft unschwer als Gruppe darstellen, in der jeder zu einer extremen Handlung fähig wäre, wenn sein gesellschaftlicher Status – sein Status im Reich der

Wissenschaft in diesem Fall – auf dem Spiel stünde. Es ist im übrigen ein Milieu, mit dem besonders viele englische Schriftsteller von ihrer Studienzeit her vertraut sind.

Neben diesen Vorzügen fiktions- und erzähltechnischer Art spricht für Oxford oder Cambridge als Tatort das vorgegebene Interesse des Publikums, ein Interesse, das geradezu nach Befriedigung durch die Fiktion ruft. Die Städte sind ja nicht nur Touristenattraktionen, malerisch und voller Kunstschätze, sondern Objekt der Imagination und der Wißbegierde durch das, was der Besucher nicht zu Gesicht bekommt: die Gemeinschaft der Dons als Ideal einer kontemplativen Lebensform; die Universität als Sitz der Wissenschaft, eines ebenso intransparenten wie interessanten Bereichs.

Der akademische Schauplatz kommt schließlich allen Bestrebungen entgegen, dem Detektivroman ausgeprägtere literarische Züge zu geben. Für fast niemanden existieren Oxford und Cambridge ausschließlich als reale Universitätsstädte, sie sind immer auch mythische Orte, Stätten, deren Vorstellung von einer langen Tradition ihrer literarischen Stilisierung mit geformt wird, von dem schwärmerisch-ätherischen Bild der Romantiker (»O ye spires of Oxford! domes and towers! / Gardens and groves! your presence overpowers / The soberness of reason«[26]) – einem Bild, das die Beschreibung in modernen Prospekten und Reiseführern bestimmt – über die liebevolle Cambridge-Persiflage eines Max Beerbohm bis zu den Romanen von C. P. Snow, in denen die Auseinandersetzungen zwischen den Dons zum Leitbild für den Konflikt der Moderne zwischen Humanismus und Wissenschaftsgläubigkeit werden.

Von besonderem Belang sind die auffälligen Affinitäten zwischen dem Detektivroman und den beiden Universitäten oder ihrem Mythos. Die Limitierung ist eine der kennzeichnenden Strukturen des Krimis, und Oxford und Cambridge sind limitierte Orte, nicht nur in der Geschlossenheit der einzelnen Colleges, sondern insgesamt als von der Gesellschaft respektiertes Reservat, in dem vieles anders und besonders ist und interne Regeln Vorrang vor den allgemeinen Normen haben. Krimis handeln von extremen und exzentrischen Personen und Verhaltensweisen – dem Stoff, aus dem auch der ›Oxbridge‹-Mythos ist: »[. . .] the ancient and noble city of Oxford is, of all the towns of England, the likeliest progenitor of unlikely events and persons. [. . .] Oxford is the one place in Europe where a man may do anything, however eccentric, and arouse no interest or emotion at all.«[27] Das Leben ist artifiziell und ritualisiert – wie der Detektivroman. Die Welt der Dons und Studenten ist eine literarische Welt, in der ständig zitiert, interpretiert und mit hohem Anspruch formuliert wird. Es ist auch eine Welt – und darin liegt die engste Verbindung –, in der das Spiel, besonders das Enträtselungsspiel, in Blüte steht, als wissenschaftliches Enträtseln, als Passion für elitäre Akademikerpuzzles wie das englische Kreuzworträtsel und für das Lesen und Schreiben von Detektivgeschichten.

Exemplarisch: Michael Innes, »Death at the President's Lodging«

Death at the President's Lodging (1936), Michael Innes' erster, kurz nach seinem Studium am Christ Church College geschriebener Roman, ist ein exemplarischer Oxfordkrimi, in dem der komplette Mechanismus des Detektivromans klassischer Art in ein Milieu übertragen wird, das dem Oxford des populären Mythos entspricht. In St. Anthony's, einem fiktiven College einer fiktiven Universität mit den Zügen von Oxford, wird der Präsident, Dr. Josiah Umpleby, ermordet. Inspektor Appleby sieht sich mit einem Fall konfrontiert, der an eine gesteigerte Form des Mordes der üblichen Kriminalromane mit ihren unzugänglichen Tatorten erinnert:

> »You know the murdered squire's house in the middle of the snow-storm? And all the fancy changes rung on that – liners on the ocean, submarines, balloons in the air, locked rooms with never a chimney? St. Anthony's or any other college, you see, is something like that from half-past nine every night. Here's your submarine.«[28]

Der Tatort ist sogar ein ›U-Boot im U-Boot‹: nur eine Handvoll Personen, sämtlich Fellows von St. Anthony's, hatten Zugang. Auch das Mordrätsel präsentiert sich in akademischer Steigerung. Gefragt wird nicht einfach nach dem Täter, sondern zugleich auch nach Urheber und Sinn einer makabren theatralisch-literarischen Inszenierung, die jemand mit der Leiche angestellt hat, welche mit einem Dozententalar drapiert und von Totenschädel und Gebein umgeben aufgefunden wird.

Die Ermittlung ist wie nach einem Lehrbuch des klassischen Detektivromans gearbeitet. Sorgfältig markierte Fragen werden in sorgfältiger Verteilung zum kleineren Teil nach kurzer Spannung, zum größeren in der Generalerklärung am Schluß beantwortet. Zwischenbilanzen und Tabellen fassen den jeweiligen Stand zusammen. Gefahndet wird – wie bei Christie – auf allen Ebenen. Zur Rekonstruktion der Tatmechanik werden materielle Spuren verfolgt, einzelne wie Wachstropfen und Blutflecken und Serien wie die am Vortage des Mordes neu ausgegebenen zehn Schlüssel, deren Verbleib zu klären ist. Bei den Personen geht es sowohl um die Figurenmechanik – Wer war zur Tatzeit (die zunächst falsch angenommen wird) wo? – als auch um die möglichen Motive. Das Verdachtskarussell dreht sich munter. Alle Fellows hatten Grund, den Toten, einen Intriganten und Plagiator, zu hassen. Jeder hat irgend etwas zu verheimlichen und zu vertuschen. Einige Geheimnisse werden beizeiten gelüftet, so daß dann nur noch eine übersichtliche Gruppe von Verdächtigen übrigbleibt, aus welcher sich konventionsbedingt die unwahrscheinlichste Person – ein früher Verdächtiger, der scheinbar längst entlastet war; ein von Vorurteilen Betroffener und damit nach der Regel Unschuldiger – als der Mörder entpuppt.

Die Universität ist für den jungen Innes ein Milieu, in dem das gleiche Spiel, das sonst in der Landhausgesellschaft veranstaltet wird, besonders prächtig funktioniert. Die professoralen Verdächtigen sind für den Detektiv (und den Leser) eine intellektuelle Herausforderung:

»And here was what might be intellectually the case of his life. Here was a society of men much above the average in intelligence, the product of a variety of severe mental trainings, formidably armed with knowledge. The secret was hidden amongst them and intelligence and athletic thinking would be needed to reveal it.« (S. 63.)

Da man den Dons allgemein Schrulligkeit und Exzentrik zuschreibt, kann die differenzierende Darstellung der Figuren in kräftigen Farben gehalten sein, ohne vom Leser als karikierend oder maßlos übertrieben empfunden zu werden. Da alle Handlungen – der Mord sowohl wie die irreführenden Aktionen – aus der gleichen Situation, dem konfliktträchtigen Zusammenleben eigenwilliger Wissenschaftler, hervorgehen, hat das Handlungsgeflecht eine ungewöhnliche Geschlossenheit. An der bizarren Präsentation der Leiche beispielsweise sind außer dem Mörder noch drei weitere Fellows beteiligt, die alle den Verdacht von sich abwenden und auf den nach ihrer Meinung schuldigen Kollegen lenken wollen.

An einigen Stellen des Werks sieht es so aus, als habe Innes den Ehrgeiz, dem Detektivroman unter Benutzung des akademischen Milieus neue Dimensionen zu erobern. Im normalen Detektivroman ist zwar von einem literarischen Mord die Rede, der unter besonderen Bedingungen in einer künstlichen Welt stattfindet, aber in der Fiktion selbst wird der literarische und artifizielle Charakter des Falles nicht zur Kenntnis genommen. Das ist hier anders; Appleby überlegt:

»Umpleby had died amid circumstances of elaborate ingenuity. He had died in a literary context; indeed, he had in a manner of speaking died amid a confusion of literary contexts. For in the network of physical circumscriptions implicitly pointing (as Appleby had put it to himself) to *so-and-so* there was contrivance in a literary tradition deriving from all the progeny of Sherlock Holmes, while in the fantasy of the bones there was something of the incongruous tradition of the ›shocker‹. Somewhere in the case, it seemed, there was a mind thinking in terms both of inference and of the macabre. [...] A mind, one might say, thinking in terms of Edgar Alan Poe.« (S. 25.)

Auch der Spielcharakter des Krimimordes wird reflektiert. Appleby fragt nach den Gründen für die bizarre Herrichtung der Leiche – geschah es nicht auch, »because it was intellectually amusing that way« (S. 25)? Appleby verkündet ferner die Absicht, eine neue Methode der Ermittlung anzuwenden und nicht mehr auf der Ebene der Türen, Fenster und gestohlenen Schlüssel zu suchen. Das Feld des Detektivs ist »the human mind as exposed for study in human behaviour« (S. 26), seine Aufgabe ist nicht Aktivität, sondern Beobachtung und Verhaltensforschung.

Diese Programmerklärungen werden aber nur zum geringen Teil verwirklicht. Die Aufklärung verläuft im wesentlichen herkömmlich. Der Mord geschieht aus ›normalen‹ Motiven; auch alle anderen Aktionen haben völlig ernste und unliterarische Beweggründe. Appleby beschäftigt sich weniger mit der Spurensuche als die meisten Vorgänger, aber nur deshalb, weil der Autor für das Grobe einen anderen Polizisten einsetzt.

Gleichwohl bemüht sich Innes nachdrücklich um ein Mehr an literarischer Qualität und um ein verstärktes Eingehen des Milieus in die Detektivgeschichte. In den Roman sind zahlreiche plastische und detailreiche, wenn auch zum Teil romantisierte Schilderungen Oxforder Bräuche und Rituale eingeflochten: das formelle Abendessen in der *Hall*, das Zeremoniell am *High Table* und das frisch-fröhliche Treiben wohlhabender und belesener *undergraduates*. Es wird viel über die Universität und über die Literatur – insbesondere über Klassiker der Kriminalliteratur – diskutiert. Es wird vor allem unablässig auf der höchsten Stufe der sprachlichen Kompliziertheit und Elaboration geredet, und es wird druckreif gedacht, nicht nur von den Dons, sondern auch vom Detektiv, von den Studenten und in den auktorialen Kommentaren. Diese – jedenfalls ihrer Intention nach – veredelnden Elemente sind aber nicht in die Komposition der Geschichte integriert, es sind Zusätze, die zwar zum großen Teil sehr geschickt über den Roman verteilt sind, die aber an der Konventionalität des Detektivromans und des Oxford-Bildes nichts ändern. Wenn man für Romane der ›professoralen Schule‹ eine anerkannte Formel wie »blend of the fanciful and the literate«[29] verwendet, darf man nicht übersehen, daß (hier wie bei manchen späteren Innes-Geschichten) die Phantasie nur beim Beiwerk freien Lauf hat und daß das Literarische vorwiegend den Charakter eines Überzugs aus Sprache und literarischen Anspielungen hat.

Romane wie *Death at the President's Lodging* bilden die Standardform des Universitätskrimis. Diese Grundform läßt sich sowohl variierend umspielen als auch zu extremeren Formen weiterentwickeln. Was dagegen nicht geht, ist die Ansiedlung einer Romanserie eines einzelnen Autors im Milieu einer Universität: Man kann nicht mit Mordfällen von einem College zum anderen ziehen. Für einen Autor der *donnish school*, wie die vorwiegend aus Universitätsleuten bestehende und auf Morde in intellektueller Umgebung spezialisierte Gruppe von Detektivschriftstellern manchmal genannt wird, gibt es einmal die Möglichkeit, die Michael Innes, dessen Produktivität inzwischen fast an die von Agatha Christie heranreicht, in den meisten seiner Romane genutzt hat. Er setzt seinen für das intellektuelle Milieu geschaffenen Detektiv in Bewegung und umgibt ihn in verschiedenen Umgebungen mit passenden Figurengruppen. Neben anderen Universitäten – einer älteren Provinzuniversität in *The Weight of the Evidence* (1940) oder einer neugegründeten Hochschule in *Old Hall, New Hall* (1956) beispielsweise – bevorzugt Innes Herrensitze der vornehmsten Kategorie, so daß sich eine Kombination von Intellektuellen-, Lord-Peter-Wimsey- und Poirot-Milieu ergibt. In *Hamlet, Revenge* (1937) etwa, dem originellsten der frühen Innes-Krimis, befaßt sich Appleby mit einem Mordfall auf Scamnum Court, dem Sitz des Herzogs von Horton, wo Dr. Gott, der krimischreibende Don aus St. Anthony's, mit lauter Hochadligen und Prominenten eine Amateuraufführung des *Hamlet* inszeniert. Über die Attraktionen dieser anderen Welt für Außenstehende heißt es im Roman:

»And Scamnum in general has long understood the necessity of keeping its own hypnotic otherworld inviolate. Many a Duke of Horton has unbent at a farmers' dinner, many a Duchess has gone laughing and chattering round Scamnum Ducis. But all have known that essentially they must contrive to be seen as from a long way off, that they have their tenure in remaining – remote, jewelled, and magical – a focus for the fantasy-life of thousands. We are all Duke or Duchess of Horton – this is the paradox – as long as the music remains sufficiently strange.«[30]

Was hier über die Wirkung des herzoglichen Hauses auf einfache Leute gesagt wird, gilt auch für die Relation zwischen der Romanwelt des gehobenen Detektivromans und der Leserschaft, die – wie die gewaltigen Auflageziffern im englischsprachigen Raum zeigen – keineswegs nur aus hochintellektuellen Kollegen des Autors besteht. Eine Welt, die gesellschaftlich und intellektuell über dem Niveau des normalen Lesers liegt, wird durch den dekuvrierenden Blick hinter die Kulissen, den der Detektivroman mit sich bringt, familiarisiert und zugänglich gemacht. Auf der anderen Seite wird die Distanzierung, die auch notwendiges Element jeder Traum- und Wunschwelt ist, durch literarische Verfremdungstechniken gewahrt, die schon in *Death at the President's Lodging* im Ansatz da waren und später ausgebaut werden: Überzeichnung der Charaktere bis an den Rand der Karikatur, übertriebene Intellektualisierung der Dialoge, Artifizialität des Krimigeschehens.
Eine andere Variationsmöglichkeit ist die, auf der Edmund Crispin (1921–78), neben Innes der wichtigste Repräsentant dieser Richtung, seine Serie (die mit 11 Titeln weniger umfangreich ist) aufbaut. Er nimmt aus dem Ensemble der exzentrischen Dons eines College einen heraus, Professor Gervase Fen, und macht ihn zu seinem Detektiv. Über dessen Eigenheiten heißt es zwar: »The eccentricities of Gervase Fen, Professor of English Language and Literature and Fellow of St. Christopher's, were not on the traditional donnish pattern«,[31] aber auch wenn seine Schrullen moderner sind – seine Passion für das Detektivspielen oder seine Anhänglichkeit an Lily Christine III, den eigensinnigen Sportwagen-Oldtimer –, so sind es doch Varianten der bewährten und populären Oxford-Exzentrik. Crispin läßt Fen meist außerhalb der Collegemauern tätig werden, in der Stadt Oxford oder an auswärtigen akademischen Tatorten, einer Public School oder unter den Kanonikern und Kirchenmusikern einer Kathedrale beispielsweise. Das Milieu dieser Tatorte ist nicht ganz so erlesen, wie es bei Innes üblich ist. Auch der Kreis um den Detektiv, zu dem ein Komponist und ein Lyriker gehören, ist weniger esoterisch; die auch hier reichlich gebotenen literarischen Anspielungen und Zitate gehören meist in den Bereich des verbreiteten Bildungsguts, mag es sich um Shakespeare oder um Klassiker der Nonsense-Literatur wie Lewis Carroll oder Edward Lear handeln. Crispin ist ein engagierter Verfechter des Standpunkts, daß Künstlichkeit, Distanzierung von der Realität und Unernst zur Detektivliteratur gehören.[32] Er kompensiert daher die im Vergleich zu Innes größere Nähe zur Erfahrungswelt des Lesers durch distanzierenden und ironisierenden Erzählerkommentar und durch (scheinbare) Absurdität der Vorfälle – wenn beispiels-

weise ein Spielzeugladen, in dem ein verläßlicher Zeuge nachts eine Leiche entdeckt hat, am nächsten Morgen einfach verschwunden ist.
Während solche Variationsreihen sich notwendigerweise aus dem thematischen Kernbereich des Universitätskrimis herauslösen, gibt es doch auch im Bereich des Handlungstyps ›Mord im College‹ nicht nur Wiederholungen, sondern auch stärkere Abweichungen von der Grundform. Unter unserem Aspekt der Untersuchung einer Gattung und ihrer Strukturen und Möglichkeiten sind auch hier, wie bei Agatha Christie, extreme Beispiele besonders aufschlußreich. Robert Robinsons *Landscape with Dead Dons* ist ein Extrem der Entwicklung zum Unernst und zur Leichtigkeit, Dorothy L. Sayers' *Gaudy Night* ist ein Extrem an Ernsthaftigkeit und Gewichtigkeit.

Komisch: Robert Robinson, »Landscape with Dead Dons«

In *Landscape with Dead Dons* (1956), Robert Robinsons einzigem Detektivroman, wird – wie gehabt – das Oberhaupt eines imaginären College ermordet, und nur einer der Dons aus dem Hause kann der Täter sein. Schon die Vorstellung des Opfers zeigt, daß hier die konventionellen Materialien zu einer Kriminalkomödie verarbeitet werden, und zwar zu einer absurden Komödie. Dr. Manchip, zu Lebzeiten »Master of Warlock and Vice-Chancellor of the University«, wird durch Zufall auf dem Dach der Collegekapelle entdeckt. Dort steht er entleibt unter den Statuen, die das Gesims bekrönen, denn der Übeltäter, der ihm das Obstmesser in den Rücken jagte, hat ihn zu Tarnungszwecken dort eingereiht.
Nach Robinsons Auffassung ist die Detektivgeschichte »essentially a caricature«,[33] und so dominiert auch bei der Darstellung der Figuren die karikierende Tendenz über die Rücksicht auf Lebensnähe. Der verblichene Dr. Manchip zum Beispiel, ein klassischer Philologe, hatte nach Aussage eines Kollegen vier Interessengebiete: »Gynander, brasses, crosswords, and malice. Ha, ha, ha.«[34] Da man das Lösen von Kreuzworträtseln, das Kopieren von Grabreliefs und das boshafte Intrigieren wohl eher zu den privaten Hobbies zählen muß, bleibt als wissenschaftliche Spezialität nur Gynander, ein Poet, von dem nur sieben Fragmente existieren, an denen wiederum Manchip nur die Textüberlieferung interessierte, während er Fragen nach den Texten als Dichtung als unwissenschaftlichen Gefühlskram ablehnte.
Robinsons Geschichte enthält, wie die Romane seiner Lehrmeister Innes und Crispin, alle Bauteile des orthodoxen Detektivromans vom Detektiv mit Hilfsmannschaft über Charaktere, die sämtlich verdächtig sind und Geheimnisse haben, und eine komplette Nebenhandlung akademischen Charakters – ein Importeur pornographischer Bücher benutzt die schlecht bewachten Magazinräume der Bodleian Library als bequemes Warenlager – bis zur minuziösen Auflösung aller Rätselfragen. Dennoch hat der Autor viel Raum für die Behandlung des Themas Oxford, weil er die üblichen Ermittlungsprozeduren mit ihren vielen Fragesequenzen rigoros vereinfacht. Die Absurdität und Künstlichkeit der Ausgangssituation läßt manche pingelige Standardfrage –

etwa die nach dem Eintreten der Leichenstarre oder nach Fingerabdrücken auf dem Obstmesser – unsinnig erscheinen. Der Detektiv, Inspektor Autumn von Scotland Yard, ist kein akademischer Kriminalist, sondern ein sympathischer Pragmatiker mit »lower-middle-class upbringing« (S. 19). Die Welt der Colleges ist ihm fremd, er fühlt sich »lost to the world in exotic savannah« (S. 51) und tut daher tatsächlich das, was Appleby nur seinem Programm nach tun will, er beobachtet, und zwar tut er das mit dem unbefangenen Staunen eines Safarireisenden oder Zoobesuchers.

Es kommt zunächst keine detektivische Hochspannung auf. Die Abfolge der gattungsüblichen Ermittlungsschritte dient für den Leser als Orientierungsrahmen – man weiß, an welchem Punkte des Prozesses man steht und wohin es geht – und für die Geschichte als Gerüst und als Ansatzpunkt für alle möglichen Beobachtungen zur Oxforder Szene.

Dabei werden alle Stereotypen des romantisierenden Bildes auf den Kopf gestellt. Den Oxford-Mythos vertreten nur noch der Reporter eines Regenbogenblattes, dessen Leserinnen auf ihren »dreaming spires, titled undergrads« (S. 23) bestehen, und einige Ausländer. Sonst ist Oxford ganz anders. Die Stadt ist laut, eng, voll Verkehrslärm, die Architektur ein Sammelsurium aus den verschiedenen Epochen, »miscellaneous to the point of delirium« (S. 23). Die Rituale – das Requiem für Manchip beispielsweise, bei dem die Akademiker in ihren Roben wie »Pinguine, Flamingos und Eisvögel« erscheinen – sind schön anzusehen, aber ohne viel Inhalt. Nur im Frauencollege Walpurgis Hall herrscht noch männliche Zucht. Während die Dons Kreuzworträtsel lösen, sich um Stellen streiten oder nach London fahren, müssen die Studenten, deren altehrwürdige Behausungen bei Licht unbequem und schäbig erscheinen, sehen, wo sie bleiben. Einer von ihnen absolviert das geheiligte wöchentliche Tutorium, indem er ins Fernsehen guckt, wo sein Tutor für ein enormes Honorar als Schiedsrichter einer Unterhaltungssendung fungiert.

Das meiste ist eher freundliche Persiflage als bissige Attacke. Durch den Rahmen der Detektivgeschichte, einer komisch behandelten Detektivgeschichte zudem, erhält die Entmythologisierung ein hohes Maß an Beiläufigkeit und Unverbindlichkeit. Da die Oxford-Passagen Beiwerk sind und nicht die Struktur tragen oder die Einheit des Textes herstellen müssen, können sie ganz verschieden in der Ausdehnung und in der Tonlage sein. Neben ausgefeilten und fast ernsthaften Disputen oder geschliffenen Aperçus stehen farcenhafte Stellen, wie zum Beispiel die bekannteste Szene des Buchs, die Hetzjagd von Parson's Pleasure, in der eine aufgescheuchte Horde nackter Dons den Mörder vom Oxforder Nudistenstrand in die Innenstadt verfolgt.

Die Reduzierung der detektivischen Aktivitäten schafft nicht nur Raum für anderes, sondern sie tut erstaunlicherweise auch dem Rätselspiel gut. Die Geschichte gewinnt für den Leser den Charakter eines einfachen Rätsels nach der Art vieler Conan-Doyle-Geschichten zurück. Statt der verwickelten Fragelisten und Spurenlabyrinthe überschaut der Leser das gesamte Lösungsmaterial; er weiß, daß die Lösung nahe liegt und bedarf, als ihm schließlich die Augen geöffnet werden, nur eines Blicks, um sie einzusehen.

Nach einem zweiten Mord – Bow-Parley, Anglist, Baconianer und Collegegeistlicher, ist erschlagen worden, offenbar weil er den Schlüssel zur Lösung gefunden hatte – tritt die Fahndung stärker in den Vordergrund. Der Leser, dem der selber langsam weiterkommende Detektiv durch seine schlichten Notizen und Hypothesen auf die Sprünge hilft, weiß, daß die Lösung mit jenem neuentdeckten allegorischen Gedicht Chaucers, *The Book of the Lion*, zu tun haben muß, an dessen Entdeckung Christelow, einer der Fellows von Warlock, maßgeblich beteiligt war; das Werk, von dem ein Auszug dem Roman als Motto vorangeht, wird so häufig leitmotivisch erwähnt, daß es eine besondere Bewandtnis mit ihm haben muß. Der Leser weiß ferner, daß die Lösung mit der Antwort auf zwei konkrete und begrenzte Fragen zusammenhängt: 1. Was hatten die beiden Ermordeten, der Gräzist und der Anglist, gemeinsam, so daß sie zu Opfern wurden? 2. Was bedeuten die kryptischen Eintragungen in Manchips Tagebuch, insbesondere die Notiz »Ll 89–99. bol. Initially. Bless my soul.« (Eine Zeilenangabe offenbar. Aber wieso Z. 89 ff. und »eingangs« oder »anfangs«; und wieso der Ausdruck des Erstaunens?)

Die Gemeinsamkeit zwischen Manchip und Bow-Parley bestand darin, daß sie beide große Rätsellöser waren, der eine als Kreuzwortexperte und der andere als Mitglied jener wissenschaftlichen Sekte, die Francis Bacon mit Hilfe von Kryptogrammen als Autor von Shakespeares Werken zu erweisen versucht. Beide hatten sich übrigens das Chaucer-Manuskript von Christelow ausgeliehen. Beide waren auf das Geheimnis jener Stelle im *Book of the Lion* gekommen, die dem Roman vorangestellt ist und auf die sich Manchips Tagebucheintragung bezieht:

»Caste now your royal eie on everich hond,
How pleyn disordinaunce is in your lond;
Rancour and Ryot now are sovereyn,
In oon accord to wierken aller peyn;
Swich traytours mote be shent and that anon–
To-hanged on a galwes, everich-on.
Els is the king namore a king, I rede–
Lost is his croun, his pouer and his drede.

Oft lurketh Deeth wythyn the greene shawe,
Whan foul rebelling trampleth on the lawe...«

Chaucer, *The Boke of the Leoun*

Wenn der Leser jetzt – wie die Zuhörer bei Inspektor Autumns Lösungsvortrag – immer noch kein Licht sieht, braucht er nur auf die Zeilenanfänge hingewiesen zu werden. Sie ergeben als Anagramm den Namen CHRISTELOW. Christelow, so lautet die vollständige Erklärung, der begabte Kritiker und Essayist, dem noch der wissenschaftliche Ausweis einer historisch-kritischen Monographie fehlt, hat die Allegorie gefälscht, um einen großen Kommentar dazu zu schreiben. Er hat sein Opus mit einem versteckten Anagramm signiert; das hatten die beiden Rätsellöser entdeckt.

Verrätselung und Lösung sind ein geradezu mustergültiges Beispiel für die irreführende Kontextualisierung, durch die die Lösungskomponenten zugleich getrennt gehalten und im Bewußtsein gespeichert werden. Natürlich weiß man als Leser, daß die beiden Herren dauernd Rätsel lösten und auf Anagramme spezialisiert waren, aber man ist angeleitet worden, darin nur das Hobby und die Abirrung vom Pfad der wissenschaftlichen Erkenntnis zu sehen. Man hat gewußt, daß das Chaucergedicht mit dem Kriminalfall zu tun hat, aber da immer von der Sicherung des wertvollen Manuskripts vor geheimnisvollen Gefährdungen die Rede war, kam man nicht auf das Buch selbst als Resultat einer kriminellen Handlung. Und natürlich hat man die Anagrammpassage gelesen (und außerdem noch den Hinweis auf dem Klappentext: »And the biggest clue's been staring you in the face from the start«), aber schließlich erweisen alle akademischen Krimis durch literarische Zitate und Motti der Bildung des Autors und des Lesers Reverenz, und selbst wer die Stelle liest, ist so von der Entzifferung des mittelenglischen Textes beansprucht, daß er keinen Gedanken für die Suche nach Anagrammen frei hat.

Landscape with Dead Dons zeigt nicht nur, daß es sich lohnt, speziell im Universitätskrimi die Analogie zwischen Rätsellösern im akademischen Bereich und in der Detektivgeschichte zum Thema zu machen, sondern auch, daß komische oder grotesk-komische Ausfüllungen des Detektivromans interessante Variationsmöglichkeiten ergeben. Der komische Modus hat freilich auch seine Grenzen. Der Autor muß zwischen Unterspielen, bei dem die Komik nicht mehr wahrgenommen wird, und Überdrehen, bei dem die hektische Fröhlichkeit in Klamauk umschlägt, einen gangbaren Weg suchen. Die Komik bekommt leicht den Charakter eines *inside joke*; auch in unserem Fall muß der Leser ja den Oxford-Mythos erst kennen, damit er seine Umkehrung genießen kann. Schließlich verlangt der komische Detektivroman die Bereitschaft, aus dem Thema Mord nicht nur ein Spiel, sondern ein lustiges Spiel zu machen. Aus diesen Gründen hat die Kriminalkomödie ihren Hauptort im Film und im Fernsehspiel, wo sich die Komiksignale deutlicher setzen und die Response genauer kalkulieren lassen als bei einem Text. Außerdem befaßt sich die Kriminalkomödie – wie die Gaunerkomödie des älteren Theaters – am liebsten mit Fällen, die weniger ernstgenommen werden als Mord, mit Bankraub oder Juwelendiebstahl beispielsweise.

Aus diesem Roman läßt sich ferner ablesen, daß eines der dringendsten Bedürfnisse des klassischen Detektivromans nach dem Abschluß der Entwicklung eine Reduzierung der übertriebenen Kompliziertheit ist. Die Autoren der zwanziger und dreißiger Jahre, die ihren Romantyp gern als *puzzle type* oder *crossword type* bezeichnen, haben den Krimi in Wirklichkeit von diesen Modellen entfernt. Die typische (und vergnügenschaffende) Situation beim Kreuzworträtsel oder beim Legespiel ist ja nicht das Herumtappen und Mutmaßen, sondern die Suche nach einer Lösungskomponente im Angesicht des durch Gewißheiten – Anschlußteile, schon gelöste Wörter, Buchstabenzahl – begrenzten Rätselraumes.

Seriös: Dorothy L. Sayers, »Gaudy Night«

An Dorothy L. Sayers' *Gaudy Night* (1935) scheiden sich die Geister. Für die einen ist es der erste Detektivroman, der mehr ist als ein Detektivroman. Andere machen den Roman mit einem Ingrimm herunter, wie er auch dem schlechtesten Krimi sonst nicht zuteil wird. Die Kritiker rekrutieren sich nicht nur unter den Verfechtern eines hohen ästhetisch-literarischen Standards, sondern gerade auch unter Anhängern des orthodoxen Detektivromans und Bewunderern der früheren Sayers-Romane.[35]

Ist *Gaudy Night* überhaupt ein Detektivroman? Gegner und Anhänger haben das häufig verneint und den Roman entweder in ein Niemandsland zwischen Detektivliteratur und *legitimate fiction* verwiesen oder einem anderen, angeseheneren Genre zugeordnet, *novel of manners*, *academic novel*, *university novel.* Wenn man von den Grundstrukturen eines Erzählwerks, der Handlung und der Romangesellschaft, ausgeht, dann ist *Gaudy Night* unzweifelhaft nach dem Muster der Detektivgeschichte konstruiert.

Die bekannte Kriminalschriftstellerin Harriet Vane entschließt sich in einer Zeit der inneren Krise – sie steht noch immer unter dem Schock des Mordprozesses, in dem sie unschuldig angeklagt war, und sie ist unschlüssig, ob sie ihrem damaligen Retter, Lord Peter Wimsey, der seit langem um sie wirbt, eine endgültige Absage erteilen soll – zum Besuch eines Ehemaligentreffens am Shrewsbury College in Oxford. Während dieser *Gaudy*, deren Begegnungen und Gespräche für Harriet große persönliche Bedeutung haben, beginnt eine Serie von unliebsamen Vorfällen, die in den folgenden Monaten zu einer Bedrohung für das College eskalieren. Dozentinnen und Studentinnen erhalten Briefe mit Verleumdungen und Drohungen; es kommt zu mutwilligen Zerstörungen. Als die Leitung des College sich mit der Bitte um Hilfe an sie wendet, nimmt Harriet in Shrewsbury College Quartier und bemüht sich um eine Aufklärung der Vorkommnisse. Obwohl sich bald herausstellt, daß der Täter in dem engen Kreis der Dozentinnen (oder Bediensteten) des College zu suchen ist, hat sie keinen durchschlagenden Erfolg, so daß schließlich – als eines der Opfer des Briefschreibers einen Selbstmordversuch unternommen hat – Lord Peter Wimsey zu Hilfe gerufen wird. Wimsey setzt bei seinen Ermittlungen neu an, rettet Harriet bei einem Mordanschlag und löst nach kurzer Zeit den Fall. Harriet überwindet ihre Krise und gibt ihm ihr Jawort.

Neben dem Handlungsgerüst, im wesentlichen dem einer typischen Detektivgeschichte, sind auch die meisten anderen Teilstrukturen der normalen *mystery story* da: ein Figurenensemble, das aus Detektiven und Verdächtigen besteht, Fragen, die am Ende von Sequenzen beantwortet werden, Ermittlungen auf materieller und psychologischer Ebene, alternative Erklärungskontexte zum Verstecken von Spuren, Zwischenbilanzen, große Lösungsszene – und so weiter.

Die augenfälligste Abweichung dieses Romans von der Norm der Detektivgeschichte liegt in den Dimensionen. Obwohl der erzählte Fall nicht besonders verwickelt ist, hat der Text mit nahezu 500 Seiten mehr als den doppelten Umfang eines normalen Detektivromans. Dieses zusätzliche Quantum an

Erzähltem besteht aus Materialien, die den Themen und der sprachlich-literarischen Verarbeitung nach heterogen sind. Die wichtigsten Themen sind das konkrete Leben im College, besonders im *Senior Common Room*, und die Universität als geistiger Ort, als Paradies, als Refugium für den an der Welt leidenden Absolventen; Leben am Ort der Wissenschaft und für die Wissenschaft als Ideal menschlicher Existenz; die Moral des Wissenschaftlers als Leitbild der intellektuellen Integrität; Wissenschaft als Medium der Frauenemanzipation; Selbstfindung; die liebende Frau zwischen weiblicher Unterwerfung und Partnerschaft; Detektivromane; romantisches Oxford einst und jetzt. Behandelt werden die Themen teils in der Form präziser Beschreibungen und fiktiver Gespräche, deren ›Echtheit‹ auch Kritiker anerkennen, teils in abstrahierenden Aussagen und hymnischen Passagen, deren Schwülstigkeit und Kitschigkeit auch bei freundlicher Einstellung nicht zu leugnen sind.

All diesen Materialien ist gemeinsam, daß sie keine eigenen Strukturen haben, mit deren Hilfe sie zu Romanbestandteilen gemacht werden könnten – unabhängige Handlungen oder personale Träger bestimmter Motive beispielsweise. Die meisten Themen existieren nur als ein Komplex von Äußerungen, die irgendwo als Dialog oder Reflexion untergebracht werden müssen. Auch ein Thema wie die Liebe zwischen Harriet und Peter wird nicht im Rahmen einer selbständigen Handlung erörtert; die Entwicklung des Verhältnisses ist in jedem Stadium von der Entwicklung der Fälle – des früheren und des jetzigen – und ihrer Bewältigung abhängig. Die Detektivgeschichte ist also der einzige strukturgebende Teil des Ganzen, auch da noch tragend, wo dem Autor anderes wichtiger oder interessanter erscheint.

Es handelt sich also nicht um eine Überführung des Detektivromans in eine andere Form, sondern um eine Öffnung mit dem Ziel der Aufnahme neuer Aussageelemente. Das Detektivgerüst bleibt tragend, aber das Rätselspiel hört auf, Selbstzweck zu sein. Welche Intentionen *Gaudy Night* verwirklichen soll und wie der Roman als Konstruktion angelegt ist, darüber hat sich Dorothy L. Sayers ausführlich geäußert, sowohl im Roman (in der Form von Reflexionen und Gesprächen Harriets über ihre Probleme als Detektivautorin)[36] als auch außerhalb (in einem zwei Jahre nach dem Buch geschriebenen analytischen und rechtfertigenden Aufsatz)[37]. Wenn die Detektivgeschichte als Gattung weiterleben und sich entwickeln soll, muß sie als Detektivgeschichte zugleich Gesellschaftsroman, »a novel of manners instead of a pure crossword puzzle« (Aufsatz, S. 209) sein. Dazu gehört, daß der Detektivroman ernsthafte Themen aufgreift, »criticism of life« (ebd.) in Angriff nimmt und Charaktere zeigt, die keine Marionetten sind, sondern sensible Persönlichkeiten, die von »violent and life-like feelings« (*Gaudy Night*, S. 321) bewegt werden. Mit dieser Intention der an die Charaktere gebundenen Aussage zu relevanten Themen soll eine andere verbunden werden, die der autobiographischen und für das Autor-Ich therapeutischen Äußerung und Entledigung: »Write it out and get rid of it« (*Gaudy Night*, S. 321). Neben der Unterwerfung der Figuren unter die Funktionsmechanik des Puzzles hat sich die Autorin ihren Selbstzeugnissen zufolge besonders durch die beschränkte Eignung als Ausdrucksmedium für

Erfahrungen und Meinungen des Selbst, also durch die Objektivität des normalen Detektivromans, beengt gefühlt. Miss Sayers betont, daß sich solche Ziele nur verwirklichen lassen, wenn man sie nicht nebenher und zusätzlich verfolgt, sondern als integrale Elemente der Handlung. Sie betont ferner, daß zu den Personen, die das Thema des Romans als Konflikt austragen müssen, auch der Detektiv gehören muß. Das Milieu muß ebenfalls in die einheitliche Gesamtkomposition einbezogen werden: »To make an artistic unity it is, I feel, essential that the plot should derive from the setting, and that both should form part of the theme« (Aufsatz, S. 217).

Dorothy L. Sayers ist der Meinung, daß sie diese Ziele, auf die alle ihre Romane hinausliefen, in *Gaudy Night* erreicht habe, in der Konstruktion jedenfalls, wenn auch nicht in allen Details. Für uns ist die Frage nicht nur, ob sie recht hat oder die Kritik, die das bestreitet, sondern vor allem auch, was dieser Versuch der Funktionserweiterung über die Ausbaumöglichkeiten des orthodoxen Detektivgeschichtenschemas generell aussagt. Wie tragfähig ist das Gerüst? Wie steht es mit der Verschmelzung der detektivischen und der nicht-detektivischen Komponenten? Welche Widerstände treten auf? Welche Standardstrukturen müssen geändert werden, damit die Autorin ihre Intentionen verwirklichen kann?

Gaudy Night zeigt zunächst einmal, daß das Gerüst des Detektivromans eine Menge trägt und verträgt, einerlei ob die zusätzlichen Elemente integriert sind oder durch Längen und Dazwischenschreiben untergebracht werden. Der Roman ist überlang – die Autorin selbst nennt ihn ihr Monstrum[38] –, aber er fällt nicht auseinander. Die Dehnung bewirkt eine Minderung der Spannung, macht aber – wie das Überleben als vielgelesenes Buch zeigt – das Werk nicht unlesbar. Die Kritiker, die in *Gaudy Night* einen unmöglichen Detektivroman sehen, argumentieren von einer inzwischen überholten Position aus. Der schlanke, ganz auf das Frage-Antwortspiel konzentrierte Detektivroman, den sie als Maßstab nehmen, ist längst nicht mehr die Regel. Modernere Autoren, die einem Detektivroman zusätzliche Funktionen zuweisen wollen, Sjöwall/Wahlöö beispielsweise, verfahren nach dem gleichen Konstruktionsmuster, auch wenn das, was sie sagen wollen, ganz anders ist. Dabei bleiben – bei Sayers wie bei späteren Autoren – die Proportionen der detektivischen und der nicht-detektivischen Komponenten nicht das ganze Buch hindurch gleich, sondern eine Geschichte, die zunächst nur andeutungsweise *mystery*-Charakter hat, wird zunehmend zu einer Detektivgeschichte, bis sich schließlich die letzten Kapitel kaum noch von einer konventionellen Generallösung unterscheiden.

Die Autorin erreicht die Aufnahmefähigkeit des Romans für eigene Erfahrungen und Meinungen, indem sie das Bild der Heldin dem Selbstbild annähert. Harriet Vane vom Shrewsbury College ist wie Dorothy L. Sayers vom Somerville College eine Kriminalschriftstellerin mit literarischen Ambitionen, eine Frau mit Emanzipationsproblemen und *university woman* mit höchstem Prädikat im Examen und mit bleibender Sehnsucht nach der akademischen Welt. Auf der Krimiebene der Geschichte kann sie zunächst als Detektivin eine Hauptrolle spielen. Sie ist aber keine problematisierte und psychologisch komplizierte Version des typischen Krimidetektivs, weil sie kaum weiterkommt, und zwar eben deshalb, weil sie so komplex und ›real‹ angelegt ist. Sie ist emotional involviert, sie ist mit ihren eigenen Problemen beschäftigt, sie bleibt gegenüber den Mitgliedern des *Senior Common Room* in der Haltung der Kollegialität als Frau und als Wissenschaftlerin und gegenüber den Bediensteten in der Haltung des Wohlwollens und der Fürsorge. Sie muß daher den Fall abgeben, sobald es ernst wird, und endet im Detektivspiel in der kläglichen Rolle des Helfers, der dem Großen Detektiv die Unterlagen liefert, aus denen der dann – ohne sie ins Vertrauen zu ziehen – die geniale Lösung entwickelt.

Auch die Figur des Lord Peter Wimsey, Held der Detektivgeschichte, aber nur zweitwichtigste Figur im Roman, soll humanisiert und veredelt werden:

> »If the story was to go on, Peter had got to become a complete human being, with a past and a future, with a consistent family and social history, with a complicated psychology and even the rudiments of a religious outlook. And all this would have to be squared somehow or other with such random attributes as I had bestowed upon him over a series of years in accordance with the requirements of various detective plots.« (Aufsatz, S. 211.)

Das Programm wird durchgeführt, aber das Resultat ist alles andere als befriedigend. Was zu der Zentralfigur eines normalen Detektivromans paßt – die übermenschlichen Geistesgaben, die markierenden Eigenheiten und Manierismen, die outrierte soziale Position –, das wirkt völlig überzogen und lächerlich, wenn man es konkretisiert und psychologisch erklärt. Die ›Marionette‹ der früheren Romane mit ihrem von der Autorin beklagten begrenzten Repertoire an Tricks und Attitüden ist glaubwürdiger als die ernstgemeinte Idealkombination aus Künstler, Wissenschaftler, Sportsmann und Diplomat. »Whatever he does he does better than anyone else and he is one of those universal geniuses like Leonardo«, charakterisiert ihn Q. D. Leavis bissig, aber treffend.[39]

Die Inkongruenz zwischen der nur als Mythos oder Spielfigur existenzfähigen Heldengestalt und einem normalen, in seinen Emotionen problematisierten Romancharakter ist der Hauptgrund, warum die Darstellung der Liebesgeschichte von Harriet und Peter bis zur Peinlichkeit mißrät. Die Konzeption ist plausibel genug: Harriet kann sich Peter erst zu eigen geben, nachdem sie sich in Oxford ihrer eigenen Statur als Person versichert und die Gleichheit mit Peter als Magistra und Magister in der akademischen Republik erfahren hat. In der Wirklichkeit von *Gaudy Night* bleibt ihr und den weiblichen Dons aber nichts anderes übrig, als den großen Mann anzuhimmeln. Das Hundehalsband, das Lord Peter ihr zur Abwehr des Mordanschlags anlegt, hat ungewollt auch symbolische Bedeutung.

Wenn die Autorin davon überzeugt ist, daß ihr Roman »very tightly constructed« sei, was immer die Kritik auch meinte, so gründet das darauf, daß alle Komponenten durch ein einziges Thema verbunden seien, das sie mit »the relation of scholarship to life« oder »intellectual integrity« umschreibt. Mit diesem Thema befassen sich die Charaktere (existentiell und in ihrer Konversation), um intellektuelle Integrität geht es auch in der Handlung; gerade das hebt Dorothy L. Sayers hervor:

»By choosing a plot that should exhibit intellectual integrity as the one great permanent value in an emotionally unstable world I should be saying the thing that, in a confused way, I had been wanting to say all my life.«[40]

Nun besagt das Vorhandensein eines so allgemeinen Generalthemas noch nicht viel; um die Beziehung zwischen Wissenschaft und Leben geht es in jedem Universitätskrimi, und auch eine Handlung um wissenschaftliche Ehrlichkeit ist – siehe Christelows Chaucer-Fälschung – noch keine Garantie für einen ernstgemeinten Problemroman. Es fragt sich, wie die strukturellen Gegebenheiten des Detektivromans und das akademische Thema integriert sind und ob hier eine Möglichkeit gefunden wurde, den Detektivroman in neuer Weise zu problematisieren.

Es ist interessant, daß die Autorin als zentrales Ereignis nicht einen Mord wählt, sondern Vergehen von – zunächst – wesentlich geringerem Gewicht. Dorothy L. Sayers begründet das damit, daß sie die Handlung im Zuständigkeitsbereich des College belassen wollte, ohne Polizei und Publizität,[41] aber bei jedem Mordfall, mit dem sich Wimsey sonst auseinandersetzt, bleibt ja die Geschlossenheit des Kreises der Beteiligten trotz nomineller Beteiligung der Polizei im Grunde ebenso gewahrt. Einschneidender sind, wie mir scheint, andere Aspekte des fiktionalen Mordes, die seine Handhabung als Zentralereignis eines Romans, wie er der Autorin vorschwebt, schwierig machen. Der Krimi-Mord, insbesondere der Mord in einem Milieu wie Landhaus oder College, schafft die Bedingung der Alltagsferne, der Distanz, des abnormen Extremfalles. Er ist daher in einem Roman, in dem es vordringlich um die Darstellung von akademischer Normalität, von Gesprächen und Reflexionen gehen soll, ein Hindernis. Der Mord schafft in seiner Unwahrscheinlichkeit die Voraussetzung der Künstlichkeit und des Als-ob-Spiels, des Bewußtseins, daß dies nur eine Geschichte ist – auch das ist in diesem Falle nicht genehm. Mit dem Verzicht auf ein Kapitalverbrechen räumt Sayers aber nicht nur Hindernisse für ihr Vorhaben aus dem Weg, sondern sie vergibt auch Chancen – Mord setzt Rücksichten außer Kraft, eröffnet die Möglichkeit, hinter die Fassade zu schauen, motiviert extreme Verhaltensweisen auch bei Unschuldigen, befreit von der Verpflichtung, über Kollegen nichts Böses zu denken oder zu sagen. Die unliebsamen Vorfälle in Shrewsbury kräuseln nur die Oberfläche. Man ist zeitweise beunruhigt, aber sonst geht alles seinen Gang. Verdächtigungen bestimmter Personen gehen meist von den Bediensteten aus. Nicht einmal Harriet als Detektivin kann sich dazu durchringen, eine Kollegin ernsthaft als mutmaßliche Täterin zu betrachten.

Das Verbrechen ist nicht nur abgemildert, sondern es wird auch aus dem zentralen Personenkreis herausgerückt. Die Übeltäterin ist gar kein Mitglied des *Senior Common Room*, sondern Annie, eine der Bediensteten. Annie ist die Witwe eines Wissenschaftlers, der sich in einer Mesalliance mit der Tochter seiner Wirtin verheiratet hatte, der wegen klaren Betrugs bei einer wissenschaftlichen Arbeit Stellung und Ansehen verlor und der schließlich Selbstmord beging. Der Betrug wurde seinerzeit durch jemanden aufgedeckt, der jetzt in Shrewsbury ist; Annie will sich an dieser Dozentin und zugleich an allen akademisch tätigen Frauen rächen.

Das bedeutet nicht nur, daß das verklärte Bild des Frauencollege von dem Schönheitsfehler einer akademischen Übeltäterin freibleibt, sondern auch, daß das Thema *intellectual integrity* gar nicht Gegenstand von ernstzunehmenden Konflikten oder Kontroversen ist, obwohl doch der Begriff selbst Anlaß genug geben könnte, über Fragen des Verhältnisses von allgemeiner Moral und Wissenschaftlichkeit, von Gesellschaftscode und Standeskodex nachzudenken. Die Norm *intellectual integrity* wird von allen wichtigen Personen gepriesen und vorgelebt. Der eigentliche Vertreter einer anderen Position hat sich selbst gerichtet; seine Sachwalterin Annie ist ungebildet und blind vor Haß; sie wird bemitleidet, aber ihre Argumente sind nicht ernstzunehmen. Da die Diskussionen über das Hauptthema des Romans nicht auf der inhärenten Problemstruktur der Detektivhandlung aufruhen, haben sie weitgehend den Charakter von Deklamationen; der Vorwurf von Q. D. Leavis, es werde nur der Eindruck intellektueller Aktivität erweckt, »but of course it is all shadow-boxing«[42], läßt sich nicht von der Hand weisen.

Die Frage, in welchem Maße man den Detektivroman veredeln und seine normalen Grenzen überschreiten lassen kann, indem man seine Fragen als Probleme ernstnimmt und in einer der jeweils zeitgenössischen *straight novel* angemessenen literarischen Form verarbeitet, kann anhand von *Gaudy Night* nicht voll beantwortet werden, weil die Autorin einer Problematisierung des Großen Detektivs und des Mordrätsels ausweicht. Feststellen kann man aber, daß die Schwächen des Romans da liegen, wo die Intentionen der Autorin zu einem Verlassen der Grundstrukturen des Detektivromans führen, und daß das Werk umgekehrt seine Stärken dort hat, wo Autorintention und Krimikonstruktion sich decken. Das gilt vor allem für die gattungstypische Verfahrensweise der genauen Beobachtung und Bestandsaufnahme eines Tatortmilieus, die hier dazu benutzt wird, um ein konkretes, detailreiches und auch von der Kritik nicht angezweifeltes Bild von typischen Abläufen, Verhaltensweisen, Denkgewohnheiten und Redestilen in einem Oxforder College zu geben. Es läßt sich ferner zusammenfassend feststellen, daß das Gerüst des Detektivromans zwar erstaunliche Mengen an zusätzlichen, nicht-detektivischen Materialien aufnehmen und tragen kann, daß sich aber bei einer inneren Umformung des Gerüsts selbst zum Zweck der Literarisierung (oder der Angleichung an andere Arten von Literatur) erhebliche Probleme ergeben.

Daß für den Detektivroman die Gewinnung eines neuen Milieus vielfältige neue Möglichkeiten bringt, bedarf nach der Durchmusterung der Beispiele keiner Erörterung. Streiten ließe sich eher über die umgekehrte Frage, was der Universitätskrimi für Oxford und Cambridge tut. Auf der einen Seite zwängt die Nutzung des Universitätsmilieus für die Zwecke des Detektivromans den Gegenstand in einen vorgegebenen Rahmen und vereinfacht und deformiert ihn. Es ist kein Zufall, daß unsere Beispiele alle von Oxfordklischees bestimmt werden, auch wenn diese Klischees persifliert werden. Man kann verstehen, daß Q. D. Leavis sich weniger romantisierende Oxforddarstellungen wünscht als die in *Gaudy Night* und daß Michael Innes sich von seinem Oxfordbild im Detektivroman distanziert und auf seine seriöse Behandlung in seinem Oxfordzyklus *A Staircase in Surrey* verweist.[43]

Auf der anderen Seite ist der Detektivroman ein Medium, das die ihm einbeschriebenen Informationen und Ansichten tatsächlich übermittelt, nicht nur an eine breite Leserschaft, sondern auch nachhaltig. Milieuschilderungen und Tatortbeschreibungen sind beim Krimi meist das, was am längsten im Gedächtnis bleibt. Der Einblick in fremde Lebensbereiche erfolgt heute vielfach über unterhaltende Fiktionen: Bücher, Filme, Fernsehspiele. Für viele Leute in anderen Ländern und sogar in England selbst ist Oxford so, wie es im Detektivroman steht.

Viertes Kapitel

Alternative: Der harte Krimi

Kontraste – Fragen

Innerhalb der Gesamtgattung Krimi bilden die Geschichten der *hard-boiled school*[1] die wichtigste Alternative zur klassischen Detektivgeschichte. Der harte Krimi – inzwischen selbst ein ›klassischer‹, immer wieder nachgeahmter und abgewandelter Typus – und der konventionelle Detektivroman stehen auf mehreren Ebenen in einem Verhältnis des Kontrastes zueinander.

Die Härte des Krimis ist in erster Linie vom Stellenwert der Gewalt abhängig. Der traditionelle Detektivroman handelt zwar von einem Gewaltverbrechen, ist aber dennoch ausgesprochen gewaltarm. Zu den vielen Limitierungen, die den Typus konstituieren, gehört der Ausschluß jeder physischen Gewalt, außer der des Mörders. Außer von ihm wird niemand körperlich bedroht, angegriffen oder mißhandelt. Auch der Mord als außergewöhnlicher Gewaltakt ist eher Faktum und Problem als ein emotional bewegender Vorgang, der für den Leser zugleich schrecklich und anziehend ist. – Das Übermaß an Blut in *Hercule Poirot's Christmas* zeitigt typischerweise kein besonderes Grauen, sondern ein besonderes Rätsel; es resultiert, wie sich zeigt, nicht aus besonderer Gewalt, sondern aus einem Trick. Die Geschichten der *hard-boiled school* spielen in einer Welt, in der die Gewalt nichts Außerordentliches, auf den Mordfall Beschränktes ist. Es wird geschlagen, gefoltert und geschossen. Der Detektiv erlebt Gewalt nicht nur als Beobachter, er ist selber ein *tough guy*, der mit Gewalt umgehen kann, einsteckend und oft auch ausübend. Auch bei der Ausrichtung des Textes auf den Leser spielt das Element der Gewalt die Rolle einer wichtigen Attraktion. Die im Handlungsgerüst enthaltenen Gewaltakte werden in der Darstellung nicht heruntergespielt, sondern hervorgehoben.

Typische Tatmilieus im herkömmlichen Detektivroman sind das Land, die Kleinstadt, die übersichtliche, kleine geschlossene Welt. Der harte Krimi ist Großstadtfiktion. Er spielt selten in Städten, die – wie das London oder Oxford des englischen Detektivromans – eine ausgeprägte Individualität haben, sondern in namenlosen oder auch namhaften, aber konturenarmen Städten des amerikanischen Westens oder Mittelwestens. Das Land existiert nur als eine Region, in die man flieht, um sich zu erholen oder zu verstecken. Die Großstadt als Tatort ist ein offener Raum ohne feste Grenzen. Hält sich der Detektiv im konventionellen Krimi oft an einem Ort auf, den er immer genauer untersucht, so ist der typische harte Detektiv ständig unterwegs. Die Örtlichkeiten selbst sind Objekt der Suche und Teile des Gesamträtsels.

Die Krimis der *hard-boiled school* spielen nicht vorwiegend in den besseren Kreisen. Kriminelle und kleine Leute figurieren an wichtigen Stellen; die schäbige Welt der armen Stadtviertel herrscht oft vor. Aber auch die Reichen und Vornehmen, die Aristokraten im amerikanischen Sinne, gehören zum Standardpersonal, und der eigentliche Kontrast zum orthodoxen Detektivroman ist nicht der von oben und unten. Er liegt vielmehr in den Strukturen der vom Detektiv und vom Leser vorgefundenen Gesellschaften. Bei einem Roman à la Christie ist jede Figur von Anfang an gesellschaftlich eingeordnet; die Gesellschaft erscheint fest. Der Blick hinter die Kulissen, der durch den Mord möglich und nötig wird, erweist diese Einordnungen der Personen als teilweise korrekturbedürftig, wirft sie aber nicht völlig um. Bei den *tough guy writers* gibt es zu Anfang kaum eine Möglichkeit, die auftretenden Figuren in das System einer Gesellschaft einzuordnen. Die Mehrzahl der Personen ist zwielichtig, schwer plazierbar für den Beobachter oder überhaupt ohne festen Platz. Was an hierarchischen Strukturen auftritt – die elitären Ansprüche der Reichen beispielsweise oder die Hackordnung unter kriminellen oder korrupten Inhabern öffentlicher Ämter –, erscheint meist von vornherein als nicht legitimiert. Es geht für Detektiv und Leser also nicht darum, eine vorgegebene Gesellschaftsordnung zu überprüfen und zu korrigieren, sondern um die Neukonstruktion einer Romangesellschaft aus undurchsichtigen Einzelfiguren. Die Strukturierung der Gesellschaft muß ad hoc, für die Zwecke des vorliegenden Falles, erfolgen, denn es gibt keine immer und für alle geltenden Normen. Im orthodoxen Krimi ist unklar, wer zu den Guten und wer zu den Bösen gehört, wer ein Gentleman ist und wer nicht; die moralischen und gesellschaftlichen Normen selbst stehen nicht in Frage. Hier sind die Grenzen zwischen gut und böse so unfest wie die zwischen oben und unten. Auch der Code für eigenes Handeln und die Kriterien für die Beurteilung von Handlungen anderer müssen erst im Verlauf der Geschichte entwickelt oder dargelegt werden.

Der harte Detektiv hat an der Beschaffenheit der Welt, in der er sich bewegt, Anteil. Er ist Privatdetektiv, *private eye*, aber er ist weder Amateur noch *professional man* im englischen Sinne. Er ist auf seine Tätigkeit als Broterwerb angewiesen, ob er nun Angestellter einer Agentur oder selbständiger Detektiv ist. Er lebt davon meist eher schlecht als recht und operiert – auch wenn er ein Könner in seinem Beruf ist – nicht von der sicheren Basis einer respektierten gesellschaftlichen Position. Er ist meist in keinem Sinne des Wortes ein Gentleman. Seine Regelverstöße sind nicht, wie die des Gentleman-Detektivs, läßlicher Art; er verstößt oft ernsthaft gegen Gesetze und Vorschriften oder auch gegen Treu und Glauben. Seine Teilhabe an der Zwielichtigkeit der Romanwelt geht so weit, daß er mitunter für den Leser mit den Tatverdächtigen zu einer Fragefigur wird, bei der erst noch geklärt werden muß, wo sie steht und wieviel an Sympathie man ihr zuwenden darf.

Zu der Polarität zwischen dem harten Krimi und der orthodoxen Detektivgeschichte gehört auch der Kontrast amerikanisch–englisch. Zwar wäre es falsch, den hartgesottenen Krimi für den amerikanischen Krimi schlechthin zu halten. Zur Entstehungszeit des Typus lag auch in Amerika bei den Autoren wie in der Gunst des Publikums der orthodoxe Krimi weit vorn. Noch heute sind die harten Kriminalgeschichten in den USA nicht vorherrschend, wenn sie auch – nicht zuletzt dank ihrer größeren Eignung zur Umsetzung in Filme oder Fernsehstücke – gegenüber dem orthodoxen Krimi an Boden gewonnen haben. Zu ihrer Zeit waren die Großen der orthodoxen Detektivgeschichte in den USA – Mary Roberts Rinehart in der ersten Generation, dann John Dickson Carr, Rex Stout und Ellery Queen – international sogar bekannter als die englischen Repräsentanten. Aber der ›klassische‹ Detektivroman trägt doch englische Züge. Die Äußerlichkeiten – der englische Landsitz mit den Wochenendgästen etwa – lassen sich leicht genug den Gegebenheiten anderer Länder anpassen. Es gibt in den Staaten des amerikanischen Ostens genügend isolierte Anwesen, um den Mord am Kamin glaubwürdig inszenieren zu können. Aber spezifisch englische Gegebenheiten, Traditionen und Denkmodelle sind ja auch in die tieferen Strukturen des Detektivspiels eingegangen, vor allem die vornehme, homogene, nach vordergründigen Kriterien urteilende Gesellschaft und der *man of leisure*, halb Amateur, halb Professioneller, als Zentralfigur. Auch diese Strukturen haben – wie die weltweite Rezeption zeigt – universelles Interesse, sie lassen aber eine Reihe von beliebten Vorstellungen und Motiven gerade des amerikanischen Kulturbereichs unberücksichtigt, deren Aufnahme und gattungsgemäße Verarbeitung die Detektivfiktion der *hard-boiled school* möglich macht, und zwar unter Anschluß an ältere einheimische Literaturtraditionen.

Wie die Geschichten der *tough guy writers*, so ist auch ein beträchtlicher Teil der amerikanischen Literatur des 20. Jahrhunderts Großstadtfiktion – Geschichten von der jungen, geschichtslosen Riesenstadt als einem amorphen, undurchschaubaren, gefährlichen Gebilde, von der Stadt als sozialem Problemgebiet, als Phänomen, an dem die Krankheiten der Gesamtgesellschaft am ehesten und klarsten diagnostiziert werden können, als Raum der Entfremdung und der Identitätssuche für den Einzelnen, insbesondere für den Neuling oder Fremdling. Die Großstadt ist auch der Ort, an dem die Institutionen der Gesellschaft wie Polizei und Kommunalregierung bei ihren Aufgaben versagen, so daß die Aufgabe, Ordnung zu stiften, wieder dem Individuum zufällt. Damit ergibt sich die Verbindung zu einem der elementarsten amerikanischen Mythen, dem einfachen, nicht durch Herkunft oder Bildung privilegierten Mann, der sich in einer Grenzsituation oder in einem Grenzbereich, wo Recht und Gesetz nicht durch Institutionen verwirklicht werden können, um die Bewahrung der Gemeinschaft verdient macht – jenem Mythos, der unter anderem auch die Gattung des Western trägt.

Die Kritik neigt dazu, dem harten Krimi im Vergleich zum ›klassischen‹ Krimi ein Plus an Realismus zuzuschreiben. Das entspricht zwar einer allgemeinen Tendenz, alle Darstellungen sozial niedriger Milieus für realistischer zu halten als die von höheren Milieus, ist aber – sofern man unter Realismus Nähe zur empirischen Wirklichkeit versteht – nicht zutreffend. Beim harten Krimi wie beim orthodoxen werden Materialien der Wirklichkeit (genauer: Materialien, die den Wirklichkeitsvorstellungen von Autor und Publikum entsprechen) zusammen mit fiktiven Elementen zu einer artifiziellen Spielwelt verarbeitet, die ihre Künstlichkeit auch gar nicht verleugnet. *Tough guys* und *private investigators* sind ebensosehr vertrauter Teil der realen amerikanischen Szene in der Epoche zwischen den Weltkriegen wie es die Typen der *gentry* im England des frühen 20. Jahrhunderts sind, aber in den USA werden Mordfälle genauso selten von rauhbeinigen Privatdetektiven aufgeklärt wie in England von hochsensiblen Aristokraten, und die Verhaltensweisen und Redeformen der Hartgesottenen in ihren Flüsterkneipen und Hotelzimmern sind genauso literarisch und fiktional wie die der Herrschaften in Styles Court oder der Dons in Warlock College.

Es kann keinen Zweifel geben, daß die Geschichten der harten Schule sich von Krimis wie denen von Christie oder Innes nicht nur an der Oberfläche, sondern auch in struktureller Hinsicht unterscheiden. Andererseits darf man aber nicht übersehen, daß der harte Typus mit dem sanfteren und früher entwickelten eine Reihe von fundamentalen Strukturen gemeinsam hat, vor allem die Zentralfigur des außerordentlichen, nicht mit der normalen Ermittlungsinstitution identischen Detektivs, den Mord als Zentralereignis und als Anlaß für einen Komplex von Fragen, unter denen die Täterfrage dominiert, und die vollständige, eindeutige und überraschende Lösung am Schluß.

Wie groß die Unterschiede zwischen den beiden Typen auch sein mögen, es handelt sich um Abwandlungen innerhalb des gleichen Systems. Es fragt sich, an welchen Stellen und auf welchen Ebenen des Systems die beiden Typen differieren und worin die besonderen Möglichkeiten und Grenzen der harten Detektivgeschichte bestehen.

Wir können bei dieser Fragestellung davon ausgehen, daß sich die Eigenarten beider Typen nicht als Rangunterschiede zwischen einer höheren, anspruchsvolleren und einer niedrigeren, trivialeren Form erklären lassen. Die Werke der Klassiker der *hard-boiled school* sind – jedenfalls in der langfristigen Nachwirkung – alles andere als bloßes Lesefutter. Sie genießen die Verehrung einer großen, im deutschen Sprachraum besonders stark vertretenen Kultgemeinde, wie sie keine der Spielarten des orthodoxen Krimis aufweisen kann. Auch die literarische Kritik begegnet dem amerikanischen harten Krimi mit besonderem Respekt. Wenn etwa Steven Marcus, angesehener Kenner der Erzählliteratur des 19. und 20. Jahrhunderts, über die *hard-boiled school* urteilt, sie sei »within its own context the structural equivalent of what Hemingway and the writers who clustered naturally about Hemingway were doing in their kind of writing during the same period«,[2] so ist das, ob man sich dieser Einschätzung nun anschließt oder nicht, auf jeden Fall ein Anspruch, der den Verdacht besonderer Trivialität nicht nahelegt.

Dennoch sind Fragen der literarischen Wertung, sowohl der Einstufung innerhalb der Kriminalliteratur als auch des wertenden Vergleichs mit anderen Arten der Erzählfiktion, gerade bei den Krimis der *tough writers* unausweichlich. Über keine Art von Kriminalgeschichte ist soviel Gutes, aber auch soviel Böses gesagt worden wie über den hartgesottenen Detektivroman. Der Vorwurf der Brutalisierung des Lesers und des Appells an die niederen Instinkte durch Verherrlichung von Gewalt und amoralischem Verhalten und der literarischen Mangelhaftigkeit richtet sich zwar meist nicht gegen die klassischen Vertreter der *hard-boiled school*, sondern gegen Nachfolger und Nachahmer wie Mickey Spillane, aber deren Produkte sind doch Romane der gleichen Art.

Es läßt sich jedoch nicht leugnen, daß gerade diese Form die meisten Produkte hervorgebracht hat, über deren Minderwertigkeit es kaum Meinungsverschiedenheiten gibt. Es soll daher anhand eines typischen billigen *tough guy*-Krimis untersucht werden, ob es faßbare Kriterien der literarischen Minderwertigkeit gibt und ob Minderwertigkeit etwas mit der Struktur des Krimis (oder dieser besonderen Art von Krimi) zu tun hat.

Dashiell Hammett

Der Detektivroman der harten Schule kommt in einer sehr kurzen Entwicklung zustande, an der nur zwei Autoren wesentlichen Anteil haben, Dashiell Hammett und Raymond Chandler.[3]
Bei Dashiell Hammett (1894–1961) besteht eine so augenfällige Korrespondenz zwischen Leben und Werk, daß die biographische Figur des Autors in der Wirkungsgeschichte neben die erfundenen Hauptfiguren der Romane tritt:[4] Nach frühem Abbruch der Schulzeit eine lange Folge aller möglichen Jobs, »messenger boy, newsboy, clerk, timekeeper, yardman, machine operator, and stevedore« in der Formulierung der Verlagswerbung,[5] dann langjährige Tätigkeit als Privatdetektiv bei Pinkerton, der größten amerikanischen Agentur; er kündigt, um zu schreiben, löst sich von der Familie, lebt dürftig von Suppe und Alkohol; ab 1923 Kriminalgeschichten in der Zeitschrift *Black Mask*, ab 1929 in rascher Folge Detektivromane, von denen der dritte, *The Maltese Falcon* (1930), als Buch und Film den Durchbruch bringt; Übersiedlung nach Hollywood; nach dem fünften Roman, *The Thin Man* (1934), einem großen Erfolg, Versiegen der Produktion, Einsatz für die Kommunistische Partei, freiwilliger Kriegsdienst als Mannschaftsdienstgrad, Kampf gegen Alkoholismus und Krankheit, Verfolgung, Gefängnis, Verarmung in der Ära McCarthy – ein *tough guy*, der das Leben nimmt, wie es kommt, und alles durchsteht.
Der gängige Mythos täuscht eine Verschmelzung von Werk und Leben und eine Geschlossenheit des Werkes vor, wie sie in Wirklichkeit nicht existieren. Hammetts Detektivgeschichten sind, wie es bei allen anderen Autoren auch der Fall ist, auf die Erfahrungswelt des Autors bezogen, aber gerade in den frühen Geschichten ist der Anschluß an die Entwicklungslinien der literarischen Gattung enger als der Rückgriff auf reales Erleben. Die Geschichten sind für ein so begrenztes und in einem so geschlossenen Zeitraum entstandenes Œuvre sehr unterschiedlich in der erzählerischen Machart – manche episodisch und locker gebaut, andere einheitlich und streng komponiert –, in der Art der Fälle – vom simplen Einzelmord im Landhaus bis zum Bandenkrieg – und in der Qualität. Besonders starken Veränderungen unterliegt die Figur des Detektivs, die bei Hammett – wie beim orthodoxen Geschichtentyp – der ausschlaggebende Faktor für die Eigenart des Werks ist. In den meisten Kurzgeschichten und in den beiden ersten Romanen, *Red Harvest* und *The Dain Curse* (beide 1929), ist die Zentralfigur ein Agent der *Continental Detective Agency*, der nur als ›der Mann von Continental‹, *Mr Continental* oder

Continental Op (= *operative* ›Agent‹) identifiziert wird. Über die Person und ihren privaten Hintergrund erfährt man so wenig und die für die Detektivtätigkeit wichtigen Merkmale – Umgangston, Verhältnis zur Polizei, Einstellung zu Gewalt und Gesetz – wechseln von Geschichte zu Geschichte so stark, daß man die Hypothese, es handele sich um verschiedene Agenten der gleichen Detektei, nicht widerlegen könnte. Hammetts berühmteste Figur, Sam Spade, selbständiger Privatdetektiv, tritt nur in einem der Romane, *The Maltese Falcon* (1930), auf. Der Ermittler in *The Glass Key* (1931), Ned Beaumont, ist gar kein Detektiv, sondern Mitarbeiter und Mitläufer eines zweifelhaften Lokalpolitikers. Nick Charles schließlich, der Held von *The Thin Man*, ist ein ehemaliger Agenturdetektiv, reich und glücklich verheiratet, Privatier und Gesellschaftsmensch, der sich für einen Fall reaktivieren läßt.
Diese Varianz steht in auffälligem Gegensatz zu dem sonst in der Gattung vorherrschenden Bild, daß ein Autor eine möglichst stark individualisierte, unverwechselbare Detektivfigur schafft und dann bei dieser Figur und dem zu ihr passenden Milieu bleibt, nicht selten unter Klagen über die Stetigkeitszwänge, die von dem einmal festgelegten Rahmen ausgehen. Wenn die Zentralfigur und andere Teilstrukturen des Romans bei Hammett in so ungewöhnlichem Maße im Fluß sind, so liegt das nicht nur an den Besonderheiten und Zufälligkeiten der Werkgeschichte, sondern auch an der Konzeption der Romanwelt, in der die Unfestigkeit und Unbestimmbarkeit aller Personen und Ordnungen zu den Grundphänomenen gehört.

»The Maltese Falcon«: Modell der harten Detektivgeschichte

Die besondere Bedeutung von *The Maltese Falcon* liegt in der starken Wirkung als Muster für nachfolgende Autoren und im gleichzeitigen Vorhandensein vieler charakteristischer Züge der harten Detektivgeschichte.[6] Die Konstruktion des Handlungsverlaufs zeigt, daß Hammett die grundlegenden Konventionen des orthodoxen Detektivromans beachtet, aber innerhalb des Rahmens alte Komponenten umdeutet und neue hinzufügt.
Sam Spade wird mit einem Mordfall konfrontiert, der sich aus einem Routineauftrag entwickelt. Eine attraktive Klientin, die sich Miss Wonderly nennt, will einen Mann namens Thursby überwacht haben. Bei der Durchführung dieser Aufgabe wird Miles Archer, der Partner Spades, erschossen. Thursby, der Beschattete, gilt als Hauptverdächtiger, wird aber ebenfalls ermordet, und zwar ehe er verhört werden kann. Die Ermittlungen sind zunächst ein Herumtappen im Dunkeln. Die Polizei verdächtigt Spade, seinen Partner, mit dessen Frau er ein Verhältnis hatte, aus dem Weg geräumt zu haben.
Schrittweise wird klar, daß beide Morde im Zusammenhang mit der edelsteinbesetzten Goldstatuette eines Falken, eines historischen Kleinods von unermeßlichem Wert, stehen müssen, hinter dem eine Gruppe dunkler Charaktere herjagt: Joel Cairo, ein öliger und homosexueller Levantiner, der reiche und fette Casper Gutman, dessen Leibwächter Wilmer Cook und Spades Klientin, die gar nicht Wonderly sondern Brigid O'Shaughnessy heißt. Obwohl sie ihn

getäuscht hat, arbeitet er weiter für sie und schläft mit ihr. Die Spur führt zu einem aus Hongkong eingelaufenen Schiff, auf dem der Falke – offenbar im Auftrage eines der Schatzsucher – nach San Francisco gebracht worden ist. Sam Spade gelangt unverhofft in den Besitz des Falken, als der Kapitän des Schiffes, Jacobi, mit dem Päckchen, das den Vogel enthält, schwerverwundet in sein Büro wankt und stirbt.

Nachdem er den Schatz bei der Gepäckaufbewahrung in Sicherheit gebracht hat, versammelt Spade alle Beteiligten zu einer Vigil, die zugleich *showdown* und Lösungsszene ist. Mit Gutman handelt er die Überlassung des Falken aus – gegen 10000 Dollar und Gestellung eines Sündenbocks, den man der Polizei als Mörder ausliefern kann. Bei den Verhandlungen preßt er aus der Gegenseite die Wahrheit heraus: Gutmans Killer Wilmer Cook (den sein Herr auch als *fall guy* preisgeben will) hat im Zuge der Schatzjagd Thursby und Jacobi getötet. Archer, das erste Opfer, soll von Thursby erschossen worden sein.

Als am Morgen der Falke gebracht und ausgepackt wird, entpuppt er sich als Fälschung. Unter dem tarnenden Überzug aus schwarzem Email kommt ein Vogel aus Blei zum Vorschein. Als Gutman, Cairo und Wilmer gehen, alarmiert Spade die Polizei. Wilmer erschießt Gutman, ehe er und Cairo verhaftet werden. Überraschend kommt es zu einer weiteren Enthüllung: Als Spade mit Brigid allein ist, zwingt er sie zu dem Geständnis, daß sie es war, die Miles Archer erschoß. Er läßt sich auch durch den Appell an seine Liebe nicht davon abhalten, sie der Polizei auszuliefern.

Hinsichtlich der konventionellen Komponenten dürfte eine Aufzählung genügen:

- Detektiv als Held löst Mordfall in Konkurrenz mit beschränkten Polizisten;
- aufzuklärender Sachverhalt ist ein zusammenhängender Fall mit dem ersten Mord als Schlüsselereignis;
- Komplex von deutlich markierten Fragen mit Täterrätsel als Zentrum;
- ganze Romangesellschaft (außer Detektiv) besteht aus Verdächtigen;
- Klärung von Einzelfragen im Verlauf der Ermittlung, Generallösung – vollständig, plausibel, aber nicht ratbar – am Schluß;
- Steigerung der Überraschung durch dramatische Zweiteilung der Generallösung;
- Bestrafung aller Schuldigen, Befreiung aller Unschuldigen von Verdacht.

Die augenfälligste Überschreitung des konventionellen *plot*-Schemas besteht in der Hinzufügung der Schatzsuche. Die Jagd nach einem verborgenen oder schwer zu erlangenden Schatz, Kleinod, Zauberding oder Gral ist eines der ältesten und verbreitetsten Motive der Literatur, das neben der einheitsstiftenden und spannungsschaffenden Perspektive auf das Ziel der Suche mannigfache Nutzungsmöglichkeiten bietet. Hier dient das Motiv vor allem dazu, die Rätselfragen und besonders die *action*-Elemente zu vermehren. Die Aktionsarmut der orthodoxen Detektivgeschichte, in der eine vergangene Handlung auf dem Wege der Gespräche und Beobachtungen rekonstruiert wird und das Ziel, die richtige Lösung, nur eine geistig-verbale Struktur ist, wird hier ergänzt um eine Serie von physischen Such- und Kampfaktionen, deren Ziel ein greifbarer

Gegenstand ist. Auch der Hauptmangel der Spannungsstruktur der normalen Krimis, daß ein zu großer Teil der aufgeworfenen Fragen bis kurz vor Schluß offenbleiben muß, kann hier behoben werden, denn die Fragen, die sich für den Leser aus der Falkensuche ergeben – wonach gesucht wird, welche Bewandtnis es mit dem Falken hat, wo er jetzt ist, wem er zufallen soll und ob er echt ist –, werden nacheinander geklärt.

Auch die Kompositionselemente, deren Grundstrukturen denen eines Standardkrimis gleich sind, erfahren wesentliche Veränderungen. Die Personen beispielsweise sind anders konzipiert. Im ›klassischen‹ Detektivroman kommen alle außer dem Detektiv als Täter in Frage, alle werden irgendwann verdächtig, alle haben Geheimnisse, fast alle weichen irgendwann von der Wahrheit ab. Aber außer dem Täter schottet jeder doch nur einen Teil seiner Person ab und lügt nur im Ausnahmefall, aus Not sozusagen. Jeder wird beim ersten Auftreten vorgestellt und eingeordnet, und bei den meisten bedarf dieses Bild keiner grundsätzlichen Korrektur.

Bei Hammett sind die Personen prinzipiell undurchdringlich. Sie beginnen oft als namenlose Schemen. Wilmer ist lange nur »the young man«, Mr. Gutman erscheint als »G in the air«, als ein von einem Wissenden in die Luft gezeichneter Buchstabe. Auch wenn man sie genauer vor sich hat, ist von den Personen nur das zu erkennen, was man vor sich sieht, das Äußere, die Kleidung, die Bewegungen, das Mienenspiel als unzuverlässiges Indiz innerer Vorgänge.

Keinem kann man trauen, kein Wort als wahr unterstellen. Die Menschen, ob Täter oder nicht, lügen gewohnheitsmäßig und geradezu zwanghaft. Brigid etwa lügt gegen ihr eigenes Interesse Spade fortwährend an und vereitelt dessen Versuch, eine Vertrauensbasis zu schaffen, von der aus er ihr helfen könnte. Aber auch der Detektiv lügt, und selbst der unpersönliche Erzähler hält sich nicht immer an die sonst gerade im Krimi obligatorische Rolle des *reliable narrator*. Den Personen selbst ist das Problem der Unzuverlässigkeit alles Gesagten bewußt; immer wieder wird Glaubwürdigkeit beteuert oder angezweifelt, ohne daß diese Wahrheitsdiskussion Gewißheit brächte, da selbst das Eingeständnis der Lüge angezweifelt und hinterfragt werden muß.

> »Spade mashed the end of his cigarette in his plate and made one draught of the coffee and brandy in his cup. His scowl had gone away. He wiped his lips with his napkin, dropped it crumpled on the table, and spoke casually: ›You *are* a liar.‹
> She got up and stood at the end of the table, looking down at him with dark abashed eyes in a pinkening face. ›I am a liar,‹ she said. ›I have always been a liar.‹
> ›Don't brag about it. It's childish.‹ His voice was good-humoured. He came out from between table and bench. ›Was there any truth at all in that yarn?‹
> She hung her head. Dampness glistened on her dark lashes. ›Some,‹ she whispered.
> ›How much?‹
> ›Not – not very much.‹«[7]

Für den Detektiv wäre es sinnlos zu versuchen, nach Art von Poirot durch Befragen und Verhören der Wahrheit näherzukommen. Der Detektiv klärt kleinere Fragen in herkömmlicher Weise durch Investigation und Schlußfolgerung, aber im großen verfolgt er eine Strategie des Wartens. Seine Instrumente sind Skeptizismus und Mißtrauen. Richtig ist die Lösung, die zu allen erhärteten Fakten paßt und sich nicht falsifizieren läßt. Damit dieser Test möglich ist und der Detektiv den letzten Schritt zur Lösung tun kann, muß vieles zutage kommen und viel Unwahres gesagt werden, ohne daß der Detektiv auch nur eine Hypothese aufstellt. »I think that's an all right spread. It seems to click with most of the known facts. It ought to hold«, sagt er über die Hypothese eines anderen in der Mitte des Buches, um auf die Frage, ob er sie sich zu eigen machen wolle, zu antworten: »I don't believe it or disbelieve it, Sid. I don't know a damned thing about it.« (S. 106.)

Um die Handlung voranzutreiben und die Lösung zu beschleunigen, hat der Detektiv nur die Möglichkeit, sich selbst als Katalysator einzusetzen, *stirring things up*,[8] wie es genannt wird. Er provoziert Verdächtige und hetzt sie aufeinander, bis sie die Beherrschung verlieren und die Wahrheit herauslassen.

Die große und oft irritierende Distanz zwischen dem Erkenntnisstand des üblichen Detektivs und dem des genasführten Lesers ist bei Hammett verringert. Spade ist dem Leser voraus, sagt nicht alles, was er weiß. Der Autor als Erzähler macht dem Leser mitunter seine unterlegene Situation deutlich, indem er eine Seite eines Telefongesprächs wörtlich wiedergibt, und zwar so, daß man den Inhalt der Botschaft nicht erraten kann oder indem er den Leser von außen zusehen läßt, wie der Detektiv nachdenkt:

> »He took tobacco and cigarette papers from his vest pockets, but did not roll a cigarette. He sat holding the papers in one hand, the tobacco in the other, and looked with brooding eyes at his dead partner's desk.« (S. 26.)

Der Detektiv ist auch sonst eher Held als *underdog*. Er gewinnt die meisten Kämpfe, er führt die Lösung herbei; ihm fallen die Frauen zu.

Aber der Detektiv ist doch eine Figur, die in der Nähe des Lesers steht, ihm anfangs gar nicht und später nur wenig voraus ist. Es gibt keine Aufforderung zum Mitraten, das dann doch nichts nützt, kein aufdringliches »Ich sehe was, was du nicht siehst«, kein Nachhinken, keine Gängelung. Die Struktur der Geschichte, daß der Held warten muß, skeptisch und ohne vorschnelle Urteile, bis die Muster sich klären und die Lösung fast von selbst sichtbar wird, entspricht der Struktur des Lesevorgangs.

Der Detektiv als Rätsel

Der Leser ist dennoch nicht nur passiv Wartender, sondern auch aktiver Rätsellöser. Das Rätsel, zu dessen Lösung der Text ihn herausfordert, ist der Detektiv. Spade lügt, betrügt, übertritt die Gesetze – hat er überhaupt Normen, verdient er Sympathie, wie ist er? Die zentrale Frage – der Täterfrage im

Komplex der Mordrätsel vergleichbar – ist die nach seiner Käuflichkeit. Bei den anderen Personen ist die Gier nach Geld das einzige erkennbare Motiv für ihre Handlungen und ihre Beziehungen zueinander. »Most things in San Francisco can be bought, or taken«, sagt Spade, als er gefragt wird, wie er eine Sache gedreht hat (S. 51). Die Falkenjäger unterstellen ihm Käuflichkeit; man sieht, daß er auf hohe Vorauszahlungen und Honorare aus ist – ist er wie die anderen?

Während der Detektiv im orthodoxen Detektivroman eine feste, sich in der Einschätzung des Lesers nicht wandelnde Figur ist, hat hier der Detektiv (wie sonst die Verdächtigen) etwas Prozeßhaftes. Man sieht, daß er doch Prinzipien hat, Loyalität gegenüber seinen Klienten beispielsweise. Der Leser schöpft Vertrauen, wendet Sympathie zu, erkennt umrißhaft, daß Spade nicht nur vereinzelte Prinzipien hat, sondern einen Code, nach dem er lebt. Das Verständnis dieses Codes und die endgültige Erkenntnis, daß er unter keinen Umständen käuflich ist, sind Höhepunkt der Lösung.

Nach dem knapp behandelten Geständnis Brigids ist die spannende Frage in der Schlußszene, ob er die Mörderin, die seine Klientin und seine Geliebte ist, straffrei entkommen läßt. Die eigentliche Lösung des Romans ist die Stelle, an der Brigid und der Leser erkennen, daß er sie wirklich der Justiz ausliefert. Diesen Schritt kommentiert er mit einer langen Erklärung der Gründe, einer schnoddrigen, pathosfreien, auf das Aussprechen abstrakter Begriffe verzichtenden Darlegung seiner Regeln: Verpflichtungen gegenüber dem Partner, dem Beruf, den man ausübt, der Rolle, für die man sich entschieden hat:

> »You'll never understand me, but I'll try once more and then we'll give it up. Listen. When a man's partner is killed he's supposed to do something about it. It doesn't make any difference what you thought of him. He was your partner and you're supposed to do something about it. Then it happens we were in the detective business. Well, when one of your organization gets killed it's bad business to let the killer get away with it. It's bad all around – bad for that one organization, bad for every detective everywhere. Third, I'm a detective and expecting me to run criminals down and then let them go free is like asking a dog to catch a rabbit and let it go. It can be done, all right, and sometimes it is done, but it's not the natural thing.« (S. 198.)

Nach der Aufzählung einiger Gründe, die mit Brigids Gefährlichkeit zu tun haben, schließt die Liste:

> »Seventh, I don't even like the idea of thinking that there might be one chance in a hundred that you'd played me for a sucker. And eighth – but that's enough. All those on one side. Maybe some of them are unimportant. I won't argue about that. But look at the number of them. Now on the other side we've got what? All we've got is the fact that maybe you love me and maybe I love you.« (S. 198 f.)

Sam Spades Furcht, von einer Frau zum Narren gemacht und aufs Kreuz gelegt zu werden, hat etwas Manisches. Die größte Gefährdung der Integrität, des unverbrüchlichen Handelns nach dem eigenen Code, geht nicht vom Geld, sondern vom Gefühl aus. Emotionalität und Sentimentalität sind des Teufels, und das Werkzeug des Teufels ist das Weib. Brigid, »tall and pliantly slender, without angularity anywhere«, »looking at Spade with cobalt-blue eyes that were both shy and probing« (S. 5), verkörpert den Typus der Verführerin und Antagonistin im harten Roman der dreißiger und vierziger Jahre. Sie hintergeht jeden; wer sich ihr emotional zuwendet, wie Thursby und Kapitän Jacobi, kommt um. Nur Spade kann sich mit ihr einlassen, ohne sich an das Gefühl zu verlieren.

In einer Welt, in der sich Inneres nur im Ausnahmefall wahrnehmen läßt, kommt dem, was man sehen kann, erhöhte Bedeutung zu. Es wird minutiös beschrieben, wie die Personen aussehen, was sie anhaben, wie sie eine Zigarette drehen oder ein Glas füllen. Solche Beschreibungen von Äußerem sind hier nicht in erster Linie Indiz für etwas anderes, Nicht-Äußeres, wie soziale Position oder innere Einstellung, sondern sie sind schon der wesentliche Teil der Beschreibung der Person.
Auch bei der Darstellung menschlichen Verhaltens spielt physische Aktion eine gesteigerte Rolle. Während die Figuren im Detektivroman sonst oft vorwiegend Sprechende und Konversationspersonen sind, ist hier die Sprache nicht wichtigstes Ausdrucksmittel. Die Dialoge sind meist lakonisch und bestehen zum großen Teil aus stereotypen Wendungen. Die Äußerungen und Beziehungen sind vor allem körperlich: Schlagen, Bedrohen mit der Waffe, Anschreien, Anfassen, Miteinandertrinken und Miteinanderschlafen.
Geändert ist auch der Stellenwert der toten Dinge – der Räumlichkeiten und des Mobiliars. Im orthodoxen Krimi ist die physische Welt vor allem Tatort, Versteck und Mittel zur Definition von Personen als Eigentümern von Dingen. Hier sind die Dinge um ihrer selbst willen wichtig. Da alles Nicht-Dingliche unsicher und zweifelhaft ist, kann man sich nur an die Dinge als das einzig Gewisse und Feste halten. Der Leser wird, damit er sich orientieren kann, mit genauen Informationen über die Örtlichkeiten versorgt. Die Räume haben nichts Privates und Individuelles wie Kaminzimmer und Boudoir, sondern sind vorwiegend öffentlich und unpersönlich, Hotelzimmer, Büros, Kneipen. Auch der Umgang mit den Dingen ist physisch. Es werden fast nur Gebrauchsgegenstände beschrieben, Feuerzeuge und Stühle, aber nicht Bilder oder Bücherschränke. Ein *locked room* ist ein Zimmer, bei dem man die Tür eintritt.

Unordnung der Welt und Ordnung der Erzählung

Beim Detektivroman englischen Typs ist die Welt zwar nicht so heil, wie es zu Anfang der Geschichte scheint, aber sie ist doch, nachdem die Unordnung des Mordes aufgeklärt ist, im ganzen in Ordnung oder heilbar. In *The Maltese Falcon* wie in den meisten anderen Romanen Hammetts ist die Welt nicht in Ordnung, von Anfang an und permanent und im Grund unbehebbar. Das Handlungs- und Personenschema des Detektivromans läßt sich, wie sich

gezeigt hat, in beide Arten von Welt einbauen. Dieser Strukturkomplex ist also nicht auf die Vorbedingung eines positiven, naiv unkritischen, heilen Welt- und Menschenbildes angewiesen. Dennoch macht sich bei Hammett und den anderen *tough guy*-Autoren viel stärker als bei Vertretern des anderen Romantypus eine Spannung zwischen der als defekt und außer Ordnung dargestellten Welt und der Grundaussage der Detektivgeschichte bemerkbar, in der ein nach gültigen Normen verfahrender Detektiv einen Fall schwerer Ordnungsstörung, der alle Personen im Roman betrifft, durch Aufklären der Zusammenhänge ordnend bewältigt.
Hammett hat dieses Problem offenbar erkannt und befaßt sich mit ihm in der Flitcraft-Parabel, einer in den Roman eingelagerten Erzählung über den Sinnmangel des Lebens und die Reaktion des Menschen darauf. Ein Mann namens Flitcraft, ein erfolgreicher Geschäftsmann in wohlgeordneten Verhältnissen, mit Frau und Kindern, Haus und Packard, verschwand eines Tages nach dem Mittagessen aus diesem Lebenskreis. Nach einigen Jahren wurde er in einer anderen Stadt entdeckt, wieder in geordneten Verhältnissen, unter neuem Namen, mit neuer Familie, in einem ähnlichen Geschäft. Am Tage seines Verschwindens wäre er – so erklärt er Spade, der den Fall bearbeitet – um ein Haar von einem herabfallenden Balken getötet worden. Dieser Vorfall ließ ihm sein bisheriges Leben in neuer Sicht erscheinen:

> »The life he knew was a clean, orderly, sane, responsible affair. Now a falling beam had shown him that life was fundamentally none of these things. He, the good citizen-husband-father, could be wiped out between office and restaurant by the accident of a falling beam. He knew then that men died at haphazard like that, and lived only while blind chance spared them.« (S. 59.)

Was ihn schockiert, ist vor allem die Diskrepanz zwischen seinem Leben als Ordnungsschaffen und der Willkür des wahren Lebens, »the discovery that in sensibly ordering his affairs he had got out of step, and not into step, with life« (S. 59). Er geht weg, um sich der Struktur des Lebens konform zu verhalten: »Life could be ended for him at random by a falling beam: he would change his life at random by simply going away« (S. 60). Diese Deckungsgleichheit zwischen seinem Leben und dem Leben schlechthin dauert freilich nur einen Moment, denn ironischerweise richtet er sein neues Leben ja genau so ordentlich aus wie das alte.
Hammett ist als Detektivautor in der gleichen Situation wie Flitcraft. Er kann die Einsicht von der Ordnungslosigkeit des Lebens darlegen, aber er kann die Geschichte einer solchen chaotischen Welt nur erzählen, indem er den Detektiv bei einem Tun zeigt, *sensibly ordering people's affairs*, das der Beschaffenheit der Welt zuwiderläuft. Hammett ist damit freilich nur in einem Dilemma, dem sich seit je alle Autoren ausgesetzt sehen, die mit den Ordnungen der Literatur ihre Sicht einer wilden, anarchischen oder bösen Welt zu erfassen versuchen. Immerhin taucht schon bei den ersten Werken der *hard-boiled school* die Frage auf, ob denn bei Kriminalgeschichten in diesem Milieu und bei einer ähnlichen Weltsicht immer ein integrer, vernunftgläubiger und letzt-

lich auch moralischer Detektiv als Hauptfigur vorhanden sein muß und ob die harmonisierende, alle Ambivalenzen klärende Totallösung den einzig möglichen Zielpunkt darstellt.

»Hammett was able to raise the crime story into literature«, urteilt Steven Marcus.[9] Auch wenn man die Zugehörigkeit zur Literatur nicht primär für eine Frage des Ranges, sondern der Struktur und des historischen Ortes des Textes hält, kann man sagen, daß die literarischen Komponenten, daß die Literaturhaftigkeit insgesamt bei Hammett ausgeprägter sind als bei den meisten ›klassischen‹ Detektivromanen. Hammett gibt sich antiliterarisch und verspottet gelegentlich Autoren mit literarischen Ambitionen, aber er schreibt – ob in bewußtem Rückgriff oder nicht – in engem Anschluß an eine Reihe von literarischen Traditionslinien, die sonst kaum Einfluß auf den Detektivroman haben.

Das gilt für das Motiv der Schatzsuche, das er – wie viele ältere Autoren – nicht nur als Abenteuermotiv benutzt, sondern auch als Allegorie des Weges zur Erkenntnis, als Gralssuche mit dem Detektiv als *quester hero*. Während der orthodoxe Detektivroman metaphorische und symbolische Aussageebenen meidet, hat Hammett – wie der Falke als Verkörperung des begehrten Goldes, der Käuflichkeit, des täuschenden Scheins und der Verborgenheit der Wahrheit zeigt – keine Scheu vor der Verwendung handfester Symbole.[10]

Mit der Auseinandersetzung zwischen Sam Spade und Brigid O'Shaughnessy schließt Hammett an die Tradition des (vor allem in der Geschichte der Komödie wichtigen) *battle of the sexes* an. Während die meisten Vertreter des herkömmlichen Krimityps *romance* und *crime* für unvereinbar halten und Liebesthemen (außer in Ausnahmefällen wie bei Sayers) nur als untergeordnetes Motiv zulassen wollen, zeigt Hammett, daß ein solches Thema, nach der Art des traditionsreichen Konflikts zwischen Liebe und Ehre oder Liebe und Pflicht behandelt, zu einem tragenden Bestandteil einer Detektivgeschichte gemacht werden kann.

Auch die Nähe zu zeitgenössischen Autoren wie Hemingway und zu Romanciers der vorhergehenden Generation wie Theodore Dreiser, Upton Sinclair und Sinclair Lewis ist größer als bei den meisten Kriminalschriftstellern.[11]

Es wäre aber, glaube ich, falsch, in der erhöhten Literaturhaftigkeit des harten Krimis bei Hammett ausschließlich etwas Positives zu sehen. Neigen Christie und ihre Nachfolger dazu, ein zu kleines Repertoire von Formen und Motiven – z. B. den *locked room* – endlos zu verfeinern und zu komplizieren, so hat Hammett, wie manche seiner Nachfolger, die Tendenz, zu viel an literarischen Mustern in starker Vereinfachung und Vergröberung in den Roman zu packen. Auch der enge Anschluß an Strömungen der zeitgenössischen Erzählliteratur ist aus der Sicht des heutigen Lesers nicht nur ein Vorzug. Der modische Männlichkeitskult und Antifeminismus der Hemingway-Generation, der sich in der Unterwerfung und Demütigung Brigids durch Spade niederschlägt, ist beispielsweise ein literarisches Erbe von zweifelhaftem Wert.

Ausschlaggebend für die Einschätzung der Leistung Hammetts und der ganzen *hard-boiled school* innerhalb der Gattung ist nicht die Nähe oder Distanz zu anderen literarischen Formen, sondern die Tatsache, daß die Gegebenheiten der Detektivgeschichte für die Verwendung in ganz anderen fiktiven Welten und mit anderen Aussageabsichten adaptiert werden, und zwar nicht mit Mühe und unter Verlusten, sondern zum Teil unter Beseitigung struktureller Schwächen des ›klassischen‹ Typus.

Raymond Chandler

Innerhalb der harten Schule ist Raymond Chandler (1888–1959) in der gleichen Position wie Sayers unter den englischen Autoren des Goldenen Zeitalters: ein Schriftsteller, der sich als von außen Kommender, zu besonderer Distanz und Innovation Befähigter betrachtet und sich das Ziel setzt, den Detektivroman seine bisherigen Grenzen übersteigen zu lassen und zu richtiger und ernstzunehmender Literatur zu machen.
Auch bei Chandler hat die Sonderstellung mit Herkunft und Biographie zu tun. Er ist ein Amerikaner mit englischer Erziehung und ein Schüler, der an Jahren älter war als die, von denen er das Metier des Kriminalautors lernte. In Amerika geboren, absolvierte er in England (wohin seine Mutter mit ihm umgesiedelt war) eine angesehene Public School, Dulwich College; er nahm vor dem Ersten Weltkrieg eine Reihe von Jahren, Artikel schreibend und dichtend, am literarischen Leben in London teil, ehe er in Kalifornien als Geschäftsmann in der Ölbranche Karriere machte.[12]
Erst nach seiner Entlassung als Manager versucht Chandler, inzwischen Mitte vierzig, sich als Kriminalschriftsteller eine neue Existenz aufzubauen. Wie die anderen *tough guy*-Autoren arbeitet er zunächst für *pulps*, billige Magazine für den Massenkonsum; die erste Kurzgeschichte erscheint 1933 in *Black Mask*. Sein erster Roman, *The Big Sleep*, kommt 1939 heraus. Nach mageren Jahren stellt sich der Erfolg ein: hohe Auflagen, Nachdrucke, Verfilmungen, hochdotierte Schreibjobs in Hollywood, internationale Anerkennung. Obwohl Chandlers produktive Zeit länger dauerte als die Hammetts – sein letzter Roman erschien 1958 –, ist auch bei ihm das Textkorpus eher schmal: etwa 25 Kurzgeschichten und 7 Romane.

Literatur und Kommerz

»To accept a mediocre form and make something like literature out of it is in itself rather an accomplishment«[13] und »After all, most of my life has been spent in trying to make something out of the mystery story – perhaps a little more than it was intended to be – but I am not at all sure that I have succeeded«, sagt Chandler im Rückblick.[14] Er selbst und seine frühen Kritiker haben das Hochziel der Transformation einer minderwertigen oder mittelmäßigen Form in Literatur so sehr betont, daß Chandlers Nähe zur Literatur im traditionellen Sinne und die Bedeutung, die seine literarischen Ambitionen für sein Werk hatten, heute bei weitem überschätzt werden. Als Chandler Detektivgeschichten zu schreiben beginnt, sind seine humanistische Ausbildung und die Versuche als Literat ferne Reminiszenzen; er hat wenig gelesen; er hat eine recht vage und altmodische, in die Vorweltkriegszeit gehörende Vorstellung von Literatur. In den zahlreichen Briefen an Verleger, Agenten und Freunde, in denen sich der Autor Chandler über Probleme seiner eigenen Arbeiten und über generelle Fragen des Detektivromans äußert, ist von Literatur wenig die Rede. Wenn er konkret auf die Literaturhaftigkeit seiner Texte zu sprechen kommt, hat er – anders als beispielsweise Poe, Sayers oder Crispin – Schwierigkeiten mit Reflexion und Formulierung. Der Amateurstatus, den er sich selbst zuspricht, gilt für den Literaten Chandler mit vollem Recht.

Als Kriminalschriftsteller dagegen ist Chandler kein Amateur. Er hat den Beruf eines Autors, der kommerziell für einen ganz bestimmten Markt schreibt, in rigorosem Selbststudium gelernt. Er eignet sich die Technik durch nachahmendes Üben an, mit Geschichten aus *Black Mask* und anderen Magazinen als bevorzugten Mustern. Er schreibt 1939 an Erle Stanley Gardner über seine Lernmethode:

> »When we were talking about the old *Action Detective* magazine, I forgot to tell you that I learned to write a novelette on one of yours about a man named Rex Kane, [. . .].
> I made an extremely detailed synopsis of your story and from that rewrote it and then compared what I had with yours, and then went back and rewrote it some more, and so on. In the end I was a bit sore because I couldn't try to sell it. It looked pretty good.«[15]

Chandler ist in vollem Sinne Mitglied der *hard-boiled school*, und er hat sich dazu bekannt, ein von Hammett entwickeltes Modell übernommen und sich durch Imitation angeeignet zu haben:

> »[. . .] I did not invent the hard boiled murder story and I have never made any secret of my opinion that Hammett deserves most or all of the credit. Everybody imitates in the beginning. What Stevenson called playing the ›sedulous ape‹.«[16]

Zum Können eines Autors, der *pulp writer* werden will, gehört notwendigerweise die Einstellung auf kommerzielle Aspekte. Er muß die Bedingungen und Präferenzen des Abnehmers kennen und berücksichtigen, von der Wortzahl über die Handlungstypen bis zum Stil. Chandler geht in dieser Einstellung auf den kommerziellen Charakter des Mediums wesentlich weiter als Hammett. Das blieb auch so, als er längst arriviert war und keine Angst mehr vor einer Ablehnung seiner Manuskripte durch die Verleger haben mußte. Bei seiner Arbeit spielt, wie die Korrespondenz zeigt, die Überlegung, ob etwas beim Publikum ankommt, im Rahmen der Erwartungen bleibt, verkäuflich ist, Kritik auf sich ziehen könnte, eine große Rolle.

Natürlich disqualifiziert die Berücksichtigung kommerzieller Aspekte bei der Abfassung des Textes ein Werk nicht als Literatur – sonst wären Shakespeare und Dickens nur Subliteraten. Man kann auch nicht generell sagen, daß die Berücksichtigung kommerzieller Aspekte unter literarischen Aspekten auf der

Negativseite zu verbuchen sei (die zu Recht gerühmte *terseness* der *tough writers* zum Beispiel ist zum großen Teil dem kürzenden Blaustift der Lektoren zu verdanken). Man muß aber sehen, daß Chandler nicht nur der Autor ist, der aus der *hard-boiled crime story* Literatur macht, sondern auch der, der den Typus vollends kommerzialisiert und den drei Märkten – amerikanische Publikation, englische Publikation, Hollywood – anpaßt. Wenn Chandler betont, daß er *form* oder *formula* der harten Detektivgeschichte vorgefunden habe, so ist das insofern richtig, als die von ihm verwendeten Strukturen schon da waren. Es ist aber auch so, daß er mit seinen Romanen den Detektivroman der harten Schule als *formula*, als wiederholbares Schema und als Markenartikel mit festen Standards, erst richtig begründet. Hammett entwirft für den harten Detektivroman fünf konstruktive Lösungen, bessere und schlechtere; »Raymond Chandler [. . .] wrote seven full-length books and basically they were all variations on the formula which he perfected in the first of them.«[17] Hammett hat in fünf Romanen vier verschiedene Detektive; bei Chandler ist Philip Marlowe der Held aller sieben Romane.

Der Held

In seinem Aufsatz »The Simple Art of Murder«, einer polemischen Attacke auf den Detektivroman klassischen Typs, gibt Chandler eine berühmt gewordene Beschreibung des idealen Detektivs, des Helden in einem Kriminalroman neuerer und besserer, nicht nur über die Engländer, sondern auch über Hammett hinausführender Art. Es genügt nicht – so argumentiert er –, eine realistische Welt, eine Welt der Korruption und des Verbrechens darzustellen, diese Welt bedarf auch eines Helden und Erlösers:

> »In everything that can be called art there is a quality of redemption. It may be pure tragedy, if it is high tragedy, and it may be pity and irony, and it may be the raucous laughter of the strong man. But down these mean streets a man must go who is not himself mean, who is neither tarnished nor afraid. The detective in this kind of story must be such a man. He is the hero, he is everything. He must be a complete man and a common man and yet an unusual man. He must be, to use a rather weathered phrase, a man of honour, by instinct, by inevitability, without thought of it, and certainly without saying it. He must be the best man in his world and a good enough man for any world. I do not care much about his private life; he is neither a eunuch nor a satyr; I think he might seduce a duchess and I am quite sure he would not spoil a virgin; if he is a man of honour in one thing, he is that in all things.
>
> He is a relatively poor man, or he would not be a detective at all. He is a common man or he could not go among common people. He has a sense of character, or he would not know his job. He will take no man's money dishonestly and no man's insolence without a due and dispassionate revenge. He is a lonely man and his pride is that you will treat him as a proud man or be very sorry you ever saw him. He talks as the man of his age talks, that is,

with rude wit, a lively sense of the grotesque, a disgust for sham, and a contempt for pettiness.
The story is this man's adventure in search of a hidden truth and it would be no adventure if it did not happen to a man fit for adventure.«[18]

Die Beschreibung ist auf seinen eigenen Philip Marlowe gemünzt, sie läßt aber auch erkennen, daß die Konzeption dieser Figur aus Hammetts Sam Spade entwickelt ist. Die Weiterentwicklung drückt sich vor allem darin aus, daß die Figur bei Chandler eindeutiger, pathetischer und heldenhafter ist und als Erlöser und Wahrheitssucher mehr Bedeutung zu tragen hat. Sam Spade (vom Continental Op gar nicht zu reden) ist definitiv *tarnished*, und er ist definitiv nicht *a man of honour in all things*. Dem Mehr an Qualitäten und bedeutungstragenden Funktionen steht ein Weniger an Spannungspotential gegenüber. Dieser Held ist für den Leser kein Rätsel und keine Herausforderung; er ist – wie es für Serienhelden erforderlich ist – eine fixe Größe.
Die Verwirklichung der Konzeption in Chandlers Romanen entspricht nicht ganz dem idealisierten Bild des Essays – Marlowe ist manchmal weniger edel und sendungsbewußt –, entspricht aber der hier zum Ausdruck kommenden Tendenz, die Zentralfigur eindeutig und trotz der Härte unanstößig zu machen. Marlowe ist gesetzestreuer und nüchterner als Spade. Er ist von verführerischen Frauen umgeben, aber er bleibt keusch bis zum vorletzten Roman; er übt Gewalt nur in der Not aus. *Violence* als Lust ist bei ihm verbale Aggressivität, nicht physisches Handeln.
In einer Romanwelt, in der die Institutionen der Ordnung mangelhaft funktionieren und die Reichen ihre Macht dazu benutzen, um Wahrheit und Gerechtigkeit zu unterdrücken, wäre es konsequent, den Detektiv auch zum Träger von Sozialkritik und Systemkritik zu machen. Anders als Hammett geht Chandler auf diese Möglichkeit kaum ein. Der Detektiv ist ein *seeker after the truth*; er bringt – und sei es unter Überschreitung seines Auftrages – die ganze Wahrheit an den Tag, aber die Wahrheitssuche ist nicht durch soziales Interesse motiviert.[19] Die Wahrheit, die er ans Licht fördert, ist eine Wahrheit über die moralische Statur von Individuen. Auch ein korrupter Polizeiapparat ist eine Kumulation korrupter Individuen, kein Problem der Gesellschaftsordnung oder der – von Chandler und Marlowe verachteten und ignorierten – Politik.[20]
In seinem gegen die Konstruiertheit und mangelnde Plausibilität des ›klassischen‹ Detektivromans gerichteten Essay – von dessen überzeichnender Polemik er später abrückt[21] – betont Chandler die Realitätsnähe seiner Detektivfigur. Es ist aber offensichtlich, daß die romantisierende und idealisierende Tendenz bei der Zeichnung des Philip Marlowe stärker ist als bei Hammetts Detektiven. Chandler selbst hat auf die Künstlichkeit und Irrealität seines Helden wiederholt hingewiesen: »The private eye is admittedly an exaggeration – a fantasy. But at least he's an exaggeration of the possible.«[22]

Die Konstruktion: Teile, Reihen, Ganzes

Die Gesamthandlung des Romans ist ein Kompositionselement, das Chandler nicht sonderlich interessiert. Die Arbeit des *plotting* ist ihm lästig und beschwerlich.[23] Er betrachtet das Handlungsschema seiner Romane als Teil der vorgegebenen *formula*, die man nicht verändern oder zerstören sollte. Sein Traum ist es, »to exceed the limits of a formula without destroying it«,[24] und da er die grenzüberschreitende Innovation auf der Ebene der Kleinstrukturen wie Szene oder Dialog sucht, ist er beim Handlungsgerüst nur an zwei Dingen interessiert: daß es konventionsgerecht ist und vor allem im Lösungsteil die Erwartungen erfüllt und daß es die kleinteilige, episodische Anlage, die seinen Zielen und seinem Können am besten entspricht, nicht beeinträchtigt.
So bekennt sich Chandler in Theorie und Praxis deutlicher als andere Mitglieder der *hard-boiled school* zu den Prinzipien der *plot*-Konstruktion, die auch beim orthodoxen Typus gelten: vollständige Lösung und harmonisierender Schluß mit Bestrafung der Schuldigen,[25] Fairness und Ehrlichkeit gegenüber dem Leser, der aber doch von der Lösung überrascht sein soll.
Auf der anderen Seite tritt er dafür ein, das Achtergewicht der herkömmlichen Geschichte mit ihrer einseitigen Ausrichtung auf den Überraschungseffekt der Lösung zu beheben. Der Leser darf ruhig wissen oder ahnen, wer der Täter ist, es ist sogar gut, wenn er nicht blind im Nebel tappt: »It ministers to the reader's self esteem to have penetrated some of the fog. The essential is that there be a little fog left at the end for the author to blow away.«[26] Wie für Hammett ist es auch für ihn wichtig, nicht ausschließlich auf eine analytische, Vergangenes aufklärende und aktionsarme Handlung angewiesen zu sein. »The mystery novel must have a sound story value apart from the mystery element.«[27] In seinen Romanen gerät der Detektiv in einen Handlungskomplex hinein, dessen Anfänge in der Vergangenheit liegen und der rückwärtsgewandten Ermittlung bedürfen, dessen wichtigste und heftigste Phasen aber noch bevorstehen.
Bei Chandler kommen die einzelnen Teile vor dem Ganzen. Der Roman ist eine Folge von Szenen. Die Szene hat dramatischen Charakter.[28] In einer Szenerie, die genau beschrieben wird, trifft der Detektiv, der zugleich der Ich-Erzähler ist, auf eine andere Person (seltener auf mehrere Personen), mit der er sich im Dialog, der vorwiegend wörtlich wiedergegeben wird, auseinandersetzt. Die meisten Szenen sind relativ selbständig. Sie haben eine Eigenhandlung, die auf einen Konflikt hinausläuft. Der Detektiv versucht beispielsweise, eine Information zu bekommen, die der Szenenpartner ihm nicht ohne weiteres geben will, oder der Szenenpartner kommt, um den Detektiv zu bedrohen und von der Verfolgung einer Spur abzubringen. Die Eigenhandlung gelangt meist in der Szene zu einem Abschluß; die auf ihren Verlauf und ihr Ende gerichtete Spannung wird gelöst. Meist bleibt jedoch eine Einzelheit offen – eine ungelöste Teilfrage oder ein neu aufgetauchtes Phänomen. Dieser offene Rest steht als Übertrag oder Merkposten zu späterer Weiterverfolgung an.
Diese Weiterbehandlung erfolgt selten schon in der nächsten Szene. Die Szenen bilden keine geschlossene Kette mit deutlich sichtbarem Kausalnexus oder anderen logischen Verbindungen. Die Reihenfolge ist die einer Kette von

Ermittlungsschritten, deren Abfolge weniger durch einen offengelegten oder geheimen Plan des Detektivs als vielmehr durch Routine oder Zufall bestimmt wird. Philip Marlowe erhält einen Auftrag – meist die Suche nach einer verschwundenen Person – und fängt an irgendeiner Stelle an, die vom Auftraggeber erhaltenen Informationen zu überprüfen und zu ergänzen. In *The Lady in the Lake*, das ich durchgehend als Hauptbeispiel nehme, beauftragt ein Geschäftsmann, Derace Kingsley, den Detektiv mit der Suche nach seiner Frau, die sich zuletzt im Ferienhaus der Kingsleys in den Bergen bei Puma Point aufhielt und ihrem Mann telegraphierte, daß sie sich scheiden lassen und Chris Lavery – einen Playboy – heiraten wolle. Marlowe fängt damit an, den in der Nähe wohnenden Lavery zu befragen und – als das Gespräch kein Ergebnis bringt – eine Weile zu beobachten; dann fährt er nach Puma Point und zum Ferienhaus.

Die Abenteuer, die der Detektiv in den Szenen erlebt, und die Informationen, die sich bei seinen Ermittlungen ergeben, haben zum großen Teil keine erkennbare Verbindung mit dem Fall, den er bearbeitet. Er stößt auf neue Fälle, auf Begebenheiten, die zwar rätselhaft sind und mit Verbrechen zu tun haben – also wie sein eigentlicher Fall und der ganze Roman zum Themenbereich *mystery* und *crime* gehören –, ihn aber offenbar nichts angehen.

Als Marlowe mit seiner Suche nach Mrs Kingsley beginnt (Fall 1) und Laverys Haus beobachtet, reagiert der Nachbar, vor dessen Haus er parkt, aufgeregt auf seine Anwesenheit. Es ist, wie sich herausstellt, ein Arzt namens Almore, der reichen Patienten Drogen beschafft und dessen Frau vor längerer Zeit unter merkwürdigen Umständen starb (Fall 2). Almore ruft die Polizei, und Marlowe wird von dem ruppigen Polizeileutnant Degarmo verjagt, der aus nicht erkennbaren Gründen keinen Detektiv in seinem Distrikt dulden will (Fall 3). In Puma Point erzählt ihm Bill Chess, ein Kriegsinvalide, der in der Ferienhauskolonie nach dem Rechten sieht, seine Eheprobleme: Seine Frau Muriel hat ihn vor einem Monat verlassen. Bei einem Spaziergang finden Bill und Marlowe eine Leiche im See: Muriel. Sie scheint Selbstmord begangen zu haben (Fall 4). Von der Mitarbeiterin eines Lokalblättchens, die ihn im Zusammenhang mit dem Leichenfund interviewt, erfährt er beiläufig, daß vor einigen Wochen ein Polizist namens De Soto nach einer Mildred Haviland gesucht hat, die – nach dem Foto zu urteilen – Ähnlichkeit mit Muriel Chess hatte (Fall 5).

Die weiteren Szenen und Abenteuer ergeben sich für Marlowe teils unverhofft, teils bei der Fortsetzung der Ermittlungen im Zusammenhang mit dem Suchauftrag, teils auch bei der Verfolgung der anderen Fälle, denen er nachgeht, weil sie ihn interessieren, weil er generell neugierig ist oder weil er meint, daß sie doch eine Verbindung zu seinem Fall haben könnten.

Die Folge von Szenen ist auch eine Folge von Orten. Das Unterwegssein des Detektivs bei Hammett im Gegensatz zum stationären Detektiv des orthodoxen Typs wird bei Chandler systematisiert zu einer Dramaturgie des Ortes. Aufeinanderfolgende Szenen spielen an verschiedenen Orten. Die meisten Szenen spielen an einem neuen Ort – neu für den Leser wie für den Detektiv. Die Orte, fast alles Innenräume, werden im Detail beschrieben. In *The Lady in*

the Lake gibt es etwa 25 Ortsbeschreibungen. Nur wenige Orte – Kingsleys Büro, Laverys Haus, das Blockhaus in Puma Point – dienen mehrfach als Szenenschauplatz.
Die Raumbeschreibungen gehen nicht darin auf, die Szenerie für die nachfolgende Dialog- und Aktionsszene zu liefern, und sie interessieren nicht primär als Tatort, als spurenhaltiger Ort vergangener Handlung. Sie sind aber auch nicht, wie Hammetts Allerweltsräume, Teil einer Beschreibung der gesichtslosen Welt, ohne Funktion in der Detektivgeschichte. Sie spielen vielmehr in der Szene eine dramatische Rolle, denn sie sagen viel über den Besitzer und Bewohner aus, sind Sitz von Gefahren und Teil einer Situation, die der Detektiv erkunden muß, wenn er sie bestehen will. Die Ortserkundung als Analyse einer gefährlichen Situation herrscht anstelle der Tatortbesichtigung vor. – Die Kette der Ortsbeschreibungen hat bei Chandler aber auch – in Übereinstimmung mit vielen ›klassischen‹ Detektivromanen und im Gegensatz zu Hammett – unterhaltende, gewissermaßen kulinarische Aspekte. Auch bei Chandler gibt es triste Hotelzimmer und Büros, aber er bevorzugt interessante und opulente Interieurs, in *The Lady in the Lake* beispielsweise das ultramoderne Foyer von Kingsleys Firma, Bungalows in vornehmen Wohngegenden, den Speisesaal im exklusiven Club, das komfortable Blockhaus.
Die Szenenreihe ist auch eine Personenkette, eine Folge von Textsegmenten, in denen Personen, und zwar wieder in der Regel neue, noch unbekannte Personen, vorgeführt und in der Auseinandersetzung mit dem Detektiv gezeigt werden. Während die Gesellschaft des orthodoxen Detektivromans in der Regel ein geschlossener Kreis ist, der als Gruppe durchgehend am Handlungsort präsent ist und dem Detektiv zur Verfügung steht, treten die Figuren bei Chandler nacheinander auf. Viele Figuren, darunter auch für die Handlung wichtige, haben nur einen Auftritt. Viele der Mithandelnden kennen einander nicht und lernen sich auch im Verlauf der Geschichte nicht kennen. Auch bei der Lösung am Schluß kommt es nicht zu der gattungstypischen Generalversammlung; es ist nur eine kleinere Gruppe zugegen. Das Figurenensemble existiert zunächst gar nicht als Romangesellschaft, sondern als eine Serie von Einzelpersonen und Paaren, die dem Detektiv über den Weg laufen. Er ist also der Träger des Zusammenhangs, bis sich dann im Lauf der Geschichte doch zeigt, daß die Figuren enger zusammengehören, als man zunächst gemeint hat.
Was in der Gattung im großen geschieht, nämlich daß ein Aufbauschema in vielen Romanen variiert wird, das geschieht bei Chandler im einzelnen Roman. Das Werk ist aus Episoden zusammengesetzt, von denen jede für sich ein kleiner Krimi ist und bei starker Abwandlung das gleiche Schema wiederholt: Situationserkundung, konflikthaltige Interaktion des Helden mit dem Szenenpartner (oder mit mehreren Szenenpartnern), ambivalenter Schluß mit Abschluß der Szenenhandlung und Markierung des offenbleibenden Problems.
Der Rezeptionsvorgang ist in stärkerem Maße als beim orthodoxen Krimi parzelliert. Man dechiffriert die (oft in ihrer Durchschaubarkeit erschwerte) Szene, ist weniger auf Vorausschau und Warten auf die Gesamtlösung einge-

stellt. Auch die Kompositionsweise ist anders. Der Autor kann nach einem Baukastenprinzip selbständige Teile zusammenfügen. Daß Chandler tatsächlich so vorgeht, zeigt die Entstehungsgeschichte von drei seiner besten Romane, *The Big Sleep, Farewell, My Lovely* und *The Lady in the Lake.* In diesen Romanen hat Chandler je zwei oder drei seiner vor Jahren in *Black Mask* oder *Dime Detective Magazine* veröffentlichten Kurzgeschichten »kannibalisiert« – wie er es nannte –, und zwar so, daß er das ganze Szenen- und Figureninventar ohne größere strukturelle Änderungen übernahm und kombinierte oder ineinanderschachtelte.[29]

Obwohl Chandler in der Umwandlung des Romans in eine Folge von strukturell genormten Einzelteilen weiter geht als Hammett, löst er doch die alte Konzeption des Detektivromans als Ganzheit, als Vielfalt von Puzzleteilen, die sich zu einem Muster zusammenfügen, keineswegs auf. Die Ereignisse und Personen, die am Anfang des Romans disparat erscheinen, gewinnen schrittweise an Zusammenhang. Personen, die angeblich nichts miteinander zu tun haben, kennen sich doch oder sind über Dritte miteinander verbunden. In *The Lady in the Lake* reduziert sich die Vielfalt der Personen ganz wörtlich: scheinbar verschiedene Personen fallen zusammen. Muriel Chess ist jene Mildred Haviland, nach der De Soto, der in Wirklichkeit Leutnant Degarmo ist, gesucht hat. Sie ist auch identisch mit jener Mrs. Fallbrook, die Marlowe als angebliche Vermieterin in Laverys Haus trifft, und sie verbindet Leutnant Degarmo, dessen Frau sie einst war, mit Dr. Almore, ihrem Liebhaber und Komplizen, und Bill Chess, den sie nach der Flucht aus der Stadt geheiratet hat. Schließlich wird aus den vielen Fällen ein einziger, und über diesen Fall sind alle Personen miteinander verbunden. Dieser Fall freilich ist nicht ein einziges, punktuelles Ereignis, das den normalen, geordneten und moralischen Lauf der Dinge unterbricht, sondern ein langer und verschlungener Prozeß mit mehreren Morden und anderen Verbrechen und mit mehreren Schuldigen und Mitschuldigen. In *The Lady in the Lake* gibt es drei Morde (Mrs. Almore, Mrs. Kingsley, Mildred/Muriel) und drei Täter oder Tathelfer (Mildred/Muriel, Dr. Almore, Degarmo), außerdem Drogenkriminalität und Polizeibrutalität.

Die Aufbauweise ist anders als im orthodoxen Detektivroman, aber letztlich nicht weniger einheitlich und formal befriedigend. Dort gibt es am Anfang eine Ordnung, ein gesellschaftliches Muster, das durch den Mord gestört wird. Nach unübersichtlichem Prozeß im Mittelteil wird die Ordnung schließlich wieder hergestellt. Hier führt ein gradueller Prozeß vom Mangel an Ordnung und *pattern* bei Personen und Aktionen zu einem totalen Zusammenhang. Dort gibt es eine meist relativ einfache Mordhandlung und verschiedene Nebenhandlungen, die irrelevant sind und nur als *red herrings* dienen. Hier gibt es keine Nebenhandlung, sondern nur einen einzigen Handlungskomplex, bei dem freilich die Einfachheit der Glieder darüber hinwegtäuscht, daß das Geschehen in der Synopse viel verworrener und konstruierter ist als beim normalen Detektivroman.

Zu Chandlers Roman gehört neben der anderen Handlungs- und Einheitskonzeption auch eine andere Auffassung des Romans als *mystery* und des Detektivs als Enträtseler des Geheimnisses. Beim orthodoxen Detektivroman ist der

Fall von vornherein und für jeden erkennbar ein Puzzle, dessen Teile – meist von anderen, der Polizei etwa, eruiert – freilich nur der Detektiv zusammensetzen kann. Bei Chandler ist anfangs kein Puzzle zu sehen. Während alle anderen nur isolierte Fälle sehen und die Polizei nur das vor ihrer Nase Liegende sehen will, geht der Detektiv als Sucher nach absoluter Wahrheit von der Möglichkeit größerer Zusammenhänge aus: »Until you've finished with a case, you can't ever be quite sure what its ramifications are, can you?«[30] Auch Wohlmeinende halten die Unterstellung eines Gesamtzusammenhangs für eine fixe Idee des Detektivs, die im Widerspruch zur Realität steht:

> »His voice sounded sharply, saying: ›Look here, Marlowe, I think I can understand your detective instinct to tie everything that happens into one compact knot, but don't let it run away with you. Life isn't like that at all – not life as I have known it‹.«[31]

Der entscheidende Schritt des Detektivs besteht in der Erkenntnis, daß die einzelnen Teile in der Tat zu einem einzigen Puzzle gehören:

> »I won't say the pieces were beginning to fall into place, but at least they were getting to look like parts of the same puzzle. Which is all I ever get or ask.«[32]

Bis zum Schluß liegt sein Vorsprung nicht darin, daß er der fähigste Puzzler ist, sondern daß er als einziger vom Vorhandensein des Puzzles überzeugt ist.

Zur Grammatik der Formen

Wenn Chandler benennen will, was ihm am Detektivroman wirklich wichtig erscheint und was er verbessern will, um Literatur zu schaffen, spricht er von »style« und »character«. Stil ist wesentlich, die schematische Form nicht:

> »[...] my whole career is based on the idea that the formula doesn't matter, the thing that counts is what you do with the formula; that is to say, it is a matter of style.«[33]

Das Endziel ist:

> »[...] a novel [...] which, ostensibly a mystery and keeping the spice of mystery, will actually be a novel of character and atmosphere with an overtone of violence and fear.«[34]

Stil und Charakter sind bei Chandler zwei Seiten der gleichen Sache. Unter Stil versteht er nicht nur die Sprache, sondern auch die Ausführung aller anderen kompositorischen Details;[35] Stil ist die Art und Weise, wie der Autor seine Persönlichkeit in den Text projiziert. Ziel des stilistischen Könnens ist die Erzeugung von Gefühlsreaktionen beim Leser, »the creation of emotion through dialogue and description«.[36]

Charakterroman soll die Detektivgeschichte nicht in dem Sinne sein, daß die Entwicklung von Charakteren gezeigt wird – der Hauptcharakter bleibt ja immer gleich. Charakterdarstellung ist die Schilderung von Menschen in emotional bewegten Situationen und die Vermittlung dieser Emotionen an den Leser auf dem Wege über die Teilnahme an den Romanfiguren. Die Charakterdarstellung erfolgt bei ihm nicht durch Innensicht des Bewußtseins (»subjective method«) und nicht durch reinen Bericht über Fakten (»case history method«, »documentary style«), sondern »by the objective or dramatic method as on the stage, that is, by the appearance, behavior, speech and actions of the character«.[37] Somit ist die Handhabung der einzelnen Szene der Prüfstein für das Können des Autors. Die Grammatik der Formen, die Chandler bei der Komposition seiner Szenen einsetzt, ist umfangreich und läßt sich nicht in Kürze darlegen. Ich konzentriere mich auf zwei Strukturen, die das Leseerlebnis der Texte Chandlers und anderer *hard-boiled writers* mitprägen, die Orientierung oder Situationserkundung und den Szenenkonflikt, besonders den Konflikt in der Form des Kampfgesprächs.

Da die Szene in der Regel an einem neuen Schauplatz spielt und da die Szene als *mystery story* im kleinen angelegt ist, durchlaufen Detektiv-Erzähler und Leser einen Prozeß der Orientierung und Situationserkundung. Der Prozeß ist meist der eigentlichen Szenenhandlung vorgeschaltet, er kann aber auch den Inhalt der Szene ausmachen, etwa als Durchsuchung eines Raumes oder Hauses. Vertraute Rituale des harten Krimis sind beispielsweise das Eindringen des Detektivs in einen dunklen Raum, in dem man sich stufenweise zurechtfindet, oder die Durchsuchung in Gegenwart des Zimmerinhabers als Zweikampf, bei dem der Sucher durch Beobachtungen der Reaktionen des Gegenspielers etwas Verstecktes finden will.

Die Situationserkundung existiert nicht nur als Grundtyp von Handlung, sondern auch als sprachliches Verfahren, das den Leser von der Orientierungslosigkeit zum Situationsverständnis führt.

In der Anfangsszene von *Farewell, My Lovely* beobachtet Marlowe, wie ein Riese von einem Kerl hinter den Schwingtüren einer Kneipe verschwindet. Was dann geschieht, wird in der ersten Fassung der Szene (in der *Black Mask*-Geschichte »Try the Girl«) nur einen Moment lang sichtbar:

> »The doors didn't stop swinging before they exploded outwards again. What sailed out and landed in the gutter and made a high, keening noise, like a wounded rat, was a slick-haired coloured youth in a pinchback suit.«[38]

In der endgültigen Fassung heißt es:

> »The doors swung back outwards and almost settled to a stop. Before they had entirely stopped moving they opened again, violently, outwards. Something sailed across the sidewalk and landed in the gutter between two parked cars. It landed on its hands and knees and made a high keening noise like a cornered rat. It got up slowly, retrieved a hat and stepped back on to the sidewalk. It was a thin, narrow-shouldered brown youth in a lilac coloured suit and a carnation. It had slick black hair. It kept its mouth open and whined for a moment. People stared at it vaguely. Then it settled its hat jauntily, sidled over to the wall and walked silently splay-footed off along the block.«[39]

Hier führt der durch den Text beim Leser induzierte Reaktionsprozeß von der Wahrnehmung einer unbestimmten, gewaltsamen Bewegung über die Zwischenstufen *something – it – like a rat – brown youth* – [*description*] bis zu der spannungslösenden Erkenntnis, daß dem Herausgeworfenen nichts Ernsthaftes passiert ist (und zu der implizierten, zum nächsten Abschnitt überleitenden Frage, was der Riese wohl drinnen anstellen mag).
Die Emotionshaltigkeit der Situationserkundung läßt sich steigern oder schwächen. Als Beispiel das Motiv ›Der Detektiv wird wach‹, das im harten Krimi dauernd, im orthodoxen nur selten vorkommt. Im einfachsten Fall wird nur der Vorgang der Benachrichtigung dramatisiert und leicht emotionalisiert: Der Detektiv wird durch das Telefon geweckt und braucht eine Weile, ehe er sich orientiert und auf Anrufer und Botschaft einstellt. Eine Form mit verstärkten Obertönen von Gewalt und Furcht ist das Erwachen des Detektivs aus der Ohnmacht nach Kampf oder Entführung in einem fremden Raum und in der Hand des Gegners, ein Handlungskern, der zu einem langen Prozeß der Situationserkundung und -bewältigung ausgebaut werden kann. Die höchste Steigerung ist das Erwachen des Detektivs neben einer Leiche als scheinbarer Mörder. Hammett verwendet diese Szene in *Red Harvest*, wo der Detektiv nach einem Zechgelage und bösen Träumen zu einer noch böseren Wirklichkeit erwacht:

»I opened my eyes in the dull light of morning sun filtered through drawn blinds.
I was lying face down on the dining room floor, my head resting on my left forearm. My right arm was stretched straight out. My right hand held the round blue and white handle of Dinah Brand's ice pick. The pick's six-inch needle-sharp blade was buried in Dinah Brand's left breast.
She was lying on her back, dead. Her long muscular legs were stretched out toward the kitchen door. There was a run down the front of her right stocking.
Slowly, gently, as if afraid of awakening her, I let go the ice pick, drew in my arm, and got up.
My eyes burned. My throat and mouth were hot, woolly. I went into the kitchen, found a bottle of gin, tilted it to my mouth, and kept it there until I had to breathe. The kitchen clock said seven-forty-one.«[40]

Chandlers Version dieser Szene in *The Lady in the Lake* ist typisch für den Unterschied zwischen beiden Autoren. Der Weg vom Erwachen Marlowes, nach Gin stinkend und orientierungslos, bis zum Situationsverständnis ist um ein Mehrfaches länger. Erst nach drei Seiten sieht er die Frau – es ist Mildred/Muriel –, mit der er gestern eine Besprechung hatte:

»I looked around for her. She was still there. She was lying on the pulled-down twin bed.
She was wearing a pair of tan stockings and nothing else. Her hair was tumbled. There were dark bruises on her throat. Her mouth was open and a swollen tongue filled it to overflowing. Her eyes bulged and the whites of them were not white.

Across her naked belly four angry scratches leered crimson red against the whiteness of flesh. Deep angry scratches, gouged out by four bitter fingernails.« (S. 191.)

Die Schilderung ist melodramatischer; die emotionalen und sensationellen Elemente werden ausgiebig behandelt. Die moralische Ambivalenz ist dagegen getilgt worden: Der Continental Op hat sich sinnlos betrunken und weiß nicht, ob er Dinah Brand umgebracht hat. Marlowe weiß, daß er weder gemordet noch Gin getrunken hat.

Die ›harte Schule‹ trägt ihren Namen nicht zu Unrecht; die Romane sind *tough* und die Detektive *hard-boiled.* Als charakteristisch für diesen Romantyp haften dem Leser vor allem Szenen voller handgreiflicher Aktionen im Gedächtnis, und von denen gibt es auch bei Chandler eine ganze Reihe. In *The Lady in the Lake* wird der Detektiv zweimal mit der Pistole bedroht, einmal geohrfeigt, zweimal in Prügeleien verwickelt und einmal aus dem Hinterhalt niedergeschlagen. Dennoch sind diese Art von Szene und diese Art von *toughness* nicht häufig genug, um wirklich charakteristisch zu sein. In den meisten Szenen ist *violence* ein verbales Phänomen, und *toughness* ist eine Art und Weise der sprachlichen Interaktion. Ein Szenenkonflikt wird in einem Kampfgespräch ausgetragen. Solche begrenzten Konflikte treten nicht nur dort auf, wo der Detektiv auf einen Feind – einen mutmaßlichen Mörder oder bösen Polizisten – trifft. Fast jede Kontaktaufnahme mit einer neuen Figur wird in eine Kampfszene verwandelt.

Das erste *plot*-Segment in *The Lady in the Lake*, die Beauftragung des Detektivs zur Suche nach Mrs. Kingsley, beinhaltet keinen Konflikt. Kingsley hat den Sheriff gebeten, ihm einen guten Privatdetektiv zu vermitteln. Marlowe kommt aufgrund dieser Vermittlung. Chandler läßt dem einvernehmlichen Gespräch über den Auftrag zwei Konfliktszenen vorangehen, in denen der Detektiv sich den Zutritt zu Kingsley erstreitet, seine *toughness* klärt und in denen dem Leser zweimal der Prozeß Spannung – Lösung vermittelt wird.

Im ersten Anlauf gelangt Marlowe nicht über die Vorhalle hinaus, deren opulente Art-Deco-Ausstattung aus ironischer Distanz geschildert wird. Seine Widersacherin ist die kühle und hochelegante Miss Adrienne Fromsett, die ihn abweist, weil er nicht angemeldet ist, weil er schnoddrig redet und weil er nichts tut, um den Grund seines Kommens zu erklären. Da er einfach nicht weggeht und da seine Mischung aus Frechheit und Witz letztlich doch imponiert, wird er dann doch vorgelassen.

Im Chefbüro – dessen Einrichtung bis zum letzten Ledersessel vorgeführt wird – kommt es zu einem Wortkampf, in dem Auftraggeber und Detektiv wetteifern, wer am meisten *toughness* aufweist. Am Anfang beansprucht Kingsley das Sagen:

»I guess you might do, but don't get flip with me. And remember when I hire a man he's my man. He does exactly what I tell him and he keeps his mouth shut. Or he goes out fast. Is that clear? I hope I'm not too tough for you.« (S. 10.)

»Why not leave that an open question?« schlägt Marlowe vor, um dann im Schlagabtausch zu klären, daß er sich nichts sagen läßt und von niemandem an Härte übertroffen wird.
Das rituelle Ende des Kampfes ist nicht lediglich das Aufhören der Feindseligkeiten, sondern ein Bund des Vertrauens und der Zuneigung, die gerade auf der Gemeinsamkeit des Kampfes beruht. Seit Jahren, stellt Kingsley erfreut fest, habe ihm niemand mehr derart die Meinung gesagt. »›Damn it all,‹ he said, ›I liked it. I liked it fine.‹« (S. 11.)
Männerbünde dieser Art, loyale Partnerschaften, die aus streithafter Auseinandersetzung hervorgehen, gibt es in jedem Roman häufiger als Männerfeindschaften. Der Detektiv ist ein Einzelgänger insofern, als er keinem Lager angehört, aber Freunde findet er immer, auch wenn Vertrautheit und Kumpanei nach beigelegtem Streit gelegentlich von Verrätern mißbraucht werden können. Mit Frauen dagegen ist auch bei Chandler ein Bund solcher Art nicht möglich; sie sind gefährlicher, hinterhältiger; man kann ihr Freund nicht sein.

Sprache

Für die Autoren der *hard-boiled school*, die ihre Wirkungen vor allem durch die kleineren Texteinheiten erzielen wollen, ist der Sprachstil wichtiger als für die meisten Repräsentanten des ›klassischen‹ Detektivromans. Chandler sieht sich in der Nachfolge Hammetts als Schöpfer einer neuen Sprache, bei der die im Vergleich zu den britischen Sprachgepflogenheiten größere Formbarkeit und Konventionsfreiheit des amerikanischen Englisch zur Basis eines emotional ansprechenden, auf die Vermittlung konkreter Erfahrungen ausgerichteten, durch witzige Einfälle unterhaltenden Idioms gemacht wird. Chandler verwahrt sich mit Nachdruck dagegen, für einen sprachlichen Realisten, einen Verwender der vorgefundenen Sprechweisen und Slangs gehalten zu werden. Er betont, daß sein Englisch nach literarischen Gesichtspunkten konstruiert ist, daß er eine Kunstsprache schreibt.[41]
Chandlers Stil hat in der Tat mit echter amerikanischer Umgangssprache, wie sie etwa die neuere Soziolinguistik in ihren Beispielcorpora zum *Non-Standard English* dokumentiert hat, sehr wenig zu tun (mehr schon mit älteren amerikanischen Versuchen, die Umgangssprache von Randgruppen humoristisch und unterhaltsam umzugestalten, wie in den *Guys and Dolls*-Geschichten von Damon Runyon).
Chandlers Sprache besteht aus zwei Stilmodi, die kontrastierend verwandt werden. Der eine Modus ist der Dialog mit knappem Nebentext, der Auskunft über Sprecher und Sprechweise gibt. Der Dialog besteht vorwiegend aus ganz kurzen elementaren, zum Teil unvollständigen Sätzen, deren Reihung dem Text seinen charakteristischen harten, abgehackten Rhythmus gibt und auch einem Gespräch über Alltägliches Spannung verleiht. Ein Beispiel aus *The Lady in the Lake:*

> »He frowned. He said sharply: ›What do you charge?‹
> ›Twenty-five a day and expenses. Eight cents a mile for my car.‹
> ›Absurd,‹ he said. ›Far too much. Fifteen a day flat. That's plenty. I'll pay the mileage, within reason, the way things are now. But no joyriding.‹
> I blew a little grey cloud of cigarette smoke and fanned it with my hand. I said nothing. He seemed a little surprised that I said nothing.« (S. 10.)

Dieser Sprechstil, zu dem auch ein schnelles Hin und Her von Rede und Gegenrede gehört, unterscheidet sich kaum nach sozialen Schichten oder einzelnen Figuren.

Der andere Stilmodus wird im Erzählerbericht außerhalb der Dialoge angewandt, das bedeutet vor allem, bei der Schilderung von Sinneserfahrungen – was zu sehen war, was sich an nicht-verbaler Aktion begab. Hier sind die Sätze, an den Konventionen literarischer Prosa gemessen, zwar immer noch kurz und unkompliziert; sie werden scheinbar kunstlos aneinandergereiht. Sätze, die mit I + Verb anfangen (»I thanked her [. . .] I lit a cigarette and dragged a smoking stand beside the chair. [. . .] I looked the place over«, S. 7) skandieren den Text und erwecken den Eindruck der Direktheit. Die Passagen sind aber in der Syntax weniger hektisch und karg als die Dialogpartien und benutzen ein umfangreiches Beschreibungsvokabular:

> »The Gillerlain Company was on the seventh floor, in front, behind swinging double plate-glass doors bound in platinum. Their reception-room had Chinese rugs, dull silver walls, angular but elaborate furniture, sharp shiny bits of abstract sculpture on pedestals and a tall display in a triangular showcase in the corner.« (S. 5.)

Ohne Zusätze müßten beide Stilmodi auf die Dauer monoton und ermüdend wirken. Chandler sorgt für Abwechslung durch Stilelemente, die er mit dem Sammelbegriff *wit* bezeichnet. In den Dialogpartien besteht der Witz hauptsächlich aus schlagfertigen oder auch nur frechen Antworten des Detektivs. – Als Kingsley dem Detektiv, der ihn auf den Arm nimmt, herrisch sagt »I don't like your manner,« läßt das Marlowe kalt: »›That's all right,‹ I said. ›I'm not selling it.‹« (S. 8.)

Im Erzählerbericht sind die Einlagen am augenfälligsten und häufigsten; sie setzen sich vorwiegend aus sprachlichen Bildern – Vergleichen oder Metaphern – zusammen, die in überraschendem Kontrast zur Nüchternheit der übrigen Sprachelemente stehen. Die folgenden Beispiele mit der *imagery* im Kursivdruck stammen aus dem Anfangskapitel von *The Lady in the Lake.*

Über die Vitrine mit kosmetischen Produkten in Kingsleys Firma:

> »On tiers and steps and *islands and promontories* of shining mirror-glass it seemed to contain every fancy bottle and box that has ever been designed. There were creams and powders and soaps and toilet waters for every season and every occasion. There were perfumes in tall tin bottles that looked *as if a breath would blow them over* and perfumes in little pastel phials tied with ducky satin bows, *like little girls at a dancing class.*« (S. 5.)

Aus der Beschreibung der Empfangsdame:

»The edges of the folded handkerchief in the breast pocket *looked sharp enough to slice bread.*« (S. 6.)

Über ihre jüngere Kollegin an der Telefonvermittlung:

»The little blonde [...] looked playful and eager, but not quite sure of herself, *like a new kitten in a house where they don't care much about kittens.*« (S. 6.)

Beim Warten:

»The minutes went by *on tiptoe, with their fingers to their lips.*
[...] two men came out backwards, laughing. A third man held the door for them and *helped them laugh.* They all shook hands heartily and the two men went across the office and out. The third man *dropped the grin off his face and looked as if he had never grinned in his life.*
[...]
His door closed on the pneumatic closer and made *a sound like ›phooey‹.*
[...] I *ate another cigarette* and more *time staggered by.*« (S. 7.)

Die meisten dieser Bilder sind zugleich veranschaulichend und übertreibend. Sie sollen nicht nur durch ihre Originalität Spaß machen, sondern auch Marlowes distanziert-ironische Sehweise zum Ausdruck bringen. Aus ihrem Kontext genommen, sind viele der metaphorischen Einlagen nicht besonders witzig oder treffend. Sie wirken mitunter gesucht und unorganisch. (Chandler verfertigte serienweise solche *similes*, schrieb sie in Notizbücher, verwendete sie nach Bedarf und hakte sie ab.) Trotz dieser Schwächen erfüllen die Einlagen aber ihre Funktionen. Sie lockern auf, sie geben Chandlers Stil Individualität, sie bieten – da jeder Witz ein Entschlüsselungsproblem ist – punktuelle Spannung und Entspannung, sie bewahren die Perspektive, unter der Welt und Geschehen betrachtet werden, vor Pathos und distanzloser Anteilnahme. Vor allem wirkt die Tatsache, daß die Bilder selbstgemacht sind, dem Eindringen stereotyper Metaphern und abgegriffener Wendungen in den Text entgegen.

Mickey Spillane

Unter den Autoren der *hard-boiled school* nimmt Mickey Spillane (geb. 1918) die Position des Erzbösewichts ein. Seine Romanproduktion, die von 1947 bis in die siebziger Jahre reicht, wird von der Kritik ziemlich einhellig verdammt und als minderwertig eingestuft. Nur das Publikum schließt sich dieser Übereinstimmung nicht an. Spillane ist der meistgelesene unter den ›harten‹ Autoren. Die Gesamtauflage liegt bei 70 Millionen, wobei die Renner, insbesondere einige der frühen Mike-Hammer-Romane, auf 7 oder 8 Millionen pro Titel kommen.[42]

Schlechter Roman – andere Strukturen?

Was für unter aller Kritik gehalten wird, das wird gerade in der Literatur meist ohne nähere Begründung abgelehnt. Das Urteil der Minderwertigkeit – zumal der Minderwertigkeit von Werken, die vom Publikum akzeptiert werden – ist schwerer zu erhärten als das der besonderen Qualität. Warum sind Spillanes Romane so schlecht und warum werden sie dennoch so gern gelesen? Die übliche Antwort, daß Spillanes Texte Brutalität, Sex und Gewalt zum Thema erhöben und an die niederen Instinkte appellierten, ist sicher nicht ganz falsch, aber ebenso sicher auch nicht zureichend, wenn man bedenkt, daß die gefeierten Repräsentanten sich mit den gleichen Themen beschäftigen und sich wohl kaum an völlig andere Triebe richten können. Es fragt sich also, was bei einem Spillane-Roman anders ist als bei einem Text von Hammett oder Chandler und worin sich die Strukturen gleichen. Es fragt sich weiter, ob die mindere Qualität von Spillanes Romanen mit der Gattung zusammenhängt, sei es, daß der Autor bestimmte Bedingungen nicht erfüllt oder Regeln nicht einhält, sei es, daß die von manchen Kritikern behauptete Trivialität der ganzen Gattung hier durchschlägt. Es fragt sich schließlich, warum gerade in der Kriminalliteratur die Skala von anspruchslos bis anspruchsvoll so auffällig breit ist. – Ich wähle als Objekt *I, the Jury* (1947), Spillanes ersten Roman, den Prototyp der Mike-Hammer-Serie.

Das Handlungsgerüst und der Aufbau der Romangesellschaft kommen einem vertraut vor, weil Spillane hier Hammetts *The Maltese Falcon* für seine Zwecke adaptiert.

Ausgangslage: Ein Privatdetektiv, Mike Hammer, wird damit konfrontiert, daß sein Freund und Kollege, Jack Williams, grausam ermordet worden ist. Er schwört, den Mörder zu suchen und zu finden. Bei den Ermittlungen, die er in freundschaftlicher Konkurrenz und stetigem Informationsaustausch mit Pat Chambers von der Mordkommission durchführt, kann er davon ausgehen, daß der Mörder einer der Gäste der letzten Party des Ermordeten ist:

- Myrna Devlin, Jacks Verlobte, früher drogenabhängig;
- George Kalecki, ein Ex-Krimineller, der honorig geworden ist;
- Hal Kines, dessen Freund, Medizinstudent;
- Mary und Esther Bellemy, Zwillinge, schwerreich;
- Charlotte Manning, eine Schönheit und eine Ärztin mit psychiatrischer Praxis – die Frau, in die sich der Detektiv verliebt, mit der er sich verlobt und mit der er sich bei seinen Nachforschungen bespricht.

Erster Teilfall, gelöst: Hammer bekommt heraus, daß Jack Williams sich vor seinem Tod mit dem Schicksal einer Prostituierten, Eileen Vickers, befaßt hat, die während ihrer Collegezeit von einem Studenten namens Hanson verführt und auf den Weg der Prostitution gebracht wurde. Hanson ist identisch mit Hal Kines, und er ist ein vielfacher Verführer, Zuhälter, Erpresser und Rundum-Ganove. Eileen und Hal werden im Bordell erschossen, mit der gleichen Pistole.

Zweiter Teilfall, gelöst: Mike Hammer ermittelt, daß George Kalecki immer noch als Krimineller aktiv ist und für einen anderen arbeitet, der ihn erpreßt.
Dritter Teilfall und vierter Teilfall, ungelöst: Bobo Hopper, ein Informant des Detektivs, wird bei einem Botengang erschossen. Bei einer großen Party im Haus der Bellemy-Zwillinge wird Myrna erschossen. Alle Anwesenden scheinen ein Alibi zu haben.
Auflösung: Ein Indiz – ein bei einem der Opfer gefundenes Heroinpäckchen – bringt Mike Hammer die Erleuchtung. Die vielfache Mörderin ist seine Verlobte Charlotte Manning, die Patienten zu Rauschgiftsüchtigen machte und alle ermordete, die ihre Kreise störten. Hammer konfrontiert Charlotte mit einer Rekonstruktion aller Zusammenhänge und erschießt sie.

Diesem *plot* liegen nicht nur in den übernommenen Teilen, sondern durchgehend die gleichen Konstruktionsprinzipien zugrunde wie den Handlungen bei Hammett und Chandler. Eine Ermittlungshandlung wird durch lebhafte Aktionen und Abenteuer angereichert. Nach einer Reihe von Teilfällen, die weitgehend selbständig sind und großteils gelöst werden, folgt die Erklärung des Gesamtzusammenhangs, in dem auch die Teilfälle ihren Platz haben. Noch stärker als Chandler nähert sich Spillane wieder der Konstruktionsweise des orthodoxen Detektivromans und seiner Dominanz des Täterrätsels und der starken Perspektivität auf den Schluß hin. Es gibt ein Hauptverbrechen, einen Täter, ein Such- und Racheziel.
Wenn man die Leichen und die Gewaltszenen auszählt, ergibt sich bei Spillane ein Plus gegenüber dem durchschnittlichen Hammett- oder Chandler-Roman – in *I, the Jury* gibt es sieben Tote, in *The Maltese Falcon* vier –, aber kein wesentlicher Unterschied und kein Maximum wie in Hammetts *Red Harvest.*
Ein deutlicheres Unterscheidungsmerkmal ist die Tendenz zu totaler Aktionalisierung. Bemühten sich die anderen *tough guy writers* schon, den vorwiegend geistigen und vergangenheitsklärenden Prozeß der Wahrheitssuche in gegenwärtige physische Aktionen – Raumerkundung, Jagd, Kampf – umzusetzen, so ist die Vorherrschaft der physischen Aktion bei Spillane noch ausgeprägter. Die besonders von Chandler entwickelte Methode der verbalisierten *toughness*, das Kampfgespräch vor einem Hintergrund physischer Aktion – Kampf um Zugang, Gespräch mit vorgehaltener Pistole –, wird bei Spillane kaum angewandt. Der Dialog tritt zurück. In manchen Szenen wird fast ohne Worte getreten, geschlagen, geschossen. An die Stelle des Gesprächs tritt die monologische Tirade des Detektivs, der ganze Kapitel lang als Erzähler und wörtlich zitierter Sprecher die einzige sprachbegabte Figur zu sein scheint.
Die Aktionalisierung und Reduzierung des Dialogs zeigen sich exemplarisch in der Schlußszene, die dem letzten Gespräch zwischen Detektiv und Mörderin in *The Maltese Falcon* nachgebildet ist. Bei Hammett plädiert Brigid leidenschaftlich mit dem Detektiv, dessen Klientin und Geliebte sie ist, sie nicht an die Polizei zu verraten. Der Leser sieht die Situation auch aus ihrer Perspektive; er zweifelt, ob Spade sich ihrem Plädoyer versagen wird. Bei Spillane redet der Detektiv. Nach der Art von Poirot hält er einen Vortrag, in dem er den Gesamtfall rekonstruiert und Charlotte ihre Verruchtheit vorhält. Charlotte

plädiert, indem sie schweigend handelt. Sie zieht sich aus und bietet sich an – ein Vorgang, der Knopf für Knopf geschildert und in kleinen Portionen kontrapunktisch in den Monolog eingelegt wird. Erst als er sie in den nackten Bauch schießt, sagt sie sterbend »How c-could you?« und gibt ihm das Stichwort für den triumphalen Schlußknüller: »›It was easy,‹ I said.«[43]

Der Detektiv ist bei Spillane in erster Linie als Bluträcher und erst in zweiter als Wahrheitsfinder konzipiert. Mike Hammer schwört dem toten Freund im kopierten Stakkatostil Chandlers:

> »Jack, you're dead now. You can't hear me any more. Maybe you can. I hope so. I want you to hear what I'm about to say. You've known me a long time, Jack. My word is good just as long as I live. I'm going to get the louse that killed you. He won't sit in the chair. He won't hang. He will die exactly as you died, with a .45 slug in the gut, just a little below the belly button. No matter who it is, Jack, I'll get the one. Remember, no matter who it is, I promise.« (S. 7 f.)

Notwendigkeit und Berechtigung der Rache werden nicht – wie normalerweise in Rachegeschichten – mit dem Versagen der öffentlichen Rechtsinstitution begründet; es gilt als ausgemacht, daß der Täter auch ohne den Detektiv gefaßt und bestraft würde. Aber die Polizei ist an Regeln und Vorschriften gebunden, während er allein und frei ist; der Prozeß des Gesetzes ist langwierig, unparteiisch und emotionslos, während der Detektiv schnell urteilt und handelt und dem Täter seinen Haß heimzahlt.

Obwohl er in diesem Falle den Tod des Freundes rächt, spricht sich der Detektiv als Privaträcher öffentliche Funktion zu. Er handelt immer so. Er schützt durch die Ausmerzung derer, die er als *rats* und *mad dogs* einstuft, die Gesellschaft, die auch dem Rächer einen ordentlichen Prozeß gewähren will, vor ihrer eigenen Dummheit:

> »Someday I'd trigger the bastard that shot Jack. In my time I've done it plenty of times. No sentiment. That went out with the first. After the war I've been almost anxious to get to some of the rats that make up the section of humanity that prey on people. How incredibly stupid they could be sometimes. A trial by law for a killer. A loophole in the phrasing that lets a killer crawl out. But in the end the people have their justice. They get it through guys like me once in a while.« (S. 15 f.)

Die Einstellung des Detektivs ist in ihrer Schrecklichkeit extrem, aber natürlich ist ein Held, der außergesetzlich und ohne Notstand tötet, in der Literatur keine Seltenheit. Was Mike Hammer von anderen Täter-Helden und von anderen außergesetzlich Handelnden unterscheidet, ist die Unangefochtenheit und Konfliktlosigkeit, mit der er in der Welt des Romans nach seinem Credo leben kann. Gesetzloses Handeln auf der Suche nach Wahrheit, eines der Hauptthemen der harten Schule, ist bei Spillane kein Thema. Der Held hat kein Gewissen; er reflektiert nicht. Sein Freund von der Polizei rät ihm sanft und halbherzig von der Blutrache ab, läßt sich dann aber mit Mike Hammer auf einen fröhlichen Wettkampf ein: wer den Mörder zuerst erwischt, der wird

zu einem Steak eingeladen. (Der Autor tut ein übriges, um jede Problematisierung des tötenden Detektivs zu vermeiden: Wenn Mike Hammer jemanden umlegt, stellt sich hinterher heraus, daß es doch eine Art Notwehr war.)
Mike Hammer lebt konfliktfrei und ungefährdet – das gilt auch für das scheinbare Hauptthema der Handlung, die Versuchung des Detektivs durch die Mörderin und den Kampf zwischen Liebe oder Sexualität und Rachepflicht. Spillane hat die Versuchung des Detektivs von den Vorgängern übernommen und dabei die Bedeutung des Themas vordergründig gesteigert. Mike Hammer beschreibt alle Frauen mit Gusto als Syndrome von sexuellen Attraktionen: Haare, Brüste, Beine und eine Serie von Adjektiven wie *delicious*, *gorgeous*, *beautiful*; er gilt als Ladykiller und »bed athlete«. Er nimmt aber zu keiner Frau eine sexuelle Beziehung auf und spielt fünf- oder sechsmal die Rolle des ägyptischen Joseph bei Potiphar: bei Eileen, bei der nymphomanischen Mary und auch bei Charlotte. Er ist daher nie in Gefahr, sich zu verlieren, und sein »It was easy!« klingt nicht weniger plausibel als anderes im Roman.

Machart und Rezeptionsweise des Primitivkrimis

Spillanes Veränderungen am vorgefundenen Modell der harten Detektivgeschichte lassen sich auf zwei Nenner bringen: extreme Reduzierung in einigen Strukturbereichen, Steigerung und Vervielfachung in anderen.
Die Behandlung von Problemen oder Themen, mit denen ein Autor sich auseinandersetzen will, ist in allen narrativen Texten auf das beschränkt, was sich mit Hilfe einer Geschichte über Handlungen von Personen zu Wort bringen läßt. Die Gattung Krimi baut auf weitergehenden Limitierungen auf: Es ist nur von dem die Rede, was im Rahmen eines Frage- und Antwortspiels Relevanz hat. Die orthodoxe und die harte Detektivgeschichte haben wieder ihre eigenen Limitierungen. Zum Ausgleich für diese Begrenzung werden die Probleme allgemeiner, die einzelne Geschichte übergreifender Art, im harten Krimi etwa das Ethos des unabhängigen Wahrheitssuchers, meist mit Nachdruck behandelt. Bei Spillane wird fast völlig darauf verzichtet, die mit dem harten Krimimodell gegebenen Fragen und Konflikte – etwa wie weit Härte gehen darf, welche Kontrollinstanz der alleinverantwortliche Detektiv hat, das Verhältnis von Sexualität und Vertrauen – so in die Geschichte einzubeziehen, daß sie als Probleme deutlich werden und von Romanfiguren oder vom Leser reflektiert werden können. Was bleibt, sind unreflektierte Mechanismen – der Detektiv jagt den Täter wie der Hund den Hasen – und elementare Konfrontationen – der Gute gegenüber den Bösen, der Mann gegenüber dem Weib –, die in ständiger Wiederholung dargeboten werden.
Dem Leser wird somit ein reduziertes Angebot an Inhalten geboten, dem aber ein Plus in anderen Bereichen gegenübersteht. Von den auf das Schema reduzierten Strukturen sind wesentlich mehr in einen recht kurzen Roman hineingepackt worden. Es gibt ein paar Morde und Kämpfe mehr; die Abfolge der Abenteuer ist dichter. Es werden vor allem die typischen Strukturen des

harten und des orthodoxen Krimis miteinander kombiniert. Es gibt die für den harten Typus charakteristische komplexe Verbrechenskette mit mehreren Kriminellen, und es gibt den Hauptmord und die Suche nach dem Haupttäter aufgrund von Befragungen einer geschlossenen Gruppe von Verdächtigen. Es gibt wie im englischen Krimi Alibiprobleme und Objekte als Spuren – die Heroinspur, die schwer zu entschlüsselnde Geheimnotiz, das unvollständig verbrannte Dokument, die abgestellte Klingel. Sogar das gute alte Landhaus, auf dem zur Zeit eines Mordes die ganze Romangesellschaft versammelt ist, wird untergebracht. – *I, the Jury* ist also ein gedrängter Abriß aller Attraktionen, die der Krimi bietet.

Zu dem besonderen Angebot des Spillane-Romans an den Leser gehört neben der gedrängten Vielfalt vor allem die Erleichterung der Lektüre. Normale Krimis stellen den Leser vor Entschlüsselungsaufgaben. Die Romane der *hard-boiled school* mit ihren verwickelten Gesamthandlungen, mit Orientierungsproblemen, mit undurchsichtigen Charakteren und mit Dialogen, die Pokerspiele sind, verlangen einiges an Anstrengung. Bei Spillane werden alle Hürden aus dem Wege geräumt. Es wird alles deutlich gesagt, das Wichtige sogar mehrfach. Die schlimme Welt des Mike Hammer ist heil, durchsichtig, frei von Ambivalenz. Weiß ist weiß, und Ratten sind Ratten. Jedes Verbrechen läßt sich einfach erklären. Eine Frau zum Beispiel, die durch ihr Studium den wichtigsten weiblichen Sozialinstinkt, »that of being dependent upon a man« (S. 167), verliert, wird kriminell. Charaktere werden deutlich etikettiert und mit einfachsten Mitteln – als Zwillinge, als schwules Paar, als Partygäste – gruppiert. Sequenzen zwischen Frage und Antwort bestehen nicht aus Variationen, sondern aus Wiederholungen. Mike Hammer formuliert in allen Phasen seiner Ermittlungen seine nächste Aufgabe als einfache Frage. Falls logische Schlüsse erforderlich sind, werden sie Schritt für Schritt vorgerechnet.

Zur Strategie der Erleichterung paßt auch die sprachliche Gestaltung. Alle Schilderungen sind hyperbolisch, zum Extrem gesteigert, dabei aber ungenau und offen. Das gilt nicht nur von den austauschbaren Schönheiten mit ihren Kurven »wie der Pennsylvania Highway«, von den Küssen »like molten lava«, sondern auch von den Raumbeschreibungen. Keine detailreiche Inventarschilderung, die zu präzisem Nachbau in der Vorstellung auffordert, sondern vage Superlative. So heißt es über Charlottes Wohnung, die an Eleganz ungefähr dem Foyer aus *The Lady in the Lake* entspricht: »Like her office, Charlotte Manning's apartment was furnished in excellent taste.« Es wirkt bewohnt, aber sehr ordentlich, die Wände sind mit »guten Bildern« dekoriert, die Regale enthalten »Bücher aller Art« (S. 35). Der Leser kann sich die Wohnung nach seinen Vorstellungen von gutem Geschmack, guten Bildern und Büchern ausmalen, er kann es aber auch sein lassen. Die hyperbolische, starke und unpräzise Signale aussendende Darstellungsweise sorgt dafür, daß der Text auch bei flüchtiger Lektüre ankommt. Die sprachliche Kompetenz des *reading for gist*, sonst bei Zeitungen und Sachtexten üblich, ist dieser literarischen Textart gemäß.

Auch die gesteigerte Brutalität der Aktionen kann unter diesem Aspekt gesehen werden. Die Ströme von Blut, die Schüsse in den Bauch und die Tritte in die Weichteile machen das tatsächlich vom Leser rezipierte Geschehen nicht unbedingt brutaler als weniger blutige Stellen bei anderen harten Autoren. Die Hyperbolik bewirkt primär, daß ein Überfliegen dieser Stellen gleichstarke emotionale Response auslöst wie ein sorgfältiger Nachvollzug zahmerer, aber präziserer Schilderungen anderswo.

Spillanes *I, the Jury* unterscheidet sich von den Romanen Hammetts und Chandlers also nicht nur durch andere Inhalte und Einstellungen, sondern auch und vor allem durch eine andere literarische Machart. Diese Machart ist insofern schlechter und primitiver, als Möglichkeiten der Differenzierung und Problematisierung, die andere Autoren nutzen, hier nicht aufgegriffen werden. Die Grundmuster und Strukturen sind jedoch die gleichen. Der Roman ist ein regelrechter, voll auf dem Boden der Gattung stehender Detektivkrimi des harten Typs. Manches ist sogar typischer, dem Grundschema der Gattung getreuer als bei den besseren Krimis. Wie sich die Werke primär in der Machart unterscheiden, so unterscheidet sich die Rezeption, wie mir scheint, primär in der Leseweise. Spillane liefert nicht so sehr Krimis für niedrigere Instinkte als für eine Lektüre, die auf schnelles Durchkommen und flüchtige Reize aus ist.

Bei aller Betonung des weiten Abstandes zwischen Spillane und seinen Vorbildern darf man doch nicht übersehen, daß fast alle Eigenarten des Spillane-Romans in einer weniger extremen Form schon bei Hammett und Chandler zu finden sind, gerade auch die Züge, an denen man sich stößt und die mitunter Spillane als schlimme Neuerung angekreidet werden wie die Rechtfertigung von Gewalt als Mittel der Wahrheitsfindung, die Apotheose der Männlichkeit und die Auseinandersetzung zwischen Fahnder und Täterin als Ersatzhandlung für eine echte erotische Beziehung.

Über den Detektivroman im ganzen sagen Schlichtformen wie die von Spillane nur aus, daß die Gattung mit ganz einfachen und in ihrer elementaren Aussage nicht unproblematischen Grundformen arbeitet wie andere Gattungen – die Rachetragödie zum Beispiel – auch. Nicht zu bestreiten ist, wie bereits Chandler gesehen hat, daß sich der Typus des harten Detektivromans viel leichter auf einer primitiven Ebene ansiedeln läßt als der ›klassische‹ Typus.

Fünftes Kapitel

Neuere Formen

Der Polizeikrimi

Die Detektivgeschichte und die moderne Polizei – die Polizei als ein Hauptorgan der öffentlichen Ordnung und als Ermittlungsbehörde in Kriminalfällen – entstehen ungefähr gleichzeitig, im frühen und mittleren 19. Jahrhundert. Die Gleichzeitigkeit ist kein Zufall; die Detektivgeschichte und der Polizeiapparat, insbesondere die Kriminalpolizei, resultieren zu einem wesentlichen Teil aus den gleichen Voraussetzungen: einem gestiegenen Interesse am Phänomen des Verbrechens und der wachsenden Überzeugung, daß man Kriminalfälle mittels rationaler und systematischer Methoden aufklären kann.

Angesichts dieser Gemeinsamkeiten und Parallelen ist es schon erstaunlich, wie lange und hartnäckig die Autoren von Krimis sich dagegen gesträubt haben, einen Polizisten zur Zentralfigur zu machen und der Polizei in der Romanwelt auch nur annähernd jene Bedeutung bei der Aufklärung von Kriminalfällen zuzugestehen, die sie in der Wirklichkeit hat – und das, obwohl gerade der Krimi Anspruch auf Wirklichkeitsnähe erhebt und daher auf die Glaubwürdigkeit der geschilderten Verhältnisse angewiesen ist.

Es ist nicht verwunderlich, daß Poe seinen Rätsellöser, der Genie, Poet und Außenseiter ist, zum Amateur macht und dem Repräsentanten der Polizei die Rolle des phantasielosen, routinebesessenen und daher chancenlosen Konkurrenten zuweist, aber der hinhaltende Widerstand gegen Polizisten als Hauptfiguren hält ja bis ins 20. Jahrhundert an und ist bei den Autoren der *hard-boiled school* nicht geringer als bei den Vertretern des englischen Romantyps.

Die Frage nach dem Warum dieses weitgehenden Ausschlusses der Polizei vom literarischen Mord und der Ausrichtung des Helden als Anti-Polizisten ist schwer zu beantworten. Es ist jedenfalls keine in der Gattungsstruktur liegende Notwendigkeit. Das zeigt die Entwicklung der französischen Kriminalgeschichte, die zwar auch den Detektiv kennt, aber schon im 19. Jahrhundert vorwiegend Polizeiroman ist – der Krimi heißt im Französischen nicht von ungefähr *roman policier.*[1] Wäre in der Entwicklung der gesamten Kriminalliteratur der englisch-amerikanische Einfluß nicht so übermächtig gewesen und hätte sich im englischsprachigen Raum das Modell der Poe-Geschichten nicht so stark ausgewirkt, dann wäre mutmaßlich die Polizistenscheu im Krimi schon eher abgebaut worden.

Es gibt freilich gerade im englischsprachigen Raum lange Zeit hindurch auch tiefsitzende Widerstände gegen Polizisten als Helden und gegen die Polizei als Gegenstand der Erzählfiktion. Polizisten sind kleine Leute. Ihr sozialer Status ist bis weit ins 20. Jahrhundert hinein so, daß sie als literarische Zentralfigur kaum in Frage kommen. Zwar kann längst auch der kleine Mann unter

Umständen zu einer tragenden Figur im Roman werden; in den englischen *industrial novels* des 19. Jahrhunderts zum Beispiel sind die Hauptgestalten oft Arbeiter. Vorbedingung ist dabei aber stets, daß der einfache Mann als selbständig handelndes Subjekt auftritt. Das subalterne Mitglied einer Behörde oder Organisation ist schwer als positive literarische Figur zu gestalten. In der dramatischen und erzählenden Literatur kommen die Polizisten und Vorläufer, die Konstabler und Büttel, von altersher vorwiegend als komische Nebenfiguren vor, komisch deshalb, weil die durch das Amt verliehene Autorität in einem Mißverhältnis zur eigenen Einsicht und Kompetenz steht. Die Polizistentrottel bei Conan Doyle und seinen Nachfolgern haben eine lange Ahnenreihe.

Fiktionale Literatur nimmt sich mit Vorliebe solcher Gegenstandsbereiche an, die für Autoren und Leser besonderes Interesse haben, aber dieses Interesse nicht durch nicht-fiktionale Informationen in hinreichendem Maße befriedigen. Zu diesen Bereichen gehört bis zum Zweiten Weltkrieg die Polizei definitiv nicht. Sie gehört nach vorherrschender Meinung zu jenen *public services*, die funktionieren müssen und meist auch tatsächlich funktionieren, ohne mehr als ein sehr distanziertes Interesse auf sich zu ziehen. Das ungemein lebhafte Interesse des englischen Publikums an Mordfällen, besonders an solchen grausamer oder rätselhafter Art, konzentriert sich traditionellerweise eher auf die Gerichtsverhandlung (die bis zum letzten Wort publizierbar ist und vollständige Rekonstruktionen der Tat liefert) als auf die polizeilichen Ermittlungen (die zum Großteil aus Routine bestehen und über die das Publikum wenig erfährt).

So mag es sich erklären, daß im Detektivroman noch immer Privatleute die Mordfälle lösten, als das Ermittlungsmonopol der Polizei längst jedermann bewußt war, und daß besonders die Autoren des orthodoxen Krimityps ihre Zuflucht lieber zu Hilfskonstruktionen und Mogellösungen nahmen – Schwägern und Freunden bei der Polizei, die alles weitererzählen, Gentlemen-Polizisten mit hohem Rang in der Hierarchie ohne Ähnlichkeit mit echten Polizeifahndern und ihrer Arbeitsweise –, als daß sie sich ernsthaft mit dem Problem befaßten, wie man die Aufklärung von Verbrechen in einem zeitgenössischen Kontext fiktionalisieren kann, ohne die Bedeutung der Kriminalpolizei bei Mordfällen und die Bedeutung der Polizei als staatlich-gesellschaftlicher Ordnungsmacht aus dem Spiel zu lassen oder an den Rand zu rücken.

Inzwischen ist der hinhaltende Widerstand vorbei. Nach Anfängen zwischen 1945 und 1950 ist in den letzten Jahrzehnten in Amerika und England eine Spielart des Detektivromans entstanden, für die sich im Englischen die Bezeichnung *police procedural* eingebürgert hat. *Police procedurals* sind Polizeikrimis im engeren Sinne, Detektivgeschichten, in denen nicht nur die Hauptfigur Polizist ist – das gab es ja schon länger –, sondern in denen die gesamte Ermittlung mit Hilfe des Polizeiapparats und polizeilicher Methoden und Prozeduren vonstatten geht.[2]

Innerhalb der *police procedurals* setzen sich die nationalen Sonderentwicklungen der Kriminalliteratur fort. Amerikanische Polizeikrimis sind in der Regel härter, sowohl was die Polizisten als auch was ihre kriminellen Gegenspieler angeht, und ihr Milieu ist weniger fein und die Position der Polizisten in der Hierarchie der Behörde ist niedriger; Revierpolizisten und Polizeistreifen treten neben die leitenden Herren der Mordkommission. Englische *police procedurals* sind oft sanfter, zeigen aber auch eine Tendenz, vom Bild des immer freundlichen, korrekten und gewaltlosen britischen Polizisten loszukommen.

Der Polizeikrimi hat die älteren Typen der Detektivgeschichte nicht verdrängt, aber er hat sich doch als aggressiver Konkurrent erwiesen. Sein wichtigstes Feld sind die visuellen Medien, vor allem Fernsehspiel und Fernsehserie. Hier haben *police procedurals* in allen westlichen Ländern die Vorherrschaft. Für viele Leute ist der Kommissar der Inbegriff des Krimidetektivs und die einzelne Folge in einer Polizeiserie die normative Grundform der Kriminalgeschichte.

Das Aufkommen des *police procedural* bedeutet eine Annäherung der Rahmenbedingungen der Detektivfiktion an die Wirklichkeit. Es ist im Grunde eine überfällige Wiederannäherung, die nach einer Zeit, in der die große Diskrepanz zwischen realen und fiktionalen Kriminalfällen die Glaubwürdigkeit gefährdete, ungefähr das Realitätsverhältnis der Sherlock-Holmes-Zeit wiederherstellte. So wie der Detektivroman des *Golden Age* auf der Machbarkeit und Überprüfbarkeit seiner ausgefallenen Mordmethoden und *locked room*-Arrangements insistierte, so betont auch der neue Polizeikrimi gern seine Realitätstreue, insbesondere seine Übereinstimmung mit echten Polizeiprozeduren.

Tatsächlich wird jedoch auch hier innerhalb eines neuen, diesmal realitätskonformen Rahmens das alte Spiel mit seinen fiktionsbedingten Regeln veranstaltet. Das macht einerseits Anpassungen des Regelsystems an den neuen Rahmen, andererseits – und in stärkerem Maße – auch Modifikationen der Wirklichkeit erforderlich. Die Prozeduren des *police procedural* sind anders als die der realen Polizei (wie die Polizisten aller krimiproduzierenden Länder zu beteuern nicht müde werden). Der ›normale‹ Mord oder Totschlag, bei dem der Täter zum unmittelbaren Umfeld des Opfers gehört und nach kurzer Suche verhaftet wird und bald gesteht, fehlt fast ganz. Ungeplante, aus einer bestimmten Situation resultierende Verbrechen sind selten. Realitätsfern sind sowohl die hundertprozentige Aufklärungsrate des Polizeikrimis als auch die Konvention, daß die Polizei den Fall abschließend und vollständig löst und die gerichtliche Klärung und Urteilsfindung zu einer bestätigenden Formsache degradiert wird. Informanten, Anzeigen, Hinweise aus der Bevölkerung spielen im Krimi eine wesentlich geringere Rolle als im Leben. Obwohl der Geschichtentyp *procedural* heißt, spielen die für die Polizeiarbeit wichtigen unpersönlichen Prozeduren – Maßnahmen des Erkennungsdienstes, Suche durch Fahndungsbuch, Formular, Telex und Datei – eine verschwindend geringe Rolle.

Die Besonderheit des Polizeikrimis

Begriffe wie *police procedural* oder Polizeikrimi sind nicht trennscharf. Die Variationsbreite des neuen Typus ist groß, und an den Rändern gibt es zahlreiche Überschneidungen mit dem älteren Typus. Als erzählte Geschichte braucht sich die Aufklärung eines Mordfalles durch eine Privatperson mit guten Beziehungen zur Polizei nicht viel von der durch den Chef einer Mordkommission zu unterscheiden. Generell jedoch und bei voller Ausnutzung seiner Möglichkeiten verändert der Rahmen ›Polizeifahnder und polizeiliches Vorgehen‹ die Detektivgeschichte erheblich.

Diese Veränderungen sind, im ganzen gesehen, nicht so eindeutig einengend und negativ, wie es die Vertreter der älteren Typen befürchteten. Die Variationsbreite des Polizeikrimis ist größer als die aller anderen Typen. Er läßt sich besonders leicht ins Visuelle umsetzen und popularisieren. Es gibt allerdings auch Aspekte, unter denen der Polizeikrimi als eine verarmte Seitenlinie der Detektivliteratur erscheint.

Im typischen Polizeikrimi ist die Struktur der Romangesellschaft anders als in der ›klassischen‹ Detektivgeschichte. Im einzelnen Text entfällt die Geschlossenheit einer Gesellschaft, in die auch der Detektiv aufgenommen wird, der mit dem Kreis der Verdächtigen eher auf gesellschaftlicher als auf dienstlicher Basis umgeht und ihnen nach Herkunft und Wertekodex nahesteht. Stattdessen tritt die Polizei als eine eigene geschlossene und einem internen Code verpflichtete Institution dem Kreis der vom Mord Betroffenen gegenüber. Bei Serien bestehen die bleibenden und durchgehaltenen Elemente nicht in einem Detektiv und einer zu ihm passenden Gesellschaftsschicht samt zugehörigen Tatortmilieus, sondern in der Institution Polizei und ihren Repräsentanten.

Dem potentiellen Nachteil der zweigeteilten Romangesellschaft steht der handgreifliche Vorteil der Abwechslungsmöglichkeit bei den Tatorten und sozialen Gruppen gegenüber. Zwar haben Polizeiserien meist lokalen oder regionalen Charakter – ein Polizist oder eine Polizeieinheit kann in der Regel nur in einem bestimmten Raum tätig werden –, aber innerhalb dieses Bereichs können Fälle im Unterweltmilieu mit solchen in den vornehmsten Kreisen abwechseln. Dabei fällt auf, daß auch der Polizeikrimi eine Vorliebe für diese beiden gesellschaftlichen Extreme hat und sich relativ selten in die mittleren und durchschnittlichen gesellschaftlichen Zonen begibt.

Die Funktion des Ermittlers wird nicht durch eine Person, sondern durch eine Organisation wahrgenommen. Je mehr sich die fiktive Fahndung der realen nähert – je mehr Polizisten mit dem Fall zu tun haben und je mehr polizeiliche Verfahren angewandt werden –, um so mehr ändert sich die Perspektive des Romangeschehens für den Leser. Auch die Polizei kommt ins Haus, wie der Detektiv, und auch sie ist im Extremfall nur durch den einen Kommissar vertreten, der zivil gekleidet ist und zivil redet. Aber während der Amateurdetektiv kaum ein Zuhause hat – Poirot zum Beispiel ist fast ständig zu Gast – und der Privatdetektiv sein Büro nur in den Zäsuren des Erzählberichts betritt, arbeitet die Polizei immer auch bei sich, im Präsidium oder auf dem Revier. Ihr

personeller und organisatorischer Apparat tritt in Erscheinung, Büroräume, Chefzimmer, Labors, Polizeifahrzeuge.
Die Arbeit der Polizei, auch die des normalen, nicht durch seine Position herausgehobenen Polizisten, ist für den heutigen Leser interessanter als für das Publikum im frühen 20. Jahrhundert. Der einzelne Bürger hat mehr mit der Polizei, deren Kompetenzbereich sich ständig vergrößert hat, zu tun. Die Polizei gehört inzwischen zu jenen interesseweckenden und relevanten, aber intransparenten Bereichen, die für die Erhellung durch die Fiktion prädestiniert sind. Die komplizierten Systeme und technischen Mittel der modernen Polizeipraxis rücken die Polizeifiktion in die Nähe der Wissenschaftsfiktion (wie sie z. B. als Science Fiction oder als Forscherroman existiert), deren Funktion es ist, Prozesse, die in der Realität für den Laien nicht voll durchschaubar sind, durch die Umsetzung in eine Geschichte verständlich und verfolgbar zu machen.
Anders als beim orthodoxen oder beim harten Detektivroman ist jedoch beim Polizeikrimi die Beimischung von funktionsloser und spannungsarmer Routine nicht zu vermeiden. Der Detektiv alter Art kennt weder Dienstweg und Dienstvorschrift noch Dienstvorgesetzte. Beim Polizeikrimi tritt immer die Organisation hinter dem Polizisten in Erscheinung, und es muß immer ein bestimmtes Maß an Routine vorgeführt werden. Wenn die Geschichte dünn ist, unterliegt der Autor in besonderem Maße der Verführung, den Text durch Beschreibung von Routine zu verlängern.
Der schon beim gelesenen Polizeikrimi unvermeidbare Effekt der Wiederholung und Redundanz durch die Darstellung eines Apparates und seiner Routine verstärkt sich bei visueller Umsetzung. Jeder Fernsehzuschauer kennt die Einstellungen und Sequenzen, die sich ohne viel Variation in jeder Serie wiederholen: die Fahrten mit Blaulicht, die Bürorituale, die Einsatzbesprechungen, das Kaffeekochen, die trivialen Spannungen oder Neckereien unter Kollegen, das Aufsagen von formelhaften Sätzen und das Vorweisen von Dienstmarken. Kein anderer Krimitypus wird so häufig nur durch ein Korsett von Stereotypen in Form gehalten. Sogar das Außergewöhnliche, der Abtransport der Leiche im Blechsarg, wird zu einem alltäglichen Klischee.
Nicht in allen Einzelfällen, aber tendenziell ändern sich beim Polizeikrimi auch die Frage-Antwort-Struktur und die Art der Spannung, die beim Leser hervorgerufen wird. Im Prinzip ist das Phänomen ›polizeiliche Ermittlung in Kriminalfällen‹ mit der Grundstruktur der Detektivgeschichte fast deckungsgleich. Aus der Fülle erklärungsbedürftiger Vorkommnisse wird eines herausgenommen, zum Fall gemacht, den die Polizeibehörde nach internen Regeln und Prozeduren problematisiert und in verschiedenen Sequenzen von Teilhandlungen – Spurensicherung, Aufnahme von Zeugenaussagen – verfolgt. Am Ende steht ein eindeutiges Ergebnis: entweder wird der Fall für gelöst erklärt – obwohl es in Wirklichkeit eine vollständige Rekonstruktion der Vergangenheit, also eine perfekte Lösung, gar nicht gibt – und gegebenenfalls einer anderen Behörde zur weiteren Behandlung übergeben oder er wird, auch wenn Teile geklärt werden konnten, als ungelöst eingestuft und zu den Akten gelegt. Die Spannungsmomente des Vorgangs richten sich auf die anfängliche Proble-

matisierung (Was gibt es zu klären? Was ist gesichert und was nicht?), auf die einzelnen Prozeduren (z. B.: Was ergibt die Untersuchung der am Tatort sichergestellten Gegenstände?) und auf den Ausgang (Erfolgt Lösung oder nicht? Wie sieht die Lösung aus? Welche Sequenz führt zu ihr?). Diese weitgehende Strukturverwandtschaft macht die Übertragung von Polizeiprozeduren in die Fiktionsgattung der Detektivgeschichte für Autoren attraktiv.

Was sich gegenüber dem orthodoxen Typus ändert, wenn die Polizei ermittelt, ist die Konzeption der Rätsellösung. Im herkömmlichen Detektivroman geht es um ein Puzzle, dessen wichtigste Teile nach relativ kurzer Zeit gefunden sind, das aber außer dem Detektiv (der ja meist lange vor Schluß der Geschichte die Lösung weiß) niemand zusammensetzen kann, obwohl es mehrfach zu dem Versuch kommt, die Teile zum Lösungsmuster zusammenzufügen und die einzelnen Handlungsfetzen und Handlungsindizien zu einer langen Kausalkette zu verbinden. Im Polizeikrimi tauchen die einzelnen Puzzleteile – ähnlich wie bei der harten Detektivgeschichte – meist nacheinander auf. Sie sind erst kurz vor der Lösung einigermaßen komplett. Die einzelnen Spuren sind nicht im gleichen Maße wie bei der klassischen Detektivgeschichte ambivalent und in verschiedene Lösungsmuster einpaßbar. Die einzelnen Prozeduren erbringen Teilergebnisse, die zum großen Teil nicht mehr in Zweifel gezogen werden können. Die Lösung ist in stärkerem Maße ein kumulativer Prozeß. Der Schluß überrascht, aber er schließt schon bekannte Teilergebnisse ein.

Die Geheimniskrämerei des klassischen Detektivs, der seinem Watson gar nichts verrät, ist im Polizeimilieu schwer plausibel zu machen. Es würde den Arbeitsprinzipien der Polizei widersprechen, wenn die einzelnen Beamten oder Dienststellen den anderen ständig ihr Wissen vorenthielten. Zwar zieht die Polizei die Öffentlichkeit normalerweise nicht ins Vertrauen, aber eben deshalb können Polizeikrimis nur aus der internen Perspektive, also unter Einweihung des Lesers in den jeweiligen Stand der Ermittlungen, geschrieben werden. Auch das Suchziel ändert im Polizeikrimi die Qualität. Im klassischen Detektivroman ist die Lösung in erster Linie ein rationales Konstrukt, eine Erklärung von Zusammenhängen – und zwar eine letzte Erklärung, denn der Große Detektiv ist, auch wenn die Existenz von Gerichten gelegentlich erwähnt wird, schon die letzte Instanz. Bei der Polizei dagegen, auch bei der fiktional abgewandelten Krimipolizei, werden Staatsanwalt und Gericht immer mitgedacht. Ziel der polizeilichen Ermittlungen ist in erster Linie die faktische Rekonstruktion von Sachverhalten. Eine lückenlose Erklärung der psychologischen Seite von Handlungen kann ebensowenig ihre Aufgabe sein wie ein abschließendes Urteil über den Fall. Polizeikrimis enden daher häufig nicht mit dem Lösungsvortrag eines Ermittlers, sondern mit dem Geständnis des Täters, der die faktische Lösung der Polizei durch die psychologische und ethische Erklärung vervollständigt.

Man kann den Polizeikrimi als eine reduzierte und abgeschwächte Form jenes Grundtypus der Detektivgeschichte betrachten, der sich auf der Linie von Poe über Conan Doyle zu Christie herausgebildet hat. Vermindert sind die strenge Funktionalität und die totale Ausrichtung aller Teile auf die triumphale

Gesamtlösung am Schluß. Abgeschwächt sind die langen, auf das Ende gerichteten Spannungsbögen, der Charakter der Lösung als allumfassende gedankliche Erklärungsstruktur und als ein Sprachspiel, das vorher falsch kontextualisierte Sinnelemente umordnet. Vermindert ist die Einmaligkeit und intellektuelle Sonderstellung des Detektivs. Trotz gebliebener Künstlichkeit der Romanwelt ist der Abstand zwischen dem literarischen Fall und realen Fällen und damit die Eigengesetzlichkeit und Spielhaftigkeit der Detektivgeschichte verringert. Abgeschwächt ist schließlich die Aufforderung an den Leser, mitzuraten und aus den im Text gelieferten Indizien selber Lösungsmuster zu bilden, selbst Detektiv zu spielen. Beim Polizeikrimi ist der Leser oder Zuschauer in der Position eines Laien, der den Profis bei der Arbeit zuschaut.

Dieser Abschwächung struktureller Besonderheiten steht die Erhöhung der Variationsfähigkeit gegenüber. Hier übertrifft der Polizeikrimi den klassischen und den harten Detektivroman bei weitem. In der gleichen Serie kann die Polizei nicht nur die Milieus wechseln, sondern auch die Art der Fälle. Bei Kriminalserien mit der Polizei als Rätsellöser wechseln schwere und leichtere, komplizierte, viel Detektionsarbeit erfordernde und leichte, sich fast von selbst lösende Fälle. Eine schnelle und aktionsreiche Variation (mit den für Polizeikrimis typischen Verfolgungsjagden) kann neben einer anderen stehen, in der wenig äußere Handlung geschieht. Der Polizeikrimi kann sich ganz auf das Erzeugen oder Lösen von Spannung konzentrieren oder gemächlich Milieus und Personen vorführen. Dieser Reichtum der Variationsmöglichkeiten hängt nicht so sehr mit der Tatsache zusammen, daß auch die reale Polizei sich mit Leuten und Fällen aller Art befaßt, als vielmehr mit der strukturellen Beschaffenheit des Typus. Die Polizei ist als durchgehaltenes Konstruktionselement mit ihrer Gruppe von Personen, mit ihrer Heimatbasis, mit ihrer Routine, mit ihrer eigenen Perspektive so stark, daß die anderen Elemente nahezu beliebig wechseln können.

Die Verbindung von Variationsfähigkeit und Vereinfachung läßt den Polizeikrimi als Standardkrimi für alle Tage und alle Zwecke geeignet sein. Anders als der klassische oder auch der harte Typus erfordert der normale Polizeikrimi keine spezielle Gattungskompetenz und keine besondere Vorliebe für eine bestimmte Art von literarischem Spiel. Er ist nicht nur für jedermann zugänglich, sondern er kann auch unterschiedliche Interessen befriedigen: Man kann ihn hauptsächlich der spannenden Geschichte wegen verfolgen oder gelassen als einen fiktionalisierten Reiseführer genießen, der einem vorführt, was in London und Amsterdam los ist oder wie es in einer Disco und in einer Spielbank zugeht.

Besonders wandlungsfähig ist beim Polizeikrimi auch die zentrale Figur beziehungsweise Figurengruppe. Auch hier existiert das Problem, daß Standardfiguren ein individuelles Gepräge erhalten müssen, aber durch die Art der Einfügung in den Polizeiapparat ist die Spanne der Möglichkeiten groß. Die Funktionen des Detektivs können von einem leitenden Polizisten wahrgenommen werden, der seine Untergebenen nur mit Hilfsaufgaben betraut, wie die meisten Fernsehkommissare in den Serien, z. B. *Der Kommissar* oder *Der Alte.* Der Hauptfahnder kann in kollegialer Zusammenarbeit als *primus inter pares* agieren und das Feld über weite Strecken des Erzählverlaufs anderen Polizisten überlassen wie Kommissar Beck von der Stockholmer Reichsmordkommission in den Romanen von Sjöwall/Wahlöö. Die Detektivarbeit kann von einer Zweiergruppe geleistet werden, entweder gestuft nach Alter, Dienstgrad und Lösungskompetenz wie bei *Die Straßen von San Francisco* oder fast gleichgewichtig wie bei *Starsky & Hutch*. Schließlich kann, wie bei *Sonderdezernat K 1*, eine ganze Gruppe ohne deutliche Unterscheidung nach Position und Wichtigkeit ihre Fälle lösen. Die von den einzelnen Sendern der ARD produzierten *Tatort*-Krimis zeigen, wie vielfältig die Variationsmöglichkeiten innerhalb der gleichen Serie und innerhalb des einheitlichen Referenzsystems ›Kriminalpolizei der Bundesrepublik Deutschland‹ sind. Die Serie demonstriert außerdem, daß für die Profilierung von Polizeikrimis die Polizisten und ihr Umfeld in der Behörde wichtiger sind als das Milieu, in dem die Fälle spielen. Die Tatorte – Hamburg, Essen, Frankfurt oder München – sind eher austauschbar als die Kommissare – eine Trimmel-Folge ist etwas anderes als eine Haferkamp-Folge.

Unterschiedlich wie die Einführung in das Personalgefüge seiner Behörde können auch die Einstellung und das Detektivethos des ermittelnden Polizisten sein. Es kann sein, daß er seine Tätigkeit als eine Dienstpflicht auffaßt, über deren Rechtfertigung und Sinn man nicht weiter zu reflektieren braucht; er kann aber auch eine eigene Konzeption seiner gesellschaftlichen und moralischen Aufgaben entwickeln und verkünden. Während ein Amateurdetektiv sich mit seiner Arbeit identifizieren muß – sonst brauchte er sie ja nicht auf sich zu nehmen –, kann der Polizeidetektiv als öffentlich Bediensteter der ihm übertragenen Aufgabe, der Institution, zu der er gehört, oder auch der Gesellschaft, die die Polizei trägt und beauftragt, kritisch gegenüberstehen, entweder als Querkopf und Rebell, der sich nach Art des harten Privatdetektivs über Vorschriften und Gesetze hinwegsetzt, oder als jemand, der pflichtgemäß handelt, aber nicht systemkonform denkt und redet und damit zum Kritiker der Polizei, der Rechtsordnung und der Gesellschaft wird.

Wenn man die breite Skala der Möglichkeiten bedenkt, fällt bei einem Blick auf die Polizeikrimis der letzten Jahrzehnte als erstes ins Auge, ein wie geringer Teil des Spielraums bislang tatsächlich genutzt wird. Es dominieren Varianten, die den Detektivromanen der älteren Art, besonders denen der englischen Tradition, so nahe kommen, wie es innerhalb des Rahmens der Behörde und der polizeilichen Prozeduren nur möglich ist. Der Polizeiheld ähnelt einem reaktivierten Poirot in einem leicht modernisierten Kontext. Der Kommissar als Patriarch, etwas gütiger oder etwas strenger, der Kommissar als grantiger Chef und der Kommissar als Einzelgänger in seiner Behörde sind die gängigen Spielformen. Romane, in denen die Polizeiarbeit nach dem Modell einer echten Behörde mit ihrem Ineinandergreifen von Kollegialität und Entscheidungshierarchie geschildert oder in denen die Rolle der Polizei als Ordnungsmacht problematisiert und in das Spiel einbezogen wird, sind in der Minderheit und finden ein im Vergleich zum normalen Kommissarkrimi eingeschränktes Publikum.

Ich möchte die Frage, was der Polizeikrimi an Neuem und Besonderem zu bieten hat, an zwei Beispielen diskutieren, und zwar an Nicolas Freeling (geb. 1927), *Gun Before Butter* (1963), einem Roman mit einem Einzelpolizisten als Hauptfigur, und an einer Romanserie von Sjöwall und Wahlöö, in der Kriminalfälle durch Zusammenarbeit mehrerer Polizisten gelöst werden. In beiden Fällen handelt es sich um Texte, in denen Grenzerweiterungen des Kriminalromans unternommen werden.

Freelings Kommissar Van der Valk: Der Polizist als Beobachter

Inspektor Van der Valk ist nicht nur nominell Kriminalbeamter, sondern er ist ein regelrechter Polizeidetektiv im Sinne des *police procedural.* Er hat Vorgesetzte, die ihm Weisungen geben, Kollegen, mit denen er konferiert, Untergebene, denen er Befehle erteilt. Sein im Roman geschilderter Dienst besteht nicht nur aus Sternstunden der Mordermittlung, sondern auch aus Alltagskram; er muß Dienstreisen beantragen, Bagatellfälle erledigen, Berichte schreiben.
In *Gun Before Butter*[3] folgt die Klärung des Mordrätsels, das formell im Zentrum der Romanhandlung steht, einem geläufigen Krimimuster, bei dem der Täterfrage die Frage nach der Identität des Toten vorgeschaltet ist. In einem elegant eingerichteten Haus in einer vornehmen Wohnstraße in Amsterdam wird die Leiche eines Unbekannten gefunden. Van der Valk ermittelt seine Identität: Der Ermordete war Meinard Stam, ehemaliger Offizier und Widerstandskämpfer, der in den letzten Jahren der Organisator eines großen Butterschmuggels von Holland nach Belgien gewesen war und in den Wäldern im Grenzgebiet, wo er eine Jagdhütte als Quartier hatte, ein romantisches Leben als Freibeuter geführt hatte. Der Tote hatte, wie Van der Valk in einer zweiten Phase seiner Untersuchungen herausbekommt, noch eine zweite und ursprünglichere Identität. Der Holländer Stam ist zugleich der Belgier Gérard de Winter, honoriger Bürger und Besitzer eines Hotels, das seine Frau Solange verwaltete. In dieser Doppelexistenz liegt der Grund für seinen Tod. Als Meinard Stam hatte er eine Geliebte, Lucienne Englebert; sie hat ihn, als sie durch Zufall erfuhr, daß er in Belgien ein zweites Leben führte und eine andere Frau hatte, in der Amsterdamer Wohnung im Affekt erstochen. Als Van der Valk, der Lucienne von verschiedenen früheren Begegnungen kennt, sie mit dem Wissen um ihre Täterschaft konfrontiert, gesteht sie ihm die volle Wahrheit. Van der Valk überantwortet sie nicht der Justiz, sondern ebnet ihr den Weg in eine neue Existenz.
Die Durchführung der bis auf den Schluß konventionell konstruierten Geschichte entspricht nicht den konventionellen Erwartungen. Der Autor, der sich offenkundig auf die Kunst des Krimischreibens versteht, ist nicht bereit, seinen Text von den Ritualen des Detektivrätsels – Spurenverstecken, Vorbereiten der Lösung, Verdachtskarrussell, Lösungshypothesen, Irreführungen – beherrschen zu lassen. Alle wesentlichen Spielzüge werden ausgeführt, manche aber nur mit betonter Nachlässigkeit. Mehrfach werden unwahrscheinliche Zufälle bemüht. Alternativen zur richtigen Lösung – politische Hindergründe

des Mordes, die belgische Frau als Täterin – werden nur flüchtig angedeutet. Die wenigen durchlaufenden Spuren – ein achtlos geparkter weißer Mercedes, ein Bild Breitners, des niederländischen Impressionisten – haben hauptsächlich symbolische Bedeutung. Van der Valk errät die Täterschaft Luciennes mehr, als daß er sie ermittelt. Die Proportionen sind ganz anders als in einer normalen Detektivgeschichte. Dem Mordfall geht eine Reihe anderer, als Kriminalfälle belangloser Ermittlungen Van der Valks voraus. Auf die Klärung der Täterfrage, normalerweise die Einleitung des Finales, folgt eine Geschichte der Erlebnisse Luciennes in den Jahren vor der Tat, die fast die Hälfte des ganzen Romans ausmacht.

Dem Leser, der den Erzählvorgang durchaus als kontrolliert erfährt, wird von Anfang an deutlich, daß die Planmäßigkeit der Geschichte nicht mit der Ökonomie des Detektivromans zusammenfällt. Schon vor dem ersten Teilfall erklärt der Erzähler, was in der Sicht Van der Valks den Gegenstand der folgenden Geschichte ausmacht und welcher Gattung sie angehört:

> »When, years after, he came to summarize the whole affair – there were months, even years, between the different episodes – and he wanted a connecting link, he could have written *The Different Circumstances in Which I Saw Lucienne Englebert.* But that is no title for a book. Had he been more literary in his tastes he might have called it *The Romance*. Because from first to last it was a romantic story. He found himself, too, behaving in a romantic, absurd way, while it lasted. That was very foolish of him, and was not at all like a good policeman. They are not romantic. It must be added in fairness to him that he made an effort to understand the romance. His own private name for the affair, even, was romantic. He called it ›The Diamond-cutters‹. He saw each character as a diamond, that cuts others into facets, and is itself cut, and throws out light, and sparks, and strange fires.« (S. 9.)

Ziel der Geschichte ist danach die Rekonstruktion eines Charakters aus der Perspektive eines Polizisten, der im Verlaufe seines Dienstes mehrfach mit dieser Person zu tun hatte. Er hatte sich um sie gekümmert, als ihr Vater, ein berühmter Dirigent, tödlich verunglückt war. Er traf sie wieder, als eine Gruppe junger Italiener ihretwegen in eine Messerstecherei verwickelt wurde. Er hatte erneut mit ihr zu tun, als sie sich nach einem geringfügigen Delikt lieber selbst bezichtigte als jemand anderen zu involvieren. Er wußte also schon vieles über ihren Charakter und ihre Entwicklungen, als er sie im Verlauf der Ermittlungen in der Mordsache wiedertraf. Sie interessiert ihn als Person, nicht nur als Täterin.

Van der Valk hätte seine Geschichte eine Romanze nennen können, eine Romanze in allen Bedeutungen der englischen Gattungsbezeichnung. Es ist einmal eine *romance* im Sinne einer gefühlvollen, sich ihrer Sentimentalität nicht schämenden Liebesgeschichte vor romantischem Hintergrund: die große und weltvergessene Liebe von Stam und Lucienne, Schmugglerkönig und Räuberbraut, in der reinen Natur der Wälder an der Maas. Es ist zugleich eine Romanze der alten höfisch-ritterlichen Art, eine Geschichte von edlen, dem

Alltag enthobenen Figuren und ihren Abenteuern. Lucienne mit ihrem Idealismus, mit ihrem Freiheitsdrang, mit ihrem Haß auf alles Gemeine und Konventionelle, die sich lieber als Mechanikerin durchschlägt – eine wehrhafte Jungfrau in einer Männerwelt – als in Abhängigkeit begibt, ist eine Romanzenheldin, wie sie im Buche steht. Stam, der Held der Resistance, der seine heroische Lebensform in den Frieden hinein verlängert hat, hat alle Züge des Ritters.
Die Intentionen des Romans sind aber mit Formeln wie ›Lucienne, wie Van der Valk sie sah‹ oder ›Romanze in der Form der Detektivgeschichte‹ noch nicht zureichend beschrieben. Der Roman ist durchzogen von Beschreibungen und Szenen, die zwar anläßlich der Geschichte im Kontext erscheinen, für die Geschichte selbst aber ohne Belang sind, obwohl gerade sie das charakteristische Flair der Van-der-Valk-Romane mitbestimmen – Passagen wie die folgende aus dem Anfangskapitel:

> »Van der Valk, an inspector in the Amsterdam Police, working in the Central Recherche bureau, strolled along the Rozengracht, and lifted his eyes to the Wester Tower, with pleasure as always. He lowered them again, saw a potato lying on the pavement, and gave it a tremendous kick, happily.
> What was so nice about this lousy town, he thought, you realized only after being out of it. A week-end, say, in the fresh air, so-called. You came back and thought: ›Bah! filthy place this is.‹ Public urinals everywhere, except where you needed them, of course, everything thick with dust, banana skins slung about by our charming children, and a frightful smell of cabbage. And as for the canals – this morning the Nassaukade had stunk like an overripe Camembert. Not surprising – he had reached the Singel – ›Look at that; like soup.‹ Full probably of rusty old prams; our delightful Amsterdammers, nearly as undisciplined as Parisians and quite as dirty, thank God. He disliked Dutch cleanliness. Who wanted clean water anyway? They got on without it in Venice. Hm; the Jordaners used to get drunk and dive in, in the old days. Be a brave man who did that now.
> It would be nice if we had some statues to liven these streets up. On second thoughts perhaps not; the Dutch were no good at making statues. When they attempted a monument, the result was that horrible great concrete phallus in front of Krasnapolsky. Anyway, if there were statues they would be permanently plastered in pigeon-shit.« (S. 5 f.)

Es gibt Stadtimpressionen von Brüssel, Düsseldorf und Venlo, liebevolle, im Detail schwelgende Schilderungen von Innenräumen, szenische Beobachtungen von Kellnern unter sich oder von feilschenden Antiquitätenhändlern, Reflexionen über holländische und französische Küche und über seriöse und unseriöse Autofarben.
Der Roman besteht aus dem, was Van der Valk im Dienst sieht und erlebt, und zwar anläßlich eines bestimmten Falles und seiner Begleitereignisse. Das Werk ist also ein Polizeiroman im vollen Sinne, nicht nur als Detektivgeschichte mit einem Polizisten als Fahnder, sondern auch als ein Erzählwerk, für das die Sichtweise eines Polizisten konstitutiv ist.

Van der Valk ist ein typischer Polizist, aber kein normaler. Freeling überträgt die Heroisierung des Detektivs, die für den klassischen und den harten Detektivroman charakteristisch ist, auf den Polizeikrimi, dessen Zentralfigur von Haus aus kein herausgehobener Heros ist. Van der Valk ist eine der kompliziertesten Konstruktionen, die es unter den großen Detektiven der Kriminalliteratur gibt. In ihm vereinigen sich Elemente aller bis dahin entwikkelten Typen von Detektivfiguren. Er hat Züge des hochzivilisierten, hochstehenden, elitär-überlegenen englischen Detektivs. Er hat vom harten *private eye* die Leidenschaft für das Beobachten von Dingen, Erkunden von Räumen und Entschlüsseln fremder Charaktere. Er steht in der Tradition des Polizeikrimis als Nachfahre von Simenons Kommissar Maigret, der einzigen Gestalt aus der kontinentaleuropäischen Kriminalliteratur, die auf die dominierende englischsprachige Krimitradition einen größeren Einfluß ausgeübt hat.[4] Mit Maigret hat Van der Valk die feste Verankerung im Polizeiapparat, die Eigenschaften der Gelassenheit und des Wartenkönnens, das psychologische Interesse und die menschenfreundliche und väterliche Einstellung gemeinsam. (An die Maigret-Romane erinnert auch der kontinentale Hintergrund, der für den englischsprachigen Leser die Attraktion des Fremden und fast Exotischen hat – *Inside Europe*, und zwar Europa, wie es nicht im Reiseführer steht.)
Van der Valk ist noch nachdrücklicher als Maigret in eine normalbürgerliche Existenz eingebettet. Er trägt Anzüge von Peek und Cloppenburg, fährt VW oder Fahrrad, führt eine normale Ehe. Seine französische Frau Arlette wirkt auf den ersten Blick wie eine Kopie von Mme Maigret, aber der Eindruck täuscht. Freeling hat die Merkmale der normalbürgerlichen Existenz umgedeutet. Arlette mit den typischen Eigenschaften einer französischen Hausfrau ist in der holländischen Bürgerwelt eine außergewöhnliche, zwei Arten von Bürgerlichkeit miteinander konfrontierende Erscheinung. Sie hat als normale Hausfrau jene Qualitäten, die auch ihren Mann über den Durchschnitt heben, Imagination und Originalität:

> »Arlette was often an annoying woman, but she had a talent for making money go a long way, for making a home pleasant, for imaginative housewifery. Her food, her clothes, her house were original; she had excellent taste, of a very pragmatic sort.« (S. 118.)

Auch Van der Valk ist durch eine solche unauffällige, fast geheime Außerordentlichkeit gekennzeichnet. Er ist hochkultiviert, versteht sich auf Musik, Malerei, Literatur. Seine kulturelle Kompetenz dient nicht – wie bei manchen englischen Detektiven – als statusförderndes Bildungsgut, sondern sie ist reine Liebhaberei und gibt ihm, dem professionellen Detektiv, die Eigenschaften eines Amateurs. Seine Kultur ist nicht aufgesetzt und für den Polizeidienst irrelevant, sondern sie befähigt ihn zu seinen besonderen Leistungen. Er versteht die Musikertochter Lucienne und ihre Familienprobleme, weil er Persönlichkeit und Stil ihres Vaters beurteilen kann. Er findet die entscheidende Spur, weil er einen Breitner erkennt, wenn er ihn an der Wand hängen sieht. Er begreift Charaktere manchmal durch Analogie zu literarischen Figu-

ren, und er versteht sich mit Lucienne unter anderem auf der Basis einer gemeinsamen Liebe zu Joseph Conrads Geschichten.
Van der Valks Kultur findet ihren eigentlichen Ausdruck in seiner Liebhaberei für Menschen und Menschliches, für die Plebejer des Jordaans-Viertels wie für Ganoven mit einer neuen Masche für Pelzdiebstähle oder für junge Italiener mit ihrer Aufschneiderei und Hitzigkeit. Er liebt nicht alles Menschliche gleichermaßen; er ist ein skeptischer Humanist. Er erkennt und verachtet die Fehler seiner eigenen Schicht, die Vorurteile, den Kommerzialismus, den Dünkel und den Biedersinn des holländischen Bürgertums.
Seine Charaktereigenschaften als verständiger und mitfühlender Beobachter, der nur dann eingreift, wenn es seine Auffassung von Menschlichkeit erfordert, machen ihn zu einem idealen Polizisten im Sinne des Autors, aber nicht zum Star der Polizei von Amsterdam. Sein Status in der Behörde ist ambivalent. Er gilt als Nonkonformist und Außenseiter, er ist jemand, zu dem die anderen auf Distanz gehen, respektvoll oder geringschätzend. Van der Valk aus der Sicht eines jungen Polizisten:

> »Mr Westdijk had kept quiet prudently; Van der Valk was a senior inspector and very much his superior officer. Still, he was known to every policeman in Amsterdam as a queer character. Rude words of this sort about Dutch provincialism and isolationism had roused suspicion and distrust in his fellow-workers. And these ›indiscretions‹ – an apparent contempt for careful calvinist Dutch conformities – had injured his career by blocking his promotion; oh, yes.
> And yet the Procureur-Général – and when he talks it is listened to – had once said, even if tartly, that it was no bad thing to have one policeman with imagination. After that he noticed an inclination growing in his superiors to gloss over his nonconformism a bit, even to license his enormities. In revenge he got treated, faintly, as a buffoon. It might be admitted that occasionally he was clever. But he knew he would never be more than a chief inspector of police.« (S. 8.)

Sein Sonderstatus führt dazu, daß er auch Sonderfälle zugewiesen bekommt, das, was andere nicht können und nicht wollen:

> »He got thrown the queer jobs. Anybody with a funny name or a funny business. Or who talked other languages – had he not said that Dutch was a language for farm-girls to call the chickens in? [. . .] Aliens. Cranks. Artists. Anything the others found difficult to understand.« (S. 8 f.)

Van der Valks Position in der Amsterdamer Polizei liegt – darauf wird im Roman hingewiesen – weit unter der Maigrets in Paris. Der Inspektor ist alles andere als eine aristokratische Figur. Dennoch ist der Anspruch der Außerordentlichkeit, den der Autor für seinen Helden erhebt, sehr hoch, und Freeling kehrt fast zu Poes Konzeption eines Detektivs zurück, der einen Fall als einziger lösen kann, weil er die gleichen ungewöhnlichen Qualitäten besitzt wie der Gegenspieler. Van der Valk gehört einer geheimen Elite von Ausnahmemenschen an, die einander verstehen, aber von den Repräsentanten der

Normalität verkannt werden. Wie Lucienne und Stam ist er eine Romanzenfigur, idealisiert und überlebensgroß. Zwischen ihm und dem Mädchen besteht, auch wenn sie ihre Distanz wahren, ein Verhältnis der reinen Liebe. »Come on, Van der Valk«, ermahnt er sich nach dem langen Zwiegespräch mit Lucienne, »Forget this – this idyll. [. . .] Forget this – he had almost said honeymoon« (S. 147). Es paßt zu seinem Selbstbewußtsein, wenn Van der Valk, der Polizist, der eigentlich nur Tatsachen ermittelt (»I'm not a moralist. Or a jurist. I merely assemble facts«, S. 110), letztlich doch befindet, daß in diesem Fall das Verbrechen eine zu ernsthafte Sache ist, um sie der Polizei und der Justiz zu überlassen (S. 143). Er nimmt das Recht in die eigene Hand, begnadigt die Täterin, weil das Gesetz ihr nicht gerecht werden würde, und speist seine Behörde mit Stams Schmuggelbeute ab.

Auch im Rahmen des Polizeikrimis lassen sich, wie *Gun Before Butter* zeigt, alte Lieblingsthemen der Kriminalliteratur wie der Mythos vom Detektiv als Ausnahmefigur und geheimer Herrscher und Ordner der Welt auf neue, zeitgenössische Art durchspielen. Der Autor, der diesen Rahmen wählt, braucht keinen Verlust an Möglichkeiten zu erleiden. Die Tatsache, daß beim Polizeikrimi manche Strukturen einfacher sind als bei der klassischen Detektivgeschichte, läßt sich nicht nur zur Konstruktion von Schlichtkrimis nutzen, sondern auch zu Strategien der Vertiefung und Grenzerweiterung.

Die herkömmlichen Krimielemente werden zurückgenommen, so daß die eigentliche Detektivgeschichte nur noch als Traggerüst für anderes dient. Die neuen, anderen Materialien sind nicht zusätzlich von außen in den Krimi hereingeholt, sie entstehen durch die Problematisierung von Gegebenheiten des Polizeiromans. Aus der Rolle des Polizisten als des alles registrierenden und verstehenden Beobachters resultieren die farbigen Beschreibungen und die subjektive Landeskunde, aber auch das Dilemma dessen, der alles versteht und daher kaum noch eingreifend handeln kann. Aus der Aufgabe, Fakten über Personen zu ermitteln, erwächst die Fragestellung, wie man als Außenstehender Charakter und Persönlichkeit eines Menschen rekonstruieren kann. – Bei dieser für den modernen Krimi typischen Thematik der psychologischen Analyse aufgrund objektiver Indizien zeigt sich übrigens, daß unter diesem Aspekt der Täter – die im normalen Detektivroman am wenigsten ausgeleuchtete Person – wesentlich interessanter und ergiebiger ist als das Opfer.

Die besondere Eignung des Polizeikrimis zur Verschmelzung verschiedenartiger Elemente zeigt sich besonders deutlich an der Kombination von Detektivgeschichte und Romanze. Die Liebesromanze ist zwar in der englischsprachigen Gegenwartsliteratur eine der populärsten Romangattungen, aber sie gilt im allgemeinen wegen ihrer Sentimentalität und Realitätsferne als hoffnungslos seicht und für anspruchsvollere Leser ungenießbar. Hier werden diese Schwächen wenigstens zu einem beträchtlichen Teil durch den (scheinbaren) Realismus des Polizeiromans und durch die Verbindung von Romanzenfiguren mit Krimifunktionen – Romanzenheldin = Täterin, Romanzenheld = Opfer – behoben.

Auch bei Freeling bleiben Vertiefung und Komplizierung letztlich Operationen, die durch das Detektivschema begrenzt, in ihrer Tragweite limitiert werden. Die Frage, ob ein Romanbestandteil in der Detektivgeschichte funktional ist oder nicht, wird im Vergleich zu früher großzügiger behandelt, aber sie wird gestellt. Einzelne Konstruktionselemente wie eine Tatortbeschreibung oder das Geständnis lösen sich fast aus dem Rahmen des Detektivschemas, aber wenn der Leser zu vergessen droht, in was für einem Roman er ist, ruft sich der Erzähler zur Ordnung und kehrt zur Sache zurück, und die Sache ist der Kriminalroman.

Sjöwall/Wahlöö: Riksmordkommissionen als Aufklärungsorgan

Die zwischen 1965 und 1975 erschienene zehnteilige Romanserie des Autorenehepaares Maj Sjöwall (geb. 1935) und Per Wahlöö (1926–75), in der schwedische Polizisten unter Leitung von Martin Beck von der Zentralen Mordkommission in Stockholm ihre Fälle lösen, gehören immer noch zum Modernsten und Interessantesten auf dem Gebiet des Polizeikrimis und des Kriminalromans überhaupt, obwohl sie schon heute als historische Dokumente einer Epoche wirken, von deren Bewußtseinslagen und Sichtweisen die Allgemeinheit schnell abgerückt ist. Die Modernität und das schnelle Veralten eines Teils der Romanaussage hängen zusammen. Die Verfasser begnügen sich nicht damit, wie die meisten Autoren von Polizeikrimis, die Rahmenbedingungen des Detektivspiels in generellen Einklang mit der Realität der Verfolgung von Straftaten zu bringen, sondern sie machen alle aktuellen Probleme der modernen Gesellschaft, die überhaupt im Horizont der Polizei auftauchen, zum Gegenstand des Spiels selbst. Die Romane handeln nicht nur von Fällen und Lösungen, sondern auch von der Polizei und ihrer umstrittenen Einschätzung als fortschrittsfeindliche Bullen oder als letzter Hort der Ordnung, von der Selbsteinschätzung der Polizisten und von der Problematik einer paramilitärischen Institution in einem demokratischen Staat; sie handeln von Kriminalität und Ordnungsverlust als gesellschaftlichen Problemen und von der Ablösung des moralischen Schuldbegriffs durch andere Konzepte; sie handeln von der Lage Schwedens und von der Krise des modernen Sozialstaats.

Das Ansehen der Romangruppe bei der Kritik, insbesondere in Deutschland, dem wichtigsten Wirkungsgebiet außerhalb Schwedens, beruht auf der Einbeziehung von Gesellschaftskritik in den Kriminalroman.[5] Man hat sie sogar als eine Serie gepriesen, die »eine Zeitspanne von exakt zehn Jahren, die Dekade zwischen 1965 und 1975, abdeckt und – bei aller gebotenen Vorsicht gegenüber einem so hochgreifenden Vergleich – für die Beschreibung der schwedischen Gesellschaft dieser Zeit dereinst als ähnlich repräsentativ gelten könnte wie Balzacs *Comédie Humaine* für die Beschreibung des französischen Bürgertums um die Mitte des 19. Jahrhunderts«.[6]

Es wäre falsch und ungerecht, bei der Auseinandersetzung mit den Sjöwall/Wahlöö-Romanen den Blick auf die gesellschaftskritische Komponente zu fixieren. Es gibt Massen an besserer, fundierterer und differenzierterer Gesellschaftskritik; es gibt umfassendere Analysen der Situation Schwedens. Die Romane verdanken ihre Verbreitung und Wertschätzung bei der internationalen Leserschaft[7] in erster Linie der Tatsache, daß sie Detektivgeschichten von besonderer Qualität und besonderer Art sind.

Die Besonderheit liegt nicht in der Abweichung von herkömmlichen Strukturen der Handlung und der Romangesellschaft. Die Autoren halten sich ohne jeden Versuch der Grenzüberschreitung an die vertraute Axiomatik der Detektiverzählung: Fälle werfen Fragen auf, die klar formuliert und gleichzeitig oder hintereinander in Sequenzen von Szenen verfolgt werden; scheinbar unabhängige Fälle erweisen sich als Teile eines Gesamtkomplexes, zu dem immer ein Mord gehört; bei jedem Fall werden Tathergang, Täterschaft, Tatmotiv und alle anderen vorher problematisierten Umstände eindeutig geklärt. Alle geschilderten Szenen und alle Reflexionen haben mit dem Fall zu tun, wobei der Bezug direkter und enger ist, als es oft bei Freeling der Fall ist.

Angesichts des relativ geschlossenen autorenspezifischen Eindrucks, den die Romanserie auf Leser und Kritiker macht, ist man überrascht, bei genauerem Hinsehen festzustellen, in welchem Ausmaß die Art der Fälle, die zur Lösung führenden Handlungen und die Zusammensetzung der am Fall Beteiligten variieren. Die Autoren benutzen das gesamte Arsenal der im Laufe der Gattungsgeschichte entwickelten Typen. Es gibt den klassischen Einzelmord an einer Person aus der besten Gesellschaft mit den Bekannten und Kontaktpersonen als Verdächtigen (*Und die Großen läßt man laufen*, 1970).[8] Es gibt die Variante *Whose Body?*, bei der zuerst die Identität der Leiche, dann die des Täters zu klären ist (*Die Tote im Götakanal*, 1965). In *Verschlossen und verriegelt* (1972) gibt es das alte *locked room mystery*: ein vermeintlicher Selbstmörder im hermetisch abgeschlossenen Zimmer ist auf raffinierte Art doch von außen ermordet worden. *Der Mann, der sich in Luft auflöste* (1966) überträgt das Handlungs- und Personenmuster des *private eye*-Krimis von Amerika nach Europa: Der Detektiv, Beck, sucht eine verschwundene Person in einer fremden und undurchsichtigen Stadt, Budapest, trifft auf Gewalt und dunkle Gegner, gewinnt Helfer und stößt schließlich auf einen Mordfall, den er löst. Neben dem Mord als Einzelfall gibt es Mordserien und Massenmorde. Die Opfer reichen von Kindern über Polizisten bis zum Premierminister; die Täter sind arme Irre, einheimische Biedermänner oder Ganoven oder auch internationale Killer.

Diese Vielfalt wird dadurch ermöglicht, daß das bleibende Element, die Polizei, eine bestimmende Rolle spielt. Die Romane von Sjöwall/Wahlöö sind in einem anderen und umfassenderen Sinne Polizeiromane als die Van-der-Valk-Geschichten Freelings. Hier werden die Romane nicht von einer Person getragen, die Wesenszüge der Polizisten schlechthin mit für den Beruf untypischen Eigenschaften und Verhaltensweisen verbindet und die meist fern von Kollegen und Amtszimmer operiert, sondern von der Gesamtinstitution Polizei. Die Mehrzahl der Szenen spielt bei der Polizei, in den Büros der Zentrale in Stockholm, in Revieren im Land, in Dienstwagen; die meisten Dialoge sind Gespräche unter Polizisten; fast alle Meinungen und Überlegungen, die der unpersönliche Erzähler wiedergibt, sind die von Polizisten. Es ist nicht – wie bei Freeling – die Welt, wie sie ein idealer Polizist sieht, sondern Schweden, gesehen aus der Perspektive seiner Polizei, vom Streifenpolizisten bis zum Chef der Polizei.

Die Gruppe der Polizisten, die in manchen Romanen auch zahlenmäßig in der Mehrheit in der fiktiven Gesellschaft sind, bildet ein Figurenensemble, das mit der gleichen Flexibilität gehandhabt wird wie die *plots*. In einem Roman gibt es ein Dutzend Polizisten, die selbständige Teilaktionen tragen, in anderen figurieren nur wenige. Auch in der zentralen Gruppe, der Reichsmordkommission in Stockholm, ist die Besetzung nicht konstant. Personeller Mittelpunkt ist immer Martin Beck, zunächst Kriminalassistent und dann Chef von *Riksmordkommissionen*. Becks Anteil an der Ermittlungshandlung wechselt; bald löst er einen Fall fast im Alleingang, bald tritt er hinter seinen Mitarbeitern zurück. Immer aber ist er die Normfigur. Nur er besitzt uneingeschränkt die Kardinaltugenden des Polizisten, Hartnäckigkeit, Logik und Ruhe. Von ihm stammen die entscheidenden Ideen; seine Meinungen über Fälle, Individuen und Gesellschaft werden am ausführlichsten referiert und am seltensten in Zweifel gezogen.

Die Mitarbeiter in der Kommission sind weniger normativ als der Chef, aber dafür individueller in ihren beruflichen Stärken und Schwächen. Wie die meisten Romanfiguren, die häufig und dabei manchmal nur kurz auftreten, werden sie durch leicht merkbare und formelhaft beschreibbare Eigenarten gekennzeichnet: Kollberg, Becks Vertrauter und Freund, ist dicklich, aber agil, seine Spezialität sind präzise Situationsanalysen, er trägt nie Waffen; Larsson ist sportlich, hart, schroff, er kriegt am meisten aus Zeugen heraus; Melander hat ein phänomenales Gedächtnis für Details, aber keinen Durchblick. – Alle Polizisten sind im übrigen fast ganz auf die berufliche Dimension beschränkt. Ihr Familienleben wird zwar, wie seit Simenon üblich, in ein paar Frühstücks- und Feierabendszenen einskizziert – Kollberg ist glücklich verheiratet und liebt seine Kinder, Beck lebt in einer tristen Ehe, aus der er sich später löst –, aber selbst die Hauptfigur Beck ist als private Persönlichkeit längst nicht so komplex und präsent wie die Personen, über die ermittelt wird, seien es Täter oder Opfer.

Die Grundsituation des Lesers ist die eines Menschen, der anderen bei der Arbeit zuschaut, interessiert auch am Resultat, aber in erster Linie am Verfolgen der Aktivität, die hier und jetzt vor sich geht. Man läßt ihn bereitwillig zuschauen. Nichts von dem, was die Polizisten schon wissen, wird ihm vorenthalten. Professionelle Verfahren, die er als Nichtfachmann nicht ohne weiteres versteht, werden ihm erklärt. Die Polizeiarbeit wird ihm in gezielter Auswahl dargeboten, aber nicht so, daß er nur Zeuge der Situation des Erfolges und der Beantwortung von Fragen würde. Ihm wird auch viel Alltagsroutine präsentiert, mit Polizisten, die sich um Nichtigkeiten streiten, sich langweilen oder darüber klagen, daß sie auf der Stelle treten. Was das Interesse des Lesers wachhält, ist die aus seiner Leseerfahrung gewonnene Gewißheit, daß trotz des Anscheins von Stillstand und Frustration vor seinen Augen Prozesse ablaufen, die beständig vorankommen und in Kürze ein Ziel erreichen werden.

Polizeiverfahren: Elimination und Rekonstruktion

Das Hauptgewicht liegt auf zwei Prozessen, die auch sonst in der Kriminalliteratur wichtig sind, die aber hier Prominenz und einen besonderen Charakter bekommen: der Eliminationsprozeß, der eine ungeordnete Fülle von Informationseinheiten auf ein überschaubares und deutbares Muster reduziert, und der Prozeß der kumulativen Rekonstruktion einer Person, die zu Anfang entweder ganz unbekannt oder nicht hinreichend verstehbar ist.
Prozesse der Elimination gehören zu den elementaren Limitierungsstrategien der Gattung: Viele Verdächtige müssen auf einige Hauptverdächtige und auf einen Täter reduziert werden; aus der Menge der vorhandenen Indizien müssen die falschen Spuren ausgesondert werden, damit das Lösungsmuster sichtbar werden kann. Normalerweise wird die Menge der ›falschen‹, für die Lösung nicht relevanten Elemente durch die Ökonomie des Versteckspiels bedingt: Man braucht so viele *red herrings* oder unschuldig Verdächtige, daß die Lösung nicht vorzeitig erraten werden kann.
Bei Sjöwall/Wahlöö ist die Ausgangslage eine Grundsituation des Lebens in einer modernen Gesellschaft: Man sieht sich einer Riesenfülle von Informationen, Bildern, Signalen, Vorschriften gegenüber, und die Elimination des Irrelevanten, die Reduktion auf einen Kern von zwei oder drei relevanten Informationen, mit denen man sich dann prüfend auseinandersetzen kann, ist eine Frage der Existenz.
Mehrfach in jedem Roman steht die Polizei vor der Notwendigkeit, einen Berg von Materialien zu sichten, da sowohl der Appell an die Bevölkerung über die Medien als auch die vielen Karteien und Register der Behörden eine gewaltige Redundanz an Informationen produzieren. So heißt es etwa am Anfang der Großfahndung nach einem Kindermörder in *Der Mann auf dem Balkon*:

> »Es war Montag nachmittag, sechzig Stunden, nachdem man das tote Mädchen in Vanadislunden gefunden hatte.
> Die Polizei hatte die Öffentlichkeit durch Presse, Rundfunk und Fernsehen um Mithilfe gebeten, und es waren bereits mehr als dreihundert Hinweise eingegangen. Jede Angabe wurde registriert und von einer speziellen Arbeitsgruppe untersucht. Dann nahm man das Resultat noch einmal unter die Lupe.
> Das Sittlichkeitsdezernat ging seine Register durch, das staatliche Kriminal-Laboratorium bearbeitete das magere Material vom Tatort, die Datenverarbeitungszentrale lief auf Hochtouren. Die Beamten der Abteilung für Gewaltverbrechen klopften zusammen mit Vertretern der Schutzpolizei des 9. Reviers an alle Türen von Verdächtigen, und jeder, der als Zeuge in Frage kam, wurde verhört.«[9]

Schierer Fleiß, Einfälle zur Suchmethode, Zufälle – die Flut verringert sich, bis noch zwei Spuren bleiben: der dreijährige Junge, der mit dem Mörder gesprochen hat, aber noch zu klein für genaue Aussagen ist; der Handtaschenräuber, der zum Tatzeugen wurde, aber den Kontakt mit der Polizei scheut.
Der Leser wartet nicht einfach auf das Resultat der Elimination, sondern er

verfolgt den Prozeß selbst mit Interesse und gelassener Spannung, weil ihm hier das Verfahren der Reduktion von chaotischer Fülle zu geordnetem Rest exemplarisch vorgeführt wird und weil die vorbeiziehende Kette der zu sichtenden Fakten ihm beobachtenswert erscheint. – Ein Beispiel aus dem ersten Roman der Reihe: Es ist geklärt, wer die Tote im Götakanal ist und woher sie kommt; es ist eine Amerikanerin, die Kabine A 7 auf der *Diana* innehatte, einem Schiff, das Urlauber durch Kanäle und Seen fährt. Beck und seine Leute eliminieren: 68 Namen auf der Passagierliste, dazu die Besatzung. Kontakte, Überlegungen, einige interessante oder vorbestrafte Personen – die Liste der verbleibenden potentiellen Täter wird kürzer, sie reduziert sich auf Null. Neuer Ansatz: Im Urlaub wird viel fotografiert und gefilmt. Die Passagiere werden angeschrieben oder aufgesucht. Urlaubsfotos und Schmalfilme passieren Revue. Eine neue Gruppe von Mitfahrenden kommt ins Bild: Deckpassagiere, die nur ein Stück mitfahren, auf keiner Liste stehen. Unter ihnen dann die Person, nach der man suchen muß, ein Mann mit einer Sportmütze.
Die Faszination, die für die Autoren vom Prozeß der Elimination ausgeht, hat ihren Höhepunkt in *Endstation für neun* (1968), wo das zu reduzierende Chaos aus einer Überfülle von Leichen besteht: Jemand hat alle Insassen eines Linienbusses niedergemäht. Wer war das eigentliche Opfer, und wer wurde nur mitgetötet?
Die Eliminationsthematik beruht auf der pessimistischen Annahme, daß die Welt von heute durch chaotische Redundanz gekennzeichnet ist. Wenn aber die Reduktionsprozesse immer zum Erfolg führen, so ist das nicht einer Mogelei der Autoren zuzuschreiben, sondern einer optimistischen (oder tröstlichen) Grundannahme: In einem modernen Staat ist jede Wahrheit, die man sucht, irgendwo dokumentiert und abrufbar gespeichert. – »Ich begreife nicht, woher Sie das alles wissen können«, sagt ein Verbrecher zum Detektiv. Die Antwort:

> »›In einer Gesellschaft wie der unseren ist fast alles mit Unterlagen belegt‹, sagte Martin Beck freundlich.«[10]

Die Elimination von irrelevanten Fakten und die Rekonstruktion von Personen sind gegenläufige Prozesse. Wenn man genügend taubes Gestein aus dem Wege geräumt hat, kann man beginnen, die Person des mutmaßlichen Täters (oder auch: die des unbekannten Opfers) Schritt für Schritt aufzubauen. Im klassischen Detektivroman ist der Täter eine dem Leser bekannte Figur, auf die der Detektiv irgendwann mit dem Finger zeigt: Der war's. Außer einer Information über das Motiv braucht das Charakterbild nicht mehr ergänzt zu werden. Im neueren Krimi aller Typen – das sahen wir zuletzt bei Freeling – ist die prozeßhafte Rekonstruktion oder Erkenntnis von Personen eines der Hauptanliegen. Ziel des Prozesses ist eine Person als komplexes psychologisches Konstrukt, als Charakter mit beschreibbaren Eigenschaften. Der Weg des Detektivs führt über psychologisches Verständnis, Einfühlung, Mitmenschlichkeit und – im Falle von Lucienne Englebert und Meinard Stam – über die Kenntnis bestimmter charakterformender Erlebnisse in der Jugend der Person.

Bei Sjöwall/Wahlöö wird der zu rekonstruierende, zu findende, zu erklärende Mensch anders gesehen; der detektivische Prozeß bedient sich anderer Mittel und hat ein anderes Ziel. Die Polizisten arbeiten unter den Bedingungen des schwedischen Wohlfahrtsstaates, der über jeden Bürger eine Fülle von Daten gespeichert hat. Der Staat betrachtet den Bürger vorwiegend als Sozialfall, und die Informationen, die seine Akten und Register der Polizei geben können, betreffen zum großen Teil die Störfälle der persönlichen Existenz: Krankheiten, Strafen, Ordnungswidrigkeiten, Inanspruchnahme von Unterstützung. Die Polizisten beklagen die Erfassungsmanie ihres Staates, teilen aber im Grunde sein Menschenbild. Sie haben es mit menschlichen Unregelmäßigkeiten zu tun, die sie samt und sonders nach dem Modell von Krankheiten betrachten. Ein Täter, besonders ein Mörder, ist kein Schuldiger, sondern ein Kranker. Auch beim schlimmsten Mord ermahnt sich Beck:

> »Worte wie Scheußlichkeit und Bestialität gehören in die Zeitungen, nicht in deine Gedankenwelt. Mörder sind ganz gewöhnliche Menschen, nur noch unglücklicher und kontaktärmer.«[11]

Der Prozeß der Ermittlung soll aus dem Mörder als einer nicht sichtbaren Figur (»Der Mörder war ein Nichts, im Höchstfall eine schemenhafte Nebelgestalt.«[12]) nicht nur einen verhafteten Täter, sondern auch eine voll verstandene Person machen – voll verstanden aber nur als Kranker. Über den sicheren Krankheitsbefund durch Klärung der *case history* gehen die Erkenntnisziele nicht hinaus. Der Polizeidetektiv ist ein Sozialarbeiter und Kliniker, kein Freund und Liebhaber von Menschen wie Van der Valk. Die Ursachen der Krankheit, die Kriminalität heißt, liegen ohnehin außerhalb der einzelnen Person.

Die Rekonstruktion des Kindermörders in *Der Mann auf dem Balkon* beginnt mit einem psychologischen Gutachten, in dem aus der Art der Verbrechen ein hypothetisches Bild des Triebtäters erschlossen wird. Nachdem es endlich gelungen ist, das abstrakte Täterprofil mit einem konkreten Verdächtigen zu verbinden, ist die Rekonstruktion der Person aus Unterlagen relativ leicht: Wehrpaß, Akten der Sozialbehörde und alte Gutachten von Militärärzten, Amtsärzten und Psychiatern ergeben – neben anderen Indizien –, daß er der Täter ist und warum er es ist. Die Ergreifung des Kranken durch zwei Streifenpolizisten und das Geständnis des Täters, der sich selbst nicht versteht und nicht erklären kann, sind nur noch Nachträge zur eigentlichen Ermittlung.

Zu den Personen, die rekonstruiert werden, gehören nicht nur Mörder, sondern auch Opfer. Das ist nicht nur deshalb nötig, weil das *plot* der Polizei gelegentlich eine nicht identifizierte Leiche präsentiert, sondern auch, weil der Ermordete Anteil am sozialen Störfall ›Mord‹ hat. Auch seine Biographie ist eine Fallgeschichte, die zur Erklärung des Verbrechens beiträgt, manchmal mehr als die des Täters. Jedes Opfer ist Mitverursacher seiner Ermordung.

Bei dem Opfer des ersten Mordes in der Serie, der Toten aus dem Kanal, beginnen die Stadien der Personenfindung mit der klinisch beschriebenen nackten Frauenleiche, die ein Bagger zutage bringt; sie führt zur Identifizierung: Roseanna McGraw, Bibliothekarin aus Lincoln, Nebraska, als Touristin in Schweden. Letzte Stufe ist die Rekonstruktion der Toten als private Person, das heißt vor allem als Person mit sexueller Persönlichkeit. Lange Protokolle von Vernehmungen einer Freundin und eines Freundes ergeben, daß sie häufig die Partner wechselte und beim Anknüpfen von Kontakten und in der Beziehung der aktive Teil war. Das hilft bei der Erklärung des Mordes und bei der Findung des Täters, eines Mannes mit religiös-sexuellen Wahnvorstellungen und Aggressionen gegen ›schamlose Frauen‹.

Sexualität – und zwar die sexuelle Beziehung, nicht sexuelle Akte – spielt bei Sjöwall/Wahlöö jene zentrale Rolle, die bei Freeling von romantischen Gefühlsbeziehungen wie Liebe oder Freundschaft wahrgenommen wird. Die sexuelle Beziehung wird als die für Autor und Leser interessanteste und zugleich problematischste menschliche Beziehung angesehen. Sexualität ist für den Krimi relevant, weil ihre Störfälle häufig zu einem Fall für die Kriminalpolizei führen. Sie ist zugleich der letzte Bereich, der die Polizei noch angeht und den sie aufgrund ihrer Haltung, ihrer Methoden und ihrer Unterlagen erhellen kann. Andere Aspekte der Persönlichkeit und des Charakters, wie sie im psychologisch orientierten Roman, beispielsweise bei Freeling, im Mittelpunkt stehen, bleiben hier weitgehend aus dem Spiel.

Verbrechen sind Störfälle, bei denen der Täter nicht die Alleinschuld trägt:

> »Von den Raubüberfällen abgesehen, die sorgfältig geplant gewesen zu sein schienen, waren alle anderen Verbrechen spontan begangene Delikte, die man beinahe Unfällen gleichsetzen konnte. Täter waren unglückliche, vom Streß aus dem Gleichgewicht gebrachte Menschen, die gegen ihren Willen in desperate Situationen getrieben worden waren. In fast allen Fällen spielte Rauschgift oder Alkohol eine entscheidende Rolle. Das lag vielleicht an der Hitze, vor allem aber am System, am unerbittlichen Mechanismus der Großstadt, der die Schwachen und Unangepaßten zerrieb und sie zu sinnlosen Handlungen trieb.«[13]

Das Opfer ist nie unschuldig, trägt manchmal mehr Verantwortung und verdient weniger Mitgefühl als der Täter:

> »Rönn hatte selbst nicht übel Lust, in Tränen auszubrechen. Zum Teil, weil er völlig fertig war, vor allem aber, weil er in letzter Zeit so oft mit Fällen zu tun gehabt hatte, bei denen er den Täter mehr bedauerte als das Opfer.«[14]

Diese Konzeption ist modern: Sie liegt mitten im Spektrum der heute diskutierten Theorien über Kriminalität. Für den Krimiautor bringt sie aber Probleme mit sich. Der Detektiv, eine Normfigur, muß den Täter jagen. Die Jagd muß im Rahmen der im Roman geltenden Normen gerechtfertigt sein. Der Täter muß eine jagdbare Figur sein; die Tat muß den enormen Aufwand, den gerade die Fahndung des Polizeikrimis erfordert, als angemessen oder mindestens vertretbar erscheinen lassen.

Dieses Problem der Rechtfertigung der detektivischen Polizeiarbeit trotz Abschwächung des Schuldbegriffs führt Sjöwall/Wahlöö in ein Dilemma. Obwohl sie die normale Kriminalität auch im Roman behandeln wollen, sehen sie sich gezwungen, immer schlimmere Verbrechen und immer gemeingefährlichere Verbrecher zu finden: Massenmörder, Amokschützen, Triebtäter, die serienweise morden, deutsche, japanische, afrikanische Gangster und Terroristen, im mildesten Falle ein mordender Ausbeuter und Fabrikant. Da die Fälle outriert und die Täter als stereotype Gestapo- oder Samurai-Figuren nicht mehr rekonstruierbare Persönlichkeiten sind, gerät in den späten Bänden der Serie der Krimi ungewollt in die Nähe eines Blutmärchens nach Art von Spillane.

Gesellschaftskritik – Sozialkritik im engeren Sinne, Kritik an der Polizei, Systemkritik, Schwedenkritik – tritt erst im Verlauf der Romanserie zur Detektivgeschichte hinzu und steigert sich dann bis zum vordringlichen Anliegen der Autoren. Man kann also verfolgen, wie sich die Detektivgeschichte, deren Struktur im wesentlichen gleichbleibt, durch die Kombination mit einer zunehmend gewichtigen gesellschaftskritischen Komponente verändert.

Die ersten Bände sind naive Krimis. Weder die Tätersuche der Polizei noch die gesellschaftlichen Verhältnisse werden problematisiert, obwohl es schon hier als axiomatisch gilt, daß Mörder nur Kranke oder Unfallbeteiligte sind und daß die Gründe für Kriminalität in der Gesellschaft liegen. (In späteren Romanen wird rückblickend die Behandlung der frühen Fälle neu reflektiert und kritisiert.)

Im dritten, 1967 erschienenen Roman, *Der Mann auf dem Balkon*, wird der fiktive Roman zum Anlaß für Kritik an realen Verhältnissen und zu Ermahnungen des schwedischen Publikums: Angesichts steigender Kriminalität (»was letztlich die Schuld der Sozialordnung und der Menschen selber war«, S. 29) ist die Polizei trotz verbesserter Ausrüstung überfordert; als einziges »Bollwerk gegen das Verbrechertum« (S. 67) wird die Polizei, die jährlich über 2 Millionen Überstunden machen muß, nicht genügend anerkannt; die Forderung nach Wiedereinführung der Todesstrafe und bewaffneter Bürgerwehr wird zurückgewiesen, die Notwendigkeit zur Bewaffnung der Polizei in Zweifel gezogen – alles Meinungsäußerungen aufgeklärter Polizisten, die ihren Kompetenzbereich nicht überschreiten und ihrer eigenen Organisation gegenüber loyal sind.

In den nächsten Romanen wird die Kritik am ›verfaulten System‹ des Landes schärfer und auch die Mißstände bei der Polizei werden angeprangert: die Unfähigkeit der Polizeiführung, das falsche Verhalten gegenüber Demonstranten, die vielen inkompetenten oder faulen Beamten, der zu Recht schlechte Ruf bei der Bevölkerung. Noch immer erfolgt die Kritik anläßlich des Falles, ohne die Detektivhandlung selbst zu berühren, und kritische Erörterungen werden abgebrochen, wenn sie über den Zuständigkeitsbereich der Polizei hinausgreifen: »Aber jedenfalls ging das die Polizei, wie gesagt, nichts an.«[15]

Mit *Und die Großen läßt man laufen* erscheint dann 1970 ein echter gesellschaftskritischer Detektivroman, eine Geschichte, bei der die Handlung selbst – der Mordfall sowohl wie die Ermittlung – zum Medium von Kritik wird. Die Autoren benutzen das Schema des klassischen Detektivromans und kehren es um. Als Direktor Palmgren, der mächtige Wirtschaftsboss, erschossen wird, und zwar bei einem Essen im kleinen Kreis von Geschäftsfreunden und

Mitarbeitern, konzentrieren sich die Ermittlungen auf diese Gruppe. Die Polizei findet hinter der Fassade der Wohlanständigkeit Abgründe der Skrupellosigkeit, der Wirtschaftskriminalität, der moralischen Fäulnis – aber nicht den Mörder. Den findet die Polizei – die hier zum ersten Mal durch ebensoviel stupide und pflichtvergessene wie positive Figuren repräsentiert ist – erst am Schluß und durch glücklichen Zufall. Der Mord war die Impulstat eines arbeitslosen Angestellten, der vor zwei Jahren bei der Schließung eines Palmgren-Unternehmens seine Stellung verlor und dann zwischen die Räder der Sozialmaschinerie geriet: Sozialamt, Nüchternheitsbehörde, Jugendamt, Wohnungsamt – Zwangsräumung, Trennung, Verlust des Sorgerechts. Der Roman ist nicht in Schwarz-Weiß-Manier – hie Ausbeutung, hie Sozialmärtyrer – geschrieben; der Schlußeffekt, der dem Leser durch Reflexionen Becks vermittelt wird, ist Verunsicherung: Ist der Fall gelöst oder nicht? Soll man die Begriffe Täter und Opfer aufgeben? Läßt sich das Tun des aufklärenden Polizisten noch rechtfertigen? Wem soll man die Verantwortung geben – den kapitalistischen Ausbeutern, den Sozialbürokraten, der Allgemeinheit?

In den letzten Romanen wird die Gesellschaftskritik, die der Roman transportieren soll, zu einem strukturellen Problem. Die Kritik wird immer umfassender, schriller und radikaler und verlangt nach radikalen Lösungen bei der Detektivgeschichte. Zwischen dem geschilderten verheerenden Zustand der Polizei in Schweden – korrupt, unfähig, brutal, »Staat im Staate«, »verabscheut«, »haßerfüllt und reaktionär«, Monument der »Ohnmacht«, eine Organisation, die »ihre Fangarme in alle Richtungen ausstrecken und die mutlosen Bürger des Landes in einem eisernen Griff festhalten« will[16] – und Becks *Riksmordkommissionen*, nach wie vor moralisch intakt und makellos funktionierend, besteht eine Distanz, die zu ständigen Erklärungen nötigt. Wie kann Beck noch bleiben, als Chef der Kommission und als Normfigur im Roman, wenn Lennart Kollberg, früher Polizist mit Leib und Seele, seinen Abschied nimmt, weil er es einfach nicht länger aushält, Polizist zu sein (*»Ich bin der Mann, der sich nach 27 Dienstjahren in solchem Maße seines Berufes schämt, daß mein Gewissen es mir verbietet, ihn noch länger auszuüben.«*[17])?

Eine angemessen radikale Lösung für die Verbindung von Polizeikritik und Krimi ist *Das Ekel aus Säffle*, ein Roman, in dem alle Handlungspositionen mit Polizisten besetzt sind: Das Opfer ist ein sadistischer Kriminalkommissar, der Mörder ist ein entlassener Polizist, dessen Frau durch die Schuld des Ermordeten umgekommen ist, die Fahnder sind Polizisten. Der Schluß, bei dem der Mörder durchdreht und vom Dach eines Hauses ein Polizistenmassaker veranstaltet, scheint schon als *final curtain* für Beck angelegt zu sein, der beim Versuch, den Schützen zu überwältigen, niedergeschossen wird: »Das Geschoß traf ihn mitten in die Brust. Wie ein Schmiedehammer« (S. 147).

Beck überlebt. Der letzte und umfangreichste Roman der Serie, *Die Terroristen*[18], ist ein Endspiel anderer Art, in dem die Detektivgeschichte in einen Politthriller eingebaut und einem absurden Ausgang zugeführt wird. Beck und seine Leute ermitteln noch einmal einen Mörder, dessen Tat moralisch gerechtfertigt, aber sinnlos war, retten einen amerikanischen Staatsgast und Schwedens politische Prominenz vor einem Bombenattentat rechter Terroristen, bewahren eine einfältige Frau vor der falschen Verurteilung als Bankräuberin und müssen zusehen, wie eben diese arme Verfolgte des Systems den schwedischen Premierminister erschießt, sinnloserweise natürlich, denn »die setzen doch einen ebensolchen in weniger als einer halben Stunde an seine Stelle« (S. 260).

Das letzte Wort hat Kollberg: »Dein Fehler, Martin, ist, daß du den falschen Beruf hast. Zur falschen Zeit. Im falschen Teil der Welt. Im falschen System« (S. 317).

Wie alle möglichen anderen Materialien kann der Krimi auch eine Menge an Gesellschaftskritik transportieren, ohne seine Identität einzubüßen oder seine Attraktivität für den Leser, der nicht nur nach Bestätigung seiner eigenen Ansichten sucht, zu verlieren. Wird die Tragfähigkeit aber überfordert und läßt sich das zu transportierende Themenmaterial nicht mehr in den gewählten Krimitypus, hier den Polizeiroman, funktional einbauen, so erfolgt nicht der Übergang in eine andere Art von Roman, etwa den gesellschaftskritischen Roman, sondern das Ganze beginnt sich aufzulösen. Leerlaufende Krimimechanismen stehen neben fundamentalkritischen Spruchbändern, die einer ausgeprägten Meinungsgleichheit beim Leser bedürfen, wenn sie noch akzeptiert werden sollen. Bei aller Verschiedenheit der Haltungen haben die letzten Sjöwall/Wahlöö-Bände manches mit Sayers' *Gaudy Night* gemein.

Täter bekannt: Crime Novel

Heutzutage kennt jeder, der sich überhaupt mit Krimis befaßt, auch den Typus, bei dem man von vornherein weiß, wer der Täter ist und wie es bei der Tat zuging, und zwar ohne daß man als Leser den Eindruck hat, hier handele es sich um eine andere Gattung mit anderer Leseweise und Wirkung.

Krimis dieser Art passen in die Vorstellung, die der naive Leser von der Gesamtgattung hat; sie passen auch in unser Modell des Krimis als eines Frage- und Antwortspiels mit bestimmten Axiomen und bestimmten, durch Konvention festgelegten Limitierungen. Sie passen nicht in das überlieferte Begriffsschema; keine Sprache hat eine treffende und trennscharfe Bezeichnung für den Typus. Es sind keine Detektivgeschichten, weil es nicht um *detection* im üblichen Sinne geht und weil die Figur eines Detektivs, ob Privatdetektiv oder Polizist, nicht im Mittelpunkt steht; es sind keine *mysteries*, weil es kein Tätergeheimnis gibt. Wenn man sie – wie besonders in Amerika üblich – in die Kategorie *thriller* oder – vornehmer – *suspense fiction* einreiht, wirft man sie in einen Topf mit Spannungsromanen ganz anderer Art, Katastrophengeschichten oder Politthrillern beispielsweise. Am ehesten brauchbar ist noch der englische Begriff *crime novel*, nicht weil er besonders treffend wäre, sondern weil er eine gewisse Tradition als Bezeichnung für eben diesen Typus hat.

Solange der klassische Detektivroman noch das allein maßstabgebende Modell war, mußte eine Kriminalgeschichte, in der es kein Täterrätsel gibt, als etwas ganz anderes, als auf den Kopf gestellte Detektivgeschichte oder Anti-*Who-*

dunit erscheinen. Inzwischen haben sich Lesegewohnheiten und Konstruktionsweisen bei allen Typen von Kriminalgeschichten so geändert, daß größere Teile der Gesamtlösung schon vor dem Schlußteil feststehen und der – immer noch durch Überraschungseffekte gekennzeichnete – Schluß vorliegende Teilerklärungen zusammenfaßt und ergänzt.

Beim Polizeikrimi beispielsweise ist es in Film- und Fernsehversionen gang und gäbe, schon vor der Titelsequenz und vor der Ermittlungsgeschichte einen Teil des Tatvorgangs zu zeigen, meist so, daß die Identität des Täters nicht zu erkennen ist. Auch Romanautoren – Sjöwall/Wahlöö in einigen ihrer späteren Werke beispielsweise – beginnen Detektivgeschichten gern mit einer Mordszene, die dem Leser einen Informationsvorsprung vor dem Kommissar und seinen Leuten gibt. Solche Darstellungsweisen haben mehrere Funktionen: Sie beseitigen oder mindern das Achtergewicht der traditionellen Detektivgeschichte durch Verlagerung eines Teils der lösungsrelevanten Informationen nach vorn; sie verschaffen der Geschichte einen fliegenden Start durch eine spannende Szene; sie ermöglichen dem Leser die heute bevorzugte Perspektive des *inside view* (diese Präferenz läßt manchen modernen Leser von klassischen Detektivromanen den Schluß zuerst lesen, nicht aus unbezähmbarer Neugier, sondern um den Enträtselungsprozeß im Wissen um die Lösung verfolgen zu können).

Von solchen Erzählweisen bis zur Geschichte eines Falles aus der Perspektive des Täters sind es nur noch einige Schritte. Alewyns griffige Unterscheidung »Der Kriminalroman erzählt die Geschichte eines Verbrechens, der Detektivroman die Geschichte der Aufklärung eines Verbrechens«[19] gilt nicht mehr mit voller Schärfe, weil Aufklärungsgeschichte und Verbrechensgeschichte einander seit langem durchdringen.

Die Frage, ob der Krimi ohne Täterrätsel zur Gattung gehört oder nicht, stellt sich daher für uns nicht mehr. Es gibt auch keine Notwendigkeit, nach einer neuen Demarkationslinie zwischen dem Detektivroman und diesem Typus zu suchen: Die Übergänge sind fließend. Zu untersuchen ist zweierlei: Einmal ist – ähnlich wie bei jedem anderen Grundtypus innerhalb der Gattung – festzustellen, was es hier an Eigenarten, an besonderen Möglichkeiten wie an besonderen Beschränkungen und kompositorischen Schwierigkeiten gibt; zum anderen ist gerade bei diesem Typus mit Nachdruck zu fragen, welche Chancen der von den Restriktionen des Täterrätsels entbundene Kriminalroman hat, zu einem Roman schlechthin, also zu einem Roman ohne jegliche gattungsbedingte Beschränkung zu werden. Gerade von der *crime novel* ohne Detektivspiel und Täterrätsel hat man ja die Rettung der Kriminalliteratur aus den Niederungen des Trivialen und der Unterhaltung erhofft. – Im folgenden soll der Typus *crime novel* durch zwei Beispiele repräsentiert werden, eines – *Les veufs* (1970; dt. *Die trauernden Witwer*, 1972) von Boileau/Narcejac –, bei dem der Akzent auf Spannung und Unterhaltung liegt, eines – *The Talented Mr Ripley* (1956) von Patricia Highsmith –, das zu den anspruchsvollsten Werken der gesamten Gattung gehört.

Spannende Unterhaltung: Boileau/Narcejac

Unter dem Aspekt der Unterhaltung durch interessante Charaktere und spannende Handlungen hat der Krimi, der aus der Täterperspektive erzählt wird, zwei Besonderheiten, die sich beide sowohl vorteilhaft als auch nachteilig auswirken können. Der Autor hat die Möglichkeit, Einblick in den Charakter des Täters zu geben, in die Mentalität einer Person also, die – wie die Experimente vieler Detektivautoren zeigen – zu den interessantesten Figuren in der Romangesellschaft gehört und nicht im gleichen Maße durch ihre Funktionen festgelegt und eingegrenzt wird wie der Detektiv: der Täter ist eine freiere Figur als der Ermittler. Auf der anderen Seite schafft der Mörder als Zentralfigur und Perspektiventräger natürlich Probleme der Sympathielenkung. Nach allen normalen Mustern der Einordnung – moralischen wie literarischen – gehört der Täter in das schwarze und der Ermittler in das weiße Lager. Bei der Konstruktion der Handlung kann die Phase der Planung einbezogen werden, was im Detektivroman schwer möglich ist. Bei einer besonderen Spielart der *crime novel*, die man als Rififi-Modell bezeichnen kann, besteht die ganze Geschichte vorwiegend aus der Schilderung der Vorbereitung und der Durchführung eines komplizierten Projekts, meist eines Bankraubs. Dagegen ist von der vorgegebenen Grundsituation her das Generieren von spannenden Aktionen nach der Tat schwierig. Nach der Tat ist der Mörder in der Regel jemand, der abwartet, sich unauffällig verhält, allenfalls auf die Aktionen seiner Verfolger reagiert. Für den Täter gibt es nach der Tat keine Routineprozeduren wie für die Polizei. Die Fahndung ist aus seiner Perspektive schwer als zusammenhängender und spannender Prozeß zu beschreiben, weil er über sie nur weiß, was in der Zeitung steht oder was er aus Vernehmungsstrategien erschließt – also weit weniger als ein Watson im klassischen Detektivroman.

Pierre Boileau (geb. 1906) und Thomas Narcejac (geb. 1908) gehören zu den Hauptvertretern des besonders in Frankreich verbreiteten ›schwarzen‹ Kriminalromans, der den Täter nicht von vornherein als Mitglied einer zu verurteilenden Gegenseite einstuft. In *Die trauernden Witwer*[20] werden ein Mordfall und dessen Sühne vom Täter in der Ich-Form erzählt. Der Erzähler, Serge Mirkine, berichtet als erstes vom Kauf eines Revolvers, so daß der Leser gleich auf die Gewalttat eingestellt ist, und gibt dann durch die Schilderung von Begegnungen, Gesprächen und Überlegungen auf einer Party und zu Haus Auskunft über sich selbst und seine Situation. Er ist mit 28 Jahren als Schriftsteller immer noch ohne Erfolg; sein zweiter Roman, den er anonym im Wettbewerb um den *prix Messidor* eingereicht hat, ist noch ungedruckt. Einstweilen schlägt er sich als Schauspieler in Fernsehserien und Hörspielen durch, wo er meist in Nebenrollen als unsympathischer Ausländer besetzt wird. Seine Frau Mathilde, Fotomodell in einer Modefirma, ist erfolgreicher; er liebt sie abgöttisch, aber er ist rasend eifersüchtig.

Im ersten Teil des Romans spielt sich eine Detektivgeschichte klassischen Musters im privaten Bereich ab. Mirkine formuliert Fragen, die er geklärt haben will. Lassen die Indizien, daß seine Frau ihn betrügt, sich zum Beweis erhärten? Wer von den Männern, mit denen er beruflich zu tun hat, ist der

Liebhaber? Als sein eigener Detektiv kommt Mirkine nicht zum Ziel; er beauftragt daher einen Privatdetektiv. Der bringt heraus, daß Mathilde, als sie angeblich ihren kranken Vater besuchte, mit einem Mann in dessen Villa auf dem Lande gesehen wurde. Mirkine fährt hin, um die beiden *in flagranti* zu erwischen, findet nur den Mann vor – es ist Méryl, der Inhaber der Firma, für die Mathilde arbeitet – und erschießt ihn.

Seine Erwartung, alsbald verhaftet zu werden – mehrere Zeugen haben ihn in der Nähe des Tatorts gesehen, und seine Personenbeschreibung zirkuliert überall –, erfüllt sich nicht. Dafür trifft ihn ein anderer Schock: Sein Indiziengebäude fällt zusammen. Méryl, ein stadtbekannter Homosexueller, war nie der Geliebte seiner Frau; in der Villa wurde nur eine neue Modekollektion unter strikter Geheimhaltung vorbereitet.

Damit ist das Federwerk der Geschichte zunächst einmal abgelaufen. Die Verfolgung des Falles durch die Polizei, die mit der richtigen, aber auf Tausende von Menschen zutreffenden Personenbeschreibung arbeitet, bringt für Mirkine noch ein paar heikle Momente, aber sie konstituiert keinen Handlungsstrang. Die Autoren spannen die Feder neu, indem sie ein unerwartetes Ereignis einführen: Mirkines Roman gewinnt den *prix Messidor*, wird diskutiert, gedruckt, verkauft sich blendend, soll verfilmt werden. Alle Welt sucht nach dem anonymen Autor – aber der kann sich nicht melden, um Ruhm und Geld einzuheimsen, denn die resultierende Publizität mit seinem Bild im Fernsehen und in den Zeitungen würde unweigerlich dazu führen, daß er als Mörder Méryls erkannt würde. Mathilde, nach dem Tod Méryls ohne Arbeit, kann nicht einsehen, warum ihr Mann auf seine Tantiemen verzichtet und schließlich auch noch eine Hauptrolle im Fernsehen ablehnt. Nach einem Streit kommt es zu einem Autounfall, bei dem Mathilde getötet wird, während ihr Mann verletzt überlebt.

Wieder ist die Handlung abgelaufen und muß durch einen Impuls neu in Bewegung gesetzt werden. Dem Erzähler wird noch einmal ein Schock versetzt. Für seinen Roman meldet sich ein anderer als Autor und erhärtet seinen Anspruch mit Materialien und Informationen, die er nur von Mathilde haben kann. Es ist ein Mann namens Garavan, Chef eines Textilkonzerns, ein entfernter Bekannter aus dem Kreis, in dem seine Frau tätig war. Garavan engagiert ihn als Drehbuchautor und Sekretär, quält ihn und verwöhnt ihn, spielt mit ihm Katz und Maus.

Mirkine ist jetzt nicht mehr Täter und Handelnder, sondern Opfer. Er muß, wenn er überleben will, eine neue Detektivaufgabe lösen, nämlich den Sinnzusammenhang und die auf ihn gerichtete Intention der seltsamen Aktionen Garavans enträtseln. Er schwankt in seinen Hypothesen, hält es aber dann für fast sicher, daß Garavan Mathildes Geliebter war und sich jetzt – als rivalisierender zweiter ›Witwer‹ – an ihm rächen will, weil er ihren Tod verschuldet hat.

Der Leser hat im Laufe des Romans seine Einstellung gegenüber dem Ich-Erzähler geändert. Am Anfang unterliegt er dem durch die Erzählperspektive ausgeübten Zwang, alles durch die Augen Mirkines zu sehen und auch dessen Meinungen und Urteile zu akzeptieren. Es gibt auch kaum Anlaß, der Hauptfi-

gur Vertrauen oder Sympathie zu entziehen. Inzwischen hat Mirkine sich so oft in seinen Annahmen geirrt, und er ist als Person so krank und zerrüttet, daß man seinen Hypothesen nicht mehr glaubt – obwohl man selbst keine besseren weiß – und seinem zu erwartenden Ende mit mehr Neugier als Mitgefühl entgegensieht.
Die Lösung am Schluß hat eine Struktur, die auch bei den Detektivautoren des *Golden Age* beliebt war: Eine plausible, nicht sonderlich überraschende Lösung wird durch eine letzte Lösungspointe völlig unerwartet und doch unmittelbar einleuchtend umgewertet. – Mirkine stößt auf einen Briefwechsel zwischen Mathilde und Garavan, aus dem hervorgeht, daß Garavan nicht ihr Liebhaber war und lediglich beabsichtigte, dem Ehepaar durch seinen Anspruch auf Autorschaft Zugang zu den Einkünften zu verschaffen. Beschämt und zerrüttet beschließt Mirkine, Schluß zu machen: »Ich hatte also alles falsch ausgelegt! [. . .] Diese Briefe! Was für eine Strafe! [. . .] Jetzt war es an mir, zu handeln . . . Ich schaute den Revolver an . . .« (S. 137).
Dann wird die Perspektive des Ich-Erzählers durchbrochen. Vom Nebenzimmer aus erlebt Garavan Mirkines Selbstmord, zu dem er selbst ihn mit vieler Mühe gebracht hat. Garavan ist eben doch Rächer, Geliebter und ›Witwer‹, allerdings nicht Mathildes, sondern Méryls.
Trotz des ständigen Einblicks in das Bewußtsein des Mörders hat der Roman keine psychologische Tiefe. Die Autoren streben das gar nicht an; selbstanalytische Reflexionen des Erzählers über die Gründe seiner krankhaften Eifersucht beispielsweise werden nach wenigen Andeutungen abgebrochen. Der Erzähler interessiert hauptsächlich als ein Charakter, der bestimmte gattungstypische Handlungen und Situationen in extremer Form durchlebt und seine eigene Erregung, Spannung und Enttäuschung dem Leser vermittelt. Ernsthafte Berücksichtigung findet im Rahmen dieser Intention nur Mirkine als klinischer Fall von Eifersucht, nicht Mirkine als Person. Was an Aktionen vor sich geht, ist freier, weniger durch Routine festgelegt, weniger vorhersehbar als die Handlung eines orthodoxen Detektivromans oder eines Polizeikrimis, aber es handelt sich ausnahmslos um Varianten von Handlungsmustern aus der Tradition des Detektivromans. Es ist nicht das Ziel, Kriminalität auf neue Weise und mit größerer Komplexität zu erfassen, sondern abgenutzte und nicht mehr spannende Züge des alten literarischen Spiels durch Perspektivenwechsel aufzufrischen und neu zu kombinieren.

Unterhaltung und mehr: Patricia Highsmith

Die moderne Kriminalliteratur ist international: Alle Werke von einiger Bedeutung werden in allen westlichen Ländern rezipiert. Diese Internationalität bedeutet aber nicht, daß ein bestimmter Krimitypus oder ein bestimmter Autor überall die gleiche Position einnimmt.
Patricia Highsmith (geb. 1921) gilt in den deutschsprachigen Ländern, wo sie auch ihren größten Leserstamm hat, als eine »der berühmtesten, sicher die eigenwilligste und literarisch anspruchsvollste Kriminal-Autorin der Welt«.[21]

In England heißt es zurückhaltender, sie sei »the crime writer who comes closest to giving crime writing a good name«;[22] einem Teil der Kritik gilt sie als überschätzte Kultfigur intellektueller Fans; bei der breiten Leserschaft haben ihre Romane geteilten Respons, »repellent to some readers, but to others one of the greatest pleasures the field affords«.[23] In Amerika gilt sie als kompetente Autorin von Spannungsliteratur.

Kernpunkt und Streitpunkt der europäischen Highsmith-Kritik ist die Zugehörigkeit oder Nähe ihrer Romane zur Literatur im höheren und engeren Sinne; wie in ähnlichen Fällen führt diese Auseinandersetzung auch hier zu einer Verzerrung der Urteile und zu einem Verschwinden festerer Kriterien.

Patricia Highsmith selbst hat immer wieder erklärt, daß sie nicht das Ziel verfolge, Literatur zu schaffen, sondern Romane eines bestimmten Typs zu schreiben, in denen es in erster Linie auf *entertainment*, *amusement*, *readability* ankommt – unterhaltende Bücher, die nach ihrer Auffassung freilich auch Qualitäten als Romane schlechthin haben können und wollen. Es ist charakteristisch, daß Patricia Highsmith als einzige Krimiautorin von Rang ein Handbuch über das Schreiben von Krimis verfaßt hat, *Plotting and Writing Suspense Fiction* (zuerst 1966, überarbeitet und erweitert 1981),[24] in dem sie vor allem präzis und nüchtern Auskunft darüber gibt, nach welchen Prinzipien und mit welchen Methoden sie selbst ihre Bücher konstruiert.

Bei der Betrachtung von *The Talented Mr Ripley* (1956), dem ersten und bekanntesten ihrer (bislang) vier Ripley-Romane, erscheint es daher angemessen, zunächst den Aspekt der Zugehörigkeit zur Gattung Krimi und zum Typus ›Kriminalgeschichte ohne Täterrätsel‹ in den Vordergrund zu stellen. Bei der anschließenden Betrachtung aus der Perspektive der ›hohen‹ Literatur gibt es in diesem Falle einen konkreten Bezugspunkt: In *The Talented Mr Ripley* verarbeitet Patricia Highsmith Handlung, Figurenkonstellation und Thematik eines der Hauptwerke der amerikanischen Literatur, Henry James' *The Ambassadors* (1903).

Highsmith verwendet in ihrem Roman ein umgekehrtes Detektivschema: gleicher Handlungsverlauf, aber andere Perspektive, andere Fragestellung, andere Losung. Ein Mann begeht einen Mord: Ein junger Amerikaner, Tom Ripley, wird von einem reichen Unternehmer nach Europa geschickt, um dessen Sohn Dickie Greenleaf zur Rückkehr zu bewegen. Tom fährt zu Dickie, der in einem italienischen Dorf malt und gammelt, wird sein Freund, entzweit sich mit ihm, erschlägt ihn. Nach dem Mörder wird gefahndet; der Mörder begeht einen zweiten Mord, um der Entdeckung zu begegnen: Tom übernimmt die Identität des ermordeten Dickie und bringt einen Bekannten, der ihn als Tom Ripley und als Mörder zu identifizieren droht, kurzerhand um. Die Fahndung wird intensiviert; außer der italienischen Polizei beteiligen sich auch Dickies Vater und ein fähiger amerikanischer Privatdetektiv. Der Fall wird abgeschlossen: Dickies Tod wird als Selbstmord, der des zweiten Opfers als Raubmord von unbekannter Hand zu den Akten gelegt. Alle Einzelfragen und die einheitsstiftende, an die Stelle des Täterrätsels tretende Hauptfrage ›Wird Tom überführt?‹ sind beantwortet. Tom Ripley, der inzwischen wieder seine eigene Identität angenommen hat, endet als freier Mann und als materieller und geistiger Erbe seines Opfers: »It was no joke. It was his! Dickie's money and his freedom.«[25]

Der Roman wird durchgehend aus der Perspektive des Täters erzählt, nicht in der Ich-Form, sondern in der Weise des sogenannten personalen Erzählens: Ein im Hintergrund bleibender Erzähler berichtet in der Er-Form, was Tom erlebt, denkt und tut. Tom ist nicht nur Träger der Perspektive, sondern auch Objekt der Sympathie des Lesers, ohne Einschränkung und ohne Unterbrechung. Patricia Highsmith hält die Konstruktion von »likable criminals« für eines der Hauptprobleme bei ihrer Art von Roman,[26] und die Problemlösung, die sie mit Tom Ripley gefunden hat, gilt mit Recht als wegweisend.

Patricia Highsmith geht einen ganz anderen Weg als die meisten anderen Autoren, die – wie beispielsweise Boileau/Narcejac oder Sjöwall/Wahlöö – Verständnis oder Sympathie für den Täter beim Leser wecken wollen. Der Mord wird nicht relativiert oder in eine nicht-moralische Kategorie überführt. Er behält seinen – für die Kriminalliteratur konstitutiven – Status als Verbrechen, als extremer Verstoß gegen unbezweifelbare Normen. Ripleys Morde sind Morde im traditionellen Sinne, klassische Krimimorde, keine Krankheitsfälle, kein Resultat sozialer Verhältnisse, keine psychologischen oder moralischen Unfälle, keine Akte im Stadium der Unzurechnungsfähigkeit.

Aber Ripley, der im ersten Roman zwei Morde begeht und einen dritten erwägt und der im letzten Roman auf »sieben oder acht Morde« zurückblickt, will sich partout nicht als Mörder betrachten, und er wird von der Autorin auch nicht als Mörder im Sinne eines Kriminellen dargestellt. Das Verfahren der Autorin besteht darin, bei der Anlage der Figur alle anderen Verhaltensweisen sorgfältig in der Persönlichkeit zu begründen und psychologisch zu erklären, aber die Morde letztlich unerklärt zu lassen. Ripley ist vom Charakter her nicht als Mörder angelegt; er ist eine Figur, die in bestimmten Situationen ohne Rücksicht auf psychologische Plausibilität Leute umbringt: eine Gegebenheit der Fiktion, die man akzeptieren muß. Man kann sie akzeptieren, weil auch Tom aus seinen Morden nicht viel Wesens macht. Er tötet vorsätzlich, stellt sich aber nicht lange vorher darauf ein. Die Tat hat Konsequenzen, aber sie ist kein Problem der persönlichen Bewältigung. In einem späteren Roman, als ein Freund mit einer Mordschuld nicht fertig wird, heißt es rückblickend:

> »What was tragedy for one man was not for another, if he could assume the right attitude towards it. Frank felt guilt, which was why he had looked up Tom Ripley, and curiously Tom had never felt such guilt, never let it seriously trouble him. In this, Tom realized that he was odd. Most people would have experienced insomnia, bad dreams, especially after committing a murder such as that of Dickie Greenleaf, but Tom had not.«[27]

Die Kritik spricht gern von Ripley als einem amoralischen Helden. Das ist nicht falsch, trifft aber eigentlich nicht, denn Ripley ist nur hinsichtlich seiner Morde ohne Moral, sonst denkt er durchaus in moralischen Kategorien, grämt sich, wenn er jemanden verletzt hat, ärgert sich über kleine Ungerechtigkeiten.

Durch die Aussparung des Mörders Ripley bei der psychischen Konstitution kann die Autorin ihren Helden zu einem sympathischen Taugenichts machen, unterhaltsam, charmant, unbekümmert, »Something always turned up. That was Tom's philosophy«.[28] Sein Talent und seine Passion ist das Spielen von Rollen – in der Vorstellung, als Briefschreiber, als Gesprächspartner. Seine Mahnbriefe in der Rolle eines Revisionsbeamten beim Finanzamt veranlassen jeden Unschuldigen zur Zahlung, sein Auftritt als strebsamer junger Mann bei Mr Greenleaf ist so wirkungsvoll wie die Rolle, die er dann den Mitreisenden auf der Fahrt nach Europa vorspielt:

> »His mood was tranquil and benevolent, but not at all sociable. He wanted his time for thinking, and he did not care to meet any of the people on the ship, not any of them, though when he encountered the people with whom he sat at his table, he greeted them pleasantly and smiled. He began to play a role on the ship, that of a serious young man with a serious job ahead of him. He was courteous, poised, civilized and preoccupied.« (S. 31.)

Er setzt sein Talent als Rollenspieler auch ein, um sich Vorteile zu ergaunern, aber er ist nicht eigentlich geldgierig. Was er sucht, sind Freiheit und Unabhängigkeit, die Chance, aus der Langeweile seines Daseins in Amerika herauszukommen und ein neues Leben mit neuen Freunden zu beginnen, als Gentleman in kultivierter Muße. Er spielt seine Rollen auch, um mit anderen gut Freund zu sein, um anderen zu gefallen, sich einzuschmeicheln, Freundschaft zu gewinnen. Tom ist – wie die meisten Helden der Highsmith – eine isolierte Figur, aber ein Sucher nach Beziehungen – ablehnend gegenüber jeder Form von Sexualität, aber hingezogen zu asexueller Intimität, zur Männerfreundschaft vor allem (einem der großen Themen der amerikanischen Kriminalliteratur). Dickie ist ein echter Freund, den er sich erspielt hat; auch später sucht er immer aufs neue Freunde.

Der Mord schafft Gelegenheit und Notwendigkeit für eine lange Serie von Auftritten in verschiedenen Rollen. Er intensiviert das Spiel, denn es geht für Tom bei jeder neuen Geschichte, die er der Polizei vorschwindelt, um Freiheit und Existenz. Seine Vorstellungskraft leistet das Höchste: »His stories were good because he imagined them intensely, so intensely that he came to believe them« (S. 218).

Eine aus der Täterperspektive geschriebene Kriminalgeschichte bietet, wie wir schon bei Boileau/Narcejac sahen, besonders gute Möglichkeiten zur Unterteilung der Handlung in einzelne Phasen mit eigener Spannungsstruktur. Hier besteht der Roman aus einer Reihe von Szenen, in denen Tom jedem Gesprächs- oder Briefpartner je nach dessen Informationslage etwas anderes vorspielt. Die Spannung richtet sich vor allem darauf, ob der Held die gegenwärtige Situation bewältigen wird oder ob sich die Schlinge endgültig zuzieht. Da Tom nicht nur ein Schauspieler, sondern auch eine sensible und instabile Person ist, mit häufigem Wechsel der Stimmung von Triumph zu Panik, erscheint die Figur dem Leser ungleich abwechslungsreicher als ein Detektiv, der ja immer gleichbleiben muß.

Die einzelnen Handlungs- und Spannungsabschnitte verselbständigen sich nicht, sondern sie bilden Teile eines aus mehreren Steigerungsstufen bestehenden Gesamtprozesses von beeindruckender Geschlossenheit. Die Europamission gibt Tom die Chance, mit dem Geld des alten und der Freundschaft des jungen Greenleaf seinem Ideal eines neuen Lebens in Freiheit und Muße nahezukommen. Als der Alte ihm den Auftrag kündigt und Dickie ihn – unter dem Eindruck seiner Freundin Marge – verstoßen will, beschließt er spontan, sich in Dickie zu verwandeln:

> »Dickie was just shoving him out in the cold. If he killed him on this trip, Tom thought, he could simply say that some accident had happened. He could – He had just thought of something brilliant: he could become Dickie Greenleaf himself. He could do everything that Dickie did. He could go back to Mongibello first and collect Dickie's things, tell Marge any damned story, set up an apartment in Rome or Paris, receive Dickie's cheque every month and forge Dickie's signature on it. He could step right into Dickie's shoes.« (S. 87 f.)

Mord und Verwandlung gelingen und geben Tom das Gefühl einer gesteigerten, doppelten Existenz:

> »It gave his existence a peculiar, delicious atmosphere of purity, like that, Tom thought, which a fine actor probably feels when he plays an important rôle on a stage with the conviction that the rôle he is playing could not be played better by anyone else. He was himself and yet not himself. He felt blameless and free, despite the fact that he consciously controlled every move he made.« (S. 118.)

Als er als Dickie verdächtigt wird, Tom Ripley ermordet zu haben, muß er sich widerstrebend in den alten Tom zurückverwandeln. Die Jagd wird hektischer; die Verfolger kommen näher; er will schon aufgeben. Er riskiert noch einmal alles: setzt sich durch ein gefälschtes Testament zum Erben Dickies ein, erfindet seine letzte Geschichte, schifft sich nach Griechenland, seinem neuen Traumland der Freiheit ein. Er gewinnt Geld und Freiheit, fühlt eine erneute Verdopplung: »And the freedom, like everything else, seemed combined, his and Dickie's combined« (S. 249).

Zwei Modi des Erzählens: »The Talented Mr Ripley« und »The Ambassadors«

Die Bezugnahme des Ripley-Romans auf *The Ambassadors* ist deutlich und wird durch den Erzähler mehrmals ins Bewußtsein gehoben.[29] Auch bei James entsendet eine amerikanische Industriellenfamilie einen Beauftragten über den Atlantik, um einen Sohn zur Rückkehr zu bewegen, der im Begriff scheint, sich an Europa zu verlieren. Die Mission schlägt fehl, letztlich deshalb, weil der Botschafter, Lambert Strether, sich nicht mehr bereitfindet, die Rückkehr dringend nahezulegen. Wie bei Patricia Highsmith findet eine Art Rollentausch statt: Es ist der beauftragte Rückholer, dessen Europaerlebnis am intensivsten ist und der zum Befürworter des Bleibens wird, des Lebens in Freiheit und Muße, des Lebens in einem anderen und volleren Sinne, als es das provinziellere Amerika ermöglicht. Strethers Rat an einen jungen Amerikaner, von James zur Kernidee des Romans erklärt, könnte auch die Maxime Tom Ripleys sein: »Live all you can; it's a mistake not to. It doesn't so much matter what you do in particular so long as you have your life.«[30]

Die beiden Ausarbeitungen des gleichen Handlungskerns und ähnlicher Themenkomplexe sind in der Aussage und in der Wirkung auf den Leser sehr verschieden. Von diesen Unterschieden interessieren uns hier nur die, die mit der Verschiedenheit des Romantyps und des Erzählmodus zu tun haben. Beide Romane stehen in verschiedenen Traditionen, *The Ambassadors* in der Tradition des europäischen Bildungsromans und der englischsprachigen Romankunst des 19. Jahrhunderts, *Ripley* in der Tradition des Krimis und – was die Erzählweise angeht – nicht zuletzt in der von Henry James. Beide Autoren folgen nicht einfach bestimmten Modellen, sondern gestalten den besonderen Typus ihres Œuvres selbst.

Beide Autoren beherrschen ihren jeweiligen Modus perfekt. Bei James, dem Romancier der Romanciers, ist die erzähltechnisch-konstruktive Perfektion unbestritten. Patricia Highsmith braucht den Vergleich nicht zu scheuen, wenn man ihren Roman nach den Kriterien der Stimmigkeit und Überlegtheit der Konstruktion des Ganzen und der einzelnen Szenen, der Komplexität oder der Relevanz der Details im Gesamtplan wertet.

Wenn man unter diesen Vorbedingungen fragt, welche wesentlichen Unterschiede durch die Verschiedenheit der verwandten Systeme, James-Roman und Highsmith-Krimi, hervorgerufen werden, so ist an erster Stelle die unterschiedliche Lesbarkeit bemerkenswert. Man erwartet, daß ein klassischer Roman schwerer lesbar und weniger spannend ist als ein Krimi, und sei es ein noch so anspruchsvoller. Aber in diesem Fall liegt es nicht nur an dieser trivialen Unterscheidung. Bei *The Ambassadors* ist mangelnde Lesbarkeit das wichtigste Rezeptionsproblem. »*The Ambassadors* is admired but widely unread.«[31] Schon das berühmt-berüchtigte Lektorengutachten, das zur Ablehnung des Manuskripts durch *Harper's Magazine* führte, kritisierte:

> »The tissues of it are too subtly fine for general appreciation. It is subjective, fold within fold of a complex mental web, in which the reader is lost if his much-wearied attention falters.«[32]

Aller Schelte zum Trotz hat der Lektor recht behalten. *The Ambassadors*, von James für sein gelungenstes Werk gehalten, ist ein Mekka für Interpreten und Erzählforscher, wird aber auch von den Teilnehmern literaturwissenschaftlicher *graduate seminars* fast nur unter Zwang wirklich gelesen. Bei *Ripley* besteht die Lesbarkeit nicht nur darin, daß sich die Handlung leicht verfolgen läßt; auch die Reflexionen und die Schilderungen von Milieus und Personen, die einen großen Teil des Textes bilden, sind so an den Handlungs- und Spannungsstrukturen festgemacht, daß sie von jedem halbwegs willigen Leser aufgenommen werden können.

James hat die von der Handlung ausgehende Spannung auf das äußerste reduziert – als ob man einen Wasserlauf staut, bis er kaum noch die Flußrichtung erkennen läßt. Highsmith holt nicht ein Maximum an Spannung heraus, aber doch soviel, wie ein Krimi erfordert. Die Verschiedenheit der Verfahren zeigt sich sowohl beim *plot* – nach gleichem Anfang Steigerung der Aktionsdichte durch den Mord im einen Falle, immer schwächer werdende Verfolgung des Rückholauftrags im anderen – als auch bei den Szenen. Beide Romane sind aus gleichartigen Szenen aufgebaut: Begegnungen im kleinen Kreis innerhalb der amerikanischen Kolonie in Europa, größere Gesellschaften, Kulturerlebnisse – Theaterbesuche, Besichtigungen – von Einzelpersonen oder Gruppen.

James, dem es darauf ankommt zu zeigen, wie sich die Sensibilität seines Protagonisten durch die Verfeinerung seines *sense of Europe* und seiner Fähigkeit, mit hochkultivierten Menschen umzugehen und sie zu verstehen, immer mehr steigert, läßt seine Szenen unter möglichst geringer Abweichung von der gesellschaftlichen Normalität ablaufen. Jede Szene enthält, meist erst im letzten Teil, nur ein winziges *plot*-Element – der Abend in der Comédie Française zum Beispiel ist für Strether nur ein Theaterbesuch, bis sein Schützling, Chad Newsome, in der Pause hereinkommt und ihm erstmals begegnet. Strether muß lernen, die Individualität, die Absichten und Emotionen von Menschen zu erfassen, die keinen Moment den Schutzschild der guten Manieren und der höflichen Konversation fallen lassen. Auch er muß im Verlauf seines Auftrags und seiner eigenen Entwicklung Geheimnisse ergründen wie ein Detektiv – zum Beispiel ob Chad Newsome der Mutter oder der Tochter wegen im Hause Vionnet verkehrt und ob ihn mit Mme. Vionnet ein »virtuous attachment« oder eine Liebschaft verbindet –, aber er darf dabei weder zudringliche Fragen stellen noch intensiv nach der Wahrheit suchen, er kann nur gelassen beobachtend warten.

Für Patricia Highsmith ist es dagegen ein Darstellungsprinzip, die Figuren in jeder Szene unter Druck stehen zu lassen. Es gibt keine normale Party und kein spannungs- und absichtsloses Gespräch. »Ich möchte schreiben, was in den Köpfen der Menschen vor sich geht, wenn sie mitten in einem Problem oder einer Krise stecken.«[33] Wenn Tom Ripley in Paris eine Party besucht, will er probieren, ob er die Dickie-Identität beherrscht, wenn er in Palermo oder Athen ankommt, schaut er als erstes nach den Polizisten an der Landungsbrücke. Einen Entwurf des Romananfangs mit Ripley in entspannter Stimmung, in gelassener Prosa beschrieben, verwirft die Autorin:

> »I decided to scrap the pages and begin again, mentally as well as physically sitting on the edge of my chair, because that is the kind of young man Ripley is – a young man on the edge of his chair, if he is sitting down at all.«[34]

Der Modus des Krimis – das wird hier wieder einmal deutlich – ist ein Modus der Verdeutlichung, Steigerung, Extremisierung. Das Gefälle des Flusses wird verstärkt, bis es überhaupt kein stilles, stehendes Wasser gibt.

Die Kehrseite der mit diesem Verfahren erzielten Lesbarkeit ist eine modusbedingte Unruhe, eine Unfähigkeit zur Statik und zum Verweilen. Zustandsbeschreibungen, Exkurse, Reflexionen ohne deutliche Zielrichtung wirken im Kontext dieser Erzählweise als Kunstfehler und werden vermieden. Die Begrenzung des gesamten Erzählverlaufs durch die jeweils aktuellen Fragen und Probleme bringt es mit sich, daß alle mit der Handlung verbundenen Themen nur beiläufig sein können. Das zeigt sich deutlich bei den Ortsbeschreibungen. James und Highsmith sind – auf sehr verschiedene Art – Meister der Evokation einer Stadt und ihrer Atmosphäre. Während James sich im wesentlichen auf Paris beschränkt und ein aus fiktiven und realen Teilmilieus bestehendes Gesamtbild entstehen läßt, gibt es bei Highsmith, weil der Protagonist immer unterwegs oder auf dem Sprunge ist, eine Serie von Ortsimpressionen: New York, Mongibello bei Neapel, Rom, San Remo, Paris, Sizilien, Neapel, Griechenland. Es läßt sich gar nicht verhindern, daß diese Galerie von Ortsbeschreibungen mitunter in die Nähe von Touristikprospekten gerät.

Sechstes Kapitel

Der Krimi hier und heute

Wenn man die Formen und Untergattungen des Krimis einzeln an repräsentativen Beispielen untersucht, liegen sie weit genug und klar genug auseinander. Sie sind nicht nur strukturell verschieden, sondern sie lassen sich auch verschiedenen historischen Kontexten und gattungsgeschichtlichen Stadien zuordnen und haben überdies engen Bezug zum Ursprungsland. Der ›klassische‹ Detektivroman mit seinem Mord als Puzzle und Gesellschaftsspiel gehört ebenso klar zum England der Zeit nach dem Ersten Weltkrieg, wie die Prototypen des ›harten‹ Krimis zum Amerika der dreißiger und vierziger Jahre gehören.

In der Wirklichkeit des Rezeptionsprozesses der Gesamtgattung existieren diese Unterscheidungen und Zuordnungen jedoch längst nicht so deutlich. Die verschiedenen Formen und historischen Stufen rücken enger zusammen; die ursprünglich intendierte Ausrichtung auf die Leserschaft eines bestimmten Landes oder bestimmter Schichten verliert an Bedeutung.

Die allgemeine Situation

In den meisten westlichen Ländern sind heute alle Formen, Entwicklungsstufen und Hauptvertreter des Krimis – von Poe bis zu Highsmith und Sjöwall/Wahlöö – gleichzeitig präsent und in populären Ausgaben greifbar. Zugleich werden beständig neue Krimis aller Typen – orthodox und hart, mit Privatdetektiv oder Polizei, mit und ohne Täterrätsel – produziert, wobei die Verlage in der Regel dafür sorgen, daß der Käufer nicht ohne weiteres erkennen kann, ob er es mit einem älteren, wiederaufgelegten oder mit einem neuen Text zu tun hat.

Die deutlichste Gliederung des umfangreichen Angebots ist die nach Anspruchsniveau und Altersstufen der Leserschaft. Es gibt, von den Anbietern meist einigermaßen klar gekennzeichnet, Krimis für Kinder, Krimis für Jugendliche, schlichte Krimis, normale Krimis, Krimis für höhere Ansprüche an Machart und Schreibweise. Der Leser, für den die verschiedenen Niveaus, die zugleich Schwierigkeitsgrade der Lektüre sind, das wichtigste Auswahlkriterium darstellen, orientiert sich entweder an Autorennamen oder an Verlagen oder Reihen, die im allgemeinen ein homogenes Angebot anstreben.

Trotz des engen Nebeneinanders verschiedener Formen und Schattierungen bereitet die Abgrenzung der Gesamtgattung Krimi gegenüber anderen Texten nach wie vor kaum Schwierigkeiten, weder für Verlage und Bibliotheken noch für die Leserschaft. Es ist auffällig, daß in den meisten Ländern eine Tendenz besteht, die Versuche zur Gliederung der fiktionalen und teilweise fiktionalen Texte nach Gattungen oder Typen zugunsten einer Gesamtkategorie *fiction* oder Romane/Erzählungen/Essays aufzugeben und nur noch zwei Gruppen auszusondern: Krimi (Kriminalroman, *crime fiction*) und Science Fiction (oder Science Fiction / Fantasy).

Bei den anderen medialen Formen, beim Krimi als Fernsehspiel und als Kinofilm, liegen die Verhältnisse ähnlich wie beim Krimi als Text, allerdings ist die Koexistenz verschiedener Formen und Entwicklungsstufen weniger ausgeprägt und das Spektrum der Anspruchsniveaus weniger breit. Besonders beim Fernsehkrimi sind sowohl ganz primitive als auch elitäre Spielformen selten. Kinofilm und Fernsehspiel haben eine deutliche Präferenz für aktionsreiche und harte Krimis und für Polizisten als Ermittler.

Neben der gleichzeitigen Präsenz aller Grundtypen – die sämtlich schon lange existieren und in den letzten zwanzig Jahren nicht mehr durch wesentliche Neuentwicklungen ergänzt worden sind – ist Internationalität ein Hauptmerkmal der gegenwärtigen Situation der Gattung. Kinofilme werden ohnehin für einen internationalen Markt gemacht; Krimiserien im Fernsehen werden oft in mehrere, manchmal in fast alle Länder exportiert; Buchhandlungen in London, Kopenhagen oder Düsseldorf führen ein Krimisortiment, in dem die Mehrzahl der Autoren – englische und amerikanische Klassiker und Neuere vor allem, dazu die etablierten Repräsentanten der anderen Länder – identisch ist.

Dennoch wäre es ein Irrtum zu glauben, daß die Situation der Gesamtgattung Krimi derzeit ganz statisch wäre und daß es von Land zu Land keine nennenswerten Unterschiede gäbe. Das Feld des Krimis differiert in den einzelnen Ländern sowohl in der Rezeption als auch in der Produktion und unterliegt – ebenfalls in jedem Land auf andere Art – einem Wandlungsprozeß.

Ich befasse mich im folgenden mit der Situation des Krimis zum gegenwärtigen Zeitpunkt – im Winter 1983/84 – in der Bundesrepublik, und zwar einmal, um den Stand der allgemeinen Entwicklung der Gattung am nächstliegenden Beispiel zu erörtern, und zum anderen, um nach den Besonderheiten des deutschen Krimis, des einheimischen, bei uns produzierten Krimis, zu fragen.

Rezeption in Deutschland

Auf dem westdeutschen Buchmarkt waren im Jahre 1983/84 etwa 1700 verschiedene Krimis lieferbar;[1] dabei sind Kinder- und Jugendkrimis sowie Heftchen- und Billigreihen nicht mitgezählt. Jährlich kommen zur Zeit etwa 380 Neuerscheinungen heraus, davon etwa ein Viertel deutschsprachige Romane, etwa siebzig Prozent Übersetzungen aus dem Englischen, der Rest von fünf Prozent Übersetzungen aus anderen Sprachen. Von diesen Neuerscheinungen ist nur knapp die Hälfte – 180 bis 185 Titel – als Erstveröffentlichung einer deutschen Übersetzung oder als Originaltext wirklich neu; die andere Hälfte besteht aus Wiederveröffentlichungen von Titeln, die bereits früher einmal auf dem Markt waren.

Fast alle Krimis erscheinen als Taschenbücher, und die große Mehrzahl der Taschenbuch-Krimis wird von acht Verlagen auf den Markt gebracht: Rowohlt, Diogenes, Goldmann, Knaur, Ullstein, Heyne, Scherz, Bastei-Lübbe. Jeder dieser Verlage versucht, seinem Krimiprogramm ein deutliches Profil zu geben, das einmal durch die Bevorzugung bestimmter Autoren und Krimitypen, zum anderen durch die Beschränkung auf einen Ausschnitt aus dem Gesamtspektrum der Anspruchsebenen geprägt wird. So ist etwa Bastei-Lübbe, ein Verlag, der auch auf dem Markt des Heftchenkrimis tätig ist, ganz auf Kriminalromane für einfache Ansprüche eingestellt. Diogenes pflegt die Hauptvertreter der *hard-boiled school* und der *crime novel* als moderne Klassiker. Die mit Abstand wichtigste Krimireihe auf dem deutschsprachigen Markt, *rororo thriller*, bevorzugt nicht-englische Autoren wie Boileau/Narcejac und Sjöwall/Wahlöö, moderne Detektivautoren aus den englischsprachigen Ländern wie Kemelman und Keating und deutsche Autoren von besonderer Qualität; fast alle renommierten deutschen Autoren, unter anderem -ky, Hansjörg Martin, Irene Rodrian und Friedhelm Werremeier, sind bei Rowohlt zu Haus oder haben in der von Richard K. Flesch als Herausgeber profilierten Reihe begonnen. Nur einer der Verlage, Goldmann, legt es darauf an, mehrere Anspruchsebenen durch getrennte Reihen (»Sammlung deutscher Kriminalautoren«, »Literarische Krimi«, »Action-Krimi«, »Rote Krimi«) abzudecken.

Der Struktur des Taschenbuchgeschäfts entsprechend bringt die Mehrzahl der Verlage ihre Krimis in schneller und regelmäßiger Folge, meist drei oder vier Neuerscheinungen pro Monat, in den Handel. Man läßt die Titel dann, schon um Platz für die nachfolgenden Nummern zu schaffen, relativ schnell ausgehen und bringt sie, wenn es sich lohnt, nach einer Pause wieder als Neuerscheinung heraus. Das Gesamtangebot wandelt sich auf diese Weise sehr schnell. Innerhalb des Verlagsprogramms werden Krimis so deutlich wie möglich von anderen Büchergruppen abgesetzt; sie existieren in Aufmachung, Werbung und Aufstellung im Buchladen noch immer in einer Art von Getto, das sie meist mit der jüngeren und expandierenden Nachbar- und Konkurrenzgattung Science Fiction teilen. Obwohl unter den Krimiverlegern einige der führenden Häuser sind, gibt es noch immer mehrere auf ein Image der Seriosität bedachte taschenbuchproduzierende Verlage wie Suhrkamp, Fischer und dtv, die sich nicht oder nur ausnahmsweise mit Kriminalromanen abgeben.

Neben den deutschsprachigen Krimis der Verlage und Buchgemeinschaften spielen auch fremdsprachliche Krimitexte eine beachtliche Rolle. Wichtig für die Rezeption sind vor allem die englischen Kriminalgeschichten – vereinfachte Versionen von Klassikern wie Conan Doyle oder spezielle Schulkrimis –, die im Englischunterricht der oberen Mittelstufe (oder auch der Oberstufe) zum Standardprogramm gehören.

Das Angebot an Krimitexten, das dem deutschen Leser zur Verfügung steht, ist genauso breit wie das in anderen Ländern, auch in den Heimatländern der Gattung, England und Amerika. Es gibt sogar Autoren wie Hammett, Chandler und Highsmith, deren Werke in der deutschen Übersetzung komplett vorliegen, während von den Originalfassungen fast stets ein Teil vergriffen ist. Dennoch liefert der Krimimarkt in Deutschland kein einfaches Spiegelbild der internationalen Rezeptionssituation. Es gibt vielmehr deutliche Bevorzugungen und Auslassungen.

Das deutschsprachige Krimipublikum hat, obwohl der Geschmack im Wandel begriffen ist, noch immer eine ausgeprägte Vorliebe für das Ältere und für das Einfache. Die Mehrzahl der übersetzten Kriminalromane, auch der Neuerscheinungen, stammt aus der Zeit vor 1960. Die Listen mancher Verlage könnten einen glauben machen, das Zeitalter Christies und Sayers' sei noch nicht zu Ende und Vertreter des klassischen Detektivromans wie Ngaio Marsh und Edmund Crispin seien die aufregendsten Neuentdeckungen der jüngsten Zeit.

Noch deutlicher als das Verbleiben beim Altbekannten ist die Vorliebe für die einfacheren Spielarten. Edgar Wallace, Schlichtautor und seit über 50 Jahren tot, spielt in Deutschland noch immer eine Rolle, die er im Ursprungsland schon lange nicht mehr hat, während Vertreter des komplexeren oder verspielteren Detektivromans aus dem *Golden Age* oder aus der Nachkriegszeit wie Margery Allingham oder Michael Innes bei uns kaum rezipiert worden sind.

Ähnlich steht es mit dem amerikanischen Krimi außerhalb der *hard-boiled school.* Namen wie Rex Stout, Ellery Queen und Erle Stanley Gardner dominieren noch immer, während exzellente neuere Repräsentanten des orthodoxen Detektivromans wie Emma Lathen fehlen oder nur mit einzelnen Titeln vertreten sind. Schließlich zeigt sich die Vorliebe für einfache Veteranen auch beim Gebiet des harten Krimis, wo James Hadley Chase und Peter Cheyney, ein amerikanischer und ein britischer Vorläufer Spillanes aus zahmeren Zeiten, nach Chandler das Feld anführen.

Der Krimi im deutschen Fernsehen ergibt ein Bild, das in seiner Mischung aus Internationalität und nationaler Besonderheit dem des Buchmarkts ähnelt. Im Januar 1984 waren in der Bundesrepublik auf drei Kanälen (ARD, ZDF, 3. Programm West) 30 Krimisendungen zu sehen, etwa je zur Hälfte Erstsendungen und Wiederholungen. Etwa zwei Drittel (21) der Sendungen waren ausländischen, ein Drittel war deutschen Ursprungs. Acht Sendungen waren Kinofilme (6 aus USA, je einer aus England und Italien), von denen der älteste, Hitchcocks *Verdacht*, aus dem Jahre 1941, der jüngste, eine Verfilmung von Agatha Christies *Mord im Spiegel*, aus dem Jahre 1980 stammte. Von fünfzehn Folgen aus Serien sind neun amerikanisch, vier deutsch, zwei englisch; von den verbleibenden einzelstehenden Fernsehspielen (7 Sendungen) sind mit einer Ausnahme alle deutschen Ursprungs. – Die große Mehrzahl der dreißig Sendungen besteht aus Polizeikrimis.

Der Eindruck des Übergewichts der amerikanischen und englischen Krimisendungen wird korrigiert, wenn man neben den Zahlenverhältnissen auch die Sendezeiten ins Auge faßt. Fast alle Krimis, die in der Hauptsendezeit zwischen 19.30 Uhr und 22.00 Uhr ausgestrahlt wurden, sind einheimische Produktionen; es sind vornehmlich Folgen aus Serien: *Tatort*, *Derrick* und *Ein Fall für Zwei*; zwei dieser Sendungen fußen auf neuen deutschen Kriminalromanen, *Rubecks Traum* von Heinz Schirk und *Feuer für den Großen Drachen* von -ky.

Die amerikanischen und englischen Produkte dienen hauptsächlich als Programmfüller am Nachmittag und zu nachtschlafender Zeit. – Im Vergleich zum Fernsehkrimi spielt der Kriminalfilm im Kino zur Zeit nur eine geringe Rolle.

Der neue deutsche Kriminalroman

Wenn der deutsche Fernsehkrimi eine Position der Autarkie nahezu erreicht hat, so ist der deutsche Krimi als Text noch ein gutes Stück davon entfernt. Auch er hat jedoch in den letzten 15 Jahren erheblich an Boden gewonnen. Vorher war nur auf der Ebene des Heftchen- und Primitivkrimis der einheimische Anteil von Belang, inzwischen gibt es – hauptsächlich dank des Pionierwerks und des Erfolgs der Reihe *rororo thriller* – deutsche Kriminalromane auch auf den oberen Anspruchsebenen im Programm mehrerer Verlage.
Der Gewinn an Boden betrifft aber nur die deutschsprachige Leserschaft. International ist der bessere deutsche Krimi weder bekannt noch gefragt. Anders als der französische, skandinavische oder italienische Krimi ist er praktisch nicht vorhanden. Das einzige international wirksame deutsche Produkt sind die Jerry-Cotton-Bücher des Verlags Bastei-Lübbe, die in Amerika spielende Endlosserie über den heldischen *G-Man*, »die erfolgreichste Kriminalreihe der Welt (über 300 Millionen Auflage)«, wie der Verlag mit berechtigtem Stolz verkündet.
Bei der Gefräßigkeit des internationalen Marktes der Unterhaltungsliteratur ist zu erwarten, daß sich die Situation für den anspruchsvolleren deutschen Kriminalroman im grenzübergreifenden Geschäft in absehbarer Zeit verbessert, aber es hat schon einsichtige Gründe, wenn der deutsche Beitrag zur Gestalt der Gesamtgattung bislang noch für minimal gehalten wird. Einen deutschen Krimi im Sinne einer Besonderheit der Konstruktion oder Gestaltungsweise oder einer innovativen Abweichung von den im internationalen Umlauf befindlichen Modellen und Konventionen gibt es nicht. Beim deutschen Krimi werden übernommene Muster – und zwar aus der internationalen Tradition, nicht aus der Tradition der älteren deutschen Kriminalliteratur übernommene Muster – mit deutschen Inhalten gefüllt. Die Adaptionen führen im einfachsten Falle nur zur Etikettierung gattungstypischer Personen und Tatorte mit deutschen Namen, im komplexeren Falle zu Büchern, die in einem echteren Sinne deutsch sind und sich mit deutschen Dingen befassen. In jedem Fall sind sie in erster Linie Krimis für den internen Gebrauch, zur Rezeption innerhalb des deutschen Sprach- und Kulturraums bestimmt, mag die Rezeption passiv-konsumierend oder kritisch-mitdenkend sein.
Der deutsche Krimi, seinen Strukturen und Erzählweisen nach nicht sonderlich aufschlußreich, ist unter dem Aspekt einer Gattungsanalyse besonders deshalb interessant, weil man hier beobachten kann, was geschieht, wenn aus anderen Ländern und Nationalkulturen importierte Formen, die ursprünglich deren Denk- und Sichtweisen reflektieren, mit neuen, einheimischen Materialien

gefüllt werden. Es zeigt sich dabei, daß die Adaptionen auf jeder Ebene die Mentalitäten, die Tabus und Vorlieben des importierenden Landes widerspiegeln, und zwar auch da, wo das gar nicht intendiert ist.
Schon beim Polizeikrimi, der nichts anderes bezweckt als Spannung und Unterhaltung bei der Lektüre oder beim Fernsehen, hat sich als Resultat einer relativ kurzen Entwicklung ein Typus des deutschen Kommissars herausgebildet, der anders ist als seine ausländischen Kollegen. Er ist ernsthaft, gesetzt, pflichtbewußt, zuverlässig und unemotional; kein Einzelgänger im Polizeiapparat wie Van der Valk oder Maigret, sondern eingeordnet zwischen dem Vorgesetzten – einem dümmlichen und ineffizienten Akademiker – und den Untergebenen, die ihm, einer manchmal grantigen, meist jedoch freundlichen Vaterfigur, mit Respekt und Loyalität zuarbeiten. Er verabscheut Gewalt – kein ausländischer Romanpolizist schießt so wenig wie unsere Kommissare; er hat keine Vorurteile; er sieht die Schwächen unserer Gesellschaft, aber er tut seine Pflicht ohne jenen Defätismus, von dem Beck und seine Kollegen angekränkelt sind. Die *Tatort*-Serien mit ihren vom Publikum akzeptierten Patriarchen und mit den zurückgewiesenen Abweichlern – dem kessen und mitunter frivolen Zollfahnder, dem ruppigen Polizisten, der Vorschriften mißachtet und unordentlich lebt, dem gitarrespielenden Kommissar in der Lederjacke und dem weiblichen Ermittler – zeigen, in welchem Maße ein ganz bestimmter Typus als Hauptfigur erwartet und gefordert wird.

Gesellschaftsprobleme im deutschen Krimi

Die wohl wichtigste inhaltlich-thematische Besonderheit des neuen deutschen Kriminalromans ist die Allgegenwart der Gesellschaftskritik – auch auf den einfachen Ebenen, die in anderen Ländern von jeder bewußt kritischen Komponente frei sind – und die Diskussion aktueller – nicht nur genereller und unspezifischer – politisch-gesellschaftlicher Probleme auf den anspruchsvolleren Ebenen.
Gesellschaftskritik ist ein Kernbestandteil der Gattung, die vom Verbrechen handelt, das immer auch eine gesellschaftliche Verursachungskomponente hat. Diese Komponente wird in manchen Phasen der Gattungsgeschichte betont, in anderen an den Rand gedrängt. Wenn Gesellschaftskritik im Krimi thematisiert wird, ist sie in der Regel strukturell, eher auf gesellschaftliche Zustände als auf aktuelle Probleme bezogen. Hammett und Chandler lassen sich nicht auf Zeitfragen ein. Auch Sjöwall/Wahlöö geben genereller, die augenblickliche Diskussion überschreitender Kritik den Vorzug, wenn man von der Kritik an polizeiinternen Veränderungen in den frühen siebziger Jahren absieht.
Im deutschen Krimi wird die gesamte gesellschaftliche Diskussion über Themen des öffentlichen Interesses auf der fiktionalen Ebene verarbeitet. Wenn man beispielsweise die ab 1968 erschienene beste deutsche Polizeikrimiserie, Friedhelm Werremeiers Trimmel-Reihe, die in Romanform wie in der Verfilmung als *Tatort*-Folgen stilbildend gewirkt hat, heute wiederliest – Heyne

bringt die ursprünglich als *rororo thriller* erschienenen Bände als erste Gesamtausgabe eines deutschen Krimiautors heraus –, dann hat man in den Kriminalfällen eine fast komplette Liste der zur Entstehungszeit diskutierten brennenden Themen vor sich. So geht es etwa in *Ohne Landeerlaubnis* (1971) um Terrorismus und Flugzeugentführungen, in *Der Richter in Weiß* (1971) um die Problematik von Gerichtsgutachten ärztlicher Kapazitäten, in *Ein EKG für Trimmel* (1972) um Fragen der Organverpflanzung, in *Platzverweis für Trimmel* (1972) um die Bundesligaskandale und in *Trimmel macht ein Faß auf* (1973) um Giftmüll und Umweltschutz. Um zu zeigen, wie sich die deutsche Vorliebe für gesellschaftskritische Krimifüllung auf den verschiedenen Ebenen der Kriminalschriftstellerei niederschlägt, betrachte ich fünf Romane aus der letzten Zeit, in denen es um Themen geht, die zur Zeit im deutschen Krimi wie in der Realität in der Diskussion sind: Korruption bei Behörden und Politikern und Ausländerprobleme.

Das letzte Hemd hat viele Taschen von Walter G. Pfaus,[2] einem Vertreter der jüngeren Generation deutscher Krimiautoren, routiniert geschrieben, gehört zu den Romanen, deren Schreibweise dem Ausfüllen von Formularen ähnelt. Stereotype Muster aus der Tradition der *hard-boiled school* werden, ob das nun genau paßt oder nicht, nach Deutschland übertragen und mit Klischees der populären deutschen Gesellschaftskritik gefüllt. Privatdetektiv Harry Steinberger wird aus Hamburg in seine schwäbische Heimatstadt zurückgerufen, weil sein Vater angeblich ermordet worden ist. Rotbach, zwischen Biberach und Memmingen gelegen, ist eine Stadt wie Hammetts »Poisonville«, nur schlimmer – und einfacher in der Sozialstruktur. Alle kleinen Leute – vom Weiblein, das vom Beerensammeln lebt, bis zum Angestellten – sind anständig. Alle Honoratioren sind korrupt, der Bürgermeister, der Polizeichef, der bekannteste Arzt. Der Erzbösewicht, der sie alle in der Hand hat, weil er sie mit Beweisen ihrer Delikte erpressen kann, ist der Vater des Detektivs, der seinen Tod nur vorgetäuscht hat. Alexander Steinberger, Chef des größten Unternehmens im Städtchen, hat einerseits die Eigenschaften, die international zum Standardschurken gehören: er ist ein Tyrann, drangsaliert, betrügt, vergewaltigt, mordet; er ist andererseits ein Bösewicht deutscher Vorstellungen, ein Bauunternehmer, der durch Kungelei mit Stadt- und Gemeinderäten reich wird, der bei Ausschreibungen sein Angebot frisiert, der Ackerland billig kauft und es dann als Bauland ausweisen läßt, wo er schließlich Luxushäuser errichtet, unter anderem sein eigenes, das »fast die Ausmaße eines Schlosses« (S. 62) hat, mit Schwimmbad, Sauna, Solarium und »drei Picassos, zusammen gut eine halbe Million wert« (S. 64), und einem Safe mit den Bankauszügen vom Konto in der Schweiz; er ist außerdem Heroingroßhändler, der den Stoff in Zementsäcken importiert und über Mittelsmänner in Frankfurt und mobile Rockerbanden in schwarzem Leder und auf schweren Kawasakis vertreibt.

Es geht hart her in Rotbach, aber der Detektiv besiegt seinen Vater (der schließlich von einem Polizisten in Notwehr erschossen wird) und das Böse, ohne selbst gewalttätig zu werden oder Gesetze zu übertreten (von einem fingierten Telefonanruf als Polizist abgesehen). Er heilt die Stadt, indem er als

Erbe das Bauunternehmen weiterführt und mit dem netten Mädchen, das er kennengelernt hat, in das Haus seines Vaters einzieht: »Sie setzten sich in Margits Wagen und fuhren zur Villa am Sonnenhang« (S. 153).
Auch Romane, in denen die Darstellung differenzierter und weniger klischeehaft ist, spielen vor der Folie des deutschen Sozialmärchens: Die Oberen und Alten sind die Bösen, die kleinen Leute und die Jungen sind gut. – Schauplatz von *Wo Rauch ist* ... von Willi Voss,[3] einem versierten Krimi- und Thriller-Autor, ist »eine deutsche Kleinstadt im Zeichen abflauender Konjunktur und stagnierenden Wirtschaftswachstums. Das Unbehagen wächst, der Haß gegen alles Fremde, denn einer muß herhalten, wenn die Zustände sich verschlechtern«.[4] Zu denen, die als Objekt der Fremdenfeindschaft und Borniertheit herhalten müssen, als eine Serie von Vergewaltigungen die Stadt in Unruhe versetzt, gehört der junge Türke Kamal, der verdächtigt, gehetzt, von Deutschen und Landsleuten ausgestoßen und schließlich in den Selbstmord getrieben wird. Der Täter, ein Junge aus den besseren Kreisen, ist ein Opfer der häuslichen Verhältnisse. Der eigentlich Schuldige ist dessen sittenstrenger, in der Kommunalpolitik wie in der Kirchengemeinde aktiver Vater, Amtsoberinspektor Dietrich, der schließlich auch noch zum Mörder seiner Tochter wird. Der Detektiv, der den einfach gelagerten Fall löst, Kriminalobermeister Recknagel, gehört zu den Guten; er wird, da er Vorverurteilungen ablehnt und Ausländern hilft, so angefeindet, daß er gelegentlich an eine Auswanderung nach Australien denkt.
Die Sozialkritik ist auf diesem mittleren Anspruchsniveau nichts Aufgesetztes oder Nebensächliches, sondern neben dem spannenden Erzählen das Hauptziel des Textes. Der Krimi ist eine didaktische Geschichte, in der jedes geeignete erzähltechnische Mittel genutzt wird um zu zeigen, welches Verhalten und Denken falsch oder richtig ist: Erzählerkommentar, Verteilung der richtigen und falschen Standpunkte auf sympathische und unsympathische Figuren, Beschreibung und szenische Darstellung, beispielsweise der Verhältnisse im Türkengetto oder in der Jugendstilvilla, kritikvermittelnde Handlungssequenzen wie die Aufstellung einer Bürgerwehr und deren unheilvoller Einsatz.
In allen Ländern ist in modernen Kriminalromanen das ehemals dichte Gerüst der Frage-Suche-Lösung-Sequenzen vereinfacht und ausgedünnt worden, um die Präsentation zusätzlicher thematischer Materialien zu erleichtern. Fast überall ist aber immer noch die kriminalistische Struktur auf den höheren Anspruchsebenen komplexer als auf den unteren. In Deutschland ist es eher umgekehrt: je mehr der Roman aussagen will, um so einfacher wird oft seine Krimistruktur. Die deutschen Krimis der Rowohlt-Serie zum Beispiel sind meist in der Konstruktion einfacher und lockerer als deutsche Schlichtkrimis und als ausländische Edelkrimis, die in der gleichen Reihe erscheinen.
In *Dein Blut fließt auch nicht anders* von Rudolf Nottebohm[5] dienen Fall, Ermittlung und Lösung nur als tragendes Gerüst: Ein Schauspieler, der im Film einen Zigeuner spielt, wird bei Aufnahmen mit echten Zigeunern als Komparsen in eine Messerstecherei und Schießerei hineingezogen. Er flieht, obwohl kein zwingender Grund besteht, mit Hilfe der Zigeuner und als Zigeuner getarnt. Im

Schlußteil, der durch einen mit der Hauptgeschichte nur locker verbundenen Mordfall und dessen Lösung die gattungstypische Gestalt erhält, entschließt er sich, sein weiteres Leben als Zigeuner außerhalb Deutschlands zu verbringen. Hauptgegenstand des Romans ist eine von Sympathie getragene und um Verständnis werbende Darstellung der Sinti, ihrer Sitten und Bräuche, ihrer Familienstruktur, ihrer Denkweise und ihrer Probleme mit dem Gastland Deutschland und seinen Behörden – alles dargestellt aus der Perspektive des Flüchtlings, der Distanz und Fremdheit überwindet und im Leser diesen Prozeß induzieren kann. Bis auf den Anfangs- und Schlußteil nähert sich der Roman mit seinen Schilderungen von Alltagsroutine, Festen, aufregenden Ereignissen wie polizeilichen Durchsuchungen jener Art von leicht fiktionalisierter Sachliteratur, durch die heute in allen Textmedien der Transport von Informationen und Meinungen zum großen Teil erfolgt.

Wie bei anderen Spielarten des Kriminalromans, die über das Kernpotential des Krimischemas hinauszielen, kommt es auch beim deutschen sozial engagierten Krimi zur Zeit immer häufiger zu Extremvarianten. Helga Riedels erster Roman, *Einer muß tot,*[6] ist, wenn man vom Anfangs- und Schlußkapitel absieht, überhaupt kein Krimi, sondern die präzis analysierte und auf einer hohen Ebene sprachlich-literarischer Kompetenz dargestellte Geschichte der Beziehung zwischen einer Deutschen und einem Türken. Anna Wildenbruch, aus deren Perspektive der Hauptteil des Romans erzählt wird, kommt über ihr soziales Engagement als Lehrerin mit Ahmet in Kontakt; eine sexuelle Beziehung zu ihm endet mit einer tiefen Verletzung der Frau und mit der Einsicht in die Unmöglichkeit einer dauerhaften Verbindung über die Unterschiede der Sprachen, Kulturen und Mentalitäten hinweg. Annas Entscheidung, das Ahmet gegebene Versprechen, ihn zur Vermeidung seiner Ausweisung der Form nach zu heiraten, trotz allem zu halten, führt zu einer ausweglosen Verstrickung. Das erste und das letzte Kapitel machen die Geschichte zum Krimi. Ahmet ist erschlagen worden. Ein Kriminalbeamter (ein Polizist von der deutschen Art, liberal, mitfühlend, fast alles verstehend) verhört Anna, die den Totschlag gesteht – ihn aber möglicherweise nicht begangen hat, da sich noch jemand anderes, Annas alter Freund, der Tat für schuldig erklärt, so daß beide aus der Untersuchungshaft entlassen werden und die Täterfrage ungeklärt bleibt.

Vom Kern des Romans, der Geschichte Annas und Ahmets, her gesehen, gäbe es andere und bessere Möglichkeiten des Anfangs und des Endes. Dennoch ist die Einkleidung als Krimi nicht sinnlos oder überflüssig. Der Rahmen ermöglicht die Einordnung der Geschichte in die Gattung Kriminalroman. Ohne diese Einkleidung hätte der Roman nicht in der Krimireihe erscheinen können, er hätte keinen Zugang zu deren großer und breiter Leserschaft gehabt. Der Roman unterwirft sich damit der Leseweise des Krimis, was aber, da moderne Krimis weniger hektisch und spuren- oder tätersuchend gelesen werden als frühere und da der Rezipient immer seine Leseweise dem Gebotenen bis zu einem gewissen Grade anpaßt, kein gravierender Nachteil für die Geschichte und ihre Intention ist. Der Krimileser wird, obwohl das Werk eigentlich kein Krimi ist, nicht betrogen, denn das Studium einer psychologischen und soziologischen Fallgeschichte, die aus Anlaß einer kriminalpolizeilichen Ermittlung untersucht wird, gehört zu den vertrauten Verfahrensweisen der Gattung.

Feuer für den Großen Drachen von -ky (d. i. Horst Bosetzky), einem der erfahrensten unter den angesehenen deutschen Krimiautoren, ist ein Extremfall am anderen Ende der Skala. Der Roman, den Rowohlt 1982 außerhalb seiner Krimireihe veröffentlichte[7] und der 1984 als Fernsehspiel adaptiert wurde, ist der ehrgeizige Versuch, ein umfassendes Bild des Verhältnisses von Deutschen und Türken am Beispiel Berlins, insbesondere der Kreuzberger Szene, zu zeichnen. Die Reihe der dargestellten Positionen und Haltungen reicht auf deutscher Seite von emotionaler Hinwendung und – effektivem oder ohnmächtigem – guten Willen über politischen Schlendrian und behördliche Borniertheit bis zu militantem Rechtsradikalismus und Ausländerhaß. Auch die Ausländerseite wird facettenreich repräsentiert. Um diese Vielzahl von Standpunkten und Verhaltensweisen im Roman ins Spiel zu bringen, setzt -ky außer den Hauptpersonen, einem Taxifahrer-Studenten, der ins Lager der Türkenfeinde rutscht, und seiner Verlobten, die einen Türken liebt, eine lange Reihe von Charakteren ein: Polizisten und Wissenschaftler, Gefängniswärter und Knastinsassen, Motorradfreaks und Strichjungen, Ausgeflippte und Studenten, Ku-Klux-Klan-Führer und Verfassungsschützer. Während Helga Riedel bei der Durchführung des Themas ›Deutsche und Türken‹ die Krimistrukturen und Krimitechniken auf ein Minimum reduziert, werden sie bei -ky verdoppelt und verdreifacht. Von der eröffnenden Anreißerszene an, in der die Hauptfigur von der Pistole eines Unbekannten bedroht wird, ist der Text mit Handlungselementen aller Krimitypen vollgepackt: zwei Morde, Überfälle, Brandstiftungen, Erpressung, Bambule und Polizeibrutalität; neben dem Polizeikommissar als Ermittler fahndet ein Privaträcher auf eigene Faust. Im letzten Teil verläßt der Krimi die Gattung und wird zum Politthriller mit Elementen des Zukunftsromans: Es kommt nach einem versuchten Massenmord in Kreuzberg zum Bürgerkrieg mit Straßenkämpfen, vielen Toten und einer Riesenexplosion als Schlußknüller. Die Krimistrukturen ermöglichen es, ein Maximum an thematischem Material mit einem Maximum an Aktion und Spannung darzubieten. Allerdings fördert das Aufheizen der Materie – wie jede Emotionalisierung durch Techniken der Fiktionalisierung – die aufklärenden und verständniswerbenden Intentionen nicht. »Das Ganze ist«, wie es in einer Kritik der Fernsehversion heißt, »zu wild, zu aufgeputscht, zu irrational, um Veränderungen in uns zu bewirken.«[8] Außerdem bewirkt die Krimihektik die gattungstypische Beschränkung auf das Vordergründige. Obwohl die empirische Sachkenntnis des Autors in jedem Detail zu erkennen ist, hält beispielsweise die Analyse interkultureller Beziehungen bei -ky einen Vergleich mit dem Roman von Helga Riedel nicht aus.

Der deutsche Kriminalroman als Organ sozialkritischer Didaxis und als Diskussionsforum für nationale Gegenwartsprobleme ist ein sehr deutsches Phänomen. Wir haben in Deutschland ein schwieriges, noch immer von schlechtem Gewissen belastetes Verhältnis zur Unterhaltung, das nicht nur beim Krimi gern durch eine im internationalen Vergleich außerordentlich hohe Beimischung an Belehrung und Aufklärung kompensiert wird. Wir gelten nicht zu

Unrecht als die intensivsten und ausdauerndsten Diskutierer öffentlicher Probleme in der Welt.
Man kann verstehen, daß das internationale Publikum diese deutsche Spielart des Kriminalromans, in der nicht nur das Krimielement zurückgedrängt ist, sondern auch die Dimension des Spiels weitgehend durch eine grimmige Verbissenheit ersetzt worden ist, nicht sonderlich attraktiv findet, bislang jedenfalls. Es gibt auch genügend deutsche Leser, die den deutschen Krimi nicht mögen.
Aber man kann doch die Frage, warum ausgerechnet die Unterhaltungsliteratur mit der Last einer Problemdiskussion beladen werden soll, von der sich die hohe Literatur nach Belieben befreien kann, mit der Gegenfrage »Warum nicht?« kontern. Fiktionale Unterhaltungsliteratur hat eine größere Breitenwirkung als Sachliteratur einerseits und ›hohe‹ Literatur andererseits. Unterhaltungsliteratur ist daher in früheren Epochen immer – und zwar nicht nur in Deutschland – eingesetzt worden, um zu predigen, zu informieren, Verständnis zu wecken. Wenn wir den sozialen Roman des 19. Jahrhunderts dafür loben, daß er dem Bürgertum als erster die Probleme der Arbeiterschaft nachhaltig bewußtgemacht hat, wäre es inkonsequent, den modernen deutschen Sozialkrimi nur unter den Aspekten des Sozialmärchens, der Realitätsverzeichnung, der Ersatzhandlungen und der fiktiven Lösungen zu sehen – unter dem Aspekt einer Kehrseite, die jede Form der fiktionalen Literatur notwendigerweise hat.
Die Gattung jedenfalls erlaubt, wie die Beispiele zeigen, die deutsche Verwendungsart durchaus, wenn man auch nicht übersehen darf, daß der deutsche Sozialkrimi sich bei keinem Verlag und in keiner Reihe allein zu behaupten braucht, sondern stets durch andere, ausländische Romane gestützt wird, die krimihafter und gattungstypischer sind.

»Der Name der Rose«: Mönchskrimi und Postmoderne

Das wichtigste und interessanteste Ereignis der letzten Jahre auf dem Gesamtfeld des Kriminalromans ist die Publikation von Umberto Ecos *Der Name der Rose.* Im Jahre 1980 erschienen, 1982 ins Deutsche übersetzt, ist das Buch inzwischen ein Weltbestseller mit einer Millionenauflage in mehr als zwanzig Sprachen und mit 250000 verkauften Exemplaren allein in Deutschland.[9] Erstaunlich an dem auch für den Autor, den berühmten Semiotiker und Literaturtheoretiker, und für den Verlag ganz unerwarteten Erfolg ist die Gewinnung einer so großen Leserschaft durch ein Buch, das im Mittelalter spielt – in einer Novemberwoche des Jahres 1327 in einer oberitalienischen Benediktinerabtei – und das auf seinen über 600 Seiten neben einer Detektivgeschichte – Mönche sterben auf geheimnisvolle Weise, und ein Mönch als Detektiv sucht und findet den Tätermönch – auch und überwiegend Themen behandelt und Texte enthält, für die man sich auf den ersten Blick nur Mediävisten als interessierte Leser denken kann: kapitellange Darlegungen der

Streitigkeiten zwischen dem Franziskanerorden, der päpstlichen Kurie und dem Kaiser, über die Geschichte der Häresien im 14. Jahrhundert, über Reformbewegungen, Aufstände, Ketzerprozesse, gelehrte Dispute über die Frage, ob Jesus besitzlos war und welches Armutsideal sich aus der Bibel ableiten läßt. Große Abschnitte des Buches sind gar nicht erzählend oder diskursiv, sondern bestehen aus Listen, Katalogen, Inventaren und Aufzählungen – von Buchtiteln beispielsweise oder von Heilpflanzen, Fabeltieren, Edelsteinen und ihren magisch-symbolischen Qualitäten. Nicht nur die Gegenstände, sondern auch Teile des Textes selbst sind mittelalterlich: Eco collagiert und montiert disparate Quellen.

Ecos Buch ist nicht der erste Kriminalroman, der mehr und anders sein will als lediglich ein Kriminalroman. Ungewöhnlich an diesem »Mönchskrimi« – wie ihn der deutsche Verlag nennt – ist einmal die Eigenart und enzyklopädische Fülle des mit Hilfe eines Detektivschemas erzählten Materials und zum anderen die Konstruktion und Handhabung des Krimigerüsts. Fast alle Romane vom Typus ›Krimi Plus‹ verwenden eine jeweils zeitgenössische Krimiform und versuchen, sie soweit wie möglich zu reduzieren oder zu kaschieren – nur soviel Krimi wie nötig und das so beiläufig wie möglich. Dieses Verfahren gilt für *Gaudy Night* ebenso wie für die neuesten Soziokrimis. Eco geht ganz anders vor. Er verwendet eine altmodische, historisch gewordene Krimiform; er läßt seine Krimielemente expandieren, soweit es nur geht, und er reibt dem Leser das Kriminalromanhafte, artifiziell Konstruierte des Romans ständig unter die Nase.

Der Name der Rose ist eine Sherlock-Holmes-Geschichte, die zu einem komplexen Detektivroman des klassischen Typs ausgebaut wird. Der Mönchsdetektiv verweist als »intertextuelles Zitat«, wie Eco selbst es in seiner *Nachschrift zum »Namen der Rose«* nennt,[10] auf Sherlock Holmes: Er heißt William von Baskerville, ist englischer Franziskaner, war erfolgreich als Inquisitor und Retter der Unschuldigen tätig. Die Transposition der Eigenarten und Handlungsweisen Holmes' in das mittelalterlich-klösterliche Milieu, ein Spiel mit vielen »Echos der Intertextualität«,[11] trägt zum Witz der Lektüre bei. Auch William von Baskerville ist ein Adept der angewandten Naturwissenschaften, nimmt gelegentlich Drogen, beäugt Spuren durch Linsen, schwankt zwischen beobachtender Aktivität und kontemplativem Nichtstun, legt vor dem großen Fall ein kleineres Probestück ab, mit dem er sich legitimiert – alles auf genuin zeitgenössische Art und ohne offenkundige Anachronismen.

Ein Bravourstück besonderer Art ist die Zurückverlegung der Detektionsprinzipien und der Reflexionen über Sinn und Methoden der Verbrechensaufklärung in das späte Mittelalter unter Wahrung des Anspruchs auf historische Echtheit im – nach Eco – höchsten Sinne, daß alle Dialoge zwar erfunden sind, daß aber »alles, was fiktive Personen wie William sagen, in jener Epoche *sagbar* sein sollte«.[12] Natürlich ist der Mönchsdetektiv, der Anno 1327 seinen Nachfahren und Vorgänger Sherlock Holmes bis aufs i-Tüpfelchen parallelisiert, der nicht nur alle Mordfälle löst, sondern jedes Mysterium rational erklärt, von der magischen Lampe in der Bibliothek bis zum Einhorn, eine in Wirklichkeit anachronistische Konstruktion, ein heimlicher Zeitgenosse des

Autors und des Lesers. Aber Eco entwickelt die Gedankenwelt seines Helden, der ein Schüler des William von Ockham ist, indem er die zukunftsweisenden Keime und Implikate der nominalistischen Tradition der Scholastik in England, aus denen später die Aufklärungsphilosophie und mittelbar die Konzeption von Detektiven wie Dupin und Sherlock Holmes hervorgehen, schon damals explizit werden läßt. William denkt und spricht, wie ein Ockham-Schüler damals gesprochen haben könnte, wenn er den weiteren Verlauf der Geistesgeschichte bis zur Gegenwart vorherzusehen vermocht hätte.

Das ist ein geistvolles Spiel, aber es ist zugleich mehr als nur ein Spiel. Der historische Kontext, in dem Aufklärung etwas Neues ist und nach Begründung verlangt und in dem Reflexion über letzte Dinge zum täglichen Brot der Mönche gehört, trägt dazu bei, daß William ein Detektiv ist, der mehr über die Prämissen und Konsequenzen der Detektion, über die in ihr wirksamen Denkgesetze und Irrtumsquellen, über die Wahrheit und den Scheincharakter von Krimilösungen zu sagen hat als alle seine modernen Kollegen.

Ein intertextuelles Zitat, das sich aus einer witzigen Parodie zu einer ungewöhnlich komplexen Konstruktion entwickelt, ist auch der Watson des William von Baskerville, der junge Benediktiner Adson von Melk. Adson, der Ich-Erzähler, ist nicht nur Bewunderer und Chronist des Detektivs, sondern auch Schüler, Zögling, fast Sohn. Der Roman kann durch diese Umdeutung der Watson-Rolle unter anderem zu einer Initiationsgeschichte werden. Aus der Niederschrift aus dem Abstand von Jahren bei Watson macht Eco eine Niederschrift am Ende des Lebens und ein Wechselspiel zwischen den Sichtweisen des jungen erlebenden und des greisen erinnernden Ich.

Für die Kriminalhandlung wählt Eco nicht die einfache und episodische Struktur der typischen Sherlock-Holmes-Geschichte, sondern eine komplizierte, verästelte und aufwendige Konstruktion nach dem Muster englischer Detektivromane des Goldenen Zeitalters: Eine Serie von Todesfällen, der erste nur scheinbar unnatürlich, in Wirklichkeit Selbstmord, die anderen miteinander verbunden, auf eine gemeinsame Ursache zurückgehend, wenn auch nicht alle auf den gleichen Mörder; der Detektiv auf der Suche nach Einzelerklärungen und nach der Generallösung; Detektionsarbeit auf allen Ebenen; materielle Spuren – weiterführende und *red herrings*; Fragen nach Alibis und Motiven; Rätsel um die Mordserie und Sekundärgeheimnisse – schlimme und läßliche Verfehlungen von Mönchen –, die den Fall komplizieren; viele Sprachrätsel – Geheimschrift, mehrdeutige Botschaften; eine Sequenz von Prophezeiungen aus der Geheimen Offenbarung als eine Art Negerlein-Text; Aktionen zur Aufklärung der Vergangenheit und zur Verhinderung kommenden Unheils; zahlreiche markierte Fragen, Teilantworten, erschöpfende Schlußantwort – Eco verwendet das gesamte Arsenal des klassischen Detektivromans, ohne Zurückhaltung, ohne Besorgnis, etwas könnte unpassend für seine höheren Zwecke sein, ohne sich zu schämen.

Der Kriminalroman in *Der Name der Rose* hat zuviel Eigengewicht, um nur als Traggerüst zu dienen; Autor und Leser müssen schon Ja zur Gattung Krimi sagen und können die Krimihandlung nicht als Mittel zu höherem Zweck abtun. Die voll ausgebaute Krimistruktur ist aber gleichzeitig in der Lage, eine

Fülle an Materialien mit oder ohne echte Beziehung zur Krimihandlung zu tragen, d. h. so im Text zu situieren, daß der Leser sie als funktionale Bestandteile der Krimistruktur betrachtet.
Der Roman ist – wie es im Vorwort heißt – »eine Geschichte von Büchern«[13] – von Einzelbüchern und Gattungen, von Buchinhalten und von illuminierten Büchern als Kunstwerken, von Büchern als Medien der Bewahrung und der Veränderung. Die Bibliothek der Abtei, die größte der Christenheit, wird am vollständigsten in das Rätselspiel einbezogen. Die Bibliothek ist selbst eines der Hauptr−ätsel. Sie ist ein Labyrinth, in das außer dem Bibliothekar kein Mönch eintreten darf und in dem sich niemand zurechtfinden kann. In ihrem Zentrum liegt der unzugängliche Raum, der das zentrale Geheimnis birgt, das Buch, um dessen willen alle Morde geschehen. Die Expeditionen, in denen William und Adson immer tiefer in die Bibliothek eindringen, gehören zu den abenteuerlichsten und spannendsten Passagen des Buches. Diese Tatorterkundungen sind Teile der Ermittlung im Kriminalfall; sie sind metaphorisch-symbolische Prozesse des Wegefindens im irdischen Labyrinth; sie sind Entdeckungsreisen durch die mittelalterliche Welt, denn die Regionen der Bibliothek sind nach Erd- und Kulturregionen benannt, mit *finis Africae* als Ziel der Suche; sie sind schließlich Lesereisen, bei denen die beiden immer wieder innehalten, um Bücher zu identifizieren, zu betrachten und auszugsweise zu lesen.
Auf analoge Weise, wenn auch nicht an so zentraler Stelle, werden alle anderen Materialkomplexe, für die sich der Autor als Mediävist oder als Vertreter der Gegenwart mit einem Auge für historische Parallelen interessiert,[14] in Krimifunktionen eingesetzt. Die Vorgänge um die radikale Armenbewegung und deren Verfolgung durch die Kirche kommen beispielsweise als Sekundärgeheimnisse Verdächtiger ins Spiel: Mehrere Mönche haben zu Fra Dolcinos Rebellen gehört und wollen ihre dunkle Vergangenheit vertuschen. Zur Lösung führende Hinweise stecken sowohl in der Sammlung von apokalyptischen Schriften als auch in dem linguistisch interessanten vielsprachigen Kauderwelsch des einfältigen Salvatore als auch schließlich in Adsons großem Traum, einer virtuos montierten Phantasmagorie aller Themen und Motive des Buches.
Was bringt die Mischung aus Krimi und Mittelalter ein? Profit für den Leser zunächst einmal. Die Materie gewinnt an Lesbarkeit, sie wird für die Mehrzahl der Leser überhaupt erst als Krimi lesbar. Es ist nicht nur so, daß die vertraute und spannende Krimischicht ihn den spröden Rest tolerieren und mitnehmen läßt; auch die spröden und weniger spannenden Schichten unterliegen vielmehr, da sie als Krimikomponenten funktionalisiert sind, den Konventionen und Leseweisen der Kriminalgeschichte. Der Krimileser ist daran gewöhnt, Textpassagen, deren Interesse und Sinnzusammenhang nicht unmittelbar einsichtig sind oder die er nicht voll verstehen kann, mit wohlwollender und geduldiger Aufmerksamkeit zu bedenken, weil er auf das Erklärungs- und Lösungsversprechen der Gattung vertraut und weil er die Zugehörigkeit der Teile zu gattungstypischen Mustern erkennt. Der Leser moderner Krimis ist ohnehin an massive und oft weniger gut integrierte Beiladungen gattungsfrem-

der Materialien gewöhnt. Daß die Einordnung aller Bestandteile in die Strukturen des Krimis nur eine Scheinordnung ist, daß die Ordnung der imaginierten Welt im Kopf des Autors eine andere ist, braucht ihn nicht zu stören. Er kennt aus seiner Leseerfahrung auch den Krimi als Kommunikationsverfahren, dessen Strukturen vorläufige Gerüste sind, die nach dem Aufnehmen der Eigenstrukturen des erzählten Gegenstandsbereiches entbehrlich werden. In jedem Krimi stellt sich bei der Lösung heraus, daß ein Großteil des Rezipierten für die Lösung irrelevant war, was den Leser nicht stört, sofern die Materie an sich sein Interesse gefunden hat.

Der Krimileser ist freilich auch bei diesem Mönchskrimi ein Leser, dem besondere Freiheiten eingeräumt werden und dem die eigene Unterhaltung und das Wohlbefinden als Leser ein höheres Gut sein darf als die Intentionen des Autors. Der Leser von *Der Name der Rose* hat die gattungsbedingte Freiheit – die er bei der Lektüre von Traktaten über *pauperi* und *simplices* im 14. Jahrhundert oder über das Katalogisierungsverfahren einer mittelalterlichen Bibliothek nicht hätte – kursorisch zu lesen und Dinge zu überspringen, denn die Lösung steht hinten und zwischendurch dienen die leserfreundlichen Orientierungshilfen des Krimis – die Zwischenbilanzen, Rückblicke, Lagebesprechungen, die auch Eco reichlich verwendet – als Wegweiser für den, der abkürzen will. Einer der Hauptgründe für die Popularität des Buches besteht darin, daß man guten Gewissens und ohne ganz steckenzubleiben vieles überschlagen kann.

Was gewinnt oder verliert der Autor, der – wie Eco – nicht primär Krimiautor ist, wenn er sich auf Kompositionsweise und Konventionen der Gattung einläßt? Es ist klar, daß er ein vergrößertes Publikum gewinnt; Eco hat keinen Zweifel daran gelassen, daß ihm dieser Aspekt wichtig ist. Aber: Muß er sich dafür als Autor kompromittieren, muß er seine Intentionen beschneiden, seine Schreibweise unangemessen vereinfachen?

Eco hat als einer der Wortführer der literarkritischen Avantgarde in den sechziger und siebziger Jahren schon seine Schwierigkeiten mit Romanen, die in erster Linie Geschichten erzählen, obwohl er einer der ersten gewesen ist, die eine Rückkehr zum Handlungserzählen gefordert haben. Der Kriminalroman erleichtert die Hinwendung zum *plot.* Nicht der Autor baut eine Handlung, an deren Ordnungsprinzipien er kaum zu glauben vermag, sondern Conan Doyle und Christie haben das getan. Für Eco ist die Krimihandlung Zitat, Teil eines intertextuellen Prozesses. Er übernimmt, ohne sich zu identifizieren. Gerade der Krimi gibt ihm die Möglichkeit, sich als Romanautor als Mitglied der Postmoderne einzuordnen.

Eco wollte, wie er in der *Nachschrift* sagt, eine Welt konstruieren – der Roman ist für ihn ein kosmologischer Akt –, und zwar aus den Materialien jener Epoche, die er aus erster Hand besser zu kennen meint als die Gegenwart und die sein »tägliches Imaginarium« ist.[15] Der Kriminalroman ist eine Gattung für Konstruktivisten, und er wird von hinten her, von der Lösung her, konstruiert – so wie Ecos Mittelalter aus der Perspektive des aus der Moderne zurückschauenden Kenners und Liebhabers rekonstruiert ist.

Seinen Leser muß man sich, so verkündet Eco selbstbewußt, mit Hilfe des

Textes selber schaffen, indem man ihn mit seinen Ansprüchen konfrontiert, und das habe er mit den schwierigen und kompromißlosen ersten hundert Seiten getan.[16] Das ist sicher richtig – und viele der Million von Käufern haben diese Teststrecke nicht überdauert. Aber wenn sich so viele Leser vom gewünschten Typ haben schaffen lassen und sich als »den folgenden Seiten gewachsen« erwiesen haben, dann liegt das daran, daß beim Krimileser, wie wir eben gesehen haben, die spezielle Lesekompetenz, die diesem Text adäquat ist, bereits vorgeprägt ist. Jene Betrachtungsweise des Textes, auf die es Eco besonders ankommt, die des Zitats, der Anspielung, der intertextuellen Referenz, ist schließlich fast nur beim Krimipublikum – dem ja praktisch die gesamte Leserschaft zugehört – möglich. Es gibt in der Literatur keine Figuren und Muster, deren Zitierung so klar als Zitat erkennbar wäre, bei denen der Leser das Zitat und seine Verarbeitung so deutlich gegeneinanderhalten kann, wie die der Detektivgeschichte.

Ecos *Der Name der Rose* und der deutsche Gegenwartskrimi machen, so verschieden sie sind, einige Merkmale der augenblicklichen Situation der Gattung deutlich.

Es gibt derzeit keine eigentliche Entwicklung der Gattung. Der Krimi ist nicht in Bewegung von einer Stufe oder Phase zur anderen. Er ist entwickelt; seine Grundformen scheinen seit Jahrzehnten komplett zu sein und stehen zur Verfügung. Es gibt Präferenzen der Autoren für bestimmte Formen im Repertoire, aber es gibt von der Struktur her keinen modernen und keinen überholten Krimi.

Wenn es eine Entwicklung gibt, die noch vor dem Abschluß steht, so ist es die des Akzeptiertwerdens – nicht als eine hohe oder niedrige, triviale oder nichttriviale Form, sondern als eine Gruppe von Mustern mit bestimmten Möglichkeiten und Grenzen.

In jüngster Zeit haben sich neue Verwendungsarten für die Grundmuster des Krimis ergeben, aber für die oft prophezeite Auflösung der Gattung gibt es keinerlei Anzeichen. Sie hat nach wie vor deutliche Konturen und eine klare Identität: Krimi ist noch immer unverkennbar Krimi. An dieser Wahrung der Identität wirken Verlage, Autoren und Publikum einträchtig mit, denn der Krimi als ein international und intermedial verwendbares Kommunikationssystem ist davon abhängig – bislang jedenfalls –, daß sich alle Beteiligten über bestimmte Setzungen, Limitierungen, Konventionen einig bleiben, einerlei zu welchen Zwecken sie die Möglichkeiten der Gattung nutzen wollen.

Anmerkungen

Anmerkungen zu Kapitel 1

Kapitel 1 ist die umgearbeitete Fassung des Aufsatzes »Warum *Macbeth* kein Krimi ist: Gattungsregeln und gattungsspezifische Leseweise«, in: *Poetica* 14 (1982) S. 113–133.

1 Die These, daß das Phänomen der Gattung beim Kriminalroman am klarsten in Erscheinung träte, weil hier – anders als bei großen Werken – die Regeln strikt eingehalten würden, hat am nachdrücklichsten Tzvetan Todorov in seiner »Typologie du roman policier« vertreten (*Paragone: Letteratura* 17, No. 202, Dezember 1966, S. 3–14; ich beziehe mich auf den Wiederabdruck in: T. T., *Poétique de la prose*, Paris 1971, S. 55–65); vgl. Todorovs Kernthese: »Le roman policier par excellence n'est pas celui qui transgresse les règles du genre, mais celui qui s'y conforme.« (S. 56.) – Eine ähnliche Auffassung der exemplarischen Gattungshaftigkeit findet man in Deutschland im Zusammenhang mit der Grundlegung der Trivialliteraturforschung um 1970, z. B. bei Herbert Singer: »Der Detektivroman etwa, hochformalisiert, an klare Kompositionsschemata und strenge Regeln gebunden und somit relativ leicht quantifizierbar, bietet der Gattungspoetik dankbarere – weil lösbarere – Aufgaben als Grabbes Dramen« (H. S., »Literatur, Wissenschaft, Bildung«, in: Jürgen Kolbe, Hrsg., *Ansichten einer künftigen Germanistik*, München 1969, S. 45–59, hier S. 53); zur forschungsgeschichtlichen Situation dieses Ansatzes vgl. Ulrich Schulz-Buschhaus, *Formen und Ideologien des Kriminalromans: Ein gattungsgeschichtlicher Essay*, Frankfurt a. M. 1975, S. VII–XII.

2 Zu dieser Kontroverse siehe u. a. Ulrich Suerbaum, »Der gefesselte Detektivroman: Ein gattungstheoretischer Versuch«, in: *Poetica* 1 (1967) S. 360–374 (wiederabgedr. in: Jochen Vogt, Hrsg., *Der Kriminalroman: Zur Theorie und Geschichte einer Gattung*, 2 Bde., München 1971, Bd. 2, S. 437–456, sowie in: Viktor Žmegač, Hrsg., *Der wohltemperierte Mord: Zur Theorie und Geschichte des Detektivromans*, Frankfurt a. M. 1971, S. 221–240) und Ulrich Broich, »Der ›entfesselte‹ Detektivroman«, in: U. B., *Gattungen des modernen englischen Romans*, Wiesbaden 1975, S. 17–56.

3 Diese Regelkataloge sowie der eine Reihe von Regeln enthaltende »Detection Club Oath« (1928) erreichten ihre weite Verbreitung durch die Aufnahme in: Howard Haycraft (ed.), *The Art of the Mystery Story: A Collection of Critical Essays* (1946), Repr. New York 1976, S. 189–193, 194–196, 197–199.

4 Antje Wulff kommt in einer Untersuchung, die u. a. auf einer Umfrage bei bekannten Autoren von Detektivromanen fußt (»Die Spielregeln der Detektiverzählung«, in: Paul Gerhard Buchloh / Jens Peter Becker, *Der Detektivroman: Studien zur Geschichte und Form der englischen und amerikanischen Detektivliteratur*, mit Beiträgen von A. Wulff und W. T. Rix, Darmstadt [2]1978, S. 81–95, hier S. 93), zu dem Ergebnis, »daß die Bedeutung der Regeln für ihre Zeit weit überschätzt wurde. [. . .] es gibt Spielregeln, sie sind jedoch weitgehend heute von historischem Interesse [. . .].« Zu den Autoren, die Kenntnis und Befolgung bestimmter Regeln leugnen, sich aber zu der Einhaltung eines (unbestimmten) Prinzips der Fairness bekennen, gehört auch Agatha Christie (vgl. Wulff, »Spielregeln«, S. 81 und 86). Die Diskussion um die Regelkataloge wurde in Deutschland eingeleitet durch Fritz Wölcken, *Der literarische Mord: Eine Untersuchung über die englische und amerikanische Detektivliteratur*, Nürnberg 1953, S. 80 f. und 205–209, der schon vor Überbewertung

und kritiklosem Ernstnehmen warnte. In Frankreich gehen vor allem Pierre Boileau und Thomas Narcejac bei ihrer Theorie des Kriminalromans von einer Identifizierung der Regeln der Gattung mit den 20 Regeln Van Dines aus (*Le roman policier*, Paris 1964). Auch Todorov mißt diesem Katalog große Bedeutung zu (»Typologie du roman policier«, S. 61–63).

5 Zu den gegenwärtigen Tendenzen und Zukunftsperspektiven der Gattungsanalyse in Amerika und England vgl. G. N. Dove, »The Criticism of Detective Fiction«, in: *The Popular Culture Scholar* 1 (Winter 1977) S. 1–7; wiederabgedr. in: Robin W. Winks (ed.), *Detective Fiction: A Collection of Critical Essays*, Englewood Cliffs (N. J.) 1980, S. 203–208. Im deutschsprachigen Raum liegt eine Reihe von jüngeren Arbeiten vor, die sich ohne Stützung auf die alten Kataloge von verschiedenen Ansatzpunkten mit den strukturellen Regeln der Konstruktion und Rezeption von Kriminalliteratur befassen, vor allem: Broich, *Gattungen* (historische Entfaltung des Systems der Gattungskonventionen); Schulz-Buschhaus, *Formen und Ideologien des Kriminalromans* (Geschichte der Gattung als »Folge von Strukturdifferenzen«); Elisabeth Schulze-Witzenrath, »Die Geschichten des Detektivromans: Zu Struktur und Rezeptionsweise seiner klassischen Form«, in: *Poetica* 11 (1979) S. 233–258 (narrative Ebenen; Konstituierung von Geschichten durch den Leser); und Walter A. Koch, »Tension and Suspense: On the Biogenesis and the Semiogenesis of the Detective Novel, Soccer and Art«, in: Thomas T. Ballmer (ed.), *Linguistic Dynamics*, Berlin 1984, (Struktur der Spannung als eines universalen Prozesses).

6 Zum unbefriedigenden und unabgesicherten Stand der Wirkungs- und Leserforschung vgl. die kritischen Übersichten bei Peter Nusser, *Der Kriminalroman*, Stuttgart 1980, S. 9 f. und 154–165. Vgl. auch die Überblicke über die Theorien zur Leserpsychologie und zum Leserinteresse bei Edgar Marsch, *Die Kriminalerzählung: Theorie – Geschichte – Analyse*, München ^{2}1983, S. 38–45, und Gerd Egloff, *Detektivroman und englisches Bürgertum: Konstruktionsschema und Gesellschaftsbild bei Agatha Christie*, Düsseldorf 1974, S. 79–87. Den sehr ähnlichen Stand der englischsprachigen Diskussion über Kriminalroman und Leser reflektiert die Reihung von Hypothesen zur Frage »Why we read them« in der Gattungsgeschichte von Julian Symons, *Bloody Murder: From the Detective Story to the Crime Novel: A History*, Harmondsworth ^{2}1974, S. 11–19.

7 Zuerst veröffentlicht in James Thurber, *My World and Welcome to It*, New York 1942; ich zitiere nach: J. Th., *The Thurber Carnival* (1945), Repr. New York [o. J.], S. 60–63.

8 In: »Anatomie des Detektivromans«, in: Vogt (Hrsg.), *Der Kriminalroman*, Bd. 2, S. 372–404, hier S. 379–384; zur Bedeutung der Frage in der Kriminalliteratur vgl. auch Buchloh/Becker, *Der Detektivroman*, S. 17 f., und Nusser, *Der Kriminalroman*, S. 36.

9 Zur Deutungsgeschichte der rätselhaften Aussage vgl. ihre Kommentierung in der New Variorum Edition von *Macbeth*, ed. by H. H. Furness, Jr. (1873), Repr. New York [o. J.], S. 129 f., und in der New Arden Edition des Dramas, ed. by K. Muir, London 1951, S. 53 f.

10 Der lediglich einmal erwähnte Vater entspricht nur dadurch der *important person*-Regel, daß er für identisch erklärt wird mit dem namenlosen Old Man und – verkleidet natürlich – mit einer der Hexen.

11 Zum Vergleich der ›falschen‹ Lesart aus der Krimiperspektive mit einer ›echten‹ Interpretation dieser Stelle (und des weiter unten behandelten Blutmotivs) aus dem Blickwinkel der Bezugsrahmen ›elisabethanische Auffassungen von Psychologie und Physiologie‹ und ›Shakespeares Metaphorik‹ s. W. A. Murray, »Why Was Duncan's Blood Golden?«, in: *Shakespeare Survey* 19 (1966) S. 34–44; wiederabgedr.

in: John Wain (ed.), *Shakespeare: Macbeth*, London 1968, S. 276–291, hier S. 286 bis 290.

12 Ausführliche Begründung der hohen Wertschätzung bei Robert Barnard, *A Talent to Deceive: An Appreciation of Agatha Christie*, London 1980, S. 80–86 (Zusammenfassung: »a highly superior example of Christie's habitual procedures in her classic phase«, S. 86). Zu *Christmas* als besonders wichtigem bzw. typischem Christie-Roman vgl. auch Boileau/Narcejac, *Le roman policier*, S. 80; Egloff, *Detektivroman und englisches Bürgertum*, S. 44 f. und 68–70; ders., »Mordrätsel oder Widerspiegelung der Gesellschaft? Bemerkungen über die Forschung zur Kriminalliteratur« (1976), in: Erhard Schütz (Hrsg.), *Zur Aktualität des Kriminalromans: Berichte, Analysen, Reflexionen zur neueren Kriminalliteratur*, München 1978, S. 58–75, hier S. 67; und Nusser, *Der Kriminalroman*, S. 105. – Im folgenden zitiere ich den Christie-Text nach der Ausgabe: London: Pan, 1981.

13 L. C. Knights, »How Many Children Had Lady Macbeth? An Essay in the Theory and Practice of Shakespeare Criticism« (1933), wiederabgedr. in L. C. K., *Explorations: Essays in Criticism Mainly on the Literature of the Seventeenth Century* (1946), Repr. London 1963, S. 1–39, hier S. 29.

14 Vgl. die breite Einführung des Themas im Rahmen der Exposition, S. 18: »No! Evil is not only in one's mind. Evil exists! You seem to have no consciousness of the evil in the world. I have. I can feel it. I've always felt it – here in this house – [...].«

15 S. 60, 74 f., 84, 107, 133 f., 193.

16 Erste Antworten (auf die Fragen nach vollem Namen, Reiseziel und Reisegrund) S. 15 und 34, endgültige Antworten (wahre Identität) S. 183–185 und 199 f.

17 In *Christmas* besteht das Schlußkapitel, S. 200–204, aus einer Serie von (unglaubwürdigen) Versöhnungen und optimistischen Ausblicken als Abschluß der allen wichtigen Personen zugeordneten Sequenzen über existentielle Probleme.

18 Erklärung des Tatmotivs, S. 197: »All your life, Sugden, you've resented the wrong your father did you [...].«

19 S. 20, 24, 32, 38 f., 41 f., 87, 97, 110, 136, 194–197. Eine leitmotivische Formel ist die »Leibwache aus unehelichen Söhnen«, die der alte Lee nach seinen eigenen Worten aufstellen könnte.

20 S. 44, 83 f., 88, 110, 134, 136 f., 197.

21 Erwähnung von Verwechslungen, Familienähnlichkeit, *déjà vu*-Phänomenen: S. 47, 56, 86, 104, 107, 114, 156, 161 f., 171 f., 193–196.

22 Zwei jüngere Beispiele für Untersuchungen, die ganz auf einer solchen Unterscheidung aufgebaut sind: Symons, der im Übergang von der *detective story* zu der höheren Form der *crime novel* den Sinn der Gattungsgeschichte sieht (*Bloody Murder*, S. 182–202; kritische Korrektur dazu bei Broich, *Gattungen*, S. 44–47), und Nusser, der die Unterteilung der Kriminalliteratur in »zwei idealtypische Stränge« (*Der Kriminalroman*, S. 2) durchgehend betont.

23 Schon bei einer Vertreterin des klassischen Detektivromans wie Christie können Bedeutung und Erzählpräsenz des Detektivs so stark reduziert werden, daß die Figur nur noch nominell die Hauptrolle spielt. Das gilt vor allem für einige Miss-Marple-Romane, z. B. für *4.50 from Paddington* (1957).

24 Im Zusammenhang mit seiner These »The detective story has changed into the crime novel« stellt Symons in *Bloody Murder* eine Liste der Kriterien der *crime novel* auf, die sich ohne Gewaltsamkeit auch auf ein Werk wie *Macbeth* anwenden lassen: »Plot: Based on psychology of characters [...] Detective: Often no detective. [...] Most often the central character is just somebody to whom things happen. Method: Usually straightforward, rarely important. [...] Clues: Quite often no clues in the detective story sense. Characters: The basis of the

story. The lives of characters are shown continuing after the crime, and often their subsequent behaviour is important to the story's effect. Setting: Often important to the tone and style of the story, and frequently an integral part of the crime itself, i. e. the pressures involved in a particular way of life lead to this especial crime. Social attitude: Varying, but often radical in the sense of questioning some aspect of law, justice, or the way society is run. Puzzle value: Sometimes high, sometimes almost non-existent. But characters and situation are often remembered for a long time.« (S. 182–184.)

25 Auflösung des Zitaträtsels: S. 193 und 197.

26 Zur Bedeutung der Stelle im Kontext vgl. Ulrich Suerbaum, »Die dramatischen Funktionen der Lady Macbeth«, in: *Poetica* 1 (1967) S. 24–43, hier S. 41–43.

27 Zusammenstellung der Stellen bei Marvin Spevack, *A Complete and Systematic Concordance to the Works of Shakespeare*, 9 Bde., Hildesheim 1968–80, Bd. 3, S. 667, »blood«, »blood-bolter'd«, »bloodier«, »bloody«, »bloody-sceptred«.

28 Sequenz zum Thema »Simeon als Teufel, Verkörperung des Bösen«: S. 17 f., 42, 56, 89, 100, 104 f.

29 Hauptstellen zum Thema »heredity«, »in the blood« (einem leidigen Lieblingsthema der Autorin): S. 33, 42, 44, 54, 136, 156, 185, 190, 193, 197.

30 »This is a crime of blood – it is in the blood. It is Simeon Lee's own blood that rises up against him« (S. 193; vgl. S. 187).

31 Barnard, *A Talent to Deceive*, S. 10; vgl. auch die Einstufungen S. 7 und 12.

32 Zur Frage der Werkeinheit und des Verhältnisses von makrostrukturellen und kleineren Kompositionselementen vgl. Ulrich Suerbaum, *Shakespeares Dramen*, Düsseldorf 1980, S. 119–178.

Anmerkungen zu Kapitel 2

1 »O blisful God, that art so just and trewe, / Lo, how that thou biwreyest mordre alway! / Mordre wol out, that se we day by day. / Mordre is so wlatsom and abhomynable / To God, that is so just and resonable, / That he ne wol nat suffre it heled be, / Though it abyde a yeer, or two, or thre. / Mordre wol out [. . .].« In: »The Nun's Priest's Tale«, in: *Canterbury Tales* VII,3050–57; zit. nach: *The Works of Geoffrey Chaucer*, ed. by F. N. Robinson, London ²1957, S. 201.

2 Gesamtgeschichte der älteren Verbrechensliteratur: Frank W. Chandler, *The Literature of Roguery*, 2 Vols. (1907), Repr. New York 1958.

3 John Gay, *The Beggar's Opera*, ed. by E. V. Roberts, London 1969, I,4,33 f. Zu Gays Stück und seinen Bezügen zur zeitgenössischen Realität s. Gerd Stratmann, »John Gay: *The Beggar's Opera*«, in: Dieter Mehl (Hrsg.), *Das englische Drama*, 2 Bde., Düsseldorf 1970, Bd. 2, S. 46–70, besonders S. 50 f.

4 Besonders eingehende Behandlung der Verbrechensliteratur aus dem 18. und frühen 19. Jahrhundert bei A. E. Murch, *The Development of the Detective Novel*, London 1958, S. 18–66. Zum deutschen Bereich s. Hans-Otto Hügel, *Untersuchungsrichter, Diebsfänger, Detektive: Theorie und Geschichte der deutschen Detektiverzählung im 19. Jahrhundert*, Stuttgart 1978.

5 Zusammenstellung und Diskussion der Materialien und Hypothesen zu den Entstehungsbedingungen der Gattung bei Nusser, *Der Kriminalroman*, S. 74–84.

6 Zur Bedeutung Poes für die Moderne und zum Zusammenhang zwischen den einzelnen Werkgruppen s. Kuno Schuhmann, *Die erzählende Prosa Edgar Allan Poes: Ein Beitrag zu einer Gattungsgeschichte der ›short story‹*, Heidelberg 1958; Franz H. Link, *Edgar Allan Poe: Ein Dichter zwischen Romantik und Moderne*,

Frankfurt a. M. 1968 und Daniel Hoffman, *Poe Poe Poe Poe Poe Poe Poe*, Garden City (N. Y.) 1972. Zu der Gruppe von Geschichten über Rätsel und ihre Auflösung, von Poe als *Tales of Ratiocination*, »Geschichten von der Verstandeskunst« bezeichnet, s. Ulrich Broich, »Nachwort«, in: Edgar Allan Poe, *Detektivgeschichten*, übers. von H. Wollschläger, München 1979, S. 195–207; Schuhmann, S. 91–95; Link, S. 304–313.

7 Zur Verbindung dieser auf den ersten Blick isoliert erscheinenden Geschichtengruppe mit dem übrigen Erzählwerk Poes s. J. Gerald Kennedy, »The Limits of Reason: Poe's Deluded Detectives«, in: *American Literature* 47 (1975/76) S. 184–196.

8 Das Künstlertum Dupins betonen Schuhmann, *Prosa Edgar Allan Poes*, S. 93 f., und – mit besonderem Nachdruck – Marianne Kesting, »Auguste Dupin, der Wahrheitsfinder, und sein Leser: Inwiefern Edgar Allan Poe nicht der Initiator der Detektivgeschichte war«, in: *Poetica* 10 (1978) S. 53–65.

9 Ich zitiere nach der Ausgabe *The Works of Edgar Allan Poe*, ed. by E. C. Stedman and G. E. Woodberry, 10 Vols., New York [2]1914, Vol. 3: *Tales of Ratiocination and Illusion*.

10 »Preface to Lyrical Ballads« (1802), in: *Lyrical Ballads*, ed. by R. L. Brett and A. R. Jones, London [2]1965, S. 255. Zu Wordsworths poetischer Theorie und ihrer Position in der Tradition s. M. H. Abrams, *The Mirror and the Lamp: Romantic Theory and the Critical Tradition*, New York 1953 (dt.: *Der Spiegel und die Lampe*, München 1978), und Alan Grob, *The Philosophic Mind: A Study of Wordsworth's Poetry and Thought, 1797–1805*, Columbus (Ohio) 1973.

11 Die Idee, daß das rationale Denken nicht nur die höchste, sondern auch die menschlichste aller Aktivitäten sei, taucht bei Poe wiederholt auf; s. Hoffman, *Poe*, S. 114–116. Zur Glorifizierung der Figur Dupins s. Robert Daniel, »Poe's Detective God« (1951), in: William L. Howarth (ed.), *Twentieth Century Interpretations of Poe's Tales: A Collection of Critical Essays*, Englewood Cliffs (N. J.) 1971, S. 103–110.

12 LeRoy L. Panek zeigt in seinem Aufsatz »Play and Games: An Approach to Poe's Detective Tales«, in: *Poe Studies* 10 (1977) S. 39–41, zahlreiche Verbindungen zwischen Poes Detektivgeschichten und der Welt des Spiels auf.

13 Zu der Korrespondenz zwischen intellektuellem Prozeß und narrativer Struktur s. John Hawkins, »Poe's ›The Murders in the Rue Morgue‹«, in: *The Explicator* 23 (1964/65) No. 49.

14 In einem Brief an J. R. Lowell vom 2. Juli 1844; abgedr. in: *The Letters of Edgar Allan Poe*, ed. by J. W. Ostrom, 2 Vols., New York [2]1966, Vol. 1, S. 256–258, hier S. 258.

15 Insbesondere in der reichen Bewunderungsliteratur über Conan Doyle als Schöpfer des Großen Detektivs ist der Hinweis auf die Unterlegenheit der Figur Dupins gegenüber Sherlock Holmes ein gängiger Topos. Vgl. S. 56 f.

16 Zum Verhältnis Poes zur Wissenschaft s. Broich, »Nachwort«, S. 205 f., und – auf den Bereich der Wissenschaften vom Menschen bezogen – Allan Smith, »The Psychological Context of Three Tales by Poe«, in: *Journal of American Studies* 7 (1973) S. 279–292.

17 Vgl. »Preface to Lyrical Ballads« (1802), S. 258–260.

18 Vgl. die interessante und wichtige (wenn auch einseitig zugespitzte) These Marianne Kestings, Poe sei gar nicht der Initiator der Detektivgeschichte, »die triviale Detektiv- und Kriminalgeschichte sei aus dem Mißverständnis Poes erwachsen« (»Auguste Dupin, der Wahrheitsfinder«, S. 65) und erst der französische Nouveau Roman stelle die legitime Fortentwicklung der Dupin-Tradition dar.

19 Zustand und Entwicklung der Detektiverzählung zwischen Poe und Conan Doyle

verdeutlicht Uwe Böker, »Drei versteckte Briefe: Die produktive Rezeption von E. A. Poes ›The Purloined Letter‹ in der englischen Detektivliteratur vor 1865 (mit besonderer Berücksichtigung von Wilkie Collins und Andrew Forrester)«, in: *Arbeiten aus Anglistik und Amerikanistik* 5 (1980) S. 241–253, am Beispiel zweier Geschichten, die das *plot* von Poes »The Purloined Letter« neu verarbeiten.

20 Einen gerafften Überblick über die Geschichte dieser Para- und Pseudowissenschaft gibt Trevor H. Hall im Vorwort zu *Sherlock Holmes and His Creator*, London 1978; Kurzbibliographie der namhaftesten Beiträge in D. Martin Dakin, *A Sherlock Holmes Commentary*, Newton Abbot 1972, S. 307 f.

21 Charakteristische Beispiele in den Bänden der beiden Spezialzeitschriften *The Sherlock Holmes Journal* und *The Baker Street Journal*, in den zitierten Werken von Dakin und Hall und in den früheren Untersuchungen von Hall, *Sherlock Holmes: Ten Literary Studies*, London 1969, und *The Late Mr. Sherlock Holmes & Other Literary Studies*, London 1971.

22 Während die meisten Beiträge zur Holmesologie noch heute mit überholten Methoden operieren, gibt es gelegentlich schon *Higher Criticism* der zweiten Generation unter Verwendung moderner literaturwissenschaftlicher Ansätze, s. vor allem Samuel Rosenberg, *Naked Is the Best Disguise: The Death & Resurrection of Sherlock Holmes*, New York 1974, der die Geschichten Conan Doyles als Psychodramen, Allegorien und als intertextuelle Konstrukte auslegt.

23 Vincent Starrett, zit. bei: Hall, *The Late Mr. Sherlock Holmes*, S. 108.

24 Jüngere Beiträge zu der vieldiskutierten Frage der realen Vorbilder für die Holmes-Figur: Hall, *Sherlock Holmes and His Creator*, S. 70 ff.; Hesketh Pearson, *Conan Doyle*, New York 1961, S. 124–126; Pierre Nordon, *Sir Arthur Conan Doyle: L'homme et l'œuvre*, Paris 1964, S. 236–248.

25 Zum Leben Doyles und zu seinen eigenen Äußerungen über seine Holmes-Geschichten und deren ›niederen literarischen Rang‹ s. neben den älteren Darstellungen von Pearson und Nordon auch Ronald Pearsall, *Conan Doyle: A Biographical Solution*, London 1977.

26 *Memories and Adventures*, The Crowborough Edition of the Works of Sir Arthur Conan Doyle, No. 24 (1924), Repr. Garden City (N. Y.) 1930, S. 79.

27 »A Study in Scarlet«, zitiert nach Arthur Conan Doyle, *The Penguin Complete Sherlock Holmes*, Harmondsworth 1981, S. 24. Alle Doyle-Zitate nach dieser Ausgabe.

28 Z. B. bei der Darlegung seiner Methoden im Lösungskapitel von »A Study in Scarlet«, S. 83.

29 Hesketh Pearson, *Conan Doyle: His Life and Art* (1943), Repr. London 1977, S. 90.

30 Analysen der Geschichte: Viktor Schklovskij, »Die Kriminalerzählung bei Conan Doyle« (1929), in: Vogt (Hrsg.), *Der Kriminalroman*, Bd. 1, S. 76–94; Karl Heinz Göller, »Doyle: ›The Speckled Band‹«, in: K. H. G. / Gerhard Hoffmann (Hrsg.), *Die englische Kurzgeschichte*, Düsseldorf 1973, S. 70–79, und – unter dem Aspekt der unterschiedlichen Wirkung von erster und wiederholter Lektüre – Edward T. Cone, »Three Ways of Reading a Detective Story – or a Brahms Intermezzo«, in: *The Georgia Review* 31 (1977) S. 554–574.

31 Zu den vielen Ungereimtheiten der Geschichte s. Dakin, *Commentary*, S. 76–79.

32 London 1970, fortgesetzt in Greenes Sammlungen *More Rivals of Sherlock Holmes*, London 1971, und *Further Rivals of Sherlock Holmes*, London 1973; neuerdings nachgedruckt als *The Penguin Complete Rivals of Sherlock Holmes*, Harmondsworth 1983. Die Vorworte Greenes bilden eine interessante Geschichte der frühen englischen Detektiverzählung. Deutsche Übersetzung der ersten beiden Bände unter dem

Titel *Der rote Seidenschal und andere spannende Detektivgeschichten des neunzehnten Jahrhunderts*, Eltville 1978.

33 Einbändige, alle fünf Geschichtenbände enthaltende Gesamtausgabe *The Father Brown Stories*, London 1929; ich zitiere nach der 10. Aufl., 1963. Neuerdings nachgedruckt als *The Penguin Complete Father Brown*, Harmondsworth 1981.

34 Zu Chestertons Geringschätzung seiner Father-Brown-Geschichten s. W. W. Robson, »Father Brown and Others«, in: John Sullivan (ed.), *G. K. Chesterton: A Centenary Appraisal*, London 1974, S. 58–72, hier S. 58.

Anmerkungen zu Kapitel 3

1 Zur Rezeptionsgeschichte der Romane von Agatha Christie s. Elizabeth Walter, »The Case of the Escalating Sales«, in: H. R. F. Keating (ed.), *Agatha Christie: First Lady of Crime*, London 1977, S. 11–24.

2 Es gehört geradezu zu den Stereotypen der Lobpreisung zu betonen, daß die Autorin ihre gewaltige Wirkung trotz des Verzichts auf literarische Ambitionen und trotz mangelnder Charakterisierungs- und Beschreibungskünste erreicht habe; s. z. B. Barnard, *A Talent to Deceive*, S. 12–17; Gwen Robyns, *The Mystery of Agatha Christie*, Garden City (N. Y.) 1978, S. 190 f.; und Edmund Crispin, »The Mistress of Simplicity«, in: Keating (ed.), *Christie*, S. 39–48.

3 Zur Entstehungsgeschichte des ersten Christie-Romans, der schon einige Jahre vor der Publikation geschrieben wurde, s. Agatha Christie, *An Autobiography* (1977), Repr. Glasgow: Fontana, 1978, S. 261–267 und 284 f. Die Autorin faßt den Roman als Fortführung der Sherlock-Holmes-Tradition auf; s. *Autobiography*, S. 290.

4 Zit. Ausg.: London: Pan, 1954, S. 8.

5 Zum Verhältnis zwischen Romangesellschaft und realer Gesellschaft s. G. C. Ramsay, *Agatha Christie: Mistress of Mystery*, London 1968, S. 32–36, und Egloff, *Detektivroman und englisches Bürgertum.*

6 S. 151; vgl. S. 144, 152, 165, 166.

7 Zu Begriff und Grundfragen der Variation s. Kurt von Fischer, »Variation«, in: *Musik in Geschichte und Gegenwart*, hrsg. von F. Blume, 16 Bde., Kassel 1949–79, Bd. 13, Sp. 1274–1309.

8 Einen guten Überblick über das Zusammenspiel von fundamentaler Uniformität und Detailveränderung bietet der von Randall Toye zusammengestellte Führer *The Agatha Christie Who's Who*, London 1980, in dem 2000 der insgesamt 7000 fiktiven Personen des Erzählwerks erfaßt sind.

9 Nach *Dumb Witness* tritt Hastings nur noch im letzten Poirot-Roman, *Curtain* (1975), und in einigen Kurzgeschichten auf.

10 Vollständige Bibliographie bei Ramsay, *Christie*, S. 77–117 (Publikationen bis 1967); Barnard, *A Talent to Deceive*, S. 134–178; und Toye, *Who's Who*, S. 258–264.

11 Agatha Christie über die Typen der Detektivgeschichte: »One of the pleasures of writing detective stories is that there are so many types to choose from: the light-hearted thriller, which is particularly pleasant to do; the intricate detective story with an involved plot which is technically interesting and requires a great deal of work, but is always rewarding; and then what I can only describe as the detective story that has a kind of passion behind it – that passion being to help save innocence« (*Autobiography*, S. 453).

12 *Cards on the Table* (1936), »Foreword by the Author«.

13 Nach einem weniger erfolgreichen Versuch mit einer zum großen Teil aus Ausländern bestehenden Romangesellschaft in *Murder on the Links* (1923) beschränkt

Christie sich bis auf Einzelpersonen auf englische oder englisch-amerikanische Gesellschaften.

14 *Sleeping Murder: Miss Marple's Last Case* (1976), Repr. Glasgow: Fontana, 1978, S. 22.

15 Zur Entstehung s. *Autobiography*, S. 527.

16 Zit. Ausg.: Glasgow: Fontana, 1976, S. 70.

17 Agatha Christie benutzt gern Kinderlieder oder Abzählreime als strukturierende Motive; s. dazu Ramsay, *Christie*, S. 46–50 und 118–125.

18 Zit. Ausg.: Glasgow: Fontana, 1982, S. 24.

19 *Autobiography*, S. 488.

20 In H. R. F. Keatings Handbuch *Whodunit?: A Guide to Crime, Suspense and Spy Fiction*, London 1982, werden charakteristischerweise Autoren und Detektive in getrennten Teillexika behandelt. Während die Detektive relativ ausführlich vorgestellt werden, gibt es für die wichtigsten Romane lediglich Punktwertungen nach den Kriterien »characterization«, »plot«, »readability« und »tension«. Diese Schwerpunktverteilung gilt auch für die meisten englischsprachigen Bücher über Detektivliteratur. Vgl. z. B. die Besprechung der in diesem Kapitel behandelten Autoren bei Sutherland Scott, *Blood in their Ink: The March of the Modern Mystery Novel*, London 1953, und bei Erik Routley, *The Puritan Pleasures of the Detective Story: A Personal Monograph*, London 1972.

21 Zit. Ausg.: London: New English Library, 1977, S. 7. Vgl. auch die dem Roman ebenfalls beigefügte *short biography of Lord Peter Wimsey*, S. 197–203.

22 Vgl. Janet Hitchman, *Such a Strange Lady: An Introduction to Dorothy L. Sayers (1893–1957)*, London 1975, S. 120–122.

23 Margery Allingham, *Dancers in Mourning* (1937), Repr. London: Heinemann, 1966, S. 4.

24 Zu den Diensträngen und Karrieren der leitenden Detektive im Polizeidienst s. Peter N. Walker, »Schematic of the Police System of England and Wales«, in: Dilys Winn (ed.), *Murder Ink: The Mystery Reader's Companion*, Newton Abbot 1978, S. 325–327.

25 Überblick und Titellisten: Margaret Yorke, »Oxford vs. Cambridge«, in: Winn (ed.), *Murder Ink*, S. 264–266. Analyse ausgewählter Beispiele: Jutta Becker, *Oxford im Detektivroman*, Bochum 1982 (Staatsarbeit).

26 William Wordsworth, »Oxford. May 30, 1820«; zit. nach: *Wordsworth's Poems*, ed. by P. Wayne, 3 Vols., rev. ed., London 1955, Vol. 2, S. 38.

27 Edmund Crispin, *The Moving Toyshop* (1946), Repr. Harmondsworth: Penguin, 1979, S. 6 und 16.

28 Zit. Ausg.: London: Gollancz, 1951, S. 12.

29 Robert Robinson in einem Brief an J. Becker; zit. bei: Becker, *Oxford*, Anhang, S. 5.

30 Zit. Ausg.: Harmondsworth: Penguin, 1976, S. 11.

31 *The Moving Toyshop*, S. 27.

32 Darlegung seiner Konzeption: Edmund Crispin in der Einleitung zu dem von ihm herausgegebenen Sammelband *Best Detective Stories*, London 1959, S. 9–15.

33 Brief zit. bei: Becker, *Oxford*, Anhang, S. 5.

34 Zit. Ausg.: Harmondsworth: Penguin, 1966, S. 25.

35 Zur jüngsten Phase der ausgedehnten Kontroverse s. Routley, *Puritan Pleasures*, S. 141–143; Margaret P. Hannay, »Harriet's Influence on the Characterization of Lord Peter Wimsey«, in: M. P. H. (ed.), *As Her Whimsey Took Her: Critical Essays on the Work of Dorothy L. Sayers*, Kent (Ohio) 1979, S. 36–50; Hitchman, *Such a Strange Lady*, S. 108–114; Mary Brian Durkin, *Dorothy L. Sayers*, Boston 1980,

S. 73–78. Der heftigste und wirkungsvollste Angriff war eine Besprechnung von Q. D. Leavis, »The Case of Miss Dorothy Sayers«, in: *Scrutiny* 6 (1937/38) S. 334–340. Einen guten Überblick über die Rezeptionsgeschichte des Romans gibt James B. Burleson, *A Study of the Novels of Dorothy L. Sayers*, Diss. Austin (Univ. of Texas) 1965, S. 177–199.

36 *Gaudy Night* (1935), Repr. London: Gollancz, 1972, bes. S. 222 f., 320–322, 394.

37 »Gaudy Night«; der zuerst 1937 erschienene Aufsatz ist wiederabgedr. in: Haycraft (ed.), *Mystery Story*, S. 208–221.

38 Aufsatz, S. 217.

39 »The Case of Miss Sayers«, S. 335.

40 Aufsatz »Gaudy Night«, S. 213; die vorhergehenden Zitate: S. 216, 217, 212.

41 Aufsatz, S. 213; vgl. S. 214 f.

42 »The Case of Miss Sayers«, S. 336.

43 J. I. M. Stewart (d. i. Michael Innes) in einem Brief an J. Becker, 28. Dezember 1981; abgedr. in: Becker, *Oxford*, Anhang, S. 3. Innes über sein Verhältnis zum Detektivroman und zum seriösen Roman: »I wrote the novel [*Death at the President's Lodging*] largely to amuse myself on a long voyage out to Australia, and because it was fairly successful I went on and wrote many more simply to help support a large family. I never thought of it as more than a hobby, and I called their author ›Michael Innes‹ because I intended to keep my own name for academic work and ›straight‹ novels. Essentially I am a ›straight‹ novelist, and I think most of the merit, such as it is, of my detective stories lies less in the puzzle element than in their fantastic and comic or farcical components. I don't really *like* detective stories! I read oceans of them as a boy and undergraduate, but I doubt whether I have read half a dozen in the last forty years.«

Anmerkungen zu Kapitel 4

1 Zum Begriff s. David Madden in der Einleitung seines Sammelbandes *Tough Guy Writers of the Thirties*, Carbondale (Ill.) 1968, S. XVII ff.

2 Steven Marcus, »Introduction«, in: Dashiell Hammett, *The Continental Op*, New York: Random House, 1974, S. IX–XXIX, hier S. XII.

3 Zur Geschichte der sogenannten Black Mask School s. Philip Durham, »The *Black Mask* School«, in: Madden (ed.), *Tough Guy Writers*, S. 51–79.

4 Zur Biographie Hammetts und zum Verhältnis zwischen Werk und Leben s. Marcus, »Introduction«, S. IX–XV, und Lillian Hellman, »Introduction«, in: Dashiell Hammett, *The Big Knockover and Other Stories*, Harmondsworth: Penguin, 1969, S. 7–23.

5 Vorsatztitel der Penguin-Ausgabe der Romane und Geschichten.

6 Zur Deutung des Romans, bei dem vor allem die Auffassung der Hauptfigur schwankt, s. besonders Robert I. Edenbaum, »The Poetics of the Private-Eye: The Novels of Dashiell Hammett«, in: Madden (ed.), *Tough Guy Writers*, S. 80–103, hier S. 81–89, und Peter Wolfe, *Beams Falling: The Art of Dashiell Hammett*, Bowling Green (Ohio) 1980, S. 111–128.

7 Zit. Ausg.: Harmondsworth: Penguin, 1966, S. 82.

8 S. John S. Whitley, »Stirring Things Up: Dashiell Hammett's Continental Op«, in: *Journal of American Studies* 14 (1980) S. 443–455.

9 »Introduction«, S. XXVIII.

10 Zur Symbolik und Transzendenz des Romans s. Irving Malin, »Focus on *The Maltese*

Falcon: The Metaphysical Falcon«, in: Madden (ed.), *Tough Guy Writers*, S. 104–109.

11 Das Verhältnis Hammetts und Chandlers zu Hemingway untersucht Sheldon Norman Grebstein, »The Tough Hemingway and His Hard-Boiled Children«, in: Madden (ed.), *Tough Guy Writers*, S. 18–41.

12 Die maßgebliche Biographie: Frank MacShane, *The Life of Raymond Chandler*, New York 1976.

13 *Raymond Chandler Speaking*, ed. by D. Gardiner and K. S. Walker (1962), Repr. London 1973, S. 94. – Die Zitate stammen meist aus Briefen Chandlers.

14 *Chandler Speaking*, S. 42.

15 Ebd., S. 73.

16 Ebd., S. 52.

17 Miriam Gross im Vorwort zu dem von ihr herausgegebenen Sammelband *The World of Raymond Chandler*, London 1977, o. S.

18 1944; wiederabgedr. in: Raymond Chandler, *Pearls are a Nuisance* (1950), Repr. Harmondsworth: Penguin, 1966, S. 181–199, hier S. 198 f.

19 Chandler dazu: »P. Marlowe has as much social conscience as a horse. He has a personal conscience, which is an entirely different matter.« (*Chandler Speaking*, S. 214.)

20 Ebd., S. 215; vgl. S. 232.

21 Ebd., S. 60.

22 Ebd., S. 60; vgl. S. 63, 230, 232.

23 Ebd., S. 214 und 216.

24 Zit. bei: MacShane, *Life of Chandler*, S. 51.

25 Chandler dazu: »[. . .] this has nothing to do with morality. It is part of the logic of the form. Without this the story is like an unresolved chord in music. It leaves a sense of irritation.« (*Chandler Speaking*, S. 66.)

26 Ebd., S. 65.

27 Aus den 1949 niedergeschriebenen »Casual Notes on the Mystery Novel«, einer knappen Poetik des Detektivromans, in: *Chandler Speaking*, S. 63–70, hier S. 64.

28 Chandler nennt seine ganzen Romane einmal sogar »experiments in dramatic dialogue« (ebd., S. 219).

29 Die ausgeschlachteten Geschichten, die Chandler nicht mehr zum Nachdruck freigab, sind inzwischen von Philip Durham ediert worden, *Killer in the Rain* (1964), Repr. Harmondsworth: Penguin, 1966. Durhams Analyse des Verarbeitungsverfahrens s. »Introduction«, S. 7–12.

30 *The Lady in the Lake* (1944), Repr. Harmondsworth: Penguin, 1966, S. 91.

31 Ebd., S. 94.

32 *The Little Sister* (1949), Repr. Harmondsworth: Penguin, 1966, S. 134.

33 Zit. in: MacShane, *Life of Chandler*, S. 63.

34 *Chandler Speaking*, S. 56.

35 Ebd., S. 51, 58, 63, 64; »Simple Art«, S. 195.

36 Ebd., S. 219. Das Konzept zeigt deutlich den Einfluß der Theorie Poes.

37 Ebd., S. 64.

38 *Killer in the Rain*, S. 147.

39 *Farewell, My Lovely* (1940), Repr. Harmondsworth: Penguin, 1971, S. 8.

40 (1929), Repr. New York: Vintage, 1972, S. 151.

41 Die geschlossenste Darstellung seiner sprachlichen Verfahrensweise gibt Chandler in seinen essayartigen »Notes on English and American Style«, in: *Chandler Speaking*, S. 80–82.

42 Zur Rezeption der Romane Spillanes und zu ihrem Verhältnis zur zeitgeschichtlichen

und kulturellen Situation s. Kay Weibel, »Mickey Spillane as a Fifties Phenomenon«, in: Larry N. Landrum [u. a.] (eds.), *Dimensions of Detective Fiction*, Bowling Green (Ohio) 1976, S. 114–123.

43 (1947), Repr. New York: Signet [o. J.], S. 174.

Anmerkungen zu Kapitel 5

1 Zur Entwicklung der französischen Kriminalliteratur und ihrer Bedeutung in der Gattungsgeschichte s. Boileau/Narcejac, *Le roman policier*, und Schulz-Buschhaus, *Formen und Ideologien des Kriminalromans*, der sich zum Ziel setzt, die französischen Beiträge stärker zu berücksichtigen, als es sonst der Fall ist; s. »Vorwort«, S. XI f.

2 Zum Typus des *police procedural* s. Hillary Waugh, »The American Police Procedural«, und Michael Gilbert, »The British Police Procedural«, beide in: Keatings Handbuch *Whodunit?*, S. 43–46 bzw. 47–50; sowie Hillary Waugh, »The Police Procedural«, in: John Ball (ed.), *The Mystery Story* (1976), Repr. Harmondsworth 1978, S. 163–187.

3 *Gun Before Butter* ist – nach *Love in Amsterdam* (1962) und *Because of the Cats* (1963) – der dritte der insgesamt elf Van-der-Valk-Romane. Charakterisierung des Gesamtwerks durch A. Norman Jeffares in: John M. Reilly (ed.), *Twentieth Century Crime and Mystery Writers*, London 1980, S. 609 f. – Ich zitiere Freelings Roman nach der Ausgabe: Harmondsworth: Penguin, 1975.

4 Zu Simenons Stellung in der Entwicklung der Gattung s. Symons, *Bloody Murder*, S. 150–154; Schulz-Buschhaus, *Formen und Ideologien des Kriminalromans*, S. 155–181; und Ira Tschimmel, *Kriminalroman und Gesellschaftsdarstellung: Eine vergleichende Untersuchung zu Werken von Christie, Simenon, Dürrenmatt und Capote*, Bonn 1979, S. 49–97.

5 S. bes. Heinz Hengst, »Von der Krimiwirklichkeit der Kriminalität zur Wirklichkeit der Kriminalität. Maj Sjöwall und Per Wahlöö zum Beispiel«, in: Schütz (Hrsg.), *Zur Aktualität des Kriminalromans*, S. 155–177, und Nusser, *Der Kriminalroman*, S. 141–143 und 152. Beide Autoren geben Hinweise auf weitere Stellungnahmen.

6 Jochen Schmidt in der *Frankfurter Allgemeinen Zeitung*, zitiert als Klappentext des Verlages auf dem Umschlag des letzten Bandes *Die Terroristen*, Reinbek bei Hamburg: Rowohlt, 1977.

7 Zu der (von Mißverständnissen nicht freien) Rezeption in Amerika und England s. Bo Lundin in: Reilly (ed.), *Crime and Mystery Writers*, S. 1553 f., und Keating, *Whodunit?*, S. 241.

8 Ich gebe im fortlaufenden Text nur die dt. Übersetzungen (sämtlich in der Reihe »rororo thriller« erschienen); die dabei genannten Jahreszahlen beziehen sich jedoch auf die Ersterscheinung der Originale (die dt. Übers. von *Mannen som gick upp i rök – Der Mann, der sich in Luft auflöste* – erschien 1969, von *Den skrattande polisen – Endstation für neun* – 1971).

9 *Mannen på balkongen* (1967); dt.: *Der Mann auf dem Balkon*, Reinbek bei Hamburg: Rowohlt, 1970, S. 42.

10 *Det slutna rummet* (1972); dt.: *Verschlossen und verriegelt*, Reinbek bei Hamburg: Rowohlt, 1975, S. 220.

11 *Roseanna* (1965); dt.: *Die Tote im Götakanal*, Reinbek bei Hamburg: Rowohlt, 1968, S. 31.

12 Ebd.

13 *Polis, polis, potatismos!* (1970); dt.: *Und die Großen läßt man laufen*, Reinbek bei Hamburg: Rowohlt, 1972, S. 113.
14 *Den vederdärtige mannen från Säffle* (1971); dt.: *Das Ekel aus Säffle*, Reinbek bei Hamburg: Rowohlt, 1973, S. 17.
15 *Brandbilen som försvann* (1969); dt.: *Alarm in Sköldgatan*, Reinbek bei Hamburg: Rowohlt, 1972, S. 69.
16 *Verschlossen und verriegelt*, S. 110.
17 *Polismördaren* (1974); dt.: *Der Polizistenmörder*, Reinbek bei Hamburg: Rowohlt, 1976, S. 216.
18 *Terroristerna* (1975); dt.: *Die Terroristen*, Reinbek bei Hamburg: Rowohlt, 1977.
19 »Anatomie des Detektivromans«, S. 375.
20 Frz. Orig.-Ausg.: *Les veufs*, Paris 1970; hier zit. nach der dt. Erstausg. in der Reihe »rororo thriller«, Reinbek bei Hamburg: Rowohlt, 1972.
21 Peter Rüedi, »Die beiläufigen Tode der Patricia Highsmith«, in: Franz Cavigelli / Fritz Senn (Hrsg.), *Über Patricia Highsmith*, Zürich ^{2}1980, S. 11–23, hier S. 12.
22 *Times Literary Supplement*, zit. nach: Rüedi, S. 15.
23 Keating, *Whodunit?*, S. 179.
24 Benutzte Ausg.: Boston 1981.
25 Zit. Ausg.: Harmondsworth: Penguin, 1981, S. 249.
26 *Plotting*, S. 46 f.
27 *The Boy Who Followed Ripley* (1980), Repr. Harmondsworth: Penguin, 1983, S. 112.
28 *The Talented Mr Ripley*, S. 12.
29 Ebd., S. 23 und 32.
30 Henry James im Vorwort zu *The Ambassadors* in der New York Edition; zit. nach der Riverside-Ausg., ed. by L. Edel, Boston 1960, S. 1–15, hier S. 1.
31 Albert E. Stone, Jr. in der Einleitung zu seiner Sammlung *Twentieth Century Interpretations of ›The Ambassadors‹: A Collection of Critical Essays*, Englewood Cliffs (N. J.) 1969, S. 1–20, hier S. 2.
32 Henry M. Alden an den Verlag Harper and Brothers, zit. bei: Stone, S. 1.
33 Patricia Highsmith in einem Interview mit Willy Hochkeppel in: Cavigelli/Senn (Hrsg.), *Über Highsmith*, S. 161–165, hier S. 161.
34 *Plotting*, S. 75.

Anmerkungen zu Kapitel 6

1 Quellen: Verlagskataloge und *WerWasWo? Gesamtverzeichnis aller Taschenbücher* sowie *WerWasWo im Taschenbuch*, Ausg. 1983 bzw. Ausg. 1983/84, beide Calw 1983.
2 München: Knaur, 1983 (Knaur Krimi).
3 Bergisch Gladbach: Lübbe, 1983 (Bastei-Lübbe-Taschenbuch: Kriminalroman).
4 So der Klappentext, der – wie es häufig vorkommt – die aktuelle kritische Komponente noch stärker betont, als der Roman selbst es tut.
5 Reinbek bei Hamburg: Rowohlt, 1984 (rororo thriller).
6 Reinbek bei Hamburg: Rowohlt, 1983 (rororo thriller).
7 1984 von Rowohlt in der Reihe »rororo thriller« wiederveröffentlicht.
8 Brigitte Jeremias in der *Frankfurter Allgemeinen Zeitung*, 27. 1. 1984.
9 *Il nome della rosa*, Mailand 1980; dt.: *Der Name der Rose*, übers. von Burkhart Kroeber, München 1982; hier zit. nach der 16. Aufl. 1983. – Zur internationalen Rezeption s. James Ruscoe, »An Echo to the Past«, in: *The Times* (London), 29. 9. 1983.

10 *Nachschrift zum »Namen der Rose«* (*Postille a »Il nome della rosa«*), nach dem (im Original nur teilweise veröffentlichten) Manuskript übers. von Burkhart Kroeber, München 1984, hier S. 34.
11 Ebd., S. 28.
12 Ebd., S. 88.
13 *Der Name der Rose*, S. 12.
14 Zu Ecos mediävistischen Publikationen, Projekten, »Vorlieben und Leidenschaften« s. *Nachschrift*, S. 22–24.
15 Ebd., S. 31–33, 22 f.
16 Ebd., S. 55–60; das folgende Zitat S. 56.

Auswahlbibliographie

Allgemeines

Alewyn, Richard, »Anatomie des Detektivromans«, in: Vogt (Hrsg.), *Der Kriminalroman*, Bd. 2, S. 372–404.

Arnold, Armin / Schmidt, Josef (Hrsg.), *Reclams Kriminalromanführer*, Stuttgart 1978.

Ball, John (ed.), *The Mystery Story* (1976), Repr. Harmondsworth 1978.

Barzun, Jacques / Taylor, W. H. (eds.), *A Catalogue of Crime*, New York 1971.

Becker, Jens Peter, *Sherlock Holmes & Co.: Essays zur englischen und amerikanischen Detektivliteratur*, München 1975.

Becker, Jutta, *Oxford im Detektivroman*, Bochum 1982 (Staatsarbeit).

Boileau, Pierre / Narcejac, Thomas, *Le roman policier*, Paris 1964; dt.: *Der Detektivroman*, Neuwied 1967.

Broich, Ulrich, *Gattungen des modernen englischen Romans*, Wiesbaden 1975, Kap. »Der ›entfesselte‹ Detektivroman«, S. 17–56.

– »Die Detektivliteratur«, in: *anglistik & englischunterricht* 6 (1978) S. 145–154.

Buchloh, Paul G. / Becker, Jens P., *Der Detektivroman: Studien zur Geschichte und Form der englischen und amerikanischen Detektivliteratur*, mit Beiträgen von A. Wulff und W. T. Rix, Darmstadt ²1978.

– (Hrsg.), *Der Detektiverzählung auf der Spur: Essays zur Form und Wertung der englischen Detektivliteratur*, Darmstadt 1977.

Cawelti, John G., *Adventure, Mystery, and Romance: Formula Stories as Art and Popular Culture*, Chicago 1976.

Chandler, Frank Wadleigh, *The Literature of Roguery*, 2 Vols. (1907), Repr. New York 1958.

Dove, George N., »The Criticism of Detective Fiction«, in: *The Popular Culture Scholar*, No. 1, Winter 1977, S. 1–7; wiederabgedr. in: Winks (ed.), *Detective Fiction*, S. 203–208.

Durham, Philip, »The *Black Mask* School«, in: Madden (ed.), *Tough Guy Writers*, S. 51–79.

Egloff, Gerd, »Mordrätsel oder Widerspiegelung der Gesellschaft? Bemerkungen über die Forschung zur Kriminalliteratur« (1976), in: Schütz (Hrsg.), *Zur Aktualität des Kriminalromans*, S. 58–75.

Finke, Beatrix, *Erzählsituationen und Figurenperspektiven im Detektivroman*, Amsterdam 1983.

Gilbert, Michael, »The British Police Procedural«, in: Keating, *Whodunit?*, S. 47–50.

Goette, Jürgen-Wolfgang / Kircher, Hartmut (Hrsg.), *Der Kriminalroman: Texte zur Theorie und Kritik*, Frankfurt a. M. ²1980.

Grebstein, Sheldon Norman, »The Tough Hemingway and His Hard-Boiled Children«, in: Madden (ed.), *Tough Guy Writers*, S. 18–41.

Grossvogel, D. J., *Mystery and Its Fictions*, Baltimore 1979.

Haycraft, Howard (ed.), *The Art of the Mystery Story: A Collection of Critical Essays* (1946), Repr. New York 1976.

Hügel, Hans-Otto, *Untersuchungsrichter, Diebsfänger, Detektive: Theorie und Geschichte der deutschen Detektiverzählung im 19. Jahrhundert*, Stuttgart 1978.

Keating, H. R. F., *Whodunit?: A Guide to Crime, Suspense and Spy Fiction*, London 1982.

Koch, Walter A., »Tension and Suspense: On the Biogenesis and the Semiogenesis of the Detective Novel, Soccer and Art«, in: Thomas T. Ballmer (ed.), *Linguistic Dynamics*, Berlin 1984.

Landrum, Larry N. [u. a.] (eds.), *Dimensions of Detective Fiction*, Bowling Green (Ohio) 1976.

Madden, David (ed.), *Tough Guy Writers of the Thirties*, Carbondale (Ill.) 1968.

Marsch, Edgar, *Die Kriminalerzählung: Theorie – Geschichte – Analyse*, München ²1983.

Murch, A. E., *The Development of the Detective Novel*, London ²1968.

Nevins, Francis M., Jr. (ed.), *The Mystery Writer's Art*, Bowling Green (Ohio) 1970.

Nusser, Peter, *Der Kriminalroman*, Stuttgart 1980.

Porter, Dennis, *The Pursuit of Crime: Art and Ideology in Detective Fiction*, New Haven (Conn.) 1981.

Reilly, John M. (ed.), *Twentieth Century Crime and Mystery Writers*, London 1980.

Routley, Erik, *The Puritan Pleasures of the Detective Story: A Personal Monograph*, London 1972.

Schütz, Erhard (Hrsg.), *Zur Aktualität des Kriminalromans: Berichte, Analysen, Reflexionen zur neueren Kriminalliteratur*, München 1978.

Schulz-Buschhaus, Ulrich, *Formen und Ideologien des Kriminalromans: Ein gattungsgeschichtlicher Essay*, Frankfurt a. M. 1975.

Schulze-Witzenrath, Elisabeth, »Die Geschichten des Detektivromans: Zu Struktur und Rezeptionsweise seiner klassischen Form«, in: *Poetica* 11 (1979) S. 233–258.

Scott, Sutherland, *Blood in their Ink: The March of the Modern Mystery Novel*, London 1953.

Suerbaum, Ulrich, »Der gefesselte Detektivroman: Ein gattungstheoretischer Versuch«, in: *Poetica* 1 (1967) S. 360–374; wiederabgedr. in: Vogt (Hrsg.), *Der Kriminalroman*, Bd. 2, S. 437–456, sowie in: Žmegač (Hrsg.), *Der wohltemperierte Mord*, S. 221 bis 240.

– »Warum *Macbeth* kein Krimi ist: Gattungsregeln und gattungsspezifische Leseweise«, in: *Poetica* 14 (1982) S. 113–133.

Symons, Julian, *The Detective Story in Britain* (1962), Repr. London 1969.

– *Bloody Murder: From the Detective Story to the Crime Novel: A History*, Harmondsworth ²1974.

Todorov, Tzvetan, »Typologie du roman policier«, in: *Paragone: Letteratura* 17, No. 202 (Dezember 1966), S. 3–14; wiederabgedr. in: T. T., *Poétique de la prose*, Paris 1971, S. 55–65.

Tschimmel, Ira, *Kriminalroman und Gesellschaftsdarstellung: Eine vergleichende Untersuchung zu Werken von Christie, Simenon, Dürrenmatt und Capote*, Bonn 1979.

Vogt, Jochen (Hrsg.), *Der Kriminalroman: Zur Theorie und Geschichte einer Gattung*, 2 Bde., München 1971.

Walker, Peter N., »Schematic of the Police System of England and Wales«, in: Winn (ed.), *Murder Ink*, S. 325–327.

Watson, Colin, *Snobbery with Violence: Crime Stories and Their Audience*, London 1971.

Waugh, Hillary, »The American Police Procedural«, in: Keating, *Whodunit?*, S. 43–46.

– »The Police Procedural«, in: Ball (ed.), *The Mystery Story*, S. 163–187.

Winks, Robin W. (ed.), *Detective Fiction: A Collection of Critical Essays*, Englewood Cliffs (N. J.) 1980.

Winn, Dilys (ed.), *Murder Ink: The Mystery Reader's Companion*, Newton Abbot 1978.

Wölcken, Fritz, *Der literarische Mord: Eine Untersuchung über die englische und amerikanische Detektivliteratur*, Nürnberg 1953.

Wulff, Antje, »Die Spielregeln der Detektiverzählung«, in: Buchloh/Becker, *Der Detektivroman*, S. 81–95.

Yorke, Margaret, »Oxford vs. Cambridge«, in: Winn (ed.), *Murder Ink*, S. 264–266.
Žmegač, Viktor (Hrsg.), *Der wohltemperierte Mord: Zur Theorie und Geschichte des Detektivromans*, Frankfurt a. M. 1971.

Edgar Allan Poe

Böker, Uwe, »Drei versteckte Briefe: Die produktive Rezeption von E. A. Poes ›The Purloined Letter‹ in der englischen Detektivliteratur vor 1865 (mit besonderer Berücksichtigung von Wilkie Collins und Andrew Forrester)«, in: *Arbeiten aus Anglistik und Amerikanistik* 5 (1980) S. 241–253.
Broich, Ulrich, »Nachwort«, in: Edgar Allan Poe, *Detektivgeschichten*, übers. von H. Wollschläger, München 1979, S. 195–207.
Buchloh, Paul Gerhard, »Poe: ›The Murders in the Rue Morgue‹«, in: Karl Heinz Göller / Gerhard Hoffmann (Hrsg.), *Die amerikanische Kurzgeschichte*, Düsseldorf 1972, S. 94–102 und S. 386–388.
Christopher, J. R., »Poe and the Tradition of the Detective Story«, in: F. M. Nevins (ed.), *The Mystery Writer's Art*, S. 19–36.
Daniel, Robert, »Poe's Detective God« (1951), in: William L. Howarth (ed.), *Twentieth Century Interpretations of Poe's Tales: A Collection of Critical Essays*, Englewood Cliffs (N. J.) 1971, S. 103–110.
Hawkins, John, »Poe's ›The Murders in the Rue Morgue‹«, in: *The Explicator* 23 (1964/65) No. 49.
Hoffman, Daniel, *Poe Poe Poe Poe Poe Poe Poe*, Garden City (N. Y.) 1972.
Kennedy, J. Gerald, »The Limits of Reason: Poe's Deluded Detectives«, in: *American Literature* 47 (1975/76) S. 184–196.
Kesting, Marianne, »Auguste Dupin, der Wahrheitsfinder, und sein Leser: Inwiefern Edgar Allan Poe nicht der Initiator der Detektivgeschichte war«, in: *Poetica* 10 (1978) S. 53–65.
Link, Franz H., *Edgar Allan Poe: Ein Dichter zwischen Romantik und Moderne*, Frankfurt a. M. 1968.
Panek, LeRoy L., »Play and Games: An Approach to Poe's Detective Tales«, in: *Poe Studies* 10 (1977) S. 39–41.
Schuhmann, Kuno, *Die erzählende Prosa Edgar Allan Poes: Ein Beitrag zu einer Gattungsgeschichte der ›short story‹*, Heidelberg 1958.
Smith, Allan, »The Psychological Context of Three Tales by Poe«, in: *Journal of American Studies* 7 (1973) S. 279–292.

Conan Doyle und seine Nachfolger

Cone, Edward T., »Three Ways of Reading a Detective Story – or a Brahms Intermezzo«, in: *The Georgia Review* 31 (1977) S. 554–574.
Dakin, D. Martin, *A Sherlock Holmes Commentary*, Newton Abbot 1972.
Göller, Karl Heinz, »Doyle: ›The Speckled Band‹«, in: K. H. G. / Gerhard Hoffmann (Hrsg.), *Die englische Kurzgeschichte*, Düsseldorf 1973, S. 70–79 und 360 f.
Hall, Trevor H., *Sherlock Holmes: Ten Literary Studies*, London 1969.
– *The Late Mr. Sherlock Holmes & Other Literary Studies*, London 1971.
– *Sherlock Holmes and His Creator*, London 1978.
Higham, Charles, *The Adventures of Conan Doyle: The Life of the Creator of Sherlock Holmes*, London 1976.

Nordon, Pierre, *Sir Arthur Conan Doyle: L'homme et l'œuvre*, Paris 1964.
Pearsall, Ronald, *Conan Doyle: A Biographical Solution*, London 1977.
Pearson, Hesketh, *Conan Doyle: His Life and Art* (1943), Repr. London 1977.
– *Conan Doyle*, New York 1961.
Pointer, Michael, *The Public Life of Sherlock Holmes*, New York 1973.
Poston, Lawrence, »City versus Country: A Holmesian Variation of an Old Theme«, in: *Etudes Anglaises* 33 (1980) S. 156–170.
Robson, W. W., »Father Brown and Others«, in: John Sullivan (ed.), *G. K. Chesterton: A Centenary Appraisal*, London 1974, S. 58–72.
Rosenberg, Samuel, *Naked Is the Best Disguise: The Death & Resurrection of Sherlock Holmes*, New York 1974.
Schklovskij, Viktor, »Die Kriminalerzählung bei Conan Doyle« (1929), in: Vogt (Hrsg.), *Der Kriminalroman*, Bd. 1, S. 76–94.

Agatha Christie

Barnard, Robert, *A Talent to Deceive: An Appreciation of Agatha Christie*, London 1980.
Christie, Agatha, *An Autobiography* (1977), Repr. Glasgow 1978.
Crispin, Edmund, »The Mistress of Simplicity«, in: Keating (ed.), *Christie*, S. 39–48.
Egloff, Gerd, *Detektivroman und englisches Bürgertum: Konstruktionsschema und Gesellschaftsbild bei Agatha Christie*, Düsseldorf 1974.
Keating, H. R. F. (ed.), *Agatha Christie: First Lady of Crime*, London 1977.
Ramsay, G. C., *Agatha Christie: Mistress of Mystery*, London 1968.
Robyns, Gwen, *The Mystery of Agatha Christie*, Garden City (N. Y.) 1978.
Toye, Randall, *The Agatha Christie Who's Who*, London 1980.
Walter, Elizabeth, »The Case of the Escalating Sales«, in: Keating (ed.), *Christie*, S. 11–24.

Dorothy L. Sayers

Burleson, James B., *A Study of the Novels of Dorothy L. Sayers*, Diss. Austin (Univ. of Texas) 1965.
Dale, Alzina Stone, *Maker and Craftsman: The Story of Dorothy L. Sayers*, Grand Rapids (Mich.) 1978.
Durkin, Mary Brian, *Dorothy L. Sayers*, Boston 1980.
Hall, Trevor H., *Dorothy L. Sayers: Nine Literary Studies*, London 1980.
Hannay, Margaret P. (ed.), *As Her Whimsey Took Her: Critical Essays on the Work of Dorothy L. Sayers*, Kent (Ohio) 1979.
– »Harriet's Influence on the Characterization of Lord Peter Wimsey«, in: M. P. H. (ed.), *As Her Whimsey Took Her*, S. 36–50.
Hitchman, Janet, *Such a Strange Lady: An Introduction to Dorothy L. Sayers (1893–1957)*, London 1975.
Hone, Ralph E., *Dorothy L. Sayers: A Literary Biography*, Kent (Ohio) 1979.
Leavis, Q. D., »The Case of Miss Dorothy Sayers«, in: *Scrutiny* 6 (1937/38) S. 334–340.
Sayers, Dorothy L., »Gaudy Night« (1937), in: Haycraft (ed.), *Mystery Story*, S. 208–221.

Dashiell Hammett

Edenbaum, Robert I., »The Poetics of the Private-Eye: The Novels of Dashiell Hammett«, in: Madden (ed.), *Tough Guy Writers*, S. 80–103.
Malin, Irving, »Focus on *The Maltese Falcon*: The Metaphysical Falcon«, in: Madden (ed.), *Tough Guy Writers*, S. 104–109.
Whitley, John S., »Stirring Things Up: Dashiell Hammett's Continental Op«, in: *Journal of American Studies* 14 (1980) S. 443–455.
Wolfe, Peter, *Beams Falling: The Art of Dashiell Hammett*, Bowling Green (Ohio) 1980.

Raymond Chandler

Raymond Chandler Speaking, ed. by D. Gardiner and K. S. Walker (1962), Repr. London 1973.
Chandler, Raymond, »The Simple Art of Murder« (1944), in: R. Ch., *Pearls are a Nuisance* (1950), Repr. Harmondsworth, 1966, S. 181–199.
– »Casual Notes on the Mystery Novel« (1949), in: *Chandler Speaking*, S. 63–70.
– »Notes on English and American Style«, in: *Chandler Speaking*, S. 80–82.
Durham, Philip, *Down These Mean Streets a Man Must Go: Raymond Chandler's Knight*, Chapel Hill (N. C.) 1963.
Gross, Miriam (ed.), *The World of Raymond Chandler*, London 1977.
MacShane, Frank, *The Life of Raymond Chandler*, New York 1976.

Mickey Spillane

Weibel, Kay, »Mickey Spillane as a Fifties Phenomenon«, in: Landrum [u. a.] (eds.), *Dimensions of Detective Fiction*, S. 114–123.

Patricia Highsmith

Cavigelli, Franz / Senn, Fritz (Hrsg.), *Über Patricia Highsmith*, Zürich [2]1980.
Highsmith, Patricia, *Plotting and Writing Suspense Fiction*, Boston [2]1981.
Rüedi, Peter, »Die beiläufigen Tode der Patricia Highsmith«, in: Cavigelli/Senn (Hrsg.), *Über Patricia Highsmith*, S. 11–23.

Personen- und Titelregister

Sachregister